TRAUMSTUNDEN VERLAG

Sylvia Filz und Sigrid Konopatzki sind schon viele Jahre eng befreundet.

Sie eint die Liebe zu leckerem Essen und die Freude am Schreiben. Beide mögen die gemeinsame Arbeit an einem Buch. „Wir kommen aus dem Geläster und Gekicher oft gar nicht mehr raus, manchmal zum Leidwesen unserer Männer. Aber da müssen sie halt durch!" ☺

Zusammen engagieren sie sich auch ehrenamtlich als Lesepaten für Senioreneinrichtungen.

www.schreibkatzen.jimdo.com

Für Janna!

28.06.2013

TRAUMSTUNDEN VERLAG

Herzlichst,

Sylvia und Ingrid

Bibliografische Information der Deutschen Bibliothek

Die Deutsche Bibliothek verzeichnet diese Publikation
in der Deutschen Nationalbibliografie.

Detaillierte bibliografische Daten sind im Internet über
http://dnb.ddb.de abrufbar

Veröffentlicht im Traumstunden Verlag Essen
Britta Wisniewski

1. Auflage: Februar 2013

Coverfoto: ©iStockphoto.com/Lakhesis
Druck und Bindearbeit: SOWA Druck, Polen

ISBN: 978-3-942514-47-7

www.traumstunden-verlag.de

Sylvia Filz und Sigrid Konopatzki

Eingeladen und abgeschleppt

Roman

Traumstunden Verlag Essen

♥ 1 ♥

Er, 35/1,85/80, männl.-attraktiv, sportl., natürl., romant. u. naturverb., Lebenskünstler, sucht schlanke, finanz. unabhängige Sie, 18-25, für harmon. Zukunft. Foto Bedingung, Chiffre 174/8806

„Du spinnst doch, Julie!" Sophia schüttelte energisch und erschrocken ihren akkurat geschnittenen dunkelbraunen Bob. „Was soll ich denn mit so einem Kerl?"
Julie grinste ihre Schwester frech an und meinte sarkastisch: „Wieso? Ist doch voll deine Altersbeute! Mit Mitte 30 genau richtig vom Alter her, Größe und Gewicht passt. Außerdem steht da männlich-attraktiv!"
„Und was, bitteschön, bedeutet das genau?", kicherte Sophia nun. „Heißt das, er riecht nach Puma?"
Julie aber gab nicht auf. Sie hob ihren Zeigefinger. „Und er ist naturverbunden!"
„Das bedeutet im Detail, er trägt Schafwoll-Socken in den Biolatschen", entgegnete Sophia.
„Außerdem ist er Lebenskünstler. Das klingt doch total romantisch", neckte Julie ihre Schwester weiter.
„Aber sicher! Das heißt im Klartext, er ist arbeitslos und hat auch keine Lust zu arbeiten. Ich könnte mich totlachen! Er sucht eine junge Frau zwischen 18 und 25, die finanziell unabhängig ist. Wer bitte ist denn das in dem Alter schon? Der will doch ganz klar auf Kosten der Frau leben! Außerdem bin ich dem mit fast 32 doch zu alt, nicht mehr knackig genug! Und mir fehlen noch ein paar Nullen hinten am Sparkonto für das ganz unabhängige Vermögen. Außerdem:

Partnerschafts-Annoncen für unsere Altersklasse in normalen Tageszeitungen sind total out! Ich hab erst kürzlich gelesen, dass circa sieben Millionen Menschen allein in Deutschland im Netz auf Singlebörsen und Dating-Portalen aktiv sind. Wir leben schließlich in Zeiten des World Wide Web - wir müssen uns im Internet tummeln! Dort verstecken sich in allen Ecken der Erde die attraktivsten und interessantesten Männer! Und ganz sicherlich auch die mit reichlich Vermögen!"

„Du immer mit deinem Blick auf das Geld! Geld heißt schließlich nicht gleich Glück und heute Abend ist es sowieso völlig egal", warf Julie ein, um dann neugierig zu fragen: „Sag mal, hast du noch von diesem spritzigen Erdbeerlimes? Da ich doch sowieso bei dir übernachte, könnten wir ganz genüsslich ein bisschen über diese gruseligen Beziehungs-Anzeigen herfallen. Und mit Alkohol knallt das einfach besser und macht glücklich. Na ja, jedenfalls für den Augenblick! Und morgen mache ich alle meine Sünden gut - ich werde nur Knäckebrot futtern und die doppelte Strecke joggen!"

Dabei griff Julie sich lachend in ihr fast taillenlanges, lockiges, nahezu schwarzes Haar, lockerte es spielerisch und lasziv auf. „Guck mal, du, das ist doch wohl eine Pose, oder?"

„Du musst jetzt noch mit der Zunge langsam deine Lippen abfahren, dann kannst du bei den Fernsehspots RUF - MICH - AN mitmachen!"

Sophia sprang auf. „Ich hol den Limes! Auf Eis?"

Aber ohne eine Antwort abzuwarten, die sie sowieso schon kannte, lief sie in die Küche und Julie hörte sie am Kühlschrank hantieren.

„Während du arbeitest", rief sie ihrer Schwester hinterher, „lese ich dir die nächste anregende Annonce vor, ja? Hörst du?"
Vernehmlich raschelte sie mit der Wochenendausgabe der Tageszeitung, die samstags in der Rubrik ›Herzblatt gesucht‹ eine Vielzahl der unterschiedlichsten und oft kuriosesten Ehe- und Bekanntschafts-Annoncen enthielt.
Da Julie keine Antwort bekam, rief sie sicherheitshalber nochmals: „Hörst du zu?"
„Jahaaa! Du brüllst schließlich so laut, das kann man gar nicht überhören", erklang es aus der Küche, wo gerade geräuschvoll die Gläser aus dem Schrank genommen und mit Eiswürfeln befüllt wurden.
„Gut! Also dann! Ich habe hier eine sogar ohne viele Abkürzungen! Na, der muss es nötig haben! Also, es geht los! Hast du deine Öhrchen offen?"
„Ja doch, Mensch!"

Ist auch deine Ehe dem Alltag nicht gewachsen? Dann bist du bei mir richtig! Ich biete dir Spaß ohne Reue, erfülle deine geheimsten Wünsche, lasse dich den O-Himmel erklimmen...!

„Und? Was sagst du dazu?"
Sophia kam mit den Gläsern, in denen die Eiswürfel anregend klimperten, zurück ins Wohnzimmer. „Was ist denn ein O-Himmel?"
„Tja ...", Julie kratzte sich am Kopf. „Ich denke, der meint den Orgasmus-Himmel!"
„Ach du dickes Ei! Was für ein mieser Typ! Sowas in einer seriösen Zeitung!"

„Seriös! Ich bitte dich! Da geht es doch nur ums Geld! Um nichts anderes! Denen ist doch völlig schnuppe, was die veröffentlichen!" Julie sah Sophia mit großen Augen an. „Es darf nur nicht rassistisch oder beleidigend sein. Ah, hier! Ach du Schreck! Ja, sag mal, welche Frau meldet sich denn auf sowas?

Genussfreudiger, junggebliebener, vitaler Er mit Waschbrettbauch sucht Sie mit XXL-Busen. Biete auch ONS

Soll ich dir ONS auch gleich übersetzen? Heißt One- Night-Stands!"
„Na, das weiß ich auch! Prost Julie! Auf einen versexten Abend, wenn auch rein papiertechnisch."
Die Gläser klirrten und beide beschlossen spontan, noch eine Pizza beim befreundeten Italiener um die Ecke zu bestellen. Sie liebten es, dann auf Italienisch noch ein kleines telefonisches Schwätzchen zu halten.

♥

Ihre Eltern, Heide und Adriano Carisi, hatten von Anfang an Wert darauf gelegt, dass ihre Zwillingstöchter in deutscher und italienischer Sprache und Lebensart gleichermaßen erzogen wurden.
„Julie, mein Schatz, Sophia, mein Herz", hatte ihre Mutter ständig wiederholt, „nichts ist so wertvoll wie die Verständigung! Sprachen zu können, ist grundsätzlich von Vorteil. Die Sprache ist ein Teil des Herzens, das Bindeglied zu anderen Menschen."
Und ihr Vater hatte stets ernsthaft dazu genickt.

♥

„Wenn jetzt die Pizza nicht bald kommt, schaffe ich es nicht mehr, die Tür zu öffnen, dann bin ich zu schwach!" Julie hielt sich gespielt den Bauch.

„Dann versuche ICH, mit letzter Kraft die Wohnungstür noch kriechend zu erreichen", gluckste Sophia. „Wie kann man nur so verfressen sein, Julie! Erst isst du herzhaft, dann muss Süßes hinterher und kurz danach geht die ganze Prozedur wieder von vorne los. Und du hälst deine Figur ohne Mühe! Du machst da doch bestimmt etwas, was du mir nicht sagst! Verrat mir dein Geheimnis!"

„Du spinnst! Du hast doch die gleiche Konfektionsgröße, du bist doch meine Zwillingsschwester!"

„Aber eben zweieiig und ich finde es so ungerecht, dass ich um jedes Gramm kämpfen muss, während du dir den Bauch vollknallst ohne Rücksicht auf Kalorien und die Tageszeit!"

„Liebste Schwester, nun sei doch mal ehrlich, ich mache auch dreimal mehr Sport! Ich jedenfalls bin regelmäßig im Fitness-Studio und jogge mir noch die Seele aus dem Leib. Du ja weniger!"

„Liebste Schwester", wiederholte Sophia näselnd und ein bisschen eingeschnappt, „ich bin selbstständig und wäre manchmal auch lieber im Fitness-Center, als meinen Kundinnen die neuesten Anti-Falten-Packungen ins Gesicht zu klatschen, um es mal ganz drastisch zu formulieren."

Schnell ruderte Julie zurück.

„Vielleicht sind es auch meine temperamentvollen südländischen Gene von Papa, du hast eben die ruhigen deutschen von Mama abgekriegt! Wenn ich mich aufrege, verbrauche ich sowieso locker das Drei- bis Siebenfache an

Kalorien wie du!"
„Stimmt! Und du regst dich ständig auf! Vollkommen unnötig für jedes winzige bisschen! Du siehst dann aus wie eine reife Treibhaustomate", kicherte Sophia. „Kannst du dich eigentlich noch an die Zigaretten-Werbung von früher, die mit dem cholerischen HB-Männchen, erinnern? So ist das mit dir!"
Genau in diesem Augenblick schellte es. Beide sprangen lachend auf und stürmten zur Tür.
Während sie kurz danach die Pizza in handliche Stücke schnitten, kamen sie überein, am nächsten Morgen im Internet nach seriösen, niveauvollen und vor allen Dingen kostenlosen Singlebörsen zu forschen.
Sophia seufzte. „Zeitungsannoncen sind einfach antiquiert, sie sind retro und von vorvorgestern. Da finden wir keine Männer fürs Leben! Die Gegenwart ist nun mal das Internet, die diversen Online-Portale! Irgendwo, liebe Julie, sitzen die uns vorbestimmten Männer da draußen in der weiten Welt und warten nur auf einen romantischen Mausklick von uns! Wir müssen sie allerdings noch finden", sie machte eine ausladende Geste mit ihrem Arm, „nun ja, oder sie uns!"
„Früher war das deutlich einfacher", überlegte Julie, „da ging man in die nächste Kneipe, in die Disco, zum Schützenfest - und schwups, konnte man brauchbare Ehemänner abgreifen. Manchmal scheint es mir, heutzutage flüchten ausschließlich die Ehemänner in die Kneipen!"
„Und in den Discos findest du den kläglichen Rest der übriggebliebenen John Travoltas."
Sie machten es sich auf Sophias Couch bequem und vernichteten im Laufe des Abends die komplette Flasche

Erdbeerlimes. Sie amüsierten sich königlich über unmögliche Annoncen, die sie sich gegenseitig mit Wonne vorlasen.

Er, nicht unansehnl., Mitte 40, sucht osteurop. Frau, s. jung, f. sex. Abenteuer. Belohnung garantiert

Nach gr. Enttäuschung suche ich christl. orient. Partnerin zwecks Gründung einer Fam., bin 29, NR, bartlos, 1,76 u. wiege 114 kg

Welcher weibl. Engel möchte mich, 37, Akademiker, Brillenträger, Patriot, unverbindlich verwöhnen? Bin verheiratet, du auch und wir wollen, dass es so bleibt

Ich, 41, Frührentner, aber gesund, kein Trinker, suche Frau f. gemeins. Zukunft, bevorz. mollig

Welche süße blonde Lady bis 30, schlank, nur mit Bild, will jegliche Aktivitäten mit mir, 63/1,70, niveauvoll u. diskret, erleben? Bin gebunden, dennoch frei, Zweitwohnung vorh.

Jede einzelne, laut gelesene Annonce schaukelte die Stimmung der beiden weiter hoch und als Abschluss las Julie noch eine vor, die sie beide vor Lachen fast vom Sofa gleiten ließ:

Er, 1,85, ein Schnuckelpuckel, Mitte 50, sucht Schatzischmatzi für Kille-kille

♥

Am anderen Morgen schliefen sie länger und tranken dann in Sophias großer, gemütlicher Wohnküche noch in Unterwäsche den ersten, heißen Kaffee.
„Hach, Sophia, ich glaube, ich schaffe mir auch so einen kostbaren Kaffeeautomaten an! Dieses Aroma!"
Julie hielt ihre Nase ganz nah an die übergroße Tasse und sog genüsslich den intensiven Duft ein.
Ihre Schwester ergänzte: „Und erst der Geschmack!"
„Und das Schäumchen ist ein Träumchen", schwärmte Julie.
Sophia stand auf und holte ihren Laptop.
„Los jetzt", meinte sie voller Elan, „erneuter Versuch einer Männer-Abfischaktion!"
„Weißt du eigentlich, dass uns diese Panik nur das superblöde Klassentreffen eingebrockt hat?"
„Sicher, schließlich hat man uns deutlich klargelegt, dass wir mit Anfang 30 und als Single ziemlich auf dem hintersten Abstellgleis gelandet sind. Genau das schafft doch diese unangenehme Unruhe beim Ego!"

♥

Begonnen hatte alles ganz harmlos.
Eine frühere Klassenkameradin hatte ein Ehemaligen-Treffen ihrer Abiturklasse organisiert. Glücklicherweise in Düsseldorf, was für Julie, Sophia und ihre langjährige Freundin Verena wirklich nur ein Katzensprung war.
Von den damals 22 Abiturienten waren 17 gekommen.
Zu ihrer aller Schrecken war Uwe, der sportlichste unter ihnen, bereits an Leukämie verstorben.
Ein Schulkollege arbeitete in den USA, eine Klassen-

kameradin hatte nach England geheiratet. Zwei Mitschülerinnen waren hochschwanger und wollten nicht mehr reisen.

Aber mit Ausnahme von Julie und Sophia waren alle verheiratet oder hatten feste Lebenspartner. Das war auch der Grund, warum sich nach dem Treffen eigentlich nur noch Sophias und Julies enge Freundin Verena freute, weil sie zu dieser Zeit noch mit Matthias liiert war – kurz danach war diese Beziehung allerdings auch vorbei.

Lebensgemeinschaften, Ehe und Kinder waren DAS Hauptthema des Abends.

Und Helena, die bereits Mutter von drei Kindern war, verstand nicht, wie man in diesem Alter noch Single sein konnte!

„Aber wann wollt ihr denn dann schwanger werden? Denkt bloß an eure biologische Uhr! Die tickt bei euch ja mittlerweile besonders laut! Ab Anfang 30 startet schon der Fruchtbarkeitsrückgang und mit jedem Jahr erhöht sich zusätzlich noch das Risiko von Schwangerschaftskomplikationen! Außerdem: Es ist doch nicht schön, wenn ihr später die Kinder vom Hort abholt und die anderen halten euch für die Omas! Also, ich an eurer Stelle hätte da schon heftig Torschlusspanik."

„So ein doofes Hausmütterchen", raunte Julie angezickt ihrer Schwester zu.

„Ach, weißt du", meinte Sophia, lächelnd zu Helena gewandt, „Ich wollte erst die fundierte finanzielle Sicherheit erreichen. ICH kann mir nun wirklich nahezu alle Wünsche erfüllen, ohne dafür einen Mann haben zu müssen. DAS ist ein ganz tolles Gefühl! Und kommt später auch meinen Kindern zugute!"

„Geld ist aber nicht alles!", hatte Helena schnippisch und mit einem klitzekleinen, aber nicht zu überhörenden Unterton des Neides gemeint.
„Aber es beruhigt ungemein", lächelte Sophia zuckersüß und besah sich ihre perfekt manikürten Hände und die fliederfarbenen Nägel. Ihre Ringe und auch die Uhr, die sie trug, ließen keinen Zweifel offen, dass ihre Worte der Wahrheit entsprachen.
„Jetzt sei doch mal ehrlich, liebe Helena", mischte sich Julie wieder ein. Sie wollte ihr für die blöde und so gemeine Bemerkung zu gerne einen wischen. „Erstrebenswert sind drei Kinder sowieso nicht! Aber gut, wenn DEIN persönlicher Lebensentwurf Mutter ist ...", sie machte eine gedankenvolle Pause, „.... du hast deine ganz schlanke Figur doch damit verloren!"
„Das stimmt überhaupt nicht!" Helena war entsetzt und sah an sich herab.
Und Julie setzte natürlich noch etwas süffisant drauf.
„Naja, vielleicht kommt, gebärfreudig wie du bist, noch ein viertes und fünftes Kind dazu, das ist bei deiner Figur dann sowieso egal! Und dass du keinen so großen Wert mehr auf dein Aussehen legst, sondern mit Leidenschaft Hausfrau bist, sieht man dir auch an!"
„Wie meinst du das denn?" Helena starrte sie böse an.
„Du bist ein bisschen blass! Vielleicht ist das aber auch die unglückliche Farbwahl deines Pullovers. Sag mal, ist der eigentlich selbstgestrickt?"
Sie betrachtete den weiten Pullover, der einige Pfunde kaschieren sollte, mit deutlich kritischen Blicken.
Einen winzigen Moment später setzte sie noch hinzu:
„Meine Schwester ist ein Kosmetikgenie! Nicht umsonst ist

sie auf Monate hinaus ausgebucht. Frag sie ruhig nach ein paar effektiven und schnellen Schminktipps für Anfänger oder lass dich mal von ihr herrichten!"

Und dann kam der wohlbedachte Todesstoß. „Sophia vollbringt wahre Wunder!"

Helena schnappte nach Luft und Julie ging das runter wie Sahne.

„Hört doch auf!", griff Verena nun ins Gespräch ein. „Soll doch jeder so leben, wie er will!"

„Und das aus deinem Munde, Verena, wo du uns doch immer deine gruselige Fernsehserie, ach entschuldige, natürlich heißt das Daily Soap, schmackhaft machen willst! Außerdem, ich hab's für Helena doch nur gut gemeint", stichelte Julie genüsslich weiter. „Wenn man seinen Typ verbessern kann, soll man das doch tun - besonders wenn man noch jung ist, da muss man doch nicht SO aussehen!"

Ab diesem Moment herrschte Funkstille zwischen den beiden und als Helena später Fotos von ihren Sprösslingen zeigte, überging sie Julie geflissentlich.

„Da guck ich mir sowieso lieber die bunten Bierdeckel hier an anstatt die Dreifach-Blagen von Helena Hausmütterchen!", hatte Julie die Situation ironisch lächelnd kommentiert.

Nichtsdestotrotz hatte dieser Abend dafür gesorgt, dass Sophia und Julie frustriert anstatt erfreut nach Hause fuhren und sich genötigt sahen, ernsthaft nach passenden Partnern Ausschau zu halten.

Man konnte jetzt nichts mehr dem Zufall überlassen; wegen der Halbwertzeit, der biologischen Uhr, des Omi-Aussehens am Kindergartentor - und überhaupt!

♥

So googelten Julie und Sophia neugierig nach diversen Partnerforen und waren überrascht, was für ein riesiges Feld sich da auftat, wenn man sich intensiver mit diesem Thema beschäftigte.
Man konnte elektronische Anzeigen aufgeben, sich bei einigen Anbietern kostenlos anmelden, aber es gab auch eine Reihe Partnerbörsen, bei denen man eine Gebühr zahlen musste.
„Ich bin doch nicht bescheuert und zahl auch noch dafür", entrüstete sich Sophia. „SO nötig hab ich das nun auch wieder nicht! Oder sehe ich derart verzweifelt und angedörrt aus?"
„Na, du bestimmt nicht!"
Sophia war das perfekte Bild einer gepflegten Frau. Stets gut gekleidet und geschminkt. Julie lästerte oft: „Du bist heute wieder bis zur Unkenntlichkeit in Farbe eingetaucht!" Sophia zuckte dann mit den Schultern und kommentierte das mit einem wissenden Lächeln.
„Man weiß schließlich nie, wann ein attraktiver Märchenprinz im Porsche um die Ecke biegt! Außerdem: Männer können eben besser gucken als denken!"

♥

Schon in frühester Jugend zeichneten sich die unterschiedlichen, späteren Lebensstile der Schwestern ab.
Julie rannte immer fröhlich und ohne groß nachzudenken unbekümmert mit den Jungs der Nachbarschaft mit. Sie ließ dabei keine einzige Pfütze aus. Diese rächten sich mit fiesen, hartnäckigen Schlammspritzern, die ihre Mutter

später kaum noch beseitigen konnte.
Oft schimpfte sie: „Mensch Julie, wie kann man sich nur so einsauen? Wo bist du denn schon wieder gewesen?"
„Mit Sophia und Mark und Verena und Freddy im Wald!"
„Das sieht man", seufzte ihre Mutter, „und warum ist Sophia nicht so dreckig?"
„Weiß ich nicht, Mama!"
Damit beschummelte sie ihre Mutter natürlich, denn sie wusste genau, warum Sophia nicht ansatzweise schmutzig nach Hause kam.
Sophia lief zwar auch mit, aber nicht volle Kanne und ohne Rücksicht auf Verluste wie Julie, sie umschiffte jede Pfütze ganz galant - der Schlamm schien irgendwie Respekt vor ihr zu haben.
Und gingen die beiden nach dem Spiel später gemeinsam nach Hause, hüpfte Julie oft noch fröhlich und ungestüm um ihre Schwester herum und über die Straße, während Sophia recht gesittet ging und sich sogar noch ihr T-Shirt glatt strich.
Schon damals legte sie Wert darauf, dass ihre Kleidung sauber und ordentlich war - und sogar die Farben mussten in ihren Kinderaugen harmonieren!

♥

So hatte Sophia schließlich ihre Leidenschaft für alles Schöne, auch an sich selbst, zum Beruf gemacht.
Nach dem Abitur hatte sie sich zielstrebig ihrem großen Traum gewidmet: Ein eigenes Kosmetikinstitut!
Mit einem glatten Einser-Abitur studierte sie zuerst Medizin, Fachrichtung Dermatologie. Sie wollte ihre Kunden

später fundiert beraten können - und wer konnte das nun einmal besser als eine Hautärztin?
Danach hing sie noch zwei Semester Lebensmitteltechnologie dran und schon währenddessen lief ihre Ausbildung zur professionellen Kosmetikerin und Visagistin.
So perfektionierte sie sich beruflich, ihr Privatleben in punkto Beziehung oder Ehe blieb jedoch aufgrund der Mammut-Ausbildung auf der Strecke.
Allerdings hatte sie in Rekordzeit ihr klar gestecktes berufliches Ziel erreicht.

♥

„Da gibt es aber ziemliche Unterschiede, schau mal", Julie ließ ihre schlanken Finger über die Tastatur gleiten. „Hier, die wollen eine monatliche Gebühr von 19,99 Euro, dieses Institut - halt dich fest - sogar 3.500 Euro pro Jahr, für nur magere zwölf garantierte Vorschläge von passenden Partnern. Ja, sind die denn ...? Glatter Snobismus! Nun, wenigstens ist in den 3.500 Moppen die Mehrwertsteuer schon enthalten", spottete sie.
„Und wie diese Singlebörsen alle heißen!" Sophia schüttelte den Kopf. „Soul meets Sex, Agentur Flirt & Love, Akademische Herzen, Electronic Soul Mates, Love and much more. Fast alle haben englische Namen, als ob man damit besser oder schneller an einen Partner oder unter die Haube kommt!"
„Je mehr Annoncen ich lese, umso weniger Bock hab ich darauf", stöhnte Julie. „Ich will nicht einfach vermittelt werden von irgendeinem eifrigen, eifrigen ...", sie suchte nach einem passenden Wort, fand aber keins. „Ich bin doch

kein Ladenhüter, den man anpreisen muss oder verbilligt an den Mann bringt."

„Wir sollten so ein Speed-Dating mitmachen", meinte Sophia plötzlich und ihre Augen blitzten. „Eine Kundin hat mir davon erzählt! Sie fand das ganz witzig. Zwar hat sie nicht den Partner fürs Leben gefunden, aber es haben sich wohl einige nette Freundschaften ergeben."

„Davon hab ich schon öfter gehört! Aber wie läuft das eigentlich genau ab, weißt du das?"

„Das ist schnell erklärt. In einem Restaurant, Bistro oder einer Kneipe treffen sich Singles - jeweils die gleiche Anzahl männliche und weibliche. Und man hat genau sieben Minuten Zeit für jedes einzelne Gespräch mit den Teilnehmern. Das ist total fair für alle, anonym ist es auch! Keiner muss seine Adresse oder den vollen Namen preisgeben. Außerdem ist garantiert, dass es ungefähr das passende Alter ist. Man muss hinterher auf einer Karte bewerten, wen man gerne noch einmal treffen möchte. Und nur dann, wenn es Übereinstimmungen gibt, hast du eine Chance auf ein Wiedersehen - sonst eben nicht."

Julie war skeptisch. „Ich weiß nicht so recht, Sophia, ich bin doch kein Sieben-Minuten-Angebot! Das ist ja Speed-Flirting - der hektische Versuch, in sieben Minuten was zu reißen."

Aber dann kam wohl der Geistesblitz bei ihr.

„Hey! Das erspart einem ja die Dates, bei denen man nicht weiß, wie man sich schnellstens verabschieden soll! Google doch mal nach sowas in unserer Nähe!"

Beide waren überrascht, wie viele Angebote von Speed-Dating-Events es in ihrem Umkreis gab und auch, dass es mit ungefähr 30 Euro gar nicht mal als Abzocke bezeichnet

werden konnte. So viel würden sie an einem Abend im Restaurant oder Kino mit Popcorn, Nachos und Cocktail auch locker ausgeben.
Sophias lange, brombeerfarbene Nägel sausten über die Tastatur. Mit ihren haselnussbraunen Augen scannte sie flink den Bildschirm ab.
„Schau, Julie, bei diesem Termin hier in drei Wochen ist die Altersklasse 28-38 angegeben. Und da sind noch Plätze frei! Es ist außerdem ein kleiner, intimer Rahmen. Genau diese Runde in einem Bistro ist auf sieben männliche und sieben weibliche Singles begrenzt. Das passt doch bestens für unseren ersten Versuch. Lass uns das einfach als Spaß-Event betrachten - und wenn was dabei raus kommt, umso besser!"
„Melde uns an", grinste Julie. „Ich kenn mich! Sonst komm ich wieder ins Nachdenken und will das dann doch nicht!"
So erledigte Sophia direkt die elektronische Buchung, bevor Julie es sich noch einmal anders überlegte.
„Ich drucke dir das gleich aus", meinte Sophia bestimmend. „Sollen wir Verena auch fragen? Sonst ist sie womöglich hinterher sauer!"
„Ich weiß nicht, im Augenblick geht mir Verena mit ihrer Telenovela-Manie ordentlich auf den Senkel! Die denkt sowieso über nichts anderes mehr nach als diese schreckliche Soap, deshalb ist auch die Beziehung mit Matthias Geschichte! Wenn wir nicht schon seit Wochen die Karten für den Starlight Express hätten oder wenn man die zurückgeben könnte - ich würde das glatt tun. Hab zwar Lust auf das Musical, aber echt Null Bock auf Verena! Die quatscht mich nämlich dann den Abend nur mit dieser saudämlichen Fernsehsendung zu. Blöd-TV!"

„Ach was, das wird schon schön", beruhigte Sophia sie. „Schade, dass ich mir den Tag nicht frei machen konnte, ich würde mir den Starlight Express auch gerne noch einmal ansehen! Aber ich habe fünf Stammkundinnen an diesem Nachmittag! Die konnte ich unmöglich alle verlegen und auch nicht an meine Mädels weiterreichen. Zwei davon möchten nämlich ausschließlich von mir behandelt werden. Ausgerechnet die nervige Ermelmann, dieser widerlich penetrante Faltenhals, ist auch dabei."

♥

Sophia hatte sich vor fast zwei Jahren als Kosmetikerin mit eigenem, sehr noblen Institut selbstständig gemacht und damit in ihrer Stadt nicht nur eine Marktlücke gefüllt, sondern die Kundinnen durch faire Preise und ihre Liebenswürdigkeit auch halten können.
Und nicht nur das, sie hatte ihr Institut zwischenzeitlich räumlich wie personell sogar noch ausgebaut. Zwei Teilzeit-Angestellte gehörten bereits dazu.
Sie war mittlerweile so beliebt, dass man Wochen vorher einen Termin buchen musste.

♥

„Sag mal, wollen wir zwei Hübschen heute Abend in die kleine Cocktail-Lounge am Hafen einlaufen?" Sophia war voller Elan.
Julie schüttelte den Kopf. „Nein, heut nicht. Das nächste Mal gerne, aber ich bin dieses Wochenende eindeutig zu faul. Ich will mir weder die Haare stylen noch mich schminken. Ich will heute Aschenbrödel bleiben."

„Du kannst es dir ja noch überlegen. Von 18 bis 19 Uhr ist dort Happy Hour, sicherlich tummeln sich dann dort eine Reihe männlicher Singles! Für Männer ist sparen doch ein echtes Event!"
„Nee, lass mal. Ich möchte eine Runde joggen, um die gestrige Pizza-Orgie zu neutralisieren und ich will vorher noch schnell in Neuss bei Oma und Opa vorbei, da war ich jetzt über eine Woche nicht mehr. Ich habe doch ihre geliebten Pralinen aus Düsseldorf besorgt, die will ich ihnen endlich bringen."
„Weißt du was? Ich begleite dich! Was kann ich denn mitnehmen?"
Sie lief zu ihrem Vorratsschrank, verschwand mit dem Oberkörper ganz darin, man hörte es rascheln. Dann kam Sophia wieder zum Vorschein – triumphierend.
„Da! Schokolinsen! Die mögen sie doch auch gern!"

♥

Ihre italienischen Großeltern freuten sich riesig, als die beiden Mädels bei ihnen hereinschneiten – und waren natürlich glücklich über die Mitbringsel.
Sogleich kochte Oma Carisi Kaffee und stellte einen Gugelhupf auf den Tisch.
„Den habe ich gestern gebacken. Irgendwie hatte ich das Gefühl, wir bekommen Besuch!"
Das allerdings sagte sie grundsätzlich. Sie backte jedes Wochenende. Das kannten ihre Enkeltöchter gar nicht anders. Abnehmer fanden sich tatsächlich immer für ihre Leckereien – entweder von der Familie oder auch ihrem großen Seniorenkreis.

„Oh, Gugelhupf! Wie lecker! Hättet ihr denn auch ein bisschen Sahne?", fragte Julie.
„Ma certo, cara! Meine Süße, was wäre denn ein Gugelhupf ohne leckere Crema?", schmunzelte Opa. Er gab jedem ein Stückchen auf den Teller.
Omi betrachtete ihre beiden Enkeltöchter. Schon als Kinder hatten sie bei ihr sonntags Kuchen gegessen, jetzt waren sie schöne und attraktive, erwachsene Frauen.
„Da sitzen nun zwei wunderhübsche junge Damen bei Oma und Opa auf der Couch, anstatt das Wochenende mit netten Männern zu genießen. Ach, Mädels, ich wünsche euch so sehr, dass sich endlich die Richtigen für euch finden."
„Das wünschen wir uns auch, Omi!", aber Julie lachte gleich. „Gut Ding will eben Weile ... du kennst das ja! Aber: wenn wir sie dann haben, sitzen wir eben zu viert hier auf der Couch. Ihr werdet uns so oder so nicht los!"
„Das ist euer italienisches Erbe", freute sich ihr Opa und begleitete seine Worte mit typisch italienisch ausladender Geste der Arme. „Insieme! Die Familie gehört zusammen!"

♥ 2 ♥

Verena saß wieder einmal gebannt vor dem Fernseher und sog ihre geliebte Telenovela ›Lisa, Stern meines Herzens‹ in sich auf, deren Szene gerade höchst dramatisch war:

Voller Entsetzen starrte Birte ihren Lebensgefährten Bernd an, der im Flur ihrer Wohnung stand.
„Das meinst du doch jetzt nicht ernst? Das kannst du mir nicht antun!"
Ihr Freund sah kalt und ruhig auf sie herunter, die Arme dabei fest über der Brust verschränkt.
„Doch, Birte! Es ist aus mit uns. Einfach vorbei! Kapier es endlich! Ich will mit Lisa zusammen sein! Sie ist die Liebe meines Lebens!"
Er drehte sich zur Garderobe, nahm den schwarzen Wollmantel und den grauen Schal vom Haken. Birte fasste verzweifelt nach seinem Arm. Er schlug ihre Hand mit einer groben Bewegung weg.
„Lass das! Ich sage es dir noch einmal: Ich liebe dich nicht mehr!"
Nun brach sich bei Birte die Verzweiflung Bahn. Sie schluchzte laut auf und schrie: „Das glaube ich nicht! Du kannst nicht einfach gehen, nach allem, was ich für dich getan habe!"
Sie warf sich theatralisch an seinen Hals, klammerte sich verzweifelt an ihm fest.
„Verlass mich nicht, hörst du? Du liebst mich, ich weiß es! Diese kleine Schlampe ..."
Tränen mischten sich mit ihren Worten, verursachten

hässliche, schwarze Mascara-Spuren auf seinem strahlend weißen Hemd. Das machte ihn noch wütender.
Mit brutaler Gewalt packte er sie und schubste sie harsch von sich weg. Ihr Kopf schlug hart an den Türrahmen. Er nutzte die Schrecksekunde und ihren schmerzhaften Aufschrei und öffnete die Wohnungstür.
Angewidert spie er ihr noch entgegen: „Du bist ja krank! Hochgradig krank!"
Dann fiel die Tür ins Schloss.
„Das wirst du bereuen! Hörst du? Ich mach dich fertig!", keifte Birte ihm hinterher, um dann laut schluchzend im Türrahmen zusammenzusacken.

♥

Verena tastete nach der geöffneten Chipstüte, die neben ihr auf der Couch lag und fischte unter leisem Rascheln ein paar der knusprigen, gesalzenen Kartoffelscheibchen, die sie sich, immer noch auf den Fernseher starrend, in den Mund schob.
Jeden Tag verfolgte sie die Telenovela ›Lisa, Stern meines Herzens‹, die im Vorabendprogramm lief.
Immer. Ohne Ausnahme. Fünf Tage die Woche. Nichts und niemand konnte sie davon abhalten.
Sie hetzte vom Büro nach Hause, warf ihre Handtasche in die Ecke, machte sich ein Mikrowellengericht warm oder griff einfach zur Chipstüte, wenn die Zeit bis zum Sendebeginn nicht reichte. Sich gelegentlich selbst etwas zu kochen, bedeutete für Verena viel zu viel Mühe. Warum auch die kostbare Zeit damit verschwenden, wenn es doch in jedem Supermarkt so praktische Fertiggerichte gab!

Abendverabredungen kamen für sie frühestens ab 20 Uhr in Frage, ans Telefon ging sie während der Sendezeit schon mal gar nicht.
Diese Telenovela gab es seit zwei Jahren und Verena hatte sich zwischenzeitlich stark verändert - und auch gut mit ihrem Singledasein angefreundet.
Ihre letzte Beziehung war an ihrer Fernsehsucht gescheitert. Ihr Freund Matthias konnte es nicht mehr ertragen, seinen Lebensstil einer Fernsehsendung unterzuordnen. Verena hatte ihn gehen lassen.
Aber die Trennung lag nicht ausschließlich an der Sendezeit der Fernseh-Soap.
Verena verfolgte die Wege ihrer Lieblingsstars nämlich auch in diversen Talkshows, in Zeitungen, über Foren im Internet. Sie hatte sogar einen eigenen Internet-Blog eingerichtet, um zeitnah mit anderen Fans über die Sendung diskutieren und sich auszutauschen zu können. Und das kostete eben zusätzlich reichlich Zeit am Computer - Matthias aber hatte dafür keinerlei Verständnis mehr aufgebracht. Zudem war Matthias ein offener Mensch, der gerne kommunizierte, Freunde traf und mit beiden Beinen im Leben stand.
Zahlreiche Autogramme ihrer Lieblingsstars zierten mittlerweile die Wände ihrer Wohnung und sie wurde nicht müde, jeden Besucher darauf hinzuweisen.
Da Sophia und Julie ihre alte Schulfreundin des Öfteren besuchten, kamen auch sie in den Genuss der immer gleichen Erzählungen, wie genau dieses oder jenes Autogramm in ihren Besitz gelangt war.
Bei Facebook postete Verena ständig Bilder der Telenovela und entsprechende Kommentare dazu und füllte auch Julies

und Sophias Pinnwände damit äußerst gerne, weil sie der Ansicht war, beide würden mit der Zeit ebenfalls Fans der Serie werden, wenn sie nur oft genug von ihr mit brandneuen Informationen versorgt wurden.
Julie hatte sie schon oft gebeten, diesen Unsinn zu unterlassen, was sollten denn die anderen Facebook-Freunde von ihr denken? So schnell kam sie nämlich mit löschen gar nicht nach! Aber Verena war auf diesem Gebiet völlig schmerzfrei. Sie ignorierte den Wunsch ihrer Freundin geflissentlich.
Sophia hingegen sah das nicht so eng und natürlich deutlich relaxter als ihre impulsive Schwester.
„Lass sie doch", war ihr Kommentar dazu. „Lösch es einfach und gut!"
Und genau DAS machte Julie noch wütender!
„Nein, ich lass sie nicht!", schimpfte Julie. „Sie zwängt mir etwas auf, was ICH NICHT WILL! Und ich erwarte einfach, dass man meiner persönlichen Bitte nachkommt! Alles andere ist schlichtweg nur frech! Die ist völlig schmerzfrei, Sophia!"

♥

War Verena in der Vergangenheit wild darauf und somit die treibende Kraft gewesen, viele Abende in Bars, Bistros, Discos oder auf diversen Stadtfesten zu verbringen, ordnete sie nun ihre Freizeitgestaltung sklavisch dieser täglichen Soap-Opera unter.
Verenas Lebensweg war bisher ein recht bequemer.
Ihre Eltern, beide promovierte Chemiker, hatten sie zum

Abitur gedrängt, das sie aus reiner Faulheit aber nur gerade so eben schaffte.
Danach begann sie, BWL zu studieren. Richtig Spaß machte ihr das nicht, aber sie sah durchaus die Möglichkeit, damit einen normalen Lebensunterhalt finanzieren zu können, denn die Einsatzmöglichkeiten mit einem BWL-Studium waren schließlich vielfältig.
Und so landete sie bei einem mittelständischen Unternehmen im Büro. Gesunden Ehrgeiz, sich noch hochzuarbeiten, hatte sie wenig, da ihr Gehalt durchaus ansehnlich war - nach ihren eigenen Maßstäben.
Ganz am Anfang ihrer Berufstätigkeit gab es allerdings noch ein einziges Mal ein Aufflackern ihrer Aktivitäten.
Sie engagierte sich stark bei einer politischen Partei im kommunalen Bereich. Das sogar mit gutem Erfolg, denn sie konnte nicht nur gut reden, sondern auch relevante Dinge kurz und knapp auf den Punkt bringen.
Diese Eigenschaften brachten ihr einen hohen Bekannt- und Beliebtheitsgrad ein. Die Bürger mochten sie.
Außerdem prägte sie den Slogan: *In unserer Stadt - für unsere Stadt,* den die Partei noch für viele Jahre auf ihre Werbeplakate schreiben sollte.
Aber Erfolg schafft auch immer Neider und so wurde sie innerhalb ihrer eigenen Partei von wenigen Personen angegangen.
Eigentlich hätte sie das aufgrund ihrer Redegewandtheit ganz locker wegstecken oder sogar ignorieren können, denn die Mehrheit stand deutlich auf ihrer Seite, aber es nahm ihr jeglichen Spaß an der Sache.
Sie hasste es, auf unsachliche persönliche Angriffe eingehen zu müssen, um sich so wenigstens ein bisschen

Abgrenzung zu schaffen.
So entschloss sie sich von einem Tag auf den anderen, ihre hoffnungsvolle politische Karriere an den Nagel zu hängen. Nicht nur ihre Parteifreunde, auch Sophia und Julie bedrängten sie, ihren politischen Kurs und Ansatz für die Region weiterhin zu verfolgen, weil sie Verenas Talent und Ausdruckskraft erkannten.
In langen Gesprächen versuchten sie gemeinsam, Verena zum Durchhalten zu bewegen.
Sophia meinte energisch: „Mensch Verena, Mitleid kriegst du umsonst, Neid muss man sich erarbeiten! Also, wenn jemand neidisch ist, heißt das doch, dass du es richtig machst!"
Eines Abends dann, nach einem weiteren vergeblichen Versuch, meinte Sophia müde auf dem Heimweg: „Du, Julie, ich hab keinerlei Kraft mehr. Ich fühle mich total ausgelaugt!"
„Ist auch kein Wunder! Deine Kraft hat nämlich jetzt das Verenalein! Man kann auf die einreden wie auf ein krankes Pferd, es nutzt nichts. Die zieht einem einfach Energie ab. Du bist fertig, sie ist gestärkt!" Julie ereiferte sich richtig. „Verena ist ein Energie-Schmarotzer! Und du ihr Opfer! Ich übrigens auch."
So ganz unrecht hatte Julie damit nicht, denn Verena fühlte sich nach diesen Abenden gut. Ihre Freundinnen hatten ihre Leistungen gewürdigt, sie für ihre Redekunst bewundert. Aber auch hier trat ihr stoisches Verhalten wieder klar an die Oberfläche. Sie hörte zwar zu, die Worte ihrer Freundinnen erreichten sie jedoch nicht wirklich, schienen an ihr abzuprallen.
Und somit wurde ein politisches Talent zu Grabe getragen. Sehr zur Freude ihrer Gegner.

Letztendlich aber führte zu ihrer plötzlichen Aufgabe zusätzlich etwas anderes, was sie so weder ihren Freundinnen noch den Parteifreunden sagte.
Sie wäre in der Zukunft aus Wahlkampfgründen viel unterwegs gewesen, hätte Reden auf verschiedenen Veranstaltungen halten, in Hotelbetten schlafen müssen, viele Menschen auf eine neue politische Richtung einschwören sollen - nicht, dass sie zweifelte, es zu können - aber es war ihr schlichtweg zu anstrengend und mit zu viel Aufwand verbunden.
Mittlerweile hatte aufgrund ihrer Trägheit und dem Verweilen vor dem Fernseher und Computer auch ihre Figur Schaden genommen. Die einst schlanke Taille verlor ihre Konturen, die Chips, das Fastfood und die Süßigkeiten hatten ihre Arbeit gut verrichtet.
Zum Sport mit Sophia und Julie ging sie schon länger nicht mehr. Ganz am Anfang schwänzte sie nur ab und zu mit schlechtem Gewissen. Dann kam die Phase, wo sie ihre Freundinnen anflunkerte - sie müsse länger arbeiten, sie habe eine Erkältung, heute wäre ihr Kopfschmerztag, sie hätte nichts mehr im Haus, sie müsse unbedingt noch einkaufen ...
Rief man sie vorher an um zu hören, ob sie mitfahren möchte, nahm sie gar nicht erst ab. Sie wollte einfach mit dem Unverständnis und den Vorwürfen der beiden nicht konfrontiert werden. Das war schließlich extrem lästig!
Sophia und Julie konnten sie aus diesem Bausteinleben trotz vielfacher Bemühungen nicht mehr herausreißen.
Anfangs noch zogen die beiden Verena auf, fanden die Marotte mit der schrecklichen Telenovela ›Lisa, Stern meines Herzens‹ allein schon wegen des gefühlsseligen

Titels zum Lachen.
Doch bald schon nahm die Veränderung von Verena beängstigende Formen an.
Sie lebte diese Sendung auch in ihrem eigenen Leben nach, verglich ihres mit dem der verschiedenen Charaktere der Soap, wiederholte Dialoge und - noch schlimmer - oft auch noch Verhaltensweisen.
Wenn sich Verena in eine unnatürliche Pose warf und den Satz mit folgenden Worten begann: „Der Bernd, der würde jetzt ...", verdrehten ihre Freundinnen die Augen und stöhnten genervt auf.
„Wie kann man nur derart an der Realität vorbeileben?", fragte Julie ihre Schwester oft fassungslos. „Früher war sie das reinste Partyluder, immer und überall dabei, Mordsspaß war garantiert! Wie konnte sie Matthias nur laufen lassen? Meine Güte, wenn man nicht wüsste, aus welchen gehobenen Verhältnissen sie kommt!"
„Eltern können halt nicht für ihre Kinder und Kinder nicht für ihre Eltern", kommentierte Sophia schulterzuckend. „Da sie allein lebt, braucht sie sich niemandem anzupassen. Das öffnet einem bequemen Menschen wie ihr natürlich Tür und Tor, die eigene Faulheit und Oberflächlichkeit vollends auszuleben. Ich sag es ja nicht gerne, aber wenn man richtig hinsieht, ist es schon recht unordentlich und unsauber in ihrer Wohnung. Überall steht was rum, darauf liegt mindestens 25 Zentimeter Staub und durch die Fenster kann man auch nur noch sehen, wenn man sich ein Guckloch rubbelt!"
Julie kicherte. „Und das aus deinem Munde!"
„Was? Das stimmt doch!"
„Nun ja", fügte Julie noch scherzend hinzu, „vielleicht kann

sie gar nichts dafür ... vielleicht ist sie erblich belastet ... vielleicht hat sich ihre Mama während der Schwangerschaft diese dünnen Schundromänchen in Heftform reingezogen! Deshalb ihre Manie!"

♥

Der Mittwochabend, von dem Sophia noch gemeint hatte, Julie würde ihn beim Musical Starlight Express genießen können, wurde eine glatte Katastrophe!
Und für Julie hörte der Spaß nun auf - die Freundschaft zu Verena stand von diesem Tag an auf gefährlich gläsernen Füßen, um nicht zu sagen, sie hatte sich gänzlich abgekühlt und lag auf Eis.
Verena hatte sich zwar vor ihrer geliebten Daily Soap noch gestylt, aber natürlich bis zur letzten Sendeminute geschaut. Julie, die Verena ganz pünktlich abholte, trat verzweifelt von einem Fuß auf den anderen.
„Verena, komm schon", bettelte sie. „Wenn wir auch nur eine Minute zu spät sind, lassen die uns nicht mehr rein!"
„Hab dich doch nicht so. Wir schaffen das locker!"
Danach waren sie unter Missachtung aller Geschwindigkeitsbegrenzungen nach Bochum gerast. Selbstverständlich mit Julies Wagen - und natürlich hatte man sie geblitzt! Später sollte ihr das Punkte und auch eine saftige Geldstrafe einbringen, von der Verena sich nichts annehmen würde.
Aber auch die Raketenfahrt reichte nicht aus, pünktlich zur Vorstellung zu erscheinen.
In dem nahezu voll belegten Parkhaus noch einen freien Platz zu ergattern, war zeitraubend gewesen und so rannten

sie, so schnell es ihnen eben in Pumps möglich war, in das Theater. Aber sie waren schlichtweg eine knappe Viertelstunde zu spät.
Ihnen wurde natürlich der Eintritt verwehrt und man erklärte ihnen, was sie schon wussten, dass es aufgrund der Technik und der Sicherheitsbestimmungen nicht zulässig sei, noch Nachzügler einzulassen, nachdem die Vorstellung einmal begonnen habe und die Darsteller mit atemberaubender Geschwindigkeit auf Rollschuhen akrobatisch auf den Bahnen durch den Saal rasen.
Julie war stinksauer gewesen und ihr ererbtes italienisches Temperament brach durch.
„So einen Scheiß, das sag ich dir, machst du mit mir nicht noch einmal!", hatte sie Verena wütend angeherrscht. „Und das alles nur wegen dieser saublöden, dämlichen, nichtssagenden Billigproduktion von Telenovela!"
„Wenn ein Parkplatz frei gewesen wäre, hätten wir das ja noch geschafft", erlaubte sich Verena darauf zu erwidern.
Julie wäre ihrer Freundin am liebsten wie ein Tiger mit ausgefahrenen Krallen ins Gesicht gesprungen.
„Irrtum! Hättest du nur ein einziges Mal auf diesen Schwachsinn verzichtet, wäre das nicht passiert!"
Zu allem Überfluss hatte Verena dann noch gemeint: „Der Bernd, der würde jetzt sagen ...!"
Aber Julie war ihr rot vor Wut ins Wort gefallen.
„Ich sag dir nur eins: Das richtige Leben ist hier, Verena, hier! Und besteht nicht aus den dümmlichen Dialogen, die irgendein Schreiberling in Masse jeden Tag produziert - und vor allen Dingen für jede Telenovela auf allen Sendern gleich! Nur die eine heißt: Lisa, Stern meines Herzens, die andere Melissa, Traum meiner Seele, oder auch Marie, Sinn

meines Daseins!“
„Aber ...“
„Nichts aber, du naives Schaf!“
„Die Sendung ist voll aus dem Leben gegriffen!“
„Geht's noch? Du spinnst komplett! Herrgott, du bist über 30 Jahre alt geworden! Also erwachsen!“ Und sie setzte noch drohend hinzu: „Und wenn du jetzt nicht deine Klappe hälst, wird die nächste Telenovela nach einem Tatsachenbericht gedreht, und die heißt dann: Verena, Tod einer Freundin!“
Den Rest der Wartezeit bis zur Pause schwiegen sie sich an.
In Julie brodelte es.
Das war's jetzt mit Verena! Sie würde sich in Zukunft zurückziehen. Die war wirklich mittlerweile dumm wie Brot geworden! Blöde Kuh! Blöde, doofe, ignorante, eindimensionale, schwachsinnige, einfältige Kuh!!!
Den zweiten Teil des Starlight Express genossen die Freundinnen unterschiedlich.
Verena war durchaus zufrieden, wenigstens die Hälfte mitzubekommen, während Julie deutlich den Schmerz fühlte, auf einen Teil dieser berauschenden Geschwindigkeits- und Gesangsshow verzichtet zu haben. Und das aus nichtigem Grund!

♥

„Ich hab so die Schnauze voll von Verena! Die hat noch nicht mal Entschuldigung gesagt! Voll abgedreht und weggetreten durch diesen Soap-Scheiß!“, ereiferte sich Julie laut, als sie am nächsten Tag mit ihrer Schwester telefonierte.
„Und sie hat sich fürs Fahren nicht mal bedankt, diese

Mistbiene! Das fällt bei mir in die Kategorie grober Undank! So kann man sich seinen Freundeskreis auch verkleinern! Geblitzt haben die mich auch noch! Und weißt du, was ihr unsensibler Kommentar dazu war? Die olle Kuh hat sich doch tatsächlich erdreistet zu sagen: *Hast du denn das Geschwindigkeitsbegrenzungsschild nicht gesehen? Hui, aber so hast du wenigstens ein scharfes Foto in Action von dir!* Und dabei hat sie auch noch blöde rumgegackert!"
Julie holte nach dieser Litanei tief Luft.
„Vielleicht sollte Verena doch mit zum Speed-Dating gehen", schlug Sophia vor.
„Bloß nicht! Ich will ihre Fresse augenblicklich nicht sehen!"
„Julie! Sei doch nicht so! Überleg doch mal - so kommt sie auf neue, andere Gedanken und wird vielleicht wieder wie früher!"
„Vergiss es! Die geht sowieso nicht mit - sie würde so die Schlussminute ihrer superdämlichen Seifenoper verpassen! Und dann wäre sie für den nächsten Tag nicht lebensfähig!"
„Ich schlag ihr das einfach mal vor", meinte Sophia bestimmend. „Wir holen sie ab - und ich sorge dafür, dass sie pünktlich ist!"
„Ach ja", schimpfte Julie. „Wir pampern die wieder, auf das sie noch breiter, fetter und fauler wird! Die soll ihren dicken Hintern selber bewegen. Sie sieht mittlerweile aus wie ein niederrheinisches Flusspferd!"

♥

Der Tag des Speed Datings war gekommen.
Sophia holte Julie ab. Als sie zum Auto kam, saß Verena

schon drin. Julie hätte kotzen können.
Sie hätte Verena so sehr gegönnt, wenn es mit einem freien Platz nicht mehr geklappt hätte! Aber wie immer, die lahmarschige, bequeme Schnecke hatte wieder mal Glück!
Verena kicherte, sie merkte von Julies gärender Wut gar nichts.
„Hi Julie, bin mal gespannt, wie das wird! Was suchen wir denn? Männer nach dem Motto: Jung, wild und tabulos?"
„Wie bist du denn drauf?", fragte Julie und schob noch eine kleine Gemeinheit hinterher. „Das scheint ja ausschließlich dein Motto zu sein!" Sie betrachtete Verena von oben bis unten. „SO aufbrezeln hättest du dich nicht unbedingt müssen! Hat mit der Wirklichkeit ja nicht mehr viel zu tun!"

♥

Sie fanden - oh Wunder - in Düsseldorf direkt einen Parkplatz in der Nähe des Bistros, wo das Speed Dating stattfand und waren sogar die Ersten. Langsam füllte sich das kleine, ansprechende Lokal.
Zuerst stand man an der Bar, jeder klammerte sich an ein Getränk. Verschämt wechselten alle Anwesenden Blicke untereinander, sondierten heimlich im Vorfeld, wer denn wohl schon alleine vom Äußeren als Partner in Frage kommen könnte.
Die Männer waren noch relativ relaxed, die Frauen jedoch beobachteten sich durchaus kritisch und mit einer Spur Eifersucht.
„Guck mal", raunte Julie ihrer Schwester zu, „die Tusse da mit dem zu kurzen Rock und den zu dicken Oberschenkeln!"

„Die hat Cellulite", flüsterte Sophia. „Das sieht mein geschultes Kosmetikerinnen-Auge von hier!"
„Aber das ist ja ganz wunderbar", strahlte Julie entzückt. „Hoffentlich merken die Kerle das auch!"
Sie nahm die Kandidatinnen genauer unter die Lupe. Die Cellulite-Lady war außerdem nicht viel größer als eine Streichholzschachtel, aber genauso kompakt. Nee, das war eindeutig nicht jedermanns Geschmack.
Die andere, die sich gerade mit dem Barmann unterhielt, trug eine viel zu enge Bluse. Sie spannte um den Busen herum, dafür war sie aber auch bis zum BH-Ansatz aufgeknöpft. Wo die Taille eigentlich sein sollte, ging es gerade weiter Richtung Hüfte. Nicht wirklich schlimm, nicht hässlich, aber durchaus ein Nachteil, fand Julie. Denn gerade eine frauliche Taille gab der Kleidung ihren Schick, fand sie.
Die nächste sah recht gut aus. Braune, sehr lange Haare wie Julie selbst. Nur gänzlich glatt. Eine ansprechend schlanke Figur und moderat angezogen, Jeans und hohe Pumps. Das machte natürlich einen knackigen Hintern. Julie hatte sich ebenfalls für dieses Outfit entschieden. Ob ihr Hintern auch so schön rund war? Dazu trug die Konkurrenz ein schickes T-Shirt. Ha! Der Busen von der war erheblich kleiner! Vorteil für mihiiich, dachte Julie mit einer wohltuenden Schadenfreude, denn durfte man den statistischen Erhebungen glauben, mochte die Mehrzahl der Männer nun mal lieber Frauen mit größerem Busen.
Dann schaute sie auf den letzten fremden weiblichen Gast. Sie stand mit ihrem Glas etwas abseits und wirkte recht verloren. Eine graue Maus. Ungeschminkt mit Brille und in langweiligem schlammblond, weiße Hemdbluse, zu weite Stoffhose mit unmodischem schmalen Gürtel. Dazu trug sie

flache Schuhe. Die Figur knabenhaft, ohne Hüfte, ohne Po. Das ging ja gar nicht! Innerlich frohlockte Julie.
Sodele, die Konkurrenz war im Schnellverfahren abgecheckt. Wirkliche Gefahr drohte nur von der sexy Braunen mit dem zugegeben sympathischen Lächeln - sah man von Sophia einmal ab.
Nun die Männer. Aus diesen sieben Typen sollte sie sich ihren Traummann wählen? Auf Anhieb stellte das sicherlich ein mittelschweres Problem dar.
Kandidat eins rechts von ihr war der typische Öko-Typ. Lange, struppig wirkende, mittelblonde Haare, zum Zopf gebunden, Nickelbrille und Catweazle-Pseudo-Bart, alte und schmuddelig wirkende Gammel-Jeans, Biolatschen, verwaschenes Che-Guevara-T-Shirt mit einer noch verwascheneren roten Aufschrift ‚Vive el Che!' Über seinen Schultern lag ein dicker grauer Pullover. Der kratzte schon beim Hinsehen! Och nee - der war raus.
Der Zweite war eher ein Normalo. Nichts Aufregendes, nichts Besonderes.
Das galt auch für den dritten und vierten potentiellen Traummann. Aber vielleicht verbargen sich hinter den leicht langweiligen Fassaden echte Herzensbrecher mit Charme-Option.
Der fünfte Kandidat traf schon eher ihr Beuteschema. Groß, ausgeglichen wirkend, relaxed, Drei-Tage-Bart, blaukariertes Hemd, Jeans, lässig-sympathische Art.
Während sie die letzten beiden ins Auge fasste, reichte man ihr ein mit ihrem aufgedruckten Vornamen versehenes Schildchen zum Anstecken.
Kandidat sechs war der typische Börsentyp. Teurer Anzug und Krawatte, polierte Schuhe, Designer-Brille, das Haar

komplett gegelt. Nö, musste sie nicht haben. Zu spießig. Und erst der Name: Claudius! Oha!
Beim letzten Kandidaten war kein zweiter Blick nötig. Körperliches Knock-Out. Zu klein - nicht viel größer als eine Parkuhr.
Nochmals schielte sie rüber zu ihrem Favoriten. Jipp, das würde passen. Und er lächelte ihr zu, als er sein Glas wie zum symbolischen Anstoßen anhob. Das ließ doch hoffen! Erfreut lächelte sie zurück.
Es ging los!
„Euer persönlicher Dating-Angel", so betitelte sich die Moderatorin Mandy selbst. Sie trug knallroten Lippenstift und ihre farbig passenden, superlangen Nägel hätten Julies Ansicht nach schon einen Waffenschein erfordert. Damit kann man doch nicht arbeiten, dachte sie. Aber wahrscheinlich tat Mandylein nichts anderes, als abends bei Speed-Datings dauerzugrinsen. Ein Mikrophon umklammernd, was völlig überflüssig war in diesem übersichtlichen Raum, erklärte sie noch einmal die Regeln.
Zum Schluss hielt sie übertrieben demonstrativ ein Glöckchen hoch.
Sobald es hell erklang, mussten die Herren unverzüglich in Uhrzeigersinn einen Platz weiter wechseln, die Damen hatten das Privileg, sitzen bleiben zu dürfen.
Julie spürte ihr Herz klopfen. Sie warf einen schnellen Blick auf Sophia, die ihr zuzwinkerte und sah dann zu Verena. Die saß völlig relaxed auf ihrem Platz und kümmerte sich noch in aller Seelenruhe um ihr kleines Namensschildchen.
Julie startete mit Bio-Lutz. Seine erste Frage war, ob sie denn auch stricken könne. Den Pulli, den er trug, hätte nämlich seine Ex handgefertigt. Er streichelte sich dabei

selig lächelnd über einen Arm.
Blödmann, war Julies Gedanke. Kaum sitzt der hier, knallt er einer Frau seine strickende Ex-Flamme um die Ohren!
Und Julie musste sich seine ökologischen und naturverbundenen Zukunftsvisionen anhören. Kleiner Hof, biologischer Gemüseanbau, Ziegen oder Schafe, vielleicht auch Milchkühe, so ganz genau wisse er es noch nicht, in jedem Falle aber Käseherstellung oder so. Biologisch-dynamisch eben.
Das passte alles wie Pott auf Deckel und erfüllte somit auch wirklich jedes noch so abgedroschene Klischee!!!
Seine Vorstellungen waren ja durchaus löblich, aber leider so gar nichts für Julie. Zumal nun so etwas wie eine Halluzination aufkam. Sie hatte das Gefühl, er rieche irgendwie schon nach Käse ...
Wie unendlich lang doch sieben Minuten sein konnten!
Endlich ertönte das Glöckchen von der künstlich begeisterten Dating-Mandy und die Männer wechselten den Platz.
Einer der drei Normalos setzte sich ihr gegenüber. Na ja, ganz nett, aber nichts Aufregendes. Über die üblichen Fragen: Wie alt bist du - wo kommst du her - was machst du beruflich - welche Hobbys - kamen sie nicht hinaus. Der Funke sprang, jedenfalls bei ihr, nicht über.
Nun gab es schon zwei Nein-Kreuze auf dem Handzettel, den man allen Teilnehmern überreicht hatte.
Beim Nächsten kam sie gar nicht erst zu Wort - er ergriff es und hörte erst auf, als der Wechsel anstand.
Sie solle seine Teilnahme nicht missverstehen, er sei nicht verzweifelt. Er suche eine aufrichtige Partnerin, er wolle nicht den schnellen, flüchtigen Sex, er brauche eine Frau,

eine fröhliche, einsatzbereite Lebensgefährtin, die ihm ein gemütliches Heim schaffe, gemeinsam mit ihm die Freizeit verbringe und die Hobbys - seine! - teile. Er strebe eine Fusion mit seiner Liebsten an, eine Vereinigung im Geiste wie mit dem Körper - das müsse natürlich auch sein - haha - eine Gemeinschaft blablabla ... nein nein, er sei wirklich nicht verzweifelt! Ach, und übrigens, sie sei einfach zu schüchtern! So wortkarg! Das käme nicht so gut - er wüsste bedauerlicherweise nun nichts von ihr!

Kein Wunder, dass der keine Frau fand, wenn er jede schwindelig und bewusstlos quatschte!

Kreuzchen: Nein - und das recht dick!

Der Börsenheini schaffte mit seinen ersten Sätzen schon das Killerkriterium.

„Hast du einen Job? Kannst du denn gut davon leben? Ich suche ja eine adäquate Partnerin, die mir nicht nur geistig, sondern auch in etwa finanziell ebenbürtig ist." Er lächelte selbstgefällig. „Wegen dem gerechten Ausgleich. Nur deswegen. Weißt du, ich bin Abteilungsleiter einer großen Bank, habe Prokura, verdiene somit entsprechendes Salär. Das verstehst du doch, nicht wahr? Arbeitest du denn? Angestellt oder selbständig? Und das Gehalt? Übertariflich? Irgendwelche Boni?"

Was dachte dieser eingebildete Pinsel sich eigentlich? Sah sie abgebrannt aus? Julie machte ihm mit gesundem Selbstbewusstsein deutlich, dass er IHR nicht genügen würde. Damit war das Nein gegenseitig programmiert und die verbleibenden zwei Minuten schleppend, um nicht zu sagen tot.

Sehnsüchtig wanderte ihr Blick an den Nachbartisch.

Endlich saß sie ihrem Favoriten gegenüber! Er hatte eine

gewinnende Art, ein schelmisches Lachen und sie unterhielten sich, als wenn sie sich schon ewig kennen würden. Er fragte nach ihren Wünschen und Träumen und sie gab bereitwillig einen Teil von sich preis.
Nach Ablauf der diesmal viel zu schnell vergangenen sieben Minuten kreuzte sie das erste Ja an. Der Name Dirk bekam plötzlich etwas Prickeliges für sie.
Der folgende Mann war freundlich, angeblich Sportfreak wie sie. Leider war er hypernervös, rieb sich die sieben Minuten ständig die Hände, beim Sprechen zuckte ein Auge nervös. Er konnte ja nichts dafür, aber Julie war froh, als die Zeit um war.
Der letzte hatte eine Checkliste dabei, die er mit Häkchen und einem roten Kugelschreiber gnadenlos abarbeitete: Bist du ledig oder geschieden? Kinder? Beruf? Katholisch oder evangelisch - hoffentlich keine Sekte! Deutsch oder andere Nationalität? Sind deine Haare natur oder gefärbt? Irgendwelche Haustiere?
Julie war zuerst empört, dann amüsiert.
„Ja, ich habe Tiere. Ab und zu biete ich Wollmäusen ein liebevolles Heim."
Diesen Humor konnte er nicht teilen.
Dann war die Pflicht beendet. Jeder gab seinen Bewertungsbogen ab und nun bot sich die Kür, die Gelegenheit zu weiteren Gesprächen.
Verena und Sophia schienen noch Lust zu haben. Verena stand mit demjenigen zusammen, den Julie als ganz nett aber langweilig bezeichnen würde. Wie hieß der doch noch gleich? Schon vergessen! Das verstärkte ihren Eindruck noch einmal.
Ihre Schwester flirtete eindeutig intensiv mit Dirk - der

war doch aber IHR Favorit! Das traf Julie irgendwie. Am liebsten wäre sie nun sofort nach Hause gefahren. Aber letztendlich zählten die Übereinstimmungskreuzchen auf den Bögen, beruhigte sie sich. Und da hatte sie ein sehr gutes Gefühl.
Vielleicht lag Dirks Zurückhaltung auch daran, dass sie gerade zwangsweise neben Bio-Lutz stand, der ihr soeben mit Hingabe die gesundheitlich bedeutenden Vorzüge frischer, unverfälschter Ziegenmilch erklärte.
Auf der Rückfahrt gibbelte Sophia. „Stellt euch mal vor, einer hat mich totgequatscht und mir dann vorgeworfen, ich hätte ja überhaupt kein Flirt-Talent! Und dieser Öko-Typ Lutz war ja voll der Hammer! Er hat mich gefragt, ob ich funktionelle Unterwäsche mag!"
„Du meinst den mit Zopf und Nickelbrille?", fragte Verena, gedankenlos wie so oft.
„War ja sonst kein anderer Öko da!"
„Also - du sagtest funktionelle Unterwäsche! Schieß los!", rief Julie neugierig.
Ihre Schwester hüstelte theatralisch.
„Lutzi-Boy versteht unter funktioneller Wäsche nicht diese moderne Mikrofaser, die die Feuchtigkeit der Haut ausgleicht und die es in so schicken Farben gibt. Nein! Er meinte tatsächlich gekämmte Baumwolle. Also Feinripp. Und im Winter lang, damit MANN sich nicht die Eier verkühlt."
Julie und Verena kreischten auf.
„So direkt und schonungslos reden hab ich dich noch nie gehört! Du drückst dich doch sonst immer so gewählt aus", wunderte sich Verena geplättet.
„Normalerweise gehören solche Dinge auch nicht in meinen

allgemeinen Wortschatz. Allein schon das Thema Unterwäsche finde ich ziemlich daneben, wenn man sein Gegenüber gerade mal ein Minütchen kennt. Aber der Typ hat das TATSÄCHLICH zu mir gesagt!"
Sie schüttelte sich und setzte noch ein angewidertes „Bääääh" hinzu.
Julie lachte auf. „Zu dem Vollpfosten kann ich auch was beitragen! Käse ... sag ich nur!"
Verena und Sophia verzogen qualvoll das Gesicht, waren aber natürlich total gespannt.
„Erzähl schon", quengelte Sophia.
„Also ..." begann Julie, „stellt euch vor, mir hat er nämlich erzählt ..."

♥

Einige Tage später waren die Ergebnisse da.
Keiner sollte seine Email öffnen, sondern man wollte sich abends bei Sophia treffen und gemeinsam nachsehen. Es sollte eben ein echtes Spaß-Event bleiben.
Wer kam natürlich wieder zu spät? Verena!
„Ich hab dir doch gesagt, dass die nicht pünktlich ist", maulte Julie. „Glaub mir, sie erscheint genau 25 Minuten nach Ende der Sendezeit! Die verzichtet nicht! Nicht auf eine einzige Minute, geschweige denn auf eine ganze Sendung! Aber hol doch schon mal den Prosecco, bitte. Wir könnten uns was schlürfen, bevor Soap-Verenchen eintrudelt!"
Und auf die 25. Minute genau schellte es an Sophias Wohnungstür.
„Du solltest als Hellseherin dein Geld verdienen", meinte

Sophia schmunzelnd zu ihrer Schwester, als sie zur Wohnungstür ging, um Verena hereinzulassen.
„Nein, Psychologin! Dann könnte ich ihr wenigstens dieses elende Syndrom wegtherapieren!"
„Bei wem schauen wir zuerst?", fragte Sophia.
„Natürlich bei mir", meinte Verena bestimmend.
„Typisch! Du kommst zu spät, willst aber als Erste dran! Das vergiss mal", giftete Julie.
„Ehe ihr euch hier streitet", meinte Sophia ganz salomonisch, „gucken wir zuerst bei mir rein!" Sie grinste, als die beiden protestierten. „Na gut. Wir losen es aus!"
Julie gewann die schnelle Auslosung. Sie hatte eine einzige Übereinstimmung und zwar mit Dirk, so wie sie es sich gewünscht hatte. Toll! Das würde bedeuten, sie würde ihn wiedersehen. Endlich mal ein Date mit einem interessanten Mann!
Aber ihre Freude wurde brutal auf den Nullpunkt geschubst. Auch Sophia und Verena hatten dieses Ergebnis!
Verena war das egal. Für sie war nur wichtig, dass der Langeweiler sie wiedersehen wollte.
Ausgerechnet die hat zwei Übereinstimmungen, dachte Julie. So eine Ungerechtigkeit! Wenn sie wenigstens äußerlich noch etwas bieten könnte! Aber außer der Speckrolle um die Taille gab es da doch nicht wirklich etwas!
Sophia meinte süffisant, dass dieser Dirk wohl ein echter Womanizer sei. Auf den seien irgendwie alle Frauen abgefahren. Und der hätte sicher bei jeder sein Kreuz gemacht, wenn er das schon bei ihnen Dreien getan hatte! Der wolle sicherlich schauen, bei wem er Rahm abschöpfen könne und sich dann entscheiden, wenn überhaupt.
Vielleicht war das auch so einer, der ständig an diesen

Runden teilnahm, um dann irgendwann den großen finanziellen Wurf zu landen.
„Der wartet bestimmt auf die mit Diamant-Schmuck behängte einsame, tröstungsbedürftige Millionärin, im günstigsten Falle Witwe, Alter egal."
Julie war zutiefst enttäuscht.
Ein wenig später sorgte Sophia für die Überraschung des Abends.
„Ach, was ich euch noch sagen wollte: Ich habe schon vor zwei Wochen per Mail auf eine Annonce in einer der Sport-Illustrierten geantwortet, die immer im Fitness-Center ausliegen. Und mit diesem vielversprechenden Mann treffe ich mich übermorgen!"
Verena und Julie schauten Sophia überrascht an.
„Guckt doch nicht so gouvernantenhaft! Was ist schon dabei? Man muss sich nur mal trauen!"
„Mensch Sophia, sei bloß vorsichtig!" Julie war aufrichtig besorgt. „Du weißt schließlich nie, wer sich hinter einer ansprechenden Annonce verbirgt! Das muss ja nicht, kann aber ein sadistischer Psychopath sein!"
„Jetzt mach dir mal keine Sorgen! Das lief doch über einen Code per Internet! Der hat weder Nachnamen noch Adresse von mir, nur meine Email - und jetzt meine Handy-Nummer. Wir haben inzwischen schon mehrfach sehr nett gemailt. Ich lasse alle wichtigen Daten bei dir und schreibe die Adresse des Restaurants in Düsseldorf auf, wo wir uns treffen. Nicht hier im Ort. Hab ich sicherheitshalber so gemacht. Ich glaube auch, er ist aus Düsseldorf. Und nach anderthalb Stunden rufst du mich an. Wenn ich dann weg will, nutze ich diese Chance und verkrümel mich. Versprochen! Und jetzt zeige ich euch die Annonce."

Sie kramte in einem Stapel Papier auf ihrer Küchentheke und zog die mit einem Hochglanz-Cover versehene Fitness-Zeitschrift hervor.

Er, 34/1,86/85, CEO, sehr sportlich (Marathon), Theater- und Musik-interessiert, wünscht sich nach einer Enttäuschung wieder eine verlässliche und romantische Beziehung. Eigentumswohnung und Auto vorhanden

„Dich interessiert wohl die Eigentumswohnung, was?", warf Verena trocken ein. „Und als ob ein geisteskranker Mörder keinen Marathon laufen könnte!"
„Mach Sophia doch keine Angst!", schimpfte Julie, sah aber dennoch etwas erschrocken drein.
„Ich muss sie aber warnen, sie kennt den Typen doch gar nicht! Außerdem, CEO, das sagt gar nichts. Chief Executive Officer hört sich ja gut an, aber wo arbeitet der?"
„Wo lebst du denn? Als wenn jemand das in eine für alle Leser sichtbare Annonce reinschreiben würde!" Julie schüttelte verstandnislos den Kopf.
„Okay, auch wieder richtig", gab Verena kleinlaut zu.
„Und du willst dich mit dem Langw mit diesem Typen von dem Speed-Dating treffen, den du nur einmal gesehen hast! Der kann auch total psycho sein!", haute Julie drauf.
Sophia holte noch einmal die Proseccoflasche und beendete die Diskussion.
„Ich geh zu meinem Date hin - Julie, du bist sozusagen meine Rückendeckung, mein Back-Office. Das Kribbeln tut nämlich ganz gut! Ach, er hat mir übrigens auch ein Foto gemailt. Das zeig ich euch jetzt!"
Die Mädels stürzten zu Sophias Laptop.

♥

Und tatsächlich kribbelte es schon an dem besagten Tag von morgens an.
Sophia stylte sich noch sorgfältiger als sonst. Bevor sie das Haus verließ, schaute sie noch einmal in ihren großen Wandspiegel im Flur - und war mit dem Ergebnis sehr zufrieden!
Ihre Haare lagen heute besonders gut, das Abend-Make-up hatte sie bestens auf ihre Garderobe abgestimmt. Die zarten Cremetöne des Lidschattens passten hervorragend zu dem leicht verspielten, romantischen Rüschenkleid, dessen Rock bis Mitte Wade weit schwingend fiel. Die beigen, mit einem Lochmuster versehenen Sommerstiefel gaben dem Kleid den letzten Pfiff - irgendwie Country-Style, stellte Sophia freudig fest.

♥

Mit Herzklopfen öffnete sie die Tür des kleinen, feinen Restaurants im benachbarten Düsseldorf und schaute dabei auf die Uhr. Fünf Minuten später als vereinbart. Perfekt, dachte sie. Hoffentlich erkenne ich ihn auch!
Diese Besorgnis war umsonst, denn von einem der hinteren Tische stand ein gutaussehender Mann auf und kam ihr lächelnd entgegen. Ja, sie sah das ansprechend männliche Gesicht aus der Email.
„Sophia?"
„Das bin ich", lächelte sie angenehm überrascht zurück.
Geschäftsmann durch und durch, kam ihr in den Sinn. Das gefiel ihr sofort.

Er trug keinen Anzug, aber Hose und Jackett der Kombination waren in Harmonie. Das weiße Hemd wurde durch eine dezente Krawatte betont. Der attraktive Mann reichte ihr die Hand.
„Christian. Ich freue mich sehr."
Er betrachtete sie mit einem schnellen, prüfenden Blick von Kopf bis Fuß. „Du siehst bezaubernd aus!"
„Oh danke!"
„Komm, ich habe uns schon einen Tisch ausgewählt, weiter hinten, da können wir etwas ungestörter reden und uns kennenlernen! Ich gehe mal voraus!"
Am Tisch angekommen, rückte er ihr einen Stuhl zurecht und ließ sie Platz nehmen.
Alte Schule, wie nett, dachte Sophia, das hatte sie schon länger nicht mehr erlebt.
Er bestellte sich als Aperitif einen Martini. Sophia nahm ein Mineralwasser.
Danach entschied sie sich für Penne all'arrabbiata. Scharf passte zu dem Abend! Auf eine Vorspeise hatte sie verzichtet, dafür war sie zu aufgeregt.
Christian jedoch nahm das volle Programm. Vorspeise, das teuerste Hauptgericht der Karte und später auch noch ein Dessert. Auch dem musste Sophia leider entsagen, da sie schlichtweg satt war. Aber sicherlich trug auch hier die Aufregung dazu bei.
Das Gespräch entwickelte sich wunderbar. Christian war ein begnadeter Erzähler.
Er berichtete Sophia von seinem verantwortungsvollen Job als Bauingenieur eines großen Konzerns, von seinen zahlreichen Auslandsreisen, privat von seinem geschätzten

Theater-Abonnement und auch seiner langjährigen Mitgliedschaft im Golf-Club. Er malte ein farbenprächtiges Bild seiner exklusiven Penthouse-Eigentumswohnung im besten Viertel von Düsseldorf.
Das ließ Sophias Fantasie freien Raum. Sie sah sich schon als Freundin eines attraktiven, vermögenden Mannes mit Wohnung in bevorzugter Lage der Landeshauptstadt!
Ganz genau der ansehnliche Typ Mann mit finanziellem Hintergrund, den sie gesucht hatte! Und nebenbei noch ungemein attraktiv! Er hatte ein einnehmendes Wesen, seine Wortwahl als auch die Gesten waren weltmännisch und zeugten von fundierter Erziehung und Ausbildung.
Sicherlich würde der Abend nicht so schnell enden, jedenfalls nicht hier vor dem Restaurant ... sie dachte da eher an seinen schicken Penthouse-Traum, denn den hatte sie schon vor Augen. Und sie fragte sich, warum in aller Welt eine Frau diesen Mann verlassen hatte!
Als hätte Christian es geahnt, kam er auf dieses sensible Thema zu sprechen. Er zeichnete subtil das Bild einer anspruchsvollen, stets nörgelnden Frau, die mit nichts wirklich zufrieden war und das Geld mit vollen Händen hinauswarf.
Er monierte mit feinen Worten, dass seine Ex wöchentlich zur Kosmetikerin gelaufen war und dabei ein Heidengeld für angebliche Wundercremes, verjüngende Packungen und lange, bunte Fingernägel herauswarf, was Sophia nun etwas irritierte, denn auch sie trug ihre Nägel so.
Er schätzte einen gepflegten Auftritt, das war bei der Begrüßung ganz deutlich geworden, aber dafür muss Frau naturgemäß etwas tun und das ist eben mit Kosten verbunden! Anders geht's schließlich nicht!

Auf ihr vorsichtig eingeworfenes Argument, Frauen sollten doch stets auf ihr Äußeres achten, erntete sie eine hochgezogene Augenbraue. Kein Wunder, er wusste bis jetzt ja noch gar nicht, was sie beruflich machte!
„Aber lassen wir mal das Thema Ex-Freundin weg", lächelte er sie gewinnend an.
„Wie wäre es, wenn wir uns noch einen Cocktail gönnen? Ich kenne hier eine hübsche kleine Bar mit wundervollem Ambiente. Ich denke, dort wird es dir gefallen. Und dann kannst du ein wenig über dich berichten."
Er griff über den Tisch nach ihrer Hand.
„Ja gerne", strahlte sie ihn an.
Christian rief den Kellner und bat ihn um die Rechnung. Auf die Frage, ob das zusammen geht, entstand eine ganz winzige Pause.
Sophia griff sofort ihre Handtasche. „Ich zahle natürlich mein Essen!"
„Aber das kommt doch überhaupt nicht in Frage!", rief Christian und der Kellner rauschte von dannen.
Sophia hatte ihre Handtasche noch auf den Knien, da flüsterte Christian ihr zu, seinen Oberkörper etwas vorgebeugt, damit man es am Nachbartisch nicht verstehen konnte: „Gib mir einfach 20 Euro, dann ist das schon in Ordnung!"
Sophia fühlte sich wie soeben eiskalt abgeduscht.
„Bitte?", fragte sie irritiert und starrte ihn ungläubig an.
„Jaja, mehr brauchst du wirklich nicht!"
Er drehte seine Hand um, so als solle sie einen Schein dort hineinlegen.
Dabei erstrahlte sein Lächeln - jetzt war es für Sophia gar nicht mehr so attraktiv und sexy wie noch wenige

Augenblicke zuvor.
Genau in diesem Moment hörte sie den Klingelton ihres Handys. Das war ein echtes Gottesgeschenk!
Hektisch wühlte Sophia in ihrer Tasche und war glücklich, *Julie* auf dem Display zu lesen.
„Ja bitte?", hauchte sie, machte dann aber sofort einen schwer betroffenen Gesichtsausdruck. „Nein, das gibt es doch gar nicht ... aber das ist ja furchtbar ... nein, nein, das ist ganz selbstverständlich, mach dir bitte keine Sorgen, ich komme sofort!"
Sie drückte das Gespräch weg, schmiss das Handy in ihre offene Handtasche, sprang auf und mit dem Satz: „Du, tut mir echt leid, aber das ist ein Notfall!", stürmte sie in Richtung Tür, beinahe noch den Kellner umreißend, der gerade wieder auf dem Weg zu ihrem Tisch war. Er sah ihr irritiert hinterher, die Rechnung auf einem Tablett in seiner Hand haltend. Der Windzug von Sophias stürmischem Abgang ließ das Papierchen zu Boden segeln, aber das bekam Sophia nicht mehr mit.
Draußen rannte sie direkt los. Das schnelle Klappern ihrer Stiefelabsätze hörte man deutlich auf dem Asphalt.
Völlig außer Atem kam sie an ihrem Auto an. Das erste Mal in ihrem Leben fuhr sie mit quietschendem Reifen von einem Parkplatz.
Noch von unterwegs rief sie ihre Schwester an.
Julie war besorgt, nachdem sie die überschnappende Stimme von Sophia hörte.
„Was ist denn los? Ist dir was passiert?"
„Ach was, körperlich nicht, aber seelisch! Bin gleich da!"
Bei Julie angekommen schellte sie Sturm und nahm zwei Stufen auf einmal das Treppenhaus hoch.

„Hast du mal einen Grappa für mich?", fragte sie, in die Wohnung stürmend.
„Sicher! Was denkst du denn?"
Julie holte ein Grappa-Glas und goss die klare, duftende Köstlichkeit ein. Sophia war ihr in die Küche gefolgt und lehnte nun mit dem Rücken am Kühlschrank.
„Gib her!"
„Oh je", meinte Julie und sah Sophia bedauernd an, die den Grappa auf Ex hinunterschüttete.
„Gieß dir auch mal einen ein - und mir Nachschub!" und dann begann sie zu lachen.
Julie gehorchte, beide stießen diesmal in Ruhe mit den zarten bauchigen Gläsern, die sich elegant nach oben verjüngten, an. Und als gäbe der Klang der Gläser den Anstoß zu einer Rede, begann Sophia zu berichten.
Julie hörte mit offenem Mund zu.
„Und er hat das mit der Kosmetikerin gesagt, obwohl du es beruflich machst?"
„Das wusste er doch nicht! Ich kam schließlich, Gott sei Dank, bis dahin gar nicht zu Wort!"
Sophia nahm noch einen kleinen Schluck. „Sag mal, hast du was dazu? Vielleicht Schokolade?"
„Klar doch! Kannst du dich denn erinnern, dass ich jemals ohne Schokivorrat war?"
Julie holte drei Schokoladen, worauf Sophia sich gleich auf die Zartbittervariante stürzte.
„Wenn ich mir das so recht überlege", das Staniolpapier raschelte leise, „hat er eigentlich nur über sich gelabert."
„Aber warum bist du denn abgehauen?"
Sophia berichtete von den 20 Euro.
„Nein!!!", brach es entsetzt aus Julie heraus.

„Doch!!!"
„Du hast ihm die 20 Euro nicht etwa gegeben?"
Julies Augen waren riesengroß geworden. Sie tastete nach der Schokolade, die auf der Küchenablage wartete und knackte sich blind ein Stückchen ab.
„Weißt du, meine Penne all'arrabbiata haben 8,90 Euro gekostet und mein Wasser 2,30 Euro."
Julie rechnete. „Das macht nach Adam Riese aber nur 11,20 Euro. Und der wollte 20 Euro von dir?"
„Tatsache! Ich hab auch gedacht, ich hör nicht richtig!"
„Du hast ihm das Geld doch wohl nicht gegeben?", hakte Julie noch einmal nach.
„Dazu kam ich erfreulicherweise gar nicht! Du hast just in diesem Moment angerufen und in der allerletzten Sekunde die Situation gerettet! Ich bin förmlich aus dem Restaurant geflüchtet und habe während meiner Flucht auch noch den Kellner angetitscht! Du hättest mich sehen sollen! Mein Gesicht war sicherlich filmreif. Draußen hab ich wie ein aufgescheuchter Feldhase mehrere Haken geschlagen aus Angst, der verfolgt mich direkt und will bei mir die 20 Euro erbeuten!"
Sie unterbrach nur für einen großen Schluck Grappa.
„Im Nachhinein bin ich sowas von dankbar, dass er nur von sich gesprochen hat und ich so fasziniert war, dass ich wie ein Volltrottelchen mit offenem Mund schmachtend an seinen Lippen hing! Und ich bin jetzt heilfroh, nicht in Düsseldorf zu wohnen! Dem würde ich sonst bei meinem Glück morgen glatt über den Weg laufen!"
Julie begann zu kichern.
Sophia hielt ihr wieder das Glas hin.
„Kann ich bei dir schlafen? Ich glaub, ich hab eh mit den

beiden Grappa schon den Pegel überschritten! Sonst muss ich ein Taxi ..."

Julie ließ sie gar nicht aussprechen. „Klar kannst du hierbleiben!" Sie hielt die Flasche ins Licht. „Nö, das reicht für uns beide nicht. Aber Papa Carisi sorgt ja stets dafür, das seine Töchter Nachschub haben!"

Sie öffnete ihren Küchenschrank und holte eine neue Flasche Grappa Riserva hervor, die sie triumphierend schwenkte. „Wie schön, dass unser Vater einen Spirituosen-Großhandel hat!"

„Ich liebe Papa!" Sophia zog ihre Stiefel von den Füßen. „Hast du mal ein paar dicke Kuschelsocken für mich?"

Später dann riefen sie noch Verena an, um ihr von dem Abend zu berichten.

Da aber waren sie schon nicht mehr nüchtern und Verena musste mehrfach nachfragen, weil sie wegen des ständigen Gekichers der beiden kaum verstand, was sich an diesem Abend eigentlich genau ereignet hatte.

♥ 3 ♥

Die folgenden Wochen dümpelten dahin.
Sophia gab ihrem Kosmetikinstitut mit tatkräftiger Hilfe von Julie und einigen Freunden ein neues Gesicht. Sie hatte sich für eine hellgraue Strukturtapete entschieden, die sie mit zartem Violett kombinierte. Die genaue geistige Vorstellung hatte Sophia, Julie und ein paar Freunde sorgten für die detailgetreue Ausführung. Für die stilvollen Dekorationen zeichnete Sophia wieder selbst verantwortlich.
Hier zeigten sich einmal mehr die Unterschiede zwischen den Geschwistern. Während Julie gerne anpackte und die Dinge in die eigenen Hände nahm, war Sophia eher der Part des Schöngeistigen.
Verena sahen sie in dieser Zeit nur einmal. Sie kam, um den Fortgang der Arbeiten zu sichten und machte sich gleich unbeliebt.
„Dies hier hätte ich aber etwas anders gestaltet ... die Tapete war sicherlich teuer, aber sie wirkt nicht wirklich! Warum habt ihr diesen Bereich nicht in kräftigem Ocker oder in Burgunder designed? Hätte echt besser ausgesehen!"
„Wärst du mal lieber eher gekommen! Aber meckern, wenn die Arbeiten schon getan sind, ist ja wohl voll daneben!", ärgerte sich Julie und sah sie mit verengten Augen an.
„Ich meine ja nur!" Verena verstand Julies Ärger nicht.
„War doch auch nur ein Vorschlag!"
„Zu spät! Und wer nicht hilft, hat sowieso nix zu krakelen!"
Zu Julies Unmut bot Sophia Verena auch noch einen neuen,

von ihr selbst kreierten Vitamindrink an.
„Prima!“, meinte Verena, „aber leg bitte gleich los! Ich muss mich beeilen!“ Sie sah demonstrativ auf die Uhr.
Julie und Sophia wussten, was das bedeutete - Soap-Time!
„Na, dann bekommst du mein Wundermittel das nächste Mal“, bedauerte Sophia. „Es würde jetzt noch ein bisschen dauern, bis alle Zutaten frisch zubereitet sind! Und frisch ist in diesem Institut ein Muss! Das ist schließlich genau das, womit ich mich von anderen absetze und auch so erfolgreich bin.“
Verena schaute ein wenig bedröppelt, was Julie wiederum sehr genoss.
Kurz danach waren die Schwestern allein. Sophia stand hinter der stylisch geschwungenen Theke und schnitt Obst. Selbst der Mixer einer Designer-Marke war farblich den Wänden angepasst; ihn zierte ein blasses Violett.
„Soll ich dir helfen?“, fragte Julie.
„Um Gottes Willen, nein! Du hast die ganze Zeit gearbeitet. Relax jetzt mal und ich bediene dich, Schwesterherz!“
Aber das konnte Julie so schnell nicht, hatte sie doch noch Verenas unverschämten Auftritt vor Augen.
„Unsere Verena kann sich beliebt machen wie Fußpilz - erst ist sie zum Helfen nicht da, dann meckert sie rum und schlussendlich treibt sie dich noch frech zur Eile an! Unfassbar!“
„Ach Julie, reg dich doch nicht immer so auf! Du hast doch gesehen, wie ich das pariert habe! Ist doch klar, dass sie heute nichts mehr von mir bekommt, nach ihrem taktlosen Auftritt hier! Man muss es nur gekonnt einpacken, ohne gleich ganz direkt zu sein!“
„Ich wünschte, ich könnte das auch, so geschickt und dazu

noch relaxed Klippen umschiffen wie du!"
Kurz danach kam Julie dann in den Genuss des von Sophia höchstpersönlich kreierten Vitamindrinks.
„Oh toll! Mit frischen Erdbeeren", frohlockte Julie. „So gesund, so kalorienarm und so schön rot!"
„Die ersten Früchtchen der Saison!"
„Ich werde mich in diesem Jahr an Erdbeeren rund und dusselig fressen!"
„Das tust du doch jedes Jahr! Aber wie schmeckt dir der Mix denn?"
„Hervorragend, wirklich! Wie kriegst du nur immer diesen süffigen Geschmack hin?"
Sophia freute sich.
„Irgendwie muss sich schließlich mein damaliger Ausflug ins Lebensmitteltechnologiestudium niederschlagen!", grinste sie.
„Das hätte ich besser auch studieren sollen", meinte Julie scherzhaft und danach etwas ernster: „Nun ist mein Kurzurlaub schon wieder um!"
„Arbeitsurlaub, meinst du wohl!"
„Ich hab das gerne gemacht, wirklich! Ist mal ein Ausgleich zum Job."

♥

Julie arbeitete nach ihrem Marketing-Studium zuerst in einem kleineren Unternehmen.
Aber sie erkannte sehr schnell, dass es ihr nicht ausreichte, als Produktmanagerin für nur ein einziges Erzeugnis zuständig zu sein.

Sie wollte die Vielfalt erleben, verschiedene Produkte gezielt und gewinnbringend auf dem Markt zu positionieren oder zu bewerben - und dazu zählte die Verpackung nun mal als Eyecatcher und direktes Verkaufskriterium. Sie wollte unmittelbar an den Produkten arbeiten, den Markt und dessen Bedürfnisse erforschen, Signale der Verbraucher berücksichtigen, neue Trends schnell erfassen. Auf dem Gebiet von Verpackung und Werbung gab es unzählige, aufregende Möglichkeiten!
Schon als Kind hatte die Umverpackung oft ihre Aufmerksamkeit mehr geweckt als der eigentliche Inhalt. Über jedes schöne Geburtstagsgeschenk, eingewickelt in glänzendes Papier mit farbigen Schleifchen, freute sie sich riesig. Sie riss niemals daran rum, sondern machte vorsichtig die Knoten der Schleifen auf. Kam dann außerdem ein bunter Karton zum Vorschein, war das Glück noch größer.
Viele dieser Schachteln sammelte sie im Laufe der Jahre und die ihrer Schwester bekam sie geschenkt, weil Sophia sich nun einmal mehr für den Inhalt interessierte, besonders mit Beginn der Pubertät, wenn es als Geschenke Schminkkram, Parfüms oder Körperlotionen sein mussten.
So war Julie überglücklich, als ihre Initiativ-Bewerbung bei einem der bedeutendsten Marketing-Unternehmen Deutschlands in Düsseldorf angenommen wurde. Sie hatte nicht nur ihren Traumjob, sie konnte somit auch in der Nähe ihrer Familie bleiben.
Vom ersten Tag an fühlte sie sich dort sehr wohl und schon bald schätzten ihre Vorgesetzten ihr feines Gespür und ihre sensible, untrügliche Schnüffelnase für neue Strömungen. Tendenzen des Marktes und beginnende Vorlieben der

Kunden wurden von ihr gleich erkannt.
Schnell hievte man sie zwei Stufen höher, so konnte sie noch flotter und selbständiger handeln. Und das Unternehmen bereute es nicht, eine noch so junge Frau mit verantwortungsvollen Aufgaben zu betrauen.
Außerdem schätzten ihre Vorgesetzten auch ihr Aussehen. Das hatte man ihr aber nicht so deutlich gesagt, als man sie beförderte.
Die Kunden, mit denen sie zu tun hatte, waren nämlich allesamt von ihrem sympathischen Erscheinungsbild - bei dem vor allem ihren großen dunklen Augen hervorstachen - und ihrem südländischen Temperament, kombiniert mit fundiertem Wissen, begeistert.
Sie konnte die Philosophie des Unternehmens bestens transportieren. Ihre Begeisterung steckte an.

♥

„Ich finde deinen Job super interessant", meinte Sophia und nahm noch einen Schluck von ihrem Erdbeercocktail. „Aber für mich war ja schon von jeher der Inhalt etwas wichtiger als das Drumherum."
„Gerade das Drumherum, wie du es ausdrückst, ist der erste Kontakt mit und zu einem Produkt. Das Auge entscheidet zuerst, nicht der Verstand!" Julie beteuerte: „Ich liebe meinen Job wirklich, aber mal was völlig anderes tun macht ja nicht dümmer!"
„Wer immer tut, was er schon kann, bleibt immer der, der er ist! Bin ich nicht ein Schlauberger?", lachte Sophia.
„Sehr wahr! Deshalb habe ich ja auch vor einigen Monaten diesen Tapeten-Workshop mitgemacht! Du siehst, es hat

was gebracht!"
„Ach ja! Das hatte ich total verdrängt! Wie bist du denn eigentlich damals dazu gekommen?"
„Ganz einfach! Ich brauchte einen speziellen Stecker, also bin ich mal schnell in den Baumarkt gesaust. Ich stand vor den Regalen und suchte noch, da kam ein Mitarbeiter - glaub mir, er war total gönnerhaft - und bot mir Hilfe bei der Suche an. So nach dem Motto: Frau im Baumarkt und hilflos vor den Regalen und er der Retter und so! Aber genau in diesem Moment hab ich das Kabelteil entdeckt, schnell rausgefischt und ihm klargemacht, dass ich, obwohl weiblich, keine Hilfe benötige! Was für ein Triumph! Da hat er gegrinst und mich auf das Plakat in einiger Entfernung in der Tapeten-Abteilung aufmerksam gemacht. Ich also dahin! Das war vielleicht eine saublöde Werbung! Werkeln für Power-Frauen und daneben das Bild einer Zwergen-Axt! Voll daneben! Das hätte man sicherlich tausendmal besser machen können. Aber egal, sind eben keine Werbe-Profis! Jedenfalls wurden mutige Frauen gesucht, die an einem Tapezier-Workshop mitmachen wollten. Da hab ich mich spontan angemeldet."
„Ich wünschte, ich könnte mich auch mal so total spontan entscheiden wie du", wurde sie von Sophia beneidet.
Julie griente. „Und weißt du was? Das Ganze war richtig klasse! Der Typ, der uns das, übrigens insgesamt 14 Weibern aller Altersklassen, an einem Samstag beigebracht hat, war echt süß. Doch, was sonst, leider verheiratet! Aber so ist das ja immer, wenn wir interessante Männer kennenlernen. Entweder schwul oder vergeben. Du hättest mal sehen sollen, wie die Bahnen geklebt waren! Einige kamen direkt runter, Muster waren nicht richtig bedacht,

Kleister auf der Hose, Lackschäden an den Nägeln. Insgesamt fünf Pflaster, glaube ich, mussten geklebt werden - das böse, böse Tapetenmesser! Bei mir hat aber alles geklappt, hähä! Das Beste jedoch war, dass es im Anschluss für uns Frauen - der Kurs war übrigens ausgebucht - ein Glas Sekt und Häppchen gab!"

Sophia giggelte. „Da hast du natürlich nach getaner Arbeit voll zugeschlagen!"

„Sicher! Ich war nach der Tapetenschlacht voll ausgehungert!" Sehnsüchtig sah Julie auf die appetitlich gefüllte Glasschale. „Sag mal, brauchst du die Erdbeeren, die mich von dort aus so verführerisch in diesem charmantem Rot anlächeln, noch für weitere Cocktails?"

„Ach was! Die kannst du alle essen! Und wenn ich noch welche benötige, kaufe ich halt neue Früchtchen."

Sophia schob die Schale zu Julie hin.

Die schaute gedankenvoll auf die Erdbeeren.

„Sag jetzt nicht, du willst noch Schlagsahne dazu!", meinte Sophia.

„Woher weißt du das?"

„Du hast den Rahm in den Augen!"

Sophia stand auf und holte ein Päckchen Sahne aus dem Kühlschrank. Kurz danach war auch die geschlagen und beide machten sich mit Genuss über die Früchte mit Schlagrahm her.

Es war wie immer zwischen den Schwestern. Sophia aß nur einen Bruchteil der Sahne, die Julie sich einverleibte.

„Schade", meinte Julie, während sie mit Appetit löffelte, „dass du keinen Eierlikör hier hast. Der wäre jetzt perfekt dazu!"

„Nun hör aber auf! Du bist auch mit nix zufrieden!"

„Eigentlich ist Essen die Erotik des Alters, aber bei mir trifft das wohl jetzt schon zu", gibbelte Julie. „Sicherlich mangels Mann!"
„Da bist du in guter Gesellschaft. Das gilt dann offenkundig auch für mich. Schade, dass unsere romantischen Bestrebungen augenblicklich total gen Null laufen. Da braucht man eben auf die eine oder andere Art Ersatz!"
Und nach einer kurzen Gedankenpause und ein paar Erdbeeren später seufzte Sophia: „Gibt es denn keine richtigen Männer mehr?"
„Wie philosophisch ausgedrückt! Das hab ich mich auch schon so oft gefragt. Alles Frösche! Manche erkennt man durchaus schon beim Anblick, aber die meisten vielversprechenden Typen bleiben halt einfach Frösche, da kann man selbst noch so gut küssen! Jedenfalls scheinen wir immer die Nieten und Nullnummern zu erwischen! Nichts als Frösche, Frösche, Frösche!!!"
„Verena hat mir übrigens erzählt", warf nun Sophia ein, „dass sie sich mit diesem Björn vom Speed-Dinner tatsächlich trifft!"
„Nein!!! Das glaub ich jetzt nicht!" Julie war total überrascht. „Immer die! Sag mal, wie macht die das? Verena findet stets einen, der auf sie und ihre Marotten reinfällt! Und wir, gutaussehend, sportlich, atemberaubende Figur, liebenswert, ohne Makel wie Telenovelas, beste Köchinnen, lecker im Bett, gehen immer leer aus."
„Tja, irgendwie hat Verena was, was wir nicht haben!"
„Ganz genau! Sie ist prächtig ausgestattet mit einer Riesenportion Egoismus, Rücksichtslosigkeit, impertinenter Frechheit sowie ordentlich Hüftspeck - und einem fetten Hinterteil!"

♥

Und während Julie und Sophia auch die folgenden Wochen trotz intensiver Facebook-Pflege, Versuchen auf einem kostenfreien Online-Dating-Portal und sogar einem weiteren Speed-Dating keine Verabredung ergattern konnten oder auch wollten, traf sich Freundin Verena regelmäßig mit Björn.

„Ich versteh das nicht", beschwerte sich Julie bei Sophia zum wiederholten Male. „Verena ist sowas von kleinkariert, die guckt über ihren Tellerrand nicht hinaus, sofern sie überhaupt was Nahrhaftes drauf hat außer Chips oder Dosenfisch, rennt mit Scheuklappen durchs Land, wird immer speckiger und greift dann so einen sympathischen Typen ab!"

„Du fandest ihn doch beim Speed-Dating langweilig", ärgerte Sophia.

„Na ja, am Anfang. Aber eigentlich ist er doch ein richtig netter Kerl", musste Julie zugeben.

Schon mehrfach hatte man sich gemeinsam getroffen. Während Verena stoisch vor ihrer Telenovela saß, kochte Björn in der Zwischenzeit. Sophia und Julie halfen ihm dann und es wurde oft sehr lustig in der Küche ihrer Freundin.

Verenas Kommentare dazu waren: „Seid mal ein bisschen leiser, ich kann nicht so gut verstehen" oder „geht's auch mit weniger Lautstärke" und „seid gefälligst nicht so albern" sowie „ich denke, ihr kocht, dabei hört es sich eher wie ein Diskussions-Forum an! Ich hör nichts mehr!"

Lautlos äfften sie Verena in der Küche nach.

„Spielt doch überhaupt gar keine Rolle", rief Julie ins Wohnzimmer, „die Scheiß-Dialoge sind sowieso immer die

gleichen!"
„Du bist sowas von gemein", kam es dann entrüstet zurück, „und jetzt seid gefälligst leiser!"
Selbst Sophia fragte sich im Stillen, was Björn eigentlich an Verena fand. Und manchmal beschlich sie das Gefühl, Björn lud sie so oft und gerne ein, damit er überhaupt ein Lob für seine Arbeit einfuhr oder ein wenig Unterhaltung in der Küche hatte.
Warum er sich das allerdings antat, so oft für Verena zu kochen, während sie sein kulinarisches Werkeln total ignorierte, erschloss sich ihr absolut nicht.
Björn war freundlich und umgänglich, konnte sich nett unterhalten, hatte eine sportliche Figur. Das war allerdings keine Kunst, denn er unterrichtete Sport. Er war unternehmungslustig und Neuem aufgeschlossen - kurzum, in jeglicher Hinsicht eine durchaus begehrenswerte Partie, wenn man nicht unbedingt ein Knaller-Aussehen mit Sexappeal als Wunschgedanken hatte.
„Das nennt man Perlen vor die Säue schmeißen", kommentierte Julie in ihrer direkten Art, als sie wieder mal an einem Abend mit vollen Bäuchen von Verena aus nach Hause fuhren. „Dieser Mann verschwendet sich!"

♥

„Und warum haben Verena und Björn abgesagt?", fragte Julie erstaunt, als Sophia sie ein paar Tage später abends abholte. „Björn wollte doch so gerne mit zu diesem Jazz-Abend!"
„So richtig weiß ich das jetzt auch nicht. Verena hat Kopfschmerzen vorgeschoben. Aber ehrlich gesagt, ich könnte

wetten, sie hat vorher geheult."
„Warum hast du denn nicht nochmal nachgehakt? Oder gefragt, ob Björn allein mitkommen möchte?"
„Weil ich gar keine Gelegenheit dazu hatte! Verena hat meinen Ansatz direkt abgewürgt, sich kurz verabschiedet und aufgelegt."
„Oh ...!" Julie machte es sich im Beifahrersitz bequem und wechselte das Thema.
„Sag mal, du wolltest dir doch ein neues Auto kaufen! Hast du dich denn jetzt endlich für eine Marke entschieden? Ich selbst", und Julie seufzte, „werde mir eines Tages einen Mercedes zulegen! So ein hübsches, nettes Sternchen! Mein Traum!"
„Die sind ja wirklich superschick! Aber BMW und Audi gefallen mir ebenfalls, oder Ferrari oder Porsche. Volvo ist übrigens auch ansprechend. Aber so wirklich habe ich mich noch nicht entschieden. Es hat mir letztendlich die Zeit gefehlt, mich intensiv mit dem Thema Auto auseinanderzusetzen. Allerdings" und Sophias Augen begannen zu leuchten, „möchte ich ein richtig luxuriöses Teil! Und jetzt kann ich es mir leisten. Ich hab schließlich *SO* lange dafür gespart! Und dann denke ich wieder, mein Altes tut es doch noch eine Weile. Ich schlag lieber erst nach der nächsten IAA zu!"
„Das verstehe ich nicht! Eigentlich passt ein älteres Auto doch gar nicht zu deiner mondänen Erscheinung. Das dir das gut genug ist ... und ich frage mich, wie lange deine Karre es noch tut", meinte Julie.
Sie wusste nicht, dass sie damit schon wieder hellseherische Fähigkeiten an den Tag legte.
„Mal den Teufel nicht an die Wand! Es sieht doch noch gut

aus. Schließlich ist es kein rostiger Schrott, mit dem ich durch die Gegend kutschiere, nur halt schon ein älteres Semester! Mein Wagen hat sozusagen eine besondere Patina! Er bekommt eben verklärte Nostalgiepünktchen von mir, deshalb hab ich ihn noch."
„Stimmt! Und dein Auto ist sauber!"
„Siehste! Schrottmöhren werden nämlich nur vom Dreck zusammengehalten!"
Julie kicherte. „Fahr los, wir sollten nicht so spät da sein, damit wir noch einen guten Tisch bekommen. Wenn die Autobahn voller ist, brauchen wir sicherlich eine Stunde oder mehr! Und das Parkplatzproblem ist auch nicht zu unterschätzen! Dieser Laden dort brummt immer!"

♥

Der Jazz-Abend wurde richtig schön. Sophia und Julie erwischten einen Super-Tisch. Zentral an der Musik, aber doch mit der Möglichkeit, sich zu unterhalten. So verließen sie schließlich erst kurz nach Mitternacht die Musikkneipe. Es regnete und im Schein der Straßenlaternen sahen sie, wie der starke Wind den Regen schräg in Böen über die Straße peitschte.
Einen Schirm hatten sie nicht mitgenommen, der Einsatz wäre allerdings auch sinnlos gewesen. Es war zwar nicht weit bis zum Parkplatz, aber sie waren schon gut nass, als sie Sophias Auto erreichten. In den Lichtern der Straßenlaternen wirkte der Regen wie glitzernde Bindfäden.
„Mach schnell auf", jammerte Julie.
„Schneller geht nicht", rief Sophia, die mit dem Türschloss hantierte. „Auch ein Argument für ein neues Auto. Öffnen

per Fernbedienung!"
Endlich konnte Julie die Tür aufreißen, warf ihre Handtasche mit Schwung nach hinten auf den Rücksitz und sprang ins Auto. Die Wagentür schlug sie derart zu, dass das Auto wackelte. Dann schüttelte sie sich.
„Bäh! Scheißwetter! Konnte der Regen nicht noch so lange warten, bis wir zuhause sind? Ich hab ganz nasse Beine!"
„Jetzt jammer nicht! Ich bin auch nass! Auf geht's!"
Sophia drehte den Zündschlüssel um. Sie stutzte. Dann drehte sie den Schlüssel noch einmal.
„Der Wagen springt nicht an!"
„Veräppel mich nicht", grantelte Julie, „ich will nach Haus!" Sie rieb sich die Hände. „Ist ganz schön nasskalt!"
„Du, ich meine das echt ernst! Der Wagen springt nicht an!"
Sophia versuchte es erneut - vergeblich, der Motor blieb stumm. Nun wurde es still im Wagen. Beide hatten ihre ganz persönliche Schrecksekunde.
„Aber wir sind doch ohne Probleme hierhergekommen!", insistierte Julie entgeistert. „Und was machen wir nun?"
Ihr Blick wanderte auf ihre Armbanduhr. „Mensch, schon so spät!"
Sophia versuchte es noch einmal.
„Da tut sich nix mehr! Was für ein Mist! Bleibt ja nur der Abschleppdienst" und schon kramte sie in ihrer Handtasche hektisch nach dem Handy. „Dann weiß ich wenigstens jetzt, warum ich seit Ewigkeiten die Jahresgebühr beim Autoclub zahle! Ich ärger mich nur, dass ich die alte Seifenkiste immer noch fahre. Aber irgendwie ... ach, Mensch, ausgerechnet jetzt und mitten in der Nacht!"
Sophia wählte den Autoclub an, schilderte die Situation, gab ihre Daten und den Standort durch. Danach seufzte sie

ergeben.
„Eine halbe bis dreiviertel Stunde. Solange dauert es, bis der Abschlepper da ist."
„Waaas? So lange?" Julie war entsetzt. „Ehe wir dann zuhause sind, gibt es überall schon Frühstück!"
„Ich kann nichts dafür", verteidigte sich Sophia.
„Das ist doch doof!"
„Aber es ändert auch nichts an der Tatsache, dass die blöde Karre nicht anspringt!"
Mit letzter Hoffnung versuchte sie es erneut, aber natürlich vergeblich.
„Das ist ganz schön duster hier auf diesen Parkplätzen! Schau mal, es ist auch nur jede zweite Straßenleuchte in Betrieb. Ist mir vorhin gar nicht aufgefallen!"
Julie starrte angestrengt aus dem Fenster, das schon beschlagen war und sie soeben mit dem Ärmel von einer milchigen Schicht befreite. „Mir ist kalt!"
„Mir auch!"
„Man sollte immer eine Decke im Auto haben", wusste Julie es nun besser. „Und? Hast du eine bei?"
„Natürlich nicht! Wer rechnet denn damit, dass wir nicht mehr vom Fleck kommen. Das ist mir noch nie passiert!"
„Machen wir uns bis zur Ankunft schöne Gedanken", versuchte Julie die Stimmung aufzuheitern. „Jetzt ein Glas perlender Prosecco! Und dazu was zu picken! Antipasti oder leckeren Käse. Oder ein Stückchen Baguette! Ich hab so Hunger!"
„Wir könnten natürlich auch den Pizza-Service hierher bestellen", kicherte Sophia, nachdem der erste Schock verdaut war.
„Gib mir doch mal ein Stückchen Schokolade!", forderte

Julie.
„Geht nicht. Die hab ich vorhin auf unseren Tisch gelegt und mit den anderen Gästen geteilt."
„Was? Das hab ich ja gar nicht mitbekommen!"
„Wie auch! Du hattest ja nur Augen für den attraktiven Saxophonisten!"
„Ja und? Was spricht dagegen? Wenn du etwas geboten bekommst für die Guckerlis, schaust du doch auch nicht freiwillig weg! Außerdem haben wir Eintritt bezahlt. Dann darf man auch gucken! Ach egal, dann werf mal ein Karamellbonbon her!"
„Geht auch nicht, die letzten hab ich der Bedienung geschenkt!"
„Wie kannst du alles verschenken, Mensch!"
„Ich denk doch nicht, dass wir hier festsitzen!"
„Jetzt eine heiße Currywurst ...", fantasierte Julie.
„Hör auf!" Sophia kramte in ihrer Handtasche und zog ein kleines Tütchen hervor. „Erdnüsse!"
„Wenn du die aufmachst, schlag ich dich!", rief Julie wütend. „Du weißt genau, dass ich allergisch gegen die Dinger bin. Allein schon der Geruch bringt mich zum Würgen! Ich kotze dir rücksichtslos alles voll, das sage ich dir!"
„Schon gut, schon gut!"
Ab und zu kam an der Straße ein Auto vorbei. Jedes Mal schauten die jungen Frauen hoffnungsfroh aus dem Fenster, aber der Abschleppwagen war nicht dabei.
„Wie lang doch eine halbe Stunde sein kann", seufzte Sophia ergeben.
„Ja – und wie schnell Gliedmaßen absterben können, liebste Schwester. Ich fühle meine Füße nicht mehr!"
„Stell dich nicht so an, wir haben schließlich Plusgrade!"

In diesem Augenblick wurde es laut. Eine Gruppe Jugendlicher bevölkerte die Bushaltestelle schräg hinter ihnen. Wortfetzen drangen zu ihnen in das Auto.
„Boah eh - hey Alter - voll die Dröhnung - Hammer abgefuckt, echt!"
„Ach du Schreck! Mach die Verriegelung zu, Sophia! Das sind diese Typen, die den Schritt ihrer Hosen in den Kniekehlen hängen haben und außerdem noch diese komischen schwarzen Strickmützen tragen!"
„Die so aussehen wie bei einem Ba-Ba-Banküberfall oder wie ausgestattet mit Omis gehäkelten Klopapier-Versteckhüten?", lachte Sophia.
„Genau die! Da gibt es noch eine Steigerung! Diese Klopapierhüte mit welligem, andersfarbigen Rand und in der Mitte eine Barbiepuppe. Das haben die früher auf der Ablage des Autos spazieren gefahren!"
„Jaaa! So konnte man jederzeit mal müssen, wenn man ein Gebüsch fand!"
„Heute gibt es nicht nur Autobahnklos, sondern an jeder Ecke die Filiale einer Fastfood-Kette! Die haben auch Toiletten und außerdem kleine Snacks."
„Oh ja ... nette kleine Happen, die man so prima im Auto essen kann!"
„Apropos Snacks. Wenn es die an jeder Ecke gibt, warum ist hier gerade keine Filiale, gefüllt mit leckeren Happen? Ich könnte jetzt ein paar heiße Pommes vertragen! Hach, mit Mayo!" Julie zog vor Kälte und auch ein bisschen Sorge die Schultern hoch. „Die da draußen sollten besser gar nicht merken, dass wir hier im Auto festsitzen. Verriegel doch das Auto, Sophia!"
Das Gegröle der Jugendlichen wurde lauter.

„Oh Mist! Ich bin hungrig, mir ist kalt, Muffe hab ich jetzt auch und was machen wir, wenn wir mal müssen?"
„Einhalten oder in den leeren Kaffeebecher pinkeln", meinte Sophia pragmatisch.
Sie zeigte auf die Halterung, in der ein XXL-Becher eines eben so sehnsüchtig vermissten Fast-Food-Restaurants stand.
„Naja, wenigstens dafür ist im Notfall gesorgt", stellte Julie resigniert fest.
In diesem Augenblick vernahmen beide ein lautes Motorengeräusch. Gelbe Farbe zeichnete sich verzerrt vom Regen durch die Heckscheibe ab.
„Gott sei Dank!"
Und schon klopfte es an Sophias Scheibe.
Sie stieg aus und wollte direkt loslegen, aber zuerst einmal nahm ihr das Aussehen ihres Helfers den Atem.
Eine Mischung aus George Clooney, Hugh Jackman und Dean Martin grinste sie an. Und die intensiv blauen Augen erinnerten sie außerdem noch an Terence Hill.
„Wie kann ich Ihnen denn helfen, Lady?"
„Ja, also ..." Sophia richtete sich automatisch die Haare und ärgerte sich über ihre unbedachte Geste sofort.
Das Grinsen ihres Gegenübers verstärkte sich.
Reiß dich zusammen, Sophia Carisi, dachte sie, räusperte sich und erklärte nunmehr sachlich das Problem, innerlich schlug ihr Herz jedoch deutlich verstärkt.
„Darf ich mal eben schauen?", fragte er.
Sophia trat zur Seite und er setzte sich ins Auto. „Oh, noch eine! Hallo! Mädelabend gewesen?"
Während des knappen Kommentars hatte er ein wenig rumhantiert, stieg dann aus.

Im Hintergrund hörte sie nun die Jugendlichen lärmen und Sophia setzte sich eilig wieder ins Auto. Allerdings war sie bereits vom Regen gezeichnet.
„Mist! Ich bin patschnass!"
Der Techniker kam wieder, öffnete die Motorhaube, schloss irgendein Gerät an, was die beiden aber durch den strömenden Regen nicht erkennen konnten.
Kurz danach meinte er: „Also, die Batterie ist es nicht. Wird wohl eher der Anlasser sein!"
„Und jetzt?", wollte Sophia wissen.
„Ich mache Ihnen den Wagen an. Sie kommen damit bis nach Hause. Aber Sie dürfen ihn nicht abwürgen! Dann ist es vorbei. Also an jeder Ampel immer schön ein Pumpsfüßchen auf dem Gas haben! Schaffen Sie das?"
Er warf einen genießerischen Blick auf Sophias Beine.
„Sie wissen gar nicht, was meine Pumpsfüßchen so alles können", grinste Sophia und ließ kokett ihr Fußgelenk kreiseln.
„Sagen Sie es mir hier und jetzt besser nicht, wenn ich noch arbeiten soll!"
Beide sahen sich an und die Luft knisterte. Aber Julie zerschoss die aufkommende Erotik sofort.
„Bitte Beeilung, ich will nach Hause! Ich friere und bin müde!" Und leise fügte sie hinzu: „Außerdem, ein Schwein auf Toast könnte ich auch verputzen!"
„Meine Damen, dann bitte aussteigen!", kommandierte der Techniker. „Wir müssen den Wagen aus der Parklücke schieben, so dass Sie direkt losfahren können!"
Sophia und Julie quälten sich in den Regen.
„Ein Schirm im Auto wäre auch ein Gedanke gewesen", raunte Julie.

„Na toll", maulte Sophia. „Hättest ja auch dran denken können!"
Der Techniker bemühte sich mit aller Kraft, den Wagen aus der Parklücke zu lenken. Da kamen plötzlich die Jugendlichen von gegenüber breitbeinig im Hipp-Hopp Schritt auf sie zu. Julie sank das Herz in die Hose.
„Hey, folks, können wir helfen?", rief einer von ihnen.
„Klar Jungs, wäre mächtig nett von euch", meinte der Clooney-Jackman-Martin-Verschnitt.
Ruck zuck stand Sophias alter Wagen auf der Straße.
„Super, Jungs, danke!"
„Man muss doch helfen, wenn man sieht, jemand braucht das", äußerte einer und zog verlegen seine Strickmütze tiefer. Die Jungs traten ihren Rückzug zur Bushaltestelle an.
Die Mädels sprangen wieder in den Wagen und der kurz danach an.
„Danke!", rief Sophia dem attraktiven Kerl im Blaumann zu.
„Stopp! Mal nicht so schnell, Lady! Ich muss noch ein bisschen Papierkram ausfüllen und benötige zudem Ihre Unterschrift!"
Sophia verließ erneut den Wagen.
„Jetzt ist es auch egal", seufzte sie, „nasser kann ich eh nicht werden!"
Sofort danach war sie zurück. Aber trotzdem klebte ihr Haar in Strähnen am Kopf, ihr T-Shirt am Körper.
„Du siehst aus wie Miss Wet T-Shirt", gluckste Julie, „diese komischen Spielchen, die die Amis am Pool immer machen!"
„Schön! Ich fühl mich aber gar nicht wie Pool und Sonne! Mir ist kalt, Mensch! Und du machst blöde Witzchen! Lediglich der Kerl da draußen könnte einem unter anderen Umständen

ein schöneres Lebensgefühl geben!" Sie schaute noch einmal zu ihm hin. „Klasse Material, was?"
Julie vermutete, mit den Worten spielend: „Der kann die Weiber sicher reihenweise im wahrsten Sinne des Wortes abschleppen!"
Sophia meinte genüsslich: „Ich würde den auch nicht von der Bettkante schubsen!" Dann schreckte sie auf.
„Ach du dickes Ei! Wir stehen nicht in Fahrtrichtung! Die Autobahn ist da!" Sie zeigte mit dem Daumen in die andere Richtung. „Ach egal! Ich dreh da vorne!"
Schwungvoll fuhr sie in die kleine Seitenstraße und wendete den Wagen. Dieser machte einen Satz nach vorne und war direkt abgesoffen.
„Nein!!!", schrien beide gleichzeitig auf vor Entsetzen und der grausamen Wahrheit, dass sie nun das gleiche Problem wie vor mehr als einer Stunde hatten.
Julie starrte durch die Frontscheibe hinaus, auf die der Regen trommelte und schrie: „Da steht der Abschleppwagen noch an der Ampel! Schnell, Sophia, hup ganz laut!"
Sophia haute auf die Hupe, aber der strömende Regen schluckte die Geräusche und sie sahen mit Entsetzen, wie sich die roten Rücklichter des Abschleppers nach rechts auf die Autobahnauffahrt entfernten.
„Oh Mist!" Julie war mit ihren Nerven am Ende. „Jetzt beginnt das Ganze von vorn!"
Indem klopfte es an die Scheibe und einer der Jugendlichen machte Zeichen. Schon war ihr Wagen umringt von den ganz in schwarz gekleideten Jugendlichen.
Sophia öffnete ergeben die Tür.
„Wir schieben", meinte einer der Jungs, „vielleicht springt er ja wieder an!"

Schon setzte sich das Auto lautlos in Bewegung.
Aber es half nichts. Nach mehreren vergeblichen Versuchen griff Sophia erneut zum Telefon. Sie erklärte die unselige Situation und bat, den Abschleppdienst wieder zurückzuschicken.
Frierend, nunmehr recht einsilbig, saßen sie im Auto.
Die Jungs waren inzwischen mit dem letzten Bus der Nacht gefahren, sich vorher noch entschuldigend, dass sie nicht helfen konnten.
Eine halbe Stunde später war der heißersehnte gelbe Wagen wieder da - und mit ihm der unverschämt gutaussehende Kerl.
„Ladies, darf ich Sie jetzt in mein Gefährt einladen? Eure Möhre zieh ich hinten drauf. Sonst beschäftigt ihr mich noch die ganze Nacht!"
Ich würd dich gern die ganze Nacht beschäftigen, nur anders, überlegte Sophia, als sie seine Oberarme betrachtete.
Sie wusste nicht, dass er den gleichen Gedanken hatte, als er sie aus dem Augenwinkel in ihrem immer noch feuchten T-Shirt betrachtete.
Sophia und Julie griffen schnell ihre Handtaschen und wechselten in das Führerhaus des Abschleppers, um dem strömenden Regen zu entkommen, während ihr Auto hinten aufgezogen wurde.
„Ich überlass dir den Platz neben unserem Adonis. Du bist durch die Nässe am meisten gebeutelt, also gebührt dir ein wenig Wärmendes für deine Gedanken!", feixte Julie.
„Mir völlig schnuppe! Hauptsache, es geht heimwärts, es ist schon so spät - um nicht zu sagen früh!"
Sophia fixierte wie zur Bestätigung ihre Armbanduhr, nur

damit Julie nicht merkte, dass ihr dieser Platz ganz und gar nicht egal war. Und sie lenkte noch einmal vom Thema ab.
„Hey, was toll! So hoch! Hier hat man ja einen richtigen Ausblick!"
„Meinst du den Blick nach draußen oder den auf den Fahrer?", scherzte Julie.
„Beides", flüsterte Sophia.
Kurz danach war das alte Auto verladen und es ging heimwärts.
Natürlich kamen sie ins Gespräch! Der Abend in der Musikkneipe wurde Thema. Sophia erzählte mit Begeisterung von dem Jazz-Orchester und zu ihrem Erstaunen entspann sich ein fundiertes Gespräch, denn der nette Kerl hatte davon tatsächlich Ahnung!
„Ich bin übrigens Erik", sagte der sympathische Typ. „Das heißt natürlich, wenn Sie das annehmen können. Aber ich denke, wir sind so in ähnlichem Alter ...!"
„Ich heiße Sophia! Und dein Fahrgast auf den hinteren Plätzen ist Julie, meine Zwillingsschwester, feurig und sehr temperamentvoll, sie isst für ihr Leben gern, kann prima kochen und ist immer ...!"
Julie unterbrach sie entsetzt. „Sophia!!! Du bist sofort ruhig! Sonst plapperst du weiter, bis meine BH-Größe erreicht ist!"
Erik lachte auf. „Aber gerne! Dann könnte ich mir eine bildliche Vorstellung machen. Für einen Techniker wie mich durchaus nicht uninteressant!"
Während des weiteren Gesprächs flogen heiße Blicke zwischen Sophia und Erik hin und her - und Julie saß hinten, geplättet und ungewöhnlich leise.
Kurz vorher hatte sie ihren Vater aus dem Bett geklingelt,

der sie von der Werkstatt, wo Sophias Auto abgeladen wurde, abholen würde.
Die Fahrt verging wie im Flug – für Sophia.
Julie war froh, endlich im Heimatort angekommen zu sein, zumal die beiden auf den vorderen Plätzen so gequatscht hatten, dass Mr. Umwerfend glatt die Autobahnausfahrt verpasst hatte und sie auch noch einen kleinen Umweg fahren mussten.
Dabei hatte Julie rechtzeitig darauf hingewiesen.
„Die nächste Ausfahrt müssen wir raus!"
„Ja, ist okay!"
Aber die Unterhaltung vorne war unvermindert weitergelaufen.
Kurz danach hatte sie sicherheitshalber noch einmal erwähnt: „Die nächste Ausfahrt müssen wir raus!"
Da kam es kurz und knapp von vorne: „Ups! Vorbei!"

♥

Ihr Vater war noch nicht am Treffpunkt, so warteten sie im Wagen.
„Überleg dir", meinte Erik, „ob du diesen Wagen reparieren lässt. Es wird wohl nicht mehr wirklich lohnen. Wenn du dir einen Neuen zulegen willst, hätte ich da eine Adresse. Die Inhaber des Autohauses sind ganz in Ordnung, hauen Kunden nicht übers Ohr und einen satten Rabatt gibt es zudem obendrauf!"
Sophia wollte gerade antworten, da rief Julie von hinten erleichtert: „Oh endlich! Da ist Papa! Komm, Sophia! Danke, Erik, fürs Fahren!"
Und weil Sophia sich nicht rührte, schlug sie ihr auf die

Schulter. „Mach schon! Ich bin SO müde!"
„Und Hunger hast du wahrscheinlich auch!"
„So isses! Los, raus jetzt!"
Sophia blieb nur noch, eine gute Restnacht zu wünschen und schon waren beide draußen. Kälte und Regen empfingen sie und so rannten sie schnell auf das Auto ihres Vaters zu.
Sophia sah beim Einsteigen noch einmal zurück.
Erik rangierte gerade, um ihren Wagen abladen zu können. Aber in der Dunkelheit, bei dem starken Regen und durch die sie blendenden Scheinwerfer konnte sie hinter dem Steuer nur seine Silhouette - und das lediglich unscharf - erkennen. Schade.
Aber ein Abschleppwagenfahrer würde sowieso nicht zu ihr passen. Da hatte sie für ihr Leben ganz andere Pläne! Höher hinaus jedenfalls. Also husch, weg mit diesen aufkommenden anregenden Gedanken ...
Papa Carisi ließ sich von seinen beiden Töchtern die Abschleppstory erzählen. Das heißt, natürlich hatte Julie die Berichterstattung übernommen - wort- und gestenreich, wie es so ihre Art war.
Sophia wurde zuerst nach Hause gebracht und in ihrer Wohnung angekommen, kochte sie sich sofort einen Tee.
Die ersten heißen Schlucke ließen sie noch einmal schaudern, so als ob die Wärme die Kälte durch die Haut hinausjagen wolle. Ihrer Figur zuliebe aß sie nichts mehr und ging dann ins Bett.
Aber vor ihrem geistigen Auge sah sie Eriks Lächeln. Sie hatte die Art gemocht, wie er sich bewegte. So selbstverständlich männlich. Wie er wohl im Bett war? Dieser Gedanke ließ sie aufseufzen.
Nur bedauerlich, dass sie nicht weiter über den Kauf des

Autos hatten sprechen können. Er hatte Ahnung davon. Ach, es war besser so. Ein Abschleppwagenfahrer. Nein! DAS sollte es nun doch nicht sein!

♥

Ihre Schwester war zwischenzeitlich auch in ihrer Wohnung eingetroffen. Im Gegensatz zu Sophia stürzte sie sich als erstes auf den Kühlschrank und den darin verfügbaren alten Gouda.
„Hmmmhhh", sie schloss genießerisch die Augen und stöhnte vor Wonne auf, als sie die zarten Kristalle des gereiften Käses auf ihrer Zunge spürte. Dazu ein Glas Rotwein - und die kalten, regnerischen, ungemütlichen Stunden verschwanden. Die italienische Salami, die den schönen Namen Napoli trug, wurde auch noch ihr Opfer.
Mit dem zweiten Glas Rotwein ging sie ins Schlafzimmer und schaltete den Fernseher ein - etwas Abspannen. Sie zappte durch die Kanäle, blieb hier und da noch ein bisschen hängen, aber als das Glas geleert war, sank sie satt und somit zufrieden unter ihre Bettdecke.
Da lernt man über Monate hinweg keine Männer kennen und dann trifft man ein annehmbares Exemplar ausgerechnet in einem knallgelben Abschleppwagen!
Ein echtes Schnittchen, der aber nur Augen für Sophia gehabt hatte.
Morgen würde sie sich noch einmal über Facebook mit diesem Jens verbinden, mit dem sich in den letzten Tagen ein lockerer Chat-Kontakt entwickelt hatte. Der wohnte nur wenige Kilometer entfernt in Richtung holländischer Grenze.

Die von ihm eingestellten Bilder sahen gut aus. Er schien auch Sportler zu sein, jedenfalls wirkten die Fotos von ihm so. Als Aktivität hatte er ebenfalls Sport angegeben, das passte gut. Mehrfach hatte sie in den vergangenen Tagen die zahlreichen Fotos nahezu seziert, jede Kleinigkeit im Hintergrund genauestens betrachtet, ob sich irgendwo etwas Merkwürdiges auftat.
Aber sie hatte nichts gefunden, was sie auf die eine oder andere Art alarmierte oder stutzig machte.

Hi Julie, wie schön, dass du im Chat bist! Ich wünsch dir einen schönen Sonntag!

Das klappte ja noch besser, als sie dachte! Kaum hatte sie sich am folgenden Tag zum Chatten eingeloggt, hatte sie Jens an der Angel.

Hallo Jens, wünsch ich dir auch!

Es regnet bei mir.

Hier ebenfalls - aber macht doch nichts, ist doch Sonntag und man kann zuhause bleiben.

Ja, aber ich bin traurig!

Julie las das noch einmal. Wie unmännlich war das denn? Noch überlegte sie, was sie darauf antworten sollte, als die nächste Mitteilung kam.

Ich bin allein.

Na, das bin ich auch!

Sonntags sollte man nicht allein sein.

Julie wusste jetzt nicht, ob er Spaß machte oder war das etwa so ein Depri-Typ?

Was machst du heute? fragte Jens nun.

Ah, endlich, dachte Julie. Er will sich mit mir treffen und gerade wollte sie mit einem lockeren Spruch darauf eingehen, als er erneut schrieb:

Weißt du, man kann sich ja erst einmal so treffen, ich meine, ohne Sex. Das muss ja nicht sofort sein.

Sie las den Satz zweimal.

Hab ich dich jetzt geschockt? kam direkt die Nachfrage.

Nun, du bist schon sehr direkt, schrieb sie nach kurzer Überlegung, nun deutlich vorsichtiger geworden.
Das romantische Gefühl für ihn lag im gleichen Augenblick bei minus 200.
Und das fiese, unangenehme Gefühl, das sich in ihr ausbreitete, wurde durch die nächste Mitteilung gleich voll bestätigt.

Ich finde, wir sollten offen sein. Wir haben nun schon des Öfteren gechattet. Du bist doch auch nicht gerade ein Kind

von Traurigkeit und so wie du aussiehst, kann ich mir Sex mit dir gut vorstellen.
Wenn deine langen Haare verschwitzt an deinem Körper kleben ... der Gedanke gefällt mir!

Voller Wut und tief luftholend haute sie zwei Worte in die Tasten: *Du Kakerlake!*

Dann war sie im Chat nicht mehr verfügbar.
Ihr Herz klopfte wild. Und den Kerl hatte sie gut gefunden! In den letzten Tagen hatte sie immer wieder seine Bilder angesehen! Vergeudete Lebenszeit!
Schnell schaute sie sich seine Freundesliste genauer an. 762 Freunde. Und was sie beim Durchsehen feststellte, wunderte sie gar nicht mehr. Es waren fast ausnahmslos Frauen – junge Frauen! Und sie war eine von ihnen!
Warum hatte sie da nicht eher mal einen Blick reingeworfen? So – ein weiterer Klick. Und tschüss! Nun waren es nur noch 761 Freunde – und sie um eine Erfahrung reicher und eine Hoffnung ärmer.
Sie holte sich eine Tafel Schokolade und stopfte sich zwei Riegel rein. Dann rief sie Sophia an und erzählte ihr empört von ihrem Chaterlebnis.
„Der ist doch total gestört", meinte Sophia, völlig ruhig. „Aber hast du richtig gemacht, ihn aus deiner Freundesliste rauszuschmeißen."
„Das täte ich an deiner Stelle auch, Sophi-Herzchen! Du bist nämlich ebenfalls eine seiner hübschen Damenbekanntschaften. Hat er bei dir nicht schon nach einem Sex-Date gefragt?"
„Waaaas?" Nun war Sophia nicht mehr so gelassen. „Ich hab

den auch drin? Ich glaub, ich verlier langsam den Überblick! Warte mal, ich log mich schnell ein und schmeiß das Fick-Frettchen raus."

Julie hörte die klickenden Geräusche und hatte bildlich vor Augen, wie die schlanken Finger ihrer Schwester über die Tastatur flogen.

„So, erledigt. Der ist draußen! Der kann ja ruhig bei allen anderen seiner Facebook-Freundinnen drin sein, aber nicht bei uns!" Und dann lachte sie auf. „Im wahrsten Sinne des Wortes."

„Magst du zum Kaffeetrinken rüberkommen?", fragte Julie. „Ich hätte einen frischen Chinois mit reichlich Zuckerguss zu bieten."

„Ja, gerne! Aber ich kann nur bis um halb fünf. Ich bin mit Erik verabredet!"

„Wie? Erik? Der heiße Schlepper von gestern? Ich hab überhaupt nicht gecheckt, dass ihr beiden euch verabredet habt!", rief Julie überrascht.

„Kannst du auch nicht, weil wir es erst vorhin getan haben. Er hat angerufen und gefragt, ob wir gut nach Hause gekommen sind."

„Und woher hat er denn deine Nummer? Das ist ja eine ganz neue Anmache! Ein echter Aufreißer, was? Wie oft macht der Kerl das denn?"

„Also, meine Nummer hat er von den Papieren, die ich wegen des Zusammenbruchs meines Wägelchens unterschreiben musste. Aber sei du mal ganz schön ruhig! Besser als diese sexbesessene Made von dir gerade! Der hechelt sicher beim Schreiben seiner Schweinereien schon mal vorab!"

„Hör auf jetzt! Ich will gar nicht an sowas denken!" Julies Gedanken wanderten nochmals zu Erik. „Sag mal, wieso

triffst du dich mit ihm? Gestern hast du doch gemeint, ein Blaumann wäre nicht dein Niveau!"
„Aber der hat Ahnung von Autos und ich will ein neues!"
„Mach dich auf die Füße und dann erzählst du mir alles haarklein!"

♥

Gemeinsam mit ihrer Schwester konnte Julie nach dem vormittäglichen Schock herzlich lachen und der frische, weiche, köstliche Chinois trug sein Übriges dazu bei.
Als Sophia sich ein wenig später in Julies Bad noch nachschminkte, gönnte Julie ihr die Verabredung zwar von Herzen, beneidete sie aber auch glühend.
„Warum schminkst du dich nach, wenn du von dem Appetithäppchen sowieso nichts willst?"
„Frau muss zu jeder Zeit schön sein", konterte Sophia direkt. „Und ich will einen satten Autorabatt. Den hat er mir in Aussicht gestellt!"
„Meinst du, dein Lidstrich trägt dazu bei?", lachte Julie.
„Nö. Der Lidstrich nicht! Aber meine Wimpern sind heute das Killerkriterium, weil ich jede einzelne auf guten Sitz überprüft habe. Schau" und sie klimperte ihre Schwester an.
Kurz danach war sie verschwunden.

♥

Solange es hell war, konnte Julie ihre Enttäuschung kompensieren, aber sobald die Dämmerung sich in den Abend verwandelte, kam der Frust in geballter Form. Erst diese herbe Enttäuschung morgens, dann auch noch die

Dating-Neuigkeit von Sophia.
Zugegeben, dieser Erik war wirklich ein Bild von einem Mann und sympathisch obendrauf! Sie verstand ihre Schwester sehr gut!
Julie loggte sich bei Facebook ein, ohne sich im Chat anzumelden, aber irgendwie war auch dort tote Hose.
Keine einzige persönliche Nachricht, keine Freundschaftsanfrage, nur drei nichtssagende allgemeine Statements. Waren die etwa alle unterwegs?
So ging sie früher als sonst ins Bett. Während sie ihre Nachtcreme auftrug, betrachtete sie sich nachdenklich im Spiegel.
Was war an ihr falsch? So viele Menschen waren doch glücklich zu zweit. Warum hatte sie keinen Freund? So schlecht sah sie doch nicht aus! Und auch ihre Figur war nicht zu bemängeln. Wo war der Knackpunkt, was machte sie verkehrt?
Tränen traten in ihre Augen.
„Jetzt wirst du auch noch sentimental, Julie", sagte sie laut zu sich selbst. Geh ins Bett und schlaf! Morgen ist es besser!
Und das alles nur wegen dieser blöden Bemerkung von Hausfrau Helena bei diesem dämlichen Klassentreffen!
Sie wischte sich die Tränen aus den Augenwinkeln, holte noch einmal tief Luft und wanderte in die Federn.
Sie las noch einige Seiten in einem netten Frauenroman, aber als sie die Szene erreichte, in welcher der attraktive Held des Buches seine schöne begehrenswerte Freundin auf die Couch zog, während sie lustvoll aufstöhnte, klappte sie das Buch gefrustet zu, löschte das Licht und vergrub sich tief in ihren Kissen.

♥ 4 ♥

Julie machte zeitiger Büroschluss und fuhr in die Innenstadt.
Privat läuft nichts, aber dafür beruflich umso mehr, dachte sie, denn soeben hatte sie einen Hammer-Auftrag eingefahren - die PR für ein brandneues, internationales Kosmetikprodukt! Und das auch noch in Bio-Qualität, ohne Tierversuche, ohne Erdöl, ohne allergieverdächtige Konservierungsstoffe hergestellt. Das konnte sie bestens vermarkten, denn von dieser Strategie war sie selbst mehr als überzeugt.
In ihrem Kopf wirbelten schon die ersten unsortierten Gedanken, die sie zuhause direkt zu Papier bringen wollte.
Sie gönnte sich zum Runterkommen noch einen Bummel in der Altstadt, der bei ihr in den meisten Fällen mit einem Einkaufsrausch gekoppelt war. Diesmal in ihrer Lieblingsdrogeriekette, weil es dort neben dem ersehnten Badeschaum auch diese verdammt leckeren Müsli Riegel gab.
Da sie versehentlich ihren Shopper im Auto gelassen hatte, aber nicht mehr zu dem kostenfreien Parkplatz zurücklaufen wollte, packte sie ihre neuen Besitztümer in die kleinen dünnen Plastiktüten, die es umsonst an der Kasse gab.
Mit drei Tütchen in der linken und vier in der rechten Hand verließ sie, bestens gelaunt, die Drogerie. Nun schnell noch an dem kleinen, feinen Geschäft mit den italienischen Schuhen vorbei, wo sie kurz vorher superschicke Ankle Boots mit irre hohen Absätzen im Fenster erspäht hatte.
Genau die würde sie sich jetzt gönnen! Tschaka - auf den

Erfolg! Nur noch über die Straße, dann wären diese aufregenden Stöckelis die ihren!
Plötzlich riss ihr der Henkel eines Tütchens. Vergeblich versuchte sie noch, den Inhalt festzuhalten, aber der kullerte schon auf die Straße und sie sah, wie der Deckel des neuen Lidschattens in zwei Teile zerbrach und sich das schimmernde, cremefarbene Pulver in Bröckchen über das Pflaster verteilte.
Das war sicherlich die Rache dafür, dass sie diesmal den Lidschatten nicht bei ihrer Schwester geholt hatte!
„Mist, Mist, MIST!“, schrie sie und ging in die Hocke, um die verschiedenen, teilweise nun unbrauchbaren Einkäufe aufzuheben.
„Julie?“, fragte eine tiefe männliche Stimme.
Sie sah auf und blickte überrascht und erstaunt in ein ihr bekanntes Gesicht. Kurz überlegte sie.
„Vincent? Vincent Deemer? Das gibt es doch gar nicht! Was machst du denn hier in unserer Stadt? Ich hab gehört, du lebst im Ausland!“
Er hielt ihr die Hand hin, die sie gleich ergriff und zog sie hoch.
„Ja. Aber ich bin damals schon wegen des Studiums von hier fortgegangen - nach Süddeutschland.“
„Und wie hast du mich jetzt erkannt?“, fragte Julie neugierig.
„So laut Mist auf der Straße brüllen und die dunkle Haarpracht so wild schütteln, das kann nur Julie Carisi sein! Du hast dich gar nicht verändert - sogar die Haarlänge ist geblieben!“ Er lächelte.
Sie betrachtete ihn. Vincent hatte sich ebenfalls nicht viel verändert. Sein fast schwarzes, kräftiges Haar war wie

schon damals sehr kurz geschnitten - und er hatte kein Gewicht verloren, eher das Gegenteil.

♥

Vincent war schon in der Grundschule ein kompaktes Kind gewesen. Seine Hamsterbäckchen füllte er in der Pause mit dick geschnittenen, doppelt belegten Broten und diversen Leckereien auf, Obst gab es allerdings immer obendrauf. Oft hatte er seine Rationen aber auch mit Julie und Sophia geteilt.
Im Laufe der Gymnasiumszeit, während die anderen Jungs eher schlaksig waren und viel Sport trieben, glänzte Vincent durch das Wissen über Kuchen und andere kalorienreiche Angelegenheiten wie Pommes, Würstchen und Co., Essen war sein Hobby und man sah es ihm auch an. Aber alle Häme der Mitschüler war von jeher an ihm abgeprallt.
„Schlanke Jungs gibt es wie Sand am Meer, Pfundskerle wie ich sind selten und somit besonders kostbar. Seltene Dinge werden immer höher gehandelt", war sein Lieblingsspruch gewesen. Julie hatte oft nicht gewusst, ob er tatsächlich so gleichgültig und in seiner rationalen Art emotionslos seiner Masse gegenüber war oder ob er damit nur sein Übergewicht kaschieren wollte.

♥

Vincent riss Julie aus ihren Gedanken.
„Wo wolltest du denn hin?"
„Zu dem Geschäft dort!" Sie deutete auf die gegenüberliegende Straßenseite. „Ich hab so schöne Schuhe gesehen!"

Vincent grinste. „Ich wette, mit schwindelerregenden Absätzen, wenn ich deine Exemplare gerade betrachte!"
Mit anerkennendem Blick sah er auf ihre Beine und dann auf die kleinen Füße, die in schicken, dunkelblauen Peeptoes steckten.
„Na klar, mit supergeilem Absatz!"
„Deine Füßchen sind seit der Schulzeit wohl auch nicht mehr gewachsen, wie? Die sind so klein, da kriegt man ja Angst, du kannst das Gleichgewicht nicht halten und kippst vornüber! Komm, ich begleite dich über die Straße. Nicht, dass du nochmal etwas verlierst!"
Julie griente, die alte Vertrautheit wie in den Schuljahren war plötzlich da und beide gingen schnellen Schrittes auf das Schuhgeschäft zu.
„Da! Die!" Sie zeigte Vincent das elegante Paar in der Auslage.
„Wow! Sexy!"
Ohne eine Sekunde zu zögern, hakte er sich bei ihr ganz familiär unter.
„Ehe du dir hier dein graziles Näschen an der Scheibe plattdrückst, sollten wir den Laden entern!"
Glücklich kam Julie ein wenig später wieder heraus.
Die Verkäuferin hatte angenommen, Vincent sei ihr Ehemann - er hatte die Situation nicht aufgeklärt und sie ebenfalls nicht. Im Gegenteil, sie genoss es, endlich mal wieder in männlicher Begleitung einkaufen zu gehen.
Außerdem hatte Vincent ihre Beine bewundert!
Na, das war doch NOCH ein Erfolg heute! Warum gab es solche Tage nicht öfter?
Aber es sollte noch besser kommen! Vincent lud sie auf einen Kaffee ein.

„Wenn du noch ein bisschen Zeit hast, könnten wir doch noch einen Kaffee trinken gehen und erzählen ein bisschen? Ist ja schon toll, das Café dort drüben gab es schon zu unserer Kindheit." Er schaute lächelnd dorthin. „Oder hast du direkt etwas anderes vor?"
„Einen Kaffee könnte ich jetzt brauchen! Aber nicht in dem Café dort drüben. Das ist was für alte Tantchen und Ömchen. Da brauchst du nur durch die Scheiben zu schauen, die tragen alle Hut. Total antiquiert!"
Zum zweiten Mal an diesem Tag hakte sich Vincent bei ihr unter.
„Da bist du echt auf dem Holzweg! Das ist ein Hütchen-Café! Genau diese alten Dämchen und Ömchen wissen, wo der Kuchen ein Knaller ist! Und das ist dort! Los, hin!"
Julie war sehr verwundert. Das Café hatte wirklich einen leicht altbackenen Touch, aber die Kuchentheke, an der sie Vincent in Richtung der kleinen, schön eingedeckten Tische vorbei manövrierte, barst vor frischen, appetitlichen Kalorienbomben.
Das Café war sehr gut besucht und sie ergatterten doch glatt den letzten freien Tisch! Kurz sah sich Julie um. Alte Möbel, einladende kleine plüschige Sofas, aber nicht nur alte Menschen. Gut, es gab einige Tische mit den von ihr reklamierten alten Damen mit Hut, aber sie entdeckte durchaus auch junges Publikum. Die Unterhaltungen und das Lachen der Gäste füllte den Raum angenehm und wurde untermalt von leiser Kaffeehausmusik. Sie fühlte sich direkt wohl und ließ sich mit einem Seufzer auf das kleine, weinrote Sofa fallen.
„So schlimm?", grinste Vincent, als er ihr die Jacke abnahm. Nun lächelte Julie. „War nur die Vorfreude auf den Kuchen,

den ich dort in der Theke entdeckt habe!"
„Hey", neckte Vincent sofort. „Wir wollten doch nur einen Kaffee trinken!"
Julie stutzte und starrte ihn für eine Schrecksekunde mit großen Augen an.
„War doch nur ein Scherz", lachte Vincent. „Selbstverständlich essen wir ein leckeres Stückchen Torte. Ich will schließlich auch!"
Julie griff zu der kleinen Karte und seufzte noch einmal.
„Guck mal, Vincent, hier gibt es heiße Schokolade! Und die wird nicht aus Pulver, sondern aus echter Schokolade gemacht, steht hier! Oh herrlich! Die hatte ich schon Jahre nicht mehr!"
Indem kam die Bedienung und Vincent bestellte für Julie die begehrte heiße Schokolade und für sich das obligatorische Kännchen Kaffee.
Die Torte musste man sich selbst an der Theke aussuchen und Vincent schickte Julie gleich los.
Sie schaute auf die farbige Pracht in der Kuchentheke. Verschiedene Sorten Schokoladenkuchen, deren Glasuren appetitlich sattbraun glänzten, standen neben bunten Obsttorten und die wiederum konkurrierten mit den verschiedensten Sahnetorten wie Buttercreme, Schwarzwälder Kirsch, Champagnertorte, Himbeer- und Blaubeer-Sahne sowie auch Pfirsichschnitten.
Und dann entdeckte sie IHRE Wahl. Eine Erdbeertorte! Da konnte sie sich nicht zurückhalten! Erdbeeren! Köstlich! Sie befand die Stückchen für recht klein und bestellte sich gleich zwei. Selbstverständlich mit Sahne!
Das hatte natürlich sofort Vincents Spott zur Folge, indem er hinter vorgehaltener Hand hüstelte und sie mit

lachenden Augen ansah.
Julie fühlte sich direkt in die Ecke und zur Verteidigung gedrängt.
„Also, die Stücke kann man nicht wirklich als groß bezeichnen! Wenn schon Beziehungsfrust, dann wenigstens Genusslust! Die Seele muss doch auch was haben, sonst geht man ja ein! Außerdem hab ich mir das ratzfatz abtrainiert. Ich jogge nämlich mehrfach wöchentlich", meinte sie wichtig. „Ins Fitness-Studio gehe ich auch regelmäßig. Sport ist ein wichtiger Teil meines Lebens! Ich verzichte auch heute auf das Abendessen. Und morgen gibt es dann ausschließlich Quark, Knäckebrot und Salat! Dann darf ich auch jetzt zulangen! Man muss die kleinen Sünden nur zeitnah ausgleichen. Das ist nämlich das einzige Geheimnis! Ich achte sehr wohl auf gute Ernährung! Jedenfalls meistens."
„Ich auch", schmunzelte Vincent, „ich sehe zu, dass ich stets gut satt bin!"
Sieht man, dachte Julie, du isst ausschließlich das Falsche!
Die Getränke und der Kuchen wurden gebracht - Julies heiße Schokolade krönte eine leicht angeschmolzene Sahnehaube, in welche die zur Verzierung aufgestreuten dunklen Schokoladensplitter langsam einsanken.
Oweia, dachte Julie jetzt doch. Da war ich doch wieder zu gierig! Da hab ich mich ja nährwerttechnisch für die nächsten zwei Tage selbst ins Aus gekickt!
Aber bevor sie sich ihren Kalorienbomben widmen konnte, fragte Vincent: „Deine Seele benötigt Streicheleinheiten? Ist es so schlimm? Hast du Probleme mit deinem Freund oder ... deinem Mann?"
Er teilte sich ein Stückchen seiner Schokoladentorte ab,

ohne sie dabei anzusehen.
„Ach was! Ich bin seit drei Jahren Single. Ich hatte einen Freund, mehrere Jahre sogar, aber letztendlich ist es schlicht daran gescheitert, dass er für ein gemeinsames Leben getrennte Schlafzimmer wollte. Das ist einfach nicht meins." Und als hätte sie damit zu viel preisgegeben, schoss sie gleich hinterher: „Und du?"
„Ich bin auch Single. Mal wieder. Jeder Anlauf für eine Ehe ist bisher gescheitert."
„Aha!"
„Was aha?"
„Ich meinte nur so!"
„Ach, und was genau meintest du nur so?"
„Ich hätte gedacht, du hättest vielleicht schon Familie!"
„Hätte ich auch gerne. Aber im Augenblick hab ich nur ausgefallenen Sex!"
Julie hielt mit ihrem Kuchengabel auf halbem Weg zum Mund geschockt inne.
„Du bist genauso direkt wie früher", meinte sie vorwurfsvoll und erheblich leiser fügte sie hinzu: „Was meinst du denn mit ausgefallenem Sex? Sado-Maso oder Domina?"
„Ich sagte ausgefallenen Sex. Ich hab gar keinen. Sex fällt aus zur Zeit!" Er grinste sie frech an.
Das war sie wieder, diese respektlose Art, die Julie schon früher an ihm gefallen, sie oft zum Lachen gebracht hatte und nun schöne Erinnerungen weckte.
„Ich bin auf dem Gebiet ebenfalls ein Totalausfall!", kicherte sie leise und wurde ein ganz klein bisschen rot.
„Was macht denn Sophia?", fragte Vincent nun ernst, um wieder ein bisschen mehr Niveau in das Gespräch zu

bringen. „Und ihr hattet doch immer noch diese unscheinbare Blassblonde dabei. Wie hieß die doch noch gleich? Hast du da noch Kontakt?"

„Sophia ist Kosmetikerin mit eigenem, mittlerweile recht erfolgreichem Institut, aber auch allein. Wir sind nach wie vor sehr eng verbunden. Naja, so ganz duster ist es mit mir nun auch nicht", versuchte sie jetzt ihre vorherigen Äußerungen zu relativieren. „Ich hab einen Traumjob in einem der größten deutschen Marketing-Unternehmen nach dem Studium bekommen. Und Verena", sie machte einen kleinen Moment Pause, indem sie überlegte, ob sie Vincent die Wahrheit sagen sollte, sprudelte dann aber los.

„Verena! Pfff ... also, die ist schwerstens Seifenoper-geschädigt! Es gibt da seit zwei Jahren so eine Sendung, ›Lisa, Stern meines Herzens‹, heißt der Schwachsinn. Sie guckt das jeden Tag – unerschütterlich! Und redet auch von nix anderem mehr! Huaaaah, sag ich dir! Aber sie hat doch tatsächlich das seltene Glück gehabt, einen Kerl abzugreifen, der für sie auch noch kocht!"

„Das ärgert dich, was?"

„Quatsch!"

„Klar. Seh ich doch!"

„Weißte, unsereiner, der strengt sich an, geht aus, macht sich schön, sportet viel und überhaupt ... und Verena greift beim ersten Speed-Dating einen Mann ab!", entrüstete sich Julie.

„Speed-Dating? Sag bloß, du machst so einen Ober-Schwachsinn mit?"

„Äh ..., also Sophia und ich wollten das nur mal ausprobieren. War auch doof, also das kann man knicken!" Dann lenkte sie geschickt vom Thema ab.

„Aber am allerschlimmsten sind diese besserwisserischen, ehemaligen Schulkollegen! Ich meine jetzt nicht dich, aber wir hatten doch vor einiger Zeit das Klassentreffen. Und erinnerst du dich noch an Helena, die mit den komischen, borstigen Ringellocken und den stets roten Bäckchen? Die ist tatsächlich schon Mutter von drei Kindern und hält uns doch glatt vor, noch nicht schwanger zu sein!"
„Ach die! Die war doch schon immer darauf aus, einen Ehemann zu finden, damit sie bloß nicht studieren muss! Ich habe mit Annika telefoniert, die das Treffen organisiert hat. Ich konnte ja aus beruflichen Gründen nicht kommen. Aber sie hat mir erzählt, dass Helena direkt in dem Jahr nach dem Abi schwanger wurde - das Übliche halt. Einen kennengelernt, geschnappt und nicht mehr losgelassen. Und was funktioniert besser, als wenn man ihn mit einem Kind festhalten kann!"
„Sieh mal an! Das wusste ich natürlich nicht", frohlockte Julie. Aber sogleich funkelten ihre Augen wieder angriffslustig.
„Jedenfalls hat Helena so getan, als wäre Kinderkriegen ein Verdienst für die Menschheit und wir kalte, rücksichtslose Egoisten, die später, wenn sie ihre Kinder vom Hort abholen, für Omas gehalten werden! Sie hat auch noch wegen der Rente auf uns rumgehackt! Wir würden schließlich mit unserem Egoismus nicht für zukünftige Rentenzahler sorgen! Geht`s noch? WIR sind doch diejenigen, die aktiv in die Rentenkasse einzahlen, während die bequem mit ihrem wabbeligen Bratarsch zuhause ihren drei Blagen Fischstäbchen brät und Kartoffelpü auf den Teller klatscht! Ach, und noch was!" Sie erhob den Finger, um das Gesagte zu untermauern. „Wir können auch in Zukunft niemals so alt

aussehen wie die olle Haushalts-, Ehemann- und Kinderpflegekraft jetzt schon!"
Vincent grinste. „Du bist ganz rot geworden! Vergiss deine Erdbeertorte nicht!"
Julie ärgerte sich jetzt, ihm alles erzählt zu haben. Da traf sie einen ehemaligen, wenn auch liebenswerten, früheren Schulkollegen wieder, schon hatte sie ihr Herz auf der Zunge!
Schnell schwenkte sie auf sein Leben.
„Und du, Vincent Deemer, was hast du so erlebt in den letzten Jahren?"
Sie nahm genüsslich eine große, glänzende Erdbeere mit Sahne in den Mund. „Hmmm - lecker! Ich liebe Erdbeeren!"
„Viel gibt es eigentlich nicht zu sagen. Ich habe in Stuttgart Luft- und Raumfahrttechnik studiert und lebe seit drei Jahren in den USA, wo ich ein größeres Werk leite. In Deutschland bin ich eigentlich nur außer der Reihe. Mein Vater hat letzte Woche zwei Bypässe bekommen und ich wollte meine Mutter mit ihren Sorgen nicht allein lassen - und auch meinem Vater eine Stütze sein. Ich hab ja keine Geschwister. Er hat aber alles sehr gut überstanden, bald geht er in die Reha und ich fliege nächste Woche zurück."
„Ach, das tut mir leid für deinen Papa. Und da meinst du, es gibt nicht viel zu sagen?"
Und sie war natürlich richtig neugierig geworden. „Wo genau in den USA lebst du denn?"
„Los Angeles. Randbezirk. Ganz nah am Meer. Da ist es total schön!"
„In Kalifornien?", brach es voller Erstaunen aus Julie heraus.

„Kennst du vielleicht noch ein anderes Los Angeles am Meer?“, griente er.
In Julies Kopf ratterte es. Der Vincent! Sieh mal an! Das ruhige Dickerchen vom Dienst! Aber klar! Luft- und Raumfahrttechnik. Wenn nicht er, wer sonst? In Mathe, Physik und Chemie war er als Klassenbester unerreicht gewesen. Sie selbst hatte sich eher schlecht als recht durch diese ungeliebten Fächer gekämpft.
Sie sah auf die Uhr. Leider war es später, als sie dachte. Ausgerechnet heute war sie mit ihren Großeltern verabredet!
„Du Vincent, ich muss jetzt gehen, ich will noch bei meinen Großeltern vorbei. Das habe ich fest versprochen. Schade, gerne würde ich noch etwas mehr von deinem Leben in den USA wissen!“
„Dann lass uns doch noch einmal treffen, bevor ich nächsten Freitag zurückfliege!“
In Julies Kopf ratterte es. „Wie wäre es denn mit übermorgen?“
„Och“, sagte er wie nebenbei, „ich könnte auch schon morgen“ und aß den letzten Bissen seines Schokokuchens.

♥

Aber Julie war bereits mit Sophia verabredet.
Sie wollten gemeinsam in die große Tanzbar nahe Köln, wo jeden Samstagabend wohl so etwas wie eine echte Singlebörse abgehen sollte, hatte jedenfalls ihre Schwester herausgefunden.
„Da wabern Unmengen von Testosteron“, hatte Sophia gemeint. „Genau das richtige Beute-Areal für uns!“

Nächste Woche war Vincent wieder auf und davon, da wollte sie die Chance dieses Wochenende, vielleicht einen netten Mann kennenzulernen, nicht verstreichen lassen. Die Zeit drängte schließlich irgendwie ...

♥

„Morgen geht leider nicht. Aber Sonntag wäre möglich!"
„Prima! Den freien Termin nehme ich doch", scherzte Vincent grinsend.
Die beiden verließen das Café. Vincent verabschiedete sich mit einer freundschaftlichen Umarmung und sie gingen in entgegengesetzten Richtungen davon. Julie drehte sich noch einmal um.
Vincent - der ruhige, korpulente Schüler - war ein interessanter Mann geworden, wenn auch nach wie vor mit zu vielen Kilos. Aber sie wollte ihn schließlich nicht nackt sehen.
Julie!!! schalt sie sich selbst - was hast du denn da für Gedanken! Spinnst du jetzt ganz?

♥

Der Besuch bei ihren Großeltern lenkte sie ab.
Es gab natürlich Kuchen, der bei ihrer Ankunft schon auf dem Tisch stand. Aber nach zwei Stückchen Erdbeertorte mit Sahne und der gehaltvollen heißen Schokolade im Café war sie unfähig, noch ein Krümelchen zu essen.
„Omi, sei mir bitte nicht böse, aber ich kann keinen Kuchen mehr essen!"
„Cara mia, du bist doch nicht etwa auf irgend so einem unsinnigen Diättrip?"

„Nein! Aber ich habe einen früheren Schulfreund wiedergetroffen ...!" Und dann erzählte sie von der Begegnung mit Vincent.
Danach fuhr sie noch zu ihren Eltern, den bei ihren Großeltern nicht gegessen Kuchen in Alufolie im Gepäck.
„Morgen hast du wieder Hunger!", hatte Omi gemeint.
Ihre Mutter monierte gleich, dass sie sich zu lange nicht hatte blicken lassen.
„Ach Mama, ich hatte so viel um die Ohren", seufzte Julie.

♥

Während Julie später auf dem Heimweg war, stand Sophia mit Erik im vornehmsten Autohaus der Stadt.
Es roch intensiv nach frischem Gummi und neuem Stoff. Alle Autos waren makellos und zeigten ihren verführerischen Lackglanz unter den Deckenstrahlern, die punktgenau auf sie gerichtet waren, um die Aufmerksamkeit der Kunden zu erringen.
Erik führte Sophia zu einem nachtschwarzen Zweisitzer.
„Das ist doch vom Aussehen her schon einmal genau das Modell, was du in deinem hübschen Köpfchen hattest, oder?"
Sag mal lieber, auf das ich Jahre gespart habe, dachte Sophia, aber laut antwortete sie: „Ja, so könnte ich mir mein neues Auto vorstellen!"
Ehrfürchtig und in einigem Abstand umrundete sie den kleinen sportlichen Flitzer, ganz bedacht darauf, sich ihre Aufregung nicht anmerken zu lassen. In diesem Augenblick kam ein junger Autoverkäufer in elegantem Anzug mit einem strahlenden Lächeln zielstrebig auf sie zu und begrüßte

beide freundlich mit Handschlag.
„Ich habe hier eine junge Dame, Herr Streter, die sich für einen Sportwagen interessiert", meinte Erik.
Schnell kam man ins Gespräch und der nette Verkäufer erläuterte alle Vorzüge der Wagen seiner Ausstellung, dabei ging man von einem schönen Auto zum nächsten glänzenden Exemplar. Alle Autos schienen sie geradezu anzulächeln.
Aber sie ging zu dem zurück, den sie zuerst betrachtet hatte. Als der Verkäufer ihr die Autotür öffnete und sie - wenn auch ein wenig umständlich in ihrem engen Kleid - in die Leder-Sportsitze sank, kam ein Glücksgefühl in ihr hoch. Fast schon streichelte sie das Lenkrad, schaute auf die blitzenden Anzeigen und sog den so typischen Neuwagengeruch tief ein.
Der Verkäufer bot an, per Computer ihre speziellen Wünsche aufzulisten und zu schauen, ob ein Auto mit allen gewünschten Ausstattungsmerkmalen kurzfristig verfügbar sei.
Sophia stimmte zu und Herr Streter ging schnellen Schrittes vor in sein Büro.
„Mensch, so korrekt wie der mit Anzug und Krawatte gekleidet ist, könnte man denken, wir wären in einer Bank", raunte Sophia leise Erik zu.
„Nur mit dem Unterschied", grinste Erik anzüglich, „dass du in einer Bank nicht weißt, wo und ob Geld vorhanden ist. Hier siehst du das Kapital mit und vor deinen eigenen Augen!"
Relaxed hatte Erik seine Hände in den Hosentaschen. Die schon ältere Jeans stand ihm wirklich gut, dachte Sophia und in dem gleichen Augenblick fand sie, dass auch seine derben Lederboots klasse dazu aussahen. Aber dass er sich

traut, so in einem Luxus-Autohaus aufzutauchen! Wenn sie ihn nicht kennen würden, nähme man ihn in diesem Outfit doch gar nicht ernst!
Sie sah automatisch an sich herunter und war sehr zufrieden. Das stahlgraue Designerkleid saß wirklich wie eine zweite Haut und die Stilettos verlängerten ihre schlanken Beine vorteilhaft.
Ihre Absätze halten hell auf dem dunklen Granitboden wider, als sie Erik in das Büro des Verkäufers, das einen wunderbaren Blick durch große Glasscheiben auf die Ausstellung der Luxuskarossen bot, folgte. Der saß schon eifrig vor seinem Computer und gab erste Daten ein.
„Dann sagen Sie mir doch einmal, welche Ausstattung Ihr Wunschauto haben sollte!"
Sophia holte tief Luft.
„Also, ich hätte gerne Automatik, zuschaltbares Sportfahrwerk, Klimaanlage, Navi mit Linguatronic und Telefon!"
Herr Streter haute beflissen in die Tasten, während Sophias Worte wie Torpedos auf ihn einschlugen.
„Dann bitte auch noch Regensensor, Parktronic und aktiver Parkassistent, diese ECO Start-Stopp-Funktion, Rückfahrkamera und natürlich Xenonlicht!"
Sie holte kurz Luft, um fortzufahren.
„Oh, ach ja, und dann noch den adaptiven Fahrlicht-Assistenten, Spurhalte-Assistent und nicht zu vergessen Lederpolster und Sitzheizung!"
Herr Streter nahm ergeben die Hände von der Tastatur.
„Also alles!"
„Genau!"
„Dann steht Ihr Auto keine zehn Meter von Ihnen entfernt!" Er deutete auf den hübschen Flitzer, in dem Sophia

noch vor wenigen Minuten gesessen hatte.
„Der hat wirklich alles?", hauchte sie überrascht.
„Der hat alles!"
„Oh ...!" Aber nach einem kurzen Augenblick der Überraschung meinte sie forsch: „Dann lassen Sie uns jetzt feilschen!"
„Wie bitte?"
„Verhandeln wir den Preis!" Sophia lächelte ihn gewinnend an.
Herr Streter warf einen Seitenblick auf Erik.
Das bemerkte sie natürlich. Jetzt glaubt der bestimmt, ich kann mir den Wagen nicht leisten, dachte Sophia besorgt. Und das ist mein Lover, der ihn mir kauft. In Tarnung, weil in Jeans, weil verheiratet und ich krieg das Gerät, damit ich schön die Schnauze halte!
Erik lächelte verschmitzt. „Da helf ich doch glatt!"
Nach für Sophia nervenaufreibendem Hin und Her war sie mit seiner Hilfe stolze Besitzerin eines Neuwagens der Luxusklasse, von dem sie schon immer geträumt hatte. Außerdem hatte sie einen satten Rabatt ausgehandelt! Na gut, mit Eriks Hilfe. Er war dabei sehr geschickt gewesen. Das hatte sie an dem Verhalten von Herrn Streter erkannt, der immer wieder Blickkontakt zu Erik suchte.
Und Erik hatte für sie im letzten Augenblick auch noch einen Komplettsatz Winterreifen auf Felgen heraus gefeilscht. Immerhin noch einmal eine Ersparnis von etwas über 1.000 Euro für sie!
Ihre Hände zitterten und ihr Herz schlug ihr bis in den Hals, als sie den Vertrag nach fast zwei Stunden Aufenthalt, zwei Tassen Kaffee und einem Glas Wasser im Autohaus unterschrieb.

Mit dieser kostenintensiven Unterschrift waren ihre Ersparnisse ziemlich zusammengeschmolzen.
Aber egal! Dafür hatte sie schließlich auf einiges in der Vergangenheit verzichtet, immer einen außergewöhnlichen Wagen vor ihrem geistigen Auge! Eine ganze Woche würde sie noch warten müssen, dann wäre dieses schicke Auto ihr Eigentum!
Der Verkäufer beglückwünschte sie mit Handschlag und Erik gleich mit.
Zu gerne hätte sie gewusst, wieso Erik so einen Einfluss hatte. Vielleicht aber war auch das Autohaus glücklich über jeden Kunden, der einen Wagen der gehobenen Klasse kaufte, denn die Fixkosten hier mussten ja enorm sein! Da kamen doch ganz die Gedanken einer Unternehmerin in ihr durch!
Beim Verlassen des Autohauses machte sie einen Umweg, um ihrem „Neuen" noch einmal schnell zärtlich über die Hochglanz-polierte Motorhaube zu streicheln.
„Meins!", sagte sie voller Stolz.
„Deins!", bestätigte Erik. „Komm, ich lade dich auf ein Glas Prosecco ein!"
„Nein! Auf gar keinen Fall! Du bist eingeladen! Ich danke dir vielmals, Erik, das du mich so unterstützt hast!"
Und als sie gerade in den älteren Mittelklassewagen steigen wollten, den Erik fuhr, sah Sophia, wie der Verkäufer ein Schild hinter die Windschutzscheibe ihres neuen Autos schob. Schnell lief sie noch einmal an die Scheibe.
ICH BIN SCHON VERGEBEN stand darauf.
„Oh nein, wie niedlich! Erik, guck mal, hier steht: Ich bin schon vergeben! Ist das nicht toll! Den Zettel will ich aber hinterher unbedingt haben!"

Danach sank sie glücklich in die viel weniger bequemen Polster von Eriks Wagen.
Er entführte sie in ein kleines, gemütliches Restaurant, wo sie den Abend verbrachten. Die bestellte Flasche Sekt hatte Sophia fast alleine ausgetrunken und dementsprechend aufgekratzt war sie auch, als Erik sie vor ihrer Haustür absetzte.
Sie betrachtete ihn von der Seite. Er war sehr männlich, fand sie. Wie er wohl küsste? Wie sich seine Hände auf ihrem Körper anfühlen würden?
Aber ehe sie weiteren romantischen Gedanken nachhängen konnte, gab er ihr einen freundschaftlichen Wangenkuss.
„So, nun aber ab mit dir ins Bett! Willst du dein Auto nächste Woche allein abholen, oder soll ich dich nochmal begleiten?"
Sophia war auf der Stelle wieder in der Wirklichkeit angekommen. Was war das denn jetzt? Er versuchte gar nicht erst, sie richtig zu küssen?
„Das wäre schön", hörte sie sich ernüchtert sagen.
„Dann lass uns telefonieren."
„Sicher!" Wie betäubt stieg sie aus.
Er wartete noch, bis sie ihre Haustür erreicht hatte, hupte einmal und war um die Ecke verschwunden.
Ein prickelnder, erregender One-Night-Stand mit ihm lag noch in ihren Gedanken, als sie, ein wenig enttäuscht, die Treppe zu ihrer Wohnung hinaufging.
Ist vielleicht auch besser so, tröstete sie sich.
Ihr Zukünftiger sollte schon finanziell mit ihr auf Augenhöhe sein ... und was sollte sie bloß erwidern, wenn man sie nach dem Beruf ihres Freundes fragte? Abschleppwagenfahrer, Automechaniker?

Nein - never ever!

♥

Am folgenden Abend fuhr Julie zu Sophia, die eine Überraschung angekündigt hatte. Julie machte Riesenaugen, als sie das Hochglanz-Prospekt des neuen Autos auf dem Esstisch liegen sah.
„Wow! Und DEN hast du tatsächlich gekauft? Mensch, Schwester!"
„Ja ja jaaaa!" Sophia umarmte Julie enthusiastisch. „Und du glaubst nicht, was Erik noch runtergehandelt hat!"
Dann erzählte sie ihrer Schwester voller Freude jedes einzelne Fitzelchen, das sich im Autohaus zugetragen hatte. Auch über das Ende des Abends schwieg sie ehrlicherweise nicht, noch immer irritiert, warum nicht mehr passiert war.
„Nun ja, ist vielleicht auch besser so. Ehrlich gesagt, passt ein normaler Arbeiter auch gar nicht zu mir!"
„Sag mal, spinnst du jetzt?", maßregelte Julie sie. „Was ist denn an einem normal arbeitenden Menschen nicht gesellschaftsfähig? Erik scheint ja weder dumm noch im Sozialverhalten hilfe- oder unterstützungsbedürftig zu sein! Und er kann mit Autos! Das spart schließlich auch jede Menge Euronen!"
„Aber ein studierter Mann ist schon etwas anderes!"
„Wie kommst du denn auf die Scheißidee?", entrüstete sich Julie.
„Und was soll ich sagen, wenn jemand fragt, was mein Freund macht?"
„Sag einfach", Julie kicherte los, „er ist in der Automobilbranche", um dann hinzuzufügen: „Kann es sein, Sophia, dass

du eine richtig eingebildete neureiche Zicke geworden bist?"
Sophia sah sie entsetzt an.
„Warum unterhalten wir uns eigentlich darüber? Er will mich ja sowieso nicht ... und ich ... ICH WILL IHN AUCH NICHT! SO!!! Und nun gehen wir schön essen - du bist eingeladen, auf meinen „Neuen" - und dann tanzen wir uns in dieser so angesagten Bar die Füße wund, wo angeblich jede Menge Traumpartner zu haben sind. Man braucht sie nur noch mit den Wimpern anklimpern und kann sie dann reihenweise abschleppen!"
„Einer würde mir schon reichen!"
„Quatsch! Man muss immer eine Auswahl haben!"
„Apropos Auswahl! Ich hab für morgen ein Date - naja, so ein richtiges ist das auch nicht, aber stell dir vor, wenn ich getroffen habe ...!"
Dann erzählte Julie ihrer Schwester von dem unverhofften Wiedersehen mit ihrem gemeinsamen früheren Schulkameraden Vincent - und während des Erzählens stellte sie mit Erstaunen fest, dass sie ihn als durchaus attraktiv empfand, obwohl er mit seinem Übergewicht so gar nicht in ihre gelebte Fitness und Gesundheits-Welt passte.

♥

Am Ende der langen Bar-Nacht war Julie frisch verliebt. Plötzlich hatte Dennis einfach neben ihr gestanden und sie angesprochen.
Nicht mit so dumm-dreisten Anmachsprüchen, die sie zu

Hauf kannte und zum Kotzen fand: *Ich hab dich schon mal irgendwo gesehen! - Du musst ein Engel sein, sag mal, hast du dir weh getan, als du vom Himmel gefallen bist? - Hast du aber ein süßes Näschen - Mensch, ist das heiß hier, oder bist du das? - Ich glaube, ich muss eine Lampe sein; jedes Mal, wenn ich dich ansehe, machst du mich an!*

Dennis hatte sie einfach nach ihrem Namen gefragt und sie dann auf die Tanzfläche geschleppt. Er tanzte ganz wunderbar.

Und er hatte einen Traumkörper! Kein Gramm Fett zu viel - das Ergebnis von intensivem Fitness-Training, verriet er ihr. Das fand sie natürlich ganz besonders ansprechend und lag hundertprozentig auf ihrer Linie.

Die Jeans saß anregend knackig, das Hemd war lässig aufgeknöpft, sein Haar modisch mit etwas Gel in Form gebracht. Außerdem hatte Dennis ihr erzählt, er sei Sales Manager bei einem großen Konzern. Ein Sportfan und Erfolg im Beruf - zwei Komponenten, auf die Julie voll abfuhr!

Sie hatte nur noch Augen für ihn und ließ die „reichhaltige Auswahl", auf die Sophia sie immer wieder dezent hinwies, links liegen. Wie selbstverständlich hatte er sie leidenschaftlich zum Abschied geküsst und weil er in der kommenden Woche auf Geschäftsreise war, so seine Aussage, verabredete man sich für das nächste Wochenende.

Sehr passend, fand Julie, so konnte sie morgen Vincent doch noch treffen. Außerdem würde der schließlich am kommenden Freitag wieder im Flieger Richtung Kalifornien sitzen!

Wie gut, dass sie sich nicht von Vincent überreden lassen hatte, diesen Samstag mit ihm zu verbringen!

Sie hätte Dennis verpasst!

Somit waren die ersten, sehr zarten, kaum wahrnehmbaren Gefühle für ihren alten Schulfreund Vincent im Keim erstickt.

♥

Obwohl Julies Gedanken ganz bei ihrer gestrigen Eroberung Dennis waren, machte sie sich sorgfältig für das Treffen mit Vincent zurecht. Frau sollte zu jeder Zeit gut aussehen, sagte ihre Schwester schließlich immer.
Vincent wartete schon vor dem kleinen Bistro.
Julie war wieder einmal überrascht, wie vertraut er ihr erschien und so ließ sie sich auch gerne umarmen. Er hielt sie danach eine Armlänge von sich weg.
„Gut siehst du aus!" Mit diesen Worten sah er sie bewundernd an.
Die Zeit mit ihm verging wie im Flug. Julie fragte Vincent über Kalifornien Löcher in den Bauch. Sonne, Meer, Beach Boys und Surfer mit gestählten Traumbodys übten eine echte Faszination auf sie aus.
„Surfst du auch?", fragte sie ihn amüsiert.
„Ach nö. Dafür ist mir das Wasser dann doch zu nass!"
„Du meinst wohl, das Surfbrett würde sich in der Mitte durchbiegen, wenn du drauf ständest", kicherte sie frech.
„Du bist völlig unsensibel, Julie. Natürlich hätte ich so oder so eine Spezialanfertigung wegen der perfekten Gewichtsverteilung und würde wie eine Feder über die Wellen tanzen!"
Julie lachte auf. „Ein Wal auf einem Surfbrett! Moby Dick! Du würdest sofort absaufen! Gluck-gluck!"
„Hast du schon mal abgesoffene Wale gesehen? Die

schwimmen durchaus elegant durchs Meer!"
„Okay. Das hat eine gewisse Logik! Denkfehler von mir", gab Julie zu. „Aber du musst zugeben, dass dein Körper nicht gerade dem eines durchtrainierten Surfers entspricht. Jedenfalls hast du keinen Waschbrettbauch!", monierte sie.
„Aber einen Waschbärbauch - und der ist auch nicht schlecht, weil er weiß, was schmeckt!"
„Das wusstest du als Kind schon!"
„Ja, da war das Leben auch schon lecker!"
„Aber Vincent, du bist doch noch jung! Und du bist so heftig kräftig! Es ist überhaupt nicht gesund, zu viele Kilos mit sich rumzuschleppen! Du solltest mal ins Fitness-Studio ...!"
„Juuuliiieee!", unterbrach er sie sanft, aber bestimmt, indem er mit seinem Zeigefinger auf ihre Nasenspitze tippte, „ich lebe HEFTIG KRÄFTIG gut, ich fühle mich gut, nicht jeder kann oder will in so einen Sport-Kasten rennen und möchte sich dort abquälen! Es gibt auch Menschen, die einfach leben, ohne sich größere Gedanken um ein wöchentliches Sportprogramm, die tägliche Kalorienzufuhr oder einen Modelkörper machen. Ich bin ja nicht fett, sondern einfach korpulent. Von Natur aus."
Julie wollte zu diesem Thema nichts mehr sagen, stattdessen erkundigte sie sich: „Ich hab dich noch gar nicht nach deinem Vater gefragt. Wie geht es ihm?"
„Den Umständen entsprechend recht gut. Jetzt steht die Reha an. Und ich fliege in vier Wochen noch einmal her, wenn er zurückkommt. Ansonsten bin ich nur jedes halbe Jahr in Deutschland."
„Freitag fliegst du zurück, hast du gesagt, nicht?"
„Ja. Taxi zum Flughafen, Flieger in den Himmel und schon bin ich wieder tausende Meilen entfernt und das Leben ist

ein anderes."
„Bringt dich niemand zum Flughafen?"
„Nein. Meine Mutter müsste Autobahn fahren, das traut sie sich nicht mehr zu. Und wenn ich sie hinlotsen würde, hätte sie riesigen Stress, wieder zurückzukommen. Außerdem ist der Verkehr in und um eine Großstadt wie Düsseldorf, auch noch mit Straßenbahnen, nichts für sie. Und sie hat genug Sorgen! Das Taxi kann ich mir gerade noch so leisten!" Er lachte.
„Weißt du was", meinte Julie spontan, „ich fahre dich!"
Er stutzte. „Hast du Urlaub? Das ist an einem Werktag!"
„Nee, Urlaub nicht. Aber ich kann mir einen Tag frei nehmen. Wollte ich sowieso. Es gibt tausend Sachen, die einfach mal erledigt werden müssen!"
Sie verschwieg ihm natürlich, dass sie sich einen Urlaubstag nehmen wollte, weil es für das Date mit Dennis am Samstag ein neues Outfit sein sollte – und das wollte sie in aller Ruhe auswählen. Es ging ihn auch nichts an, er wäre dann sowieso wieder gaaanz weit weg ...
„Na, das ist doch mal ein Angebot", riss Vincent sie aus ihren Gedanken.
Der Rest des Abends wurde noch sehr nett. Die beiden hatten die gleiche Art von Humor und so gab es viel zu lachen, als sie sich an frühere Zeiten erinnerten und auch ein wenig über die ehemaligen Schulkameraden ablästerten. Julie haute noch einmal verbal auf Helena drauf: Eins müsse man ihr ja lassen, sie habe sich kontinuierlich gesteigert ... zumindest gewichtsmäßig, die olle Problemzonen-Tussi – und stellte fest, das tat richtig gut!
Kurz vor Julies Aufbruch fragte Vincent: „Hey, hast du nicht Dienstag noch einmal Zeit? Ich lad dich auch ein – wie

wäre es mit einem Besuch beim Italiener?"
Julie überlegte. Eigentlich war sie für Dienstagabend mit Sophia verabredet. Sie wollten ins Kino.
Weil sie zögerte, meinte er: „Wenn du natürlich keine Lust hast oder schon verabredet bist ...", er ließ den Satz unvollendet.
„Nein, nein", beeilte sich Julie zu antworten, „ich musste nur erst überlegen. Eigentlich wollte ich mit Sophia ins Kino. Aber es wäre doch schön, wenn du sie wiedersehen würdest. Vielleicht sollten wir uns gemeinsam treffen? Ich frag sie einfach, was meinst du?"
Obwohl es nicht das war, was Vincent sich vorgestellt hatte, war er einverstanden.
Er verabschiedete sich später von ihr mit einem ganz zarten Wangenkuss, der bei Julie zugegeben eigenartig gut prickelte.

♥

Am nächsten Morgen telefonierte Julie gleich mit ihrer Schwester.
„Da bin ich aber erleichtert, dass du mir nicht böse bist", meinte Julie, nachdem sie mit schlechtem Gewissen gebeichtet hatte, dass sie für Dienstag die Kinopläne zugunsten eines gemeinsamen Treffens mit Vincent eigenmächtig umgeschmissen hatte.
„Das passt ja jetzt prima", meinte Sophia trocken. „Ich bin ganz froh, dass es so kommt, denn ich bin schon mit Erik verabredet."
„Ja, sag mal", schimpfte Julie los, „du lässt mich hier erklären, rumstottern und rechtfertigen, dabei hast du

schon anders geplant. Das ist vielleicht gemein!"
Sophia kicherte. „Wollte mal hören, was du in so einer Situation sagst oder wie du sie drehst ... nun ja, viel mehr als Ähs und Ähms und angestotterte Worte waren es ja nicht! Aber weißt du was? Wir treffen uns zu viert! Da haben wir nicht einen Kerl dauernd an der Schlippe! Und außerdem, zu viert macht es doch sicherlich auch Spaß! Wir könnten zum Beispiel zum Bowlen gehen!"
Julies Wut war direkt verraucht. „Prima Idee! Ich flüster das dem Halb-Amerikaner und du deinem Schlepper!"
„Sag nicht Schlepper zu ihm!"
„Ist er aber doch!"
„Vielleicht schlummert noch viel, viel mehr Potential in ihm als man allgemein hin denkt", meinte Sophia ein bisschen verlegen.
„Sag mal lieber, als DU denkst! Aber du willst das ja nicht herausfinden - ist doch auf dem sozialen Niveau nicht deine Kragenweite, erläutertest du."
Sophia seufzte. „Ja schon, aber vielleicht kann man was aus ihm machen. Mit Autos kennt er sich nun mal gut aus. Hast du schließlich auch gesagt."
„Und mit Frauen?", stichelte Julie.
„Weiß ich doch nicht!"
„Dann probier die Schaltung doch aus!"
„Du bist ja so was von versaut!"
„Aber Autos fährt man doch auch Probe!"
„Jetzt sag nicht, ich soll ihn probemäßig einfach mal vernaschen!"
„Du hast doch freie Kapazitäten, Sister Sophia! Test and you find the best!"
Sie grinste breit, aber das konnte ihre Schwester am

Telefon schließlich nicht sehen!
Und Sophia fuhr voll darauf ab.
„Klasse - weißt du, wie viel Frösche ich schon geküsst habe? In den letzten beiden Jahren war eigentlich Schicht im Schacht. Und die wenigen Verabredungen waren ausschließlich Frösche - und noch schlimmer - ein paar fiese Kröten waren auch dabei!"
„Da muss man eben durch, wenn man einen Prinzen will! Schnapp ihn, mach einen Tauglichkeitstest und greif ihn dir oder werf ..."
„Julie, nun hörst du aber auf! Was soll das denn? Ich gehe doch nur mit ihm aus wegen dem Auto, als Dank sozusagen, also ich ..."
„Haha - haha! Du hast ihn doch gleich beim ersten Mal sehen von oben bis unten abgescannt und für passabel eingestuft!"
„Was du alles weißt!"
„Ich kenn dich - aber mal egal. Versuchs doch einfach! Probieren geht über studieren", kicherte Julie. „Männer entwickeln sich doch mit dem Alter!"
„Ja. Bis sechzehn. Dann wachsen sie nur noch!"

♥ 5 ♥

Der Abend zu viert wurde ein echter Knaller. Man amüsierte sich, als würde man sich in dieser Konstellation schon ewig kennen.
Die beiden Männer verstanden sich auf Anhieb und waren immer wieder in ernsthafte Gespräche vertieft. Genauer gesagt, in technische Unterhaltungen. Die Mädels bekamen Wortfetzen mit: Kelvinskala, Quant, Wankbewegungen, Ansaugstutzen. Davon verstanden weder Sophia noch Julie wirklich etwas.
„Was macht Vincent noch mal?", raunte Sophia Julie leise fragend zu.
„Irgendwas mit Luft- und Raumfahrt, oder so ähnlich", flüsterte Julie zurück.
„Gut. Jetzt verstehe ich. Beide haben Vorlieben für Raketen. Der Eine für die Teile in der Luft, der Andere am Boden!"
Julie hatte Verständnisprobleme.
„Aber Erik fährt doch ein Ab ...!"
Sophia fiel ihr gleich ins Wort.
„Nee, der mag auch Raketen! Jedenfalls hat er mir eine auf vier Rädern angedreht. Und wir beide sind schließlich auch welche - weibliche nämlich! Ha! Oh Juliiie", quietschte sie und schmolz förmlich dahin, „Freitag bekomme ich meinen Flitzer! Ich bin ja sowas von aufgeregt!"
„Wäre ich auch! Holst du mich für eine Probefahrt ab? Wir könnten dann doch mal diese neue Eisdiele austesten! Die sollen dort Basilikumeis haben. Kann ich mir so gar nicht vorstellen!"

Aber noch ehe Sophia antworten konnte, beugte sich Erik zu ihnen.
„Möchtet ihr beiden Hübschen noch was süffeln?"
„Oh ja, gerne!" Sophia zeigte auf ihr geleertes Cocktailglas. „Noch einmal dasselbe!"
„Auch für mich", schloss sich Julie an.
„Und ich nehme noch ein Weizen", fügte Vincent hinzu.
„Du hattest doch schon vier!" Julies Stimme hatte durchaus etwas Vorwurfsvolles.
Vincent legte die Hand auf seinen Bauch. „Erst mal stimmt das gar nicht! Hier ruhen tatsächlich nur zwei lecker Weizileins und ..."
Aber er konnte seinen Satz nicht beenden, schon mischte sich Julie wieder gesundheitsbewusst ein.
„Das ist ungesund. Vier Weizen! Du kriegst doch einen Blähbauch!", wies sie ihn erneut zurecht.
„Quatsch! Ich hab nicht nur viel Platz, sondern auch die allerbeste Gerstensaftverklappung, die du dir vorstellen kannst! Und DU brauchst doch heute Nacht nicht neben mir liegen", feixte er, stand auf und holte sich die nächste Bowlingkugel.
Julie wurde feuerrot und hoffte, das Licht wäre ihr gnädig, so dass man das nicht merken würde.
Zum Abschluss des amüsanten Abends machte Vincent den Vorschlag, sich am Vorabend seines Abfluges doch noch einmal gemeinsam zu treffen.
„Wir könnten das Essen kommen lassen und einen Film schauen!"
„Wo denn?", fragte Sophia sofort und sah Erik an. Aber der sagte nichts.
Hab ich mir doch gedacht, vermutete sie. Der hat nur eine

ganz kleine Hutze, der kann uns gar nicht einladen, wenn er sich nicht blamieren möchte!
Aber Julie nahm jede weitere unangenehme Pause weg.
„Lasst uns bei mir treffen! Ich mach eine Käseplatte und Gemüsesticks mit Dip!"
„Lass mal, die Käseplatte bringe ich selbst mit", lachte Vincent, „mit Leberkäse!"
„Prima, ich beteilige mich mit ein paar bayerischen Vitaminen: Weißwürstchen und süßem Senf", freute sich Erik. „Wir Männer brauchen Fleischiges! Dann können die Damen ja ein paar Salatblättchen und schlanke Gemüsestäbchen knabbern. Passt es so gegen Acht?"
Vincent meinte: „Ich hab heute Mittag einen schönen Witz gehört. Gehen zwei Zahnstocher durch den Wald. Sie treffen einen Igel. Sagt der eine Zahnstocher zum anderen: Ich wusste gar nicht, dass es hier auch Busse gibt!"

♥

Julie schloss zufrieden nach den lustigen Stunden ihre Wohnungstür auf.
Wer hätte gedacht, dass dieser Abend so schön werden würde - alle vier, so unterschiedlich von der Art her, waren ein perfektes Team gewesen.
Ihre Gedanken hingen an Vincent fest. Aus ihm war tatsächlich ein toller Mann geworden! Sie hatte sich an seiner Seite wirklich wohl gefühlt. Er war so souverän in seiner Art! Sie mochte es, wie er schaute, wenn er etwas in seiner reduzierten Art sagte, oder wie seine dunklen Augen beim Lachen zu schmalen Schlitzen wurden.
Er ruhte in sich selbst. Sie fühlte sich auf komische Art bei

ihm fast wie selbstverständlich geborgen. Das hörte sich ja doof an - aber es war so! Es war einer der wenigen Abende in den letzten Jahren gewesen, wo sie andere Paare, die sie sah, nicht beneidete.
Vergnügt sah sie in den Korridorspiegel, als sie sich den Mantel auszog.
Da hörte sie ihr Handy piepsen.
Mit ihren Gefühlen war sie bei Vincent - aber nur einen ganz kurzen Augenblick, denn die Nachricht kam von Dennis. Er wünschte ihr mit liebevollen Worten eine gute Nacht.
Verglich man die beiden Männer miteinander, war Vincent eher nüchtern, klar und direkt. Dennis hingegen konnte mit Worten jonglieren, Frauen darin einhüllen.
Und so wurde Vincent mit einer hochromantischen SMS von Dennis in eine Gedankenecke verbannt.
Dennis! Sein gewinnendes Lächeln, vor allem seine sportliche Figur erschienen vor ihrem geistigen Auge. Sport war nun mal ihr Thema. Darüber konnte sie sich mit Vincent nicht austauschen. Ein schöner Körper war so wichtig, so aufregend, da lief Julies Phantasie im Galopp.
Und sie schrieb zurück ...

♥

Am Vorabend von Vincents Abreise war Julie nicht bei der Sache.
Sie deckte den Tisch für ihre Gäste, aber zu viele andere Gedanken jagten durch ihren Kopf.
Warum hatte sie nur angeboten, Vincent zum Flughafen zu bringen?
Denn der Grund für den Urlaubstag, das neue Outfit, hatte

sich erst einmal erledigt. Dennis hatte ihr - am Ende eines längeren Telefonates - beigebracht, dass er noch etwas unterwegs sein würde. Genaueres wollte er nicht preisgeben, obwohl Julie mehrfach versucht hatte, es aus ihm herauszulocken. Sie fand das nicht fair. Vertraute er ihr etwa nicht?

Fakt war, er kam - irgendwann. Zu blöd! Wo sie sich doch so auf das Wochenende gefreut hatte! Den Einkauf würde sie deshalb etwas verschieben - hatte nämlich einen Vorteil: dann war auch das nächste Gehalt da!

Ihr Angebot an Vincent konnte sie auf den letzten Meter nicht mehr rückgängig machen. Nun, sie wertete es als einfachen Freundschaftsdienst.

So schnell wäre er ja auch nicht wieder in Deutschland - und überhaupt! Sie waren schließlich nicht verliebt oder verbandelt, so dass sie ein schlechtes Gewissen haben müsste.

Obwohl, wenn Dennis nicht in ihr Leben getreten wäre ... könnte sie tatsächlich an so einem offenen und ehrlichen, so humorvollen Mann wie Vincent vorbeigucken oder vielmehr an seinem Gewicht?

♥

Zur Begrüßung bot Julie ihren Gästen einen soeben frisch hergestellten Bananensmoothie an.

„Was ist das denn?“, fragte Erik irritiert.

Vincent konterte sofort schlagfertig: „Das haben die Kleinkinder früher von Mami mit der Gabel zermanscht aus der Nuckelflasche getrunken, jetzt ist es ein In-Getränk!“

„Dann bin ich lieber out! Sowas geht bei mir nur noch rein,

wenn ich schon einen Eimer Sangria im Kopf habe. Ist noch etwas anderes Flüssiges da?"
Julie grinste und holte Bier. „Hier gibt es neben Gesundem auch was zur Verklappung. Hab ich neulich gelernt!"
Sophia, Erik und Vincent waren gut drauf. Sie kugelten sich ständig vor Lachen, nur Julie war etwas gebremst. Das bemerkte Vincent natürlich. Er machte einen kurzen Ansatz, um nach dem Grund zu fragen, aber Julie ließ ihn geschickt zwischen den Worten wissen, dass ihn das eigentlich nichts anging. Daraufhin hielt Vincent sich ein wenig zurück.
Sie sahen nicht nur eine DVD, die Erik mitgebracht hatte, sondern schauten auch noch einen Spätfilm im Fernsehen. Zwischendurch gab es natürlich Werbung. Eine war dabei für erotische Dates auf hohem Niveau.
Sophia kicherte und meinte flapsig: „Wie poppt man denn auf hohem Niveau?"
Die Antwort gab Vincent. „Man legt sich ein Kissen drunter!"

♥

Am kommenden Morgen holte Julie Vincent an seinem Elternhaus ab. Sie hupte und wartete im Wagen.
Eigentlich war so ein unhöfliches Verhalten nicht ihre Art, aber sie wollte seine Mutter gar nicht erst kennenlernen.
Kurz danach schämte sie sich dann doch, denn Frau Deemer kam zu ihr ans Auto, begrüßte sie herzlich und bedankte sich mit strahlenden Augen für den Fahrdienst. Sie sei nicht mehr so fit im Fahren und Autobahn schon mal gar nicht. Zurzeit fehlten ihr auch die Nerven hierfür und sie freue sich, dass Vincent eine frühere Klassenkameradin wieder

getroffen habe.
Sie überreichte Julie als Dank einen kleinen Pralinenkasten, dekoriert mit einer schönen, dicken Schleife. Julie war sehr gerührt und nahm sich vor, das nächste Mal doch etwas feinfühliger zu sein.
Als sie losfuhren, schaute Julie in den Rückspiegel. Frau Deemer, die immer kleiner wurde, stand noch dort und winkte ihnen nach.
Wie Mama das tun würde, dachte sie berührt.
„Na, heute Morgen wieder frisch? Gestern war wohl nicht dein Tag, wie?", wollte Vincent wissen.
„Ich hatte ziemliche Kopfschmerzen", log Julie. „Du, ich will noch eben dort drüben tanken! Und hättest du was dagegen, wenn ich schnell noch bei meinen Großeltern anhalten würde? Das liegt fast auf der Strecke. Ich hab nämlich Kartoffeln und frische Möhren für sie vom Bauern dabei."
„Klar doch! Kein Problem. Wir haben noch viel Zeit."
Julie steuerte schon die Tankstelle an.
Als sie getankt hatte und zur Kasse gehen wollte, rief ihr Vincent hinterher: „Bring bitte ein Sieben-Gänge-Menü mit!"
Julie drehte sich irritiert um. „Hä?"
„Ein Sixpack Bier und einen Burger, Mensch!"
Sie lachte auf.
Kurz danach war sie zurück und warf ihm einen Schokoriegel auf den Schoß.
„Das Sieben-Gänge-Menü war aus! Du kannst wohl keine fünf Minuten ohne was zu essen, oder?"
„Sieht man doch", grinste er und riss genüsslich die Folienverpackung um den süßen Riegel herum ab.
„Magst du mal abbeißen?"

„Nö, danke! Im Gegensatz zu dir muss ich mich um die Größe meines Hinterns sorgen. Der soll schließlich in meine Jeans passen! Ich möchte kein Hinterteil wie ein Torfbüffel! Heute ist Knäckebrot bei mir angesagt."
„Willst du damit sagen, ICH habe einen Arsch wie ein Torfbüffel? Danke auch! Aber du brauchst doch nicht auf diese Panzerplatten zurückzugreifen, Julie! Dein Popo ist klasse so wie er ist!"
„Woher weißt du denn das?"
„Na, ich hab bei jeder sich bietenden Gelegenheit da drauf gestarrt!"
„Waaaas?"
„Ich bin ein Mann, Julie, ein ganz echter!"
Und mit zwei Bissen war der Schokoriegel Geschichte.
In der Zwischenzeit hatten sie die hübsche Wohnsiedlung am Rand von Neuss erreicht und hielten vor dem kleinen Reihenhaus von Julies Großeltern.
Sie stieg aus. Vincent ebenfalls. Er griff sich den Sack Kartoffeln und auch die beiden Bunde Möhren. Oma stand schon in der Haustür.
Vincent lächelte Julies Großmutter freundlich an.
„Signora, Sie hatten Kartoffeln und Möhrchen bestellt? Hier die pünktliche Lieferung!"
„Mille grazie, junger Mann, kommen Sie doch herein!"
„Nein, Oma, das geht jetzt wirklich nicht", protestierte Julie umgehend. „Vincent muss sein Flugzeug bekommen, wir wollten nur noch schnell hier abladen, da es sowieso auf dem Weg war."
„Schade", meinte Vincent, zu Julies Großmutter gewandt. „Aber die Chefin hat gesprochen! Ich komme gerne das nächste Mal mit rein. Ich hab gehört, Sie können begnadet

Kuchen backen!"
Oma strahlte über das ganze Gesicht.
„Dann warten Sie mal einen winzigen Augenblick, junger Mann!"
Sie lief zurück ins Haus und kam kurz danach mit einem Alufolienpaket und Opa im Schlepptau wieder zurück.
„Marmorkuchen. Für unterwegs!"
„Omi! Vincent fliegt doch! Da gibt es genügend zu essen und er darf das gar nicht mit ins Flugzeug nehmen!"
Aber Vincent nahm ihrer Großmutter das Paket liebevoll aus den Händen. „Quatsch, ich nehme es doch gerne! Den Kuchen esse ich noch, bevor ich an Bord gehe!"
Julies Opa, der Vincent in der Zwischenzeit begrüßt hatte, meinte nur: „Omas Kuchen verschmähen wäre auch eine Schande! Arrividerci e buon viaggio!"
„Siehst du", meinte Omi triumphierend, „wenn zwei Männer das schon sagen! Ich wünsche auch eine gute Reise!"
Als sie zurück zum Auto gingen, drehte sich Julie noch einmal zu ihrer Großmutter um. Und die hielt lächelnd den Daumen nach oben.
Wo hatte sie diese Geste denn her? Ob sie das im Fernsehen gesehen hatte?

♥

Das Flughafengebäude war erreicht.
Julie begleitete Vincent zum Counter. Nachdem er eingecheckt hatte, steuerte sie zielstrebig auf die Wartehalle zu.
„Julie, da nicht. Hier warte ich nicht auf den Flug!"
„Oh!" Sie stand einen Augenblick unschlüssig, sah sich

irritiert um.
„Ich fliege sehr oft, somit bin ich Senator und gehe vor Abflug in die Lounge!"
„Ah so. Dafür muss man viel fliegen, nicht wahr?"
„130.000 km im Jahr. Das ist schon ganz schön viel Zeit, die man im Flugzeug verbringt, genauer gesagt man sich den Hintern platt sitzt! Umso mehr schätzt man es dann natürlich, in einem bequemen Sessel zu warten. Ganz nebenbei gibt es immer eine Reihe leckerer Kleinigkeiten in der Lounge."
„Wusste ich's doch", kicherte Julie.
„Sag mal, du bist doch sicher bei Facebook?"
„Ja klar!"
„Dann schicke ich dir eine Freundschaftsanfrage, wenn ich angekommen bin. Das ist momentan, denke ich, der schnellste schriftliche Weg der Kommunikation. Wir können aber auch mailen. Jedenfalls sofern du das möchtest!" Dabei sah er sie intensiv an.
„Ja ... ja ... doch", stammelte Julie. Irgendwie kam sie sich wieder schlecht vor und ärgerte sich gleichzeitig über sich selbst.
„Dann pass gut auf dich auf!" Und ehe sich Julie versah, umarmte er sie liebevoll.
Und Julie genoss diese Umarmung, die ihr plötzlich und unerwartet Wärme und Geborgenheit schenkte. Der liebevolle Kuss auf den Haaransatz komplettierte ihre Irritation, aber schon hatte er sein Handgepäck wieder geschnappt.
„Bis bald, ich melde mich! Ach, Moment!" Er griff in seine Jackentasche. „Ich hab noch etwas für dich, Julie!"
„Für mich?", strahlte sie überrascht.
„Für dich! Mach's auf, ich möchte noch sehen, ob du dich

freust!"
Julie öffnete das kleine Kästchen, das er ihr reichte und sah in das hübsche Gesicht einer kleinen Glaskatze.
„Du magst Katzen, hast du gesagt!"
„Ja, sehr! Und das hast du dir gemerkt?"
Julie war gerührt, stellte sich auf die Zehenspitzen und gab Vincent einen Kuss auf die Wange.
„Dankeschön!"
Sie gingen auseinander.
Kurz danach drehten sich beide noch einmal gleichzeitig um. Lachend winkten sie sich zu. Mit einem zufriedenen Gefühl verließ Julie den Flughafen.
Kaum zuhause, klingelte ihr Handy. Vincent, dachte sie, kurz vor Abflug.
Aber es war wieder einmal genau im richtigen Moment Dennis mit einschmeichelnden Worten! Der hatte wiederholt den richtigen Riecher zum perfekten Zeitpunkt!
Vincent war nun weg.
Weit weg ...

♥

Am nächsten Tag kam die Freundschaftsanfrage von Vincent über Facebook, begleitet von einer Nachricht mit lieben und herzlichen Worten. Julie antwortete zwar, allerdings recht kurz.
Und auch bei den folgenden Kontaktaufnahmen von Vincent hielt sie ihn auf Abstand.
Zwischen den Zeilen las Julie, dass er wohl enttäuscht war, aber da konnte sie ihm leider nicht helfen.
Sie wollte Dennis - und der kam morgen wieder! Jeden Tag

hatten sie telefoniert und Julie fühlte Schmetterlinge im Bauch wie schon ewig nicht mehr.
Dennis war so weltmännisch, so wortgewandt. Aber was das Wichtigste und Schönste war: Schon lange hatte sie sich nicht mehr so begehrt gefühlt - und das von einem sportlich-attraktiven Mann, um den sie alle beneiden würden!
Da konnte Vincent nun einmal nicht mithalten.

♥

Während Julie sich noch ihren romantischen Tagträumen hingab, war Sophia schon in die reale Phase eingestiegen.
Gemeinsam mit Erik wollte sie ihr neues Auto abholen. Von jeher sowieso schon auf ihr Aussehen bedacht, war sie an diesem Tag das Bild einer perfekten, erfolgreichen Geschäftsfrau. Mit Akribie hatte sie sich geschminkt, war am Vortag extra noch beim Friseur gewesen und ihre Kleidung hatte sie sorgsam ausgewählt - perfekt passend zu dem glänzenden Lack ihres Neuwagens.
Sie sah Erik mit seinem Auto auf den Parkplatz fahren, griff ihre Tasche und schloss schnell ihre Wohnung. Als sie aus der Haustür kam, war sie ein wenig enttäuscht. Zu diesem für sie so wichtigen Augenblick trug er wieder nur Jeans. Diesmal sogar in Kombination mit einem einfachen T-Shirt.
Da merkt man es wieder, dachte sie.
Obwohl er in Jeans unumstritten attraktiv aussah, hätte er zu diesem besonderen Event doch mal mit geschäftsmäßiger Kleidung auflaufen können! Aber wahrscheinlich suchte man die vergeblich in seinem Kleiderschrank.

„Wow, Sophia, du siehst knallermäßig aus!" Er betrachtete sie aufmerksam von oben bis unten.
„So soll es sein", antwortete sie, sehr mit sich zufrieden und genoss seine bewundernden Blicke.
Voller Aufregung, die sie vergeblich zu unterdrücken versuchte, hibbelte sie unruhig auf dem Beifahrersitz hin und her. Erik grinste anzüglich und Sophia ärgerte sich. Sie hätte lieber cool gewirkt.
„Hoffentlich bekommst du keinen Kreislaufkollaps hier in meinem Auto", meinte Erik amüsiert.
„Kreislaufkollaps? Also wirklich! Das ist die pure Vorfreude und Leidenschaft!"
„Puuh ... so sieht Leidenschaft bei dir aus? Es kommt einem vor, als müsstest du dringend! Irgendwie hätte ich mir Leidenschaft bei dir ... ANDERS ... vorgestellt!"
Sophia schlug ihm gespielt auf die Schulter. „Mensch! Bei so einem Auto bauen sich doch verschiedene und große Emotionen auf ...!"
Kurz darauf ging sie zwar noch vornehm in das Autohaus, aber als sie ihren Wagen sah, mittendrin, auf sie wartend, in Fahrtrichtung zum großen Ausfahrttor geparkt, mit ihrem Wunschkennzeichen und auf Hochglanz poliert, stöckelte sie dann doch im Schnellschritt und mit einem kleinen Aufschrei darauf zu.
„Erik, schau! Ach, ist er nicht schön?" Sie strich glücklich über den Lack. „Und das Kennzeichen erst! Sag schon, es passt wunderbar zu mir, nicht?"
„Sag lieber, DU passt wunderbar zu dem Auto!" Erik lächelte sie liebevoll an.
Da kam auch schon der Verkäufer auf sie zu.
Sophia erhielt eine kurze Einweisung. Die neue Technik war

etwas verwirrend.
Sie schaute fragend zu Erik. „Wenn ich später was nicht mehr weiß, kennst du dich doch damit aus?"
Erik nickte. Sophia hatte nun den Schalk im Nacken.
„Der Wagen bietet ja wirklich tausend Möglichkeiten, Schalter und Tasten. Und wo bitte ist der Einschaltknopf, damit ich einen frisch gebrühten Kaffee während der Fahrt bekomme?"
Sie sah den Verkäufer herausfordernd an.
„Äh ... ja ... hmm." Diese Forderung konnte Herr Streter wohl kaum erfüllen, sah aber auch nicht den Witz an der Sache und lenkte schnell vom Thema ab, indem er auf die Vorzüge des integrierten Telefons hinwies und sie um ihr Handy bat, um die Bluetooth-Schnittstellen der Geräte miteinander zu verbinden. Trotzdem hatte er die Farbe gewechselt.
Was für eine trockene Gräte, dachte Sophia. Wenn der privat genauso lustfrei ist ...
Erik schmunzelte in sich hinein.
Später bekam Sophia nicht nur die Autoschlüssel ausgehändigt, sondern als Geschenk des Hauses auch noch einen großen Blumenstrauß und eine Flasche Sekt. Sophia fühlte sich wie eine Lottogewinnerin.
„Ich lade dich heute Abend zum Essen ein, Erik. Keine Widerrede! Du hast mir geholfen, ich fahre jetzt meinen Traumwagen und ich möchte dir damit danken. Aber wir gönnen uns für die Rückfahrt ein Taxi, ja?"
Erik nahm nur zu gerne an und so wurde der Abend beim Italiener nicht nur lustig, sondern auch sehr romantisch. Sophia mochte seine Art, zu erzählen und zu lachen. Wenn er die Arme bewegte, konnte sie seine Muskeln sehen, die

sich unter dem T-Shirt abzeichneten.
Und mit jedem weiteren Schluck Rotwein machte sie das noch mehr an. Sie flirtete nun auf Teufel komm raus. Zudem hatte Julie doch gemeint, sie solle einen Reality-Check machen.
Sie war bereit! Man sollte wirklich keine Lebenszeit verschenken!
Um den Abend nicht zu zerstören, lud sie ihn auf die obligatorische Tasse Kaffee in ihre Wohnung ein. Seine wollte sie erst gar nicht sehen, sonst wäre sicherlich die romantische, erotische Stimmung dahin, denn sie erinnerte sich an den Abend mit Julie und Vincent, dort hatte er geschwiegen, als es darum ging, bei wem man sich traf.
Aber sie wollte ihn haben, wissen, wie er es tat.
Und außerdem, es sollte schließlich nur für heute Nacht oder noch ein paar Mal mehr sein, nicht fürs Leben ...
In Sophias Wohnung angekommen, gab es keinen Kaffee mehr, denn als sich die Wohnungstür hinter ihnen schloss, umarmte Erik Sophia fordernd. Sie genoss seine Nähe und Wärme, seine Hände auf ihrem Körper und sie zog ihn mit ins Wohnzimmer, wo sie auf die Couch sanken. Erik schob den Träger ihres Tops langsam hinunter, sie dabei ansehend, ob sie auch einverstanden wäre.
Sophia konnte es gar nicht mehr erwarten. Ihre Hände glitten unter sein T-Shirt, spürten seine Brustbehaarung und ihre Erregung verstärkte sich nochmals.
Erik fühlte ihre langen Nägel kühl auf seiner Haut und ihn hielt nichts mehr. Er schälte sie langsam, begleitet von Küssen, aus ihrer Kleidung.
„Komm“, hauchte Sophia atemlos, „gehen wir rüber ins Schlafzimmer.“

Erik hob ihren nackten Körper hoch und trug sie ins Bett. Dann erlebte Sophia die gefühlvollste Nacht ihres bisherigen Lebens.
Den im Restaurant angebotenen Kaffee gab es erst am folgenden Morgen.

♥

Langsam wurde Sophia wach. Das Bett neben ihr war leer. Sie konnte von ihrer Bettseite aus in die Küche schauen, aus der Geschirrgeräusche kamen.
Und sie sah einen nackten, durchtrainierten Mann von hinten, der gerade dampfend heißen Kaffee in zwei Tassen goss.
Ihr Blick glitt von seinem vollen dunkelblonden Haar den Rücken hinab und blieb an seinem knackigen Männerpo hängen.
Plötzlich war sie hellwach und dachte genussvoll an die vergangene Nacht zurück. Da kam Erik auch schon lächelnd ins Schlafzimmer, die Tassen ausbalancierend.
„Für meine Löwin!"
„Danke!" Sophia nahm zufrieden und glücklich einige kleine Schlückchen. „Eigentlich hatte ICH dir ja den Kaffee versprochen ... aber irgendwas ist dazwischen gekommen!"
Erik sah an sich herunter. „Im wahrsten Sinne des Wortes", lachte er, nahm selbst einen großen Schluck Kaffee, stellte die Tasse auf der Kommode ab und warf sich zu ihr ins Bett.
Die Tassen ereilte ein ungewohntes Schicksal. Ihr Inhalt wurde eiskalt ...

♥ 6 ♥

Nach längerer Zeit traf Julie sich mal wieder nicht nur mit Sophia, sondern auch mit Verena und Björn in ihrem Lieblingsbistro. Mal sehen, ob sie pünktlich waren!
Waren sie natürlich nicht! Mit den obligatorischen Minuten an Verspätung, die vom Soap-Ende bis zum Erreichen des Restaurants in Eile notwendig waren, traf Verena ein.
Sophia reagierte gar nicht darauf, sondern nippte genüsslich an ihrem Martini. Julie hätte schon wieder ausflippen können. Aber sie beherrschte sich.
„Wo hast du denn Björn gelassen?"
„Der will heute Abend nicht. Spielt wieder beleidigte Leberwurst!"
„Warum das denn?"
„Der stellt sich in letzter Zeit immer so an! Immer will er abends sofort erzählen oder gemütlich essen ...!"
„Aber das ist doch toll", meinte Sophia überzeugt.
„Ja - aber nicht, wenn ich nach der Arbeit ein wenig entspannen möchte! Ich will weiß Gott nicht viel, weiß Gott nicht, aber die abendliche kurze Auszeit für mich muss doch mal drin sein, zumal man jede Menge Beziehungskram aus meiner Lieblingssendung lernen kann! Wäre durchaus auch was für Björn!" Verena setzte eine beleidigte Miene auf.
„Hast du sie noch alle?" Julie starrte sie mit großen Augen entsetzt an. „Von diesem schleimigen Schmus kann man fürs echte Leben absolut nichts lernen! Geistiger Dünnschiss! Sei DU mal lieber froh, dass du so jemanden wie Björn kennengelernt hast!"

Sophia wollte die aufgeheizte Situation etwas entschärfen, denn wenn das so weiterging, wäre der Abend gelaufen.
„Was war denn eigentlich der Grund?"
„Das blöde Paket an seine alte Tante! Er hatte etwas für ihren Geburtstag gekauft, der heute ist. Leider ist das Teil erst vorgestern vom Internetversand gekommen und er hat es abends gleich verpackt, wollte es dann gestern zu Post bringen."
Nun regte sie sich auf. „Ich Schaf biete ihm an, es bei der Post abzugeben, da ich sowieso vom Büro aus da vorbei fahre. Es sollte per Express raus, damit es garantiert heute noch da ist!"
„Ja und? Was ist der Grund des Zerwürfnisses? Warst du nicht bei der Post? Hast du es vergessen?"
„Natürlich nicht! Aber als ich ankam, stand da eine Riesenschlange. Ich hätte locker mindestens eine Viertelstunde warten müssen!"
„Du hast es also nicht abgeschickt?"
„Nein!!! Also, das muss er doch verstehen! So wichtig ist der Geburtstag nun auch nicht, ich meine, das alte Tantchen kann das Paket doch etwas später bekommen! Die stirbt ja nicht daran, wenn es nicht genau pünktlich auf den Tag da ist. Die ist schließlich erwachsen!" Verena plusterte sich richtig auf. „Der spinnt doch total!"
Julie schüttelte den Kopf. „DU spinnst doch total! Wenn ich jemandem verspreche, ich gebe etwas ab, dann mache ich das auch. So ein bisschen Wartezeit ..." und dann klickte es bei ihr. „Im Klartext heißt das doch nur, du hättest einen Teil deiner Soap verpasst, nicht wahr?"
„Genau! Das kann er von mir nicht verlangen! Ich will wirklich nichts Besonderes, aber meine Fernsehsendung kann er mir

doch lassen!"
„Verena!" Sophia war entsetzt. „Er hat dich schließlich nicht absichtlich davon abgehalten! DU hast ihm doch angeboten, das Paket abzugeben!"
„Klar! Aber er kann doch nicht verlangen, dass ich für das alte Schlachtschiff anstehe. Ich kenn die überhaupt nicht!"
Schnippisch meinte Julie: „Das ist doch gar nicht der Punkt! Du verstehst da was völlig falsch! Es geht in erster Linie nicht um seine Tante, sondern um Björn. Du solltest IHM einen Gefallen tun!"
„Er hat es also heute selbst zur Post gebracht", kombinierte Sophia.
„Ihr glaubt gar nicht, wie sauer der war! Er hat sich gestern Abend das Paket geschnappt - ohne ein Wort zu sagen - und ist einfach gegangen! Das ist doch wohl absolut schlechter Stil! Keine Erziehung! Und heute hat er noch nicht einmal angerufen! Und das alles wegen so einer Nichtigkeit - einer Rentnerin irgendwo in einem ollen Kuhkaff ganz hinten in Deutschland!"
Julie sah betroffen in ihr Glas.
Verena kapierte nichts. Schon damals, während der Musical-Aufführung, hatte sie nichts verstanden. Sie sah ausschließlich sich und ihre Befindlichkeiten. Was ihre Freunde fühlten oder sich wünschten, war ihr völlig egal. Und wenn man sie darauf hinwies, fühlte sie sich auch noch zu Unrecht angegriffen! Unglaublich! Und so ein rücksichtsloser, ignoranter Mensch war seit vielen Jahren ihre angebliche Freundin? Das war doch eigentlich ganz entgegen ihrer persönlichen Einstellung! Julie wurde plötzlich schlagartig bewusst, dass es eigentlich keinerlei Gemeinsamkeiten mit Verena mehr gab.

Sophia dachte ähnlich, wollte aber den Abend dennoch retten.
„Na ja, das wird sich schon wieder einrenken ... aber jetzt mal zu etwas anderem ... bestellen wir wie immer, oder sollen wir uns noch die Karte kommen lassen?"
„Wie immer", rief Julie.
Verena schaffte locker ihre ganze Pizza.
Wenn ich mit meinem Freund gestritten und er die Wohnung verlasse hätte, wäre mein Appetit sicherlich minimal gewesen, dachte Julie.
Sicherlich - nein, ganz sicher - wäre sie ab dem folgenden Wochenende auch nicht mehr solo. Dennis und sie! Ein sportliches Pärchen! Da würden viele Bekannte aber mit großen Augen schauen - Julie Carisi und so ein Model-Typ!

♥

Julies Herz klopfte, als sie sich Samstagabend auf den Weg zum Treffpunkt mit Dennis machte.
Er hatte ihr noch eine ganz süße Mail geschickt. Seine Sehnsucht nach ihr musste sehr groß sein!

Du bist nicht hier - bist nicht bei mir! Meine Gedanken gehen auf die Reise - auf ganz zärtliche, emotionale Weise.

Das hatte sie sehr beeindruckt. Noch nie hatte ihr ein Mann etwas gedichtet!
Wenn er nur wüsste, wie verrückt sie nach ihm war! Jede Nacht hatte sie sich ausgemalt, wie es mit ihm sein würde.
In der Zwischenzeit hatte sie einmal kurz mit Vincent telefoniert. Er hatte sich bei ihr gemeldet, um zu hören, ob sie

ihn denn vom Flughafen abholen könne, wenn er wieder nach Deutschland käme.
Julie hatte einen Schreck bekommen. Mensch, Mensch, wie schnell doch die Zeit verging! Die Reha seines Vaters war bald beendet - und es stimmte, er hatte ihr vor seinem Abflug erzählt, dass er außerplanmäßig noch einmal kommen würde, um ein paar Tage gemeinsam mit seinen Eltern zu verbringen.
Julie hatte sich nur vage geäußert - sie wüsste noch nicht, ob sie Urlaub bekommen könne - aber kurzfristig vorher würde sie ihm in jedem Fall Bescheid sagen.
Die Absage würde sie ihm dann per Facebook-Nachricht schicken. Das wäre einfacher.
Sorry, Vincent, dachte sie, aber es ist nichts zwischen uns vorgefallen und ich habe das Recht auf eine Beziehung und brauche dir keine Rechenschaft ablegen.
Es war schließlich nur eine alte Schulfreundschaft. Mehr nicht.

♥

Am Treffpunkt angekommen, war sie erst einmal sehr erstaunt. Obwohl sie fünf Minuten Verspätung hatte, wohl einkalkuliert, damit sie nicht diejenige war, die zuerst vor Ort wartete, sah sie von Dennis weit und breit nichts. Nervös ging sie auf und ab.
Gegenüber gelegen war eine Eisdiele. Aufgrund des guten Wetters waren alle Tische draußen belegt und es erreichte sie als Geräuschkulisse Wortfetzen und fröhliches Gelächter.
Ihr wurde unwohl. Sie meinte, die Augen der Gäste in ihrem

Nacken zu fühlen, denn jedes Mal, wenn sie zu den Tischen hinsah, traf sich ihr Blick mit einem der Eiscafé-Besucher. Verstohlen sah sie noch einmal auf die Uhr.
Oh! Schon eine Viertelstunde nach der vereinbarten Zeit! Ein paar sicherlich lange Minuten würde sie noch warten, aber dann ...
Genau in diesem Augenblick schoss Dennis in sportlichem Laufschritt um die Ecke. Strahlend, mit cooler Sonnenbrille und unglaublich gutaussehend kam er mit Elan und guter Laune auf sie zu.
„Entschuldigung, liebste Julie, entschuldige bitte! Aber mein Nachbar hat mich noch aufgehalten!"
Er ließ sich von einem Nachbarn aufhalten, wenn er zu einem Rendezvous wollte?
Julies irritierenden Gedanken fegte Dennis direkt fort, indem er ihr auf jede Wange einen Kuss gab. Der leichte Duft eines angenehmen After Shaves erreichte sie. Das gefiel ihr.
Er legte seinen Arm wie selbstverständlich um ihre Schulter. „Du glaubst gar nicht, wie sehr ich mich auf dich gefreut habe, Süße! Und du siehst oberscharf aus! Noch viel schöner, als ich dich in Erinnerung hatte!"
Bestimmend gab er die Richtung und das weitere Geschehen vor. „Wir gehen erst zu Antonio, Pizza essen und danach sehen wir weiter!"
„Ach, weißt du, Pizza hatte ich gest ...", versuchte sie zu sagen, aber er schnitt ihr das Wort ab.
„Ich hab so richtig Appetit darauf, ich schmecke die schon den ganzen Tag! Antonio ist ein echter Könner!"
Julie sagte nichts mehr. Aber im Nachhinein stimmte sie Dennis zu. Antonio war nicht nur ein kleiner, dicker,

sympathischer, bestens gelaunter Italiener, auch seine Pizza war tatsächlich fantastisch. Und sie hatte sich prächtig mit ihm auf Italienisch unterhalten. Das hatte Dennis sehr imponiert.
Danach aber übernahm Dennis die Gesprächsführung. Nach ihr fragte er nicht, aber mit blumenreichen Worten berichtete er von seiner wichtigen Geschäftsreise, den schwierigen Verhandlungen, den langen Konferenzen.
Julie hörte atemlos zu. Er musste eine einflussreiche Position haben, ansonsten hätte er doch diese Kontakte nicht!
Dennis redete immer weiter. Er sei sehr viel auf Reisen, meist mit dem Flugzeug unterwegs. Oft fliege er auch Business, lediglich das Warten auf den Flughäfen wäre nervig, aber er würde viele interessante Leute auf diesem Wege kennenlernen.
„Dann bist du sicherlich Senator-Flieger, nicht wahr, und kannst bequem in die Lounge gehen?", fragte Julie, dabei an Vincents Erklärungen denkend.
„Nee! Wie kommst du denn darauf? So viele Flüge sind es dann auch nicht. Aber du glaubst gar nicht, was mir gestern passiert ist ..." und dann gab er eine amüsante Geschichte zum Besten und das Thema Lounge war vergessen.
Später saßen sie verliebt in einer kleinen Bar, nicht weit entfernt von Antonios Pizzeria, auch ein Vorschlag von Dennis. Er hatte für die Cocktails gesorgt - Sex on the Beach. Weil der nicht nur köstlich sei, sondern auch ein gutes Omen für den Abend, hatte er gemeint und Julie zugezwinkert. Sie schmolz dahin. Endlich ein Mann, der charmant die Initiative ergriff - und sie war für vieles offen an diesem Abend, auf den sie so lange hingefiebert

hatte. Es kribbelte mächtig!
Immer wieder griff Dennis nach ihrer Hand, streichelte sie zärtlich. Für Julie waren dies nahezu elektrische Berührungen. An ihrem Cocktail jedoch nippte sie nur, denn sie war mit ihren Wagen gekommen und wollte somit keinerlei Risiko eingehen.
Sie hatte ihn auch um ein Wasser gebeten, aber Dennis hatte das wohl versehentlich überhört.
Nach seinem zweiten Sex on the Beach fragte sie vorsichtig: „Sag mal, Dennis, wie bist du denn hergekommen? Ohne Auto?"
Erst tat er so, als hätte er sie nicht verstanden und lenkte vom Thema ab.
„Ich wohne hier ganz in der Nähe."
Aber diesmal ließ sich Julie nicht durch seine bestimmende Art verwirren. Sie stellte die Fragen noch einmal etwas anders.
„Wo wohnst du denn eigentlich? Wie bist du hergekommen? Mit dem Auto?"
Irgendwie wand er sich mit der Antwort, so schien es ihr.
„Ach, weißt du", meinte er, doch ein wenig verlegen, „ich hab ihm Augenblick meinen Führerschein nicht. Ich bin ein bisschen zu schnell gefahren."
„Ach herrje!" Sie war aufrichtig geschockt. „Aber wenn dein Führerschein futsch ist, warst du GANZ SCHÖN schnell!"
Sie sah ihn mit großen Augen an. Eigentlich tendierte ihre Toleranz gen Null für all diejenigen, die mit so hoher Geschwindigkeit unterwegs waren, dass ihnen die Fahrerlaubnis entzogen wurde.
„Nun ja, es ist nicht nur die Geschwindigkeit!" Er bestellte

sich den dritten Cocktail und Julie wagte endlich, die Bedienung zu bitten, ihr ein Mineralwasser mitzubringen.
„Wie meinst du das denn, ich denke, du bist zu schnell gewesen, hast du gerade gesagt!"
„Ja, schon, allerdings sind auf dem Foto gleich zwei Vergehen. Ich hab auch noch telefoniert!"
„Donnerlittchen!"
„Aber ich habe Glück gehabt. Ich hatte mich mit einem Freund getroffen und ein paar Bierchen getrunken."
Als er in Julies entsetzte Augen sah, beeilte er sich zu sagen: „Aber natürlich konnte ich noch fahren! Ich bin durchaus in der Lage, das richtig einzuschätzen!"
In Julie machte sich ein bisschen gefühlsmäßige Nüchternheit breit.
Aber nur ganz kurz, denn seine Hand strich zärtlich über ihre Wange.
„In sechs Wochen bekomme ich meinen Führerschein zurück - und jetzt habe ich ja einen Grund, so etwas NIE wieder zu tun!" Er strahlte sie verliebt an. „Schon als ich dich damals reinkommen sah, war ich absolut fasziniert von dir."
„Was genau gefällt dir denn besonders?", wollte Julie geschmeichelt wissen, während er mit seinem Zeigefinger zärtlich über ihre Lippen strich.
„Alles, meine Süße, alles! Dein Gang, dein Haar, dein Lächeln - und natürlich, nachdem ich mit dir ins Gespräch kam, deine natürliche Art."
Sein Blick fiel verlangend auf ihren Ausschnitt. Sehr schnell stürzte er seinen Cocktail hinunter.
„Ich weiß was. Wir gehen jetzt zu dir und genießen das Leben!"

Wie selbstverständlich stand er auf, holte die Jacken von der Garderobe und zahlte an der Theke.
Betäubt, teils von seiner vorher so liebevollen Art, teils von seiner doch unangenehmen Bestimmtheit, verließ sie mit ihm die kleine Bar.
Vor der Tür küsste er sie ganz zärtlich auf den Mund und Julie wurde heiß.
„Wo steht denn dein Auto?", flüsterte er ihr ins Ohr.
Für eine kurze Sekunde war Julie versucht, jedoch dann gab sie Dennis entschieden einen Korb.
„Tut mir leid, Dennis, aber das geht einfach nicht! Ich nehme nie jemanden am allerersten Abend mit in meine Wohnung."
Erst stutzte er, dann jedoch nahm er sie liebevoll in den Arm.
„Das finde ich jetzt total super, Julie, meine Süße! So eine Frau habe ich mir immer gewünscht! Dann gehen wir zu mir, es ist gar nicht weit weg. Und ein Gläschen Sekt kannst du doch trinken, bevor du wieder fährst!"
Oh! Er will gar nicht, dass ich die Nacht bei ihm verbringe, schoss es ihr blitzartig durch den Kopf.
Erneut küsste er sie mitten auf dem Bürgersteig leidenschaftlich, strich ihr die langen Locken mit einem betäubenden Lächeln hinter ihr Ohr und flüsterte: „Du bist so eine verdammt attraktive Frau, Julie, Süße!"
Sie schmolz völlig dahin und schon waren sie Hand in Hand unterwegs. Dennis unterhielt sie den kurzen Weg ohne Probleme. Auf dem Gebiet hatte er Talent! Sie erreichten ein älteres, nicht sehr gepflegtes Mehrfamilienhaus.
Letztendlich kommt es darauf an, wie es innen aussieht, versuchte Julie sich die Situation schön zu reden.

Dennis schloss die Haustür auf und zog sie an der Hand durch einen renovierungsbedürftigen Flur die Treppen hinauf in den zweiten Stock. Kaum schloss sich die Wohnungstür hinter ihnen, schob er ihr die leichte Sommerjacke von den Schultern, die auf den Boden fiel. Ihre Handtasche klackte daneben. Seine Jeans-Jacke hingegen hing er schnell an die Garderobe.
Er hielt sich gar nicht erst mit Höflichkeiten wie das Anbieten des angekündigten Glases Sekt auf.
Er dirigierte sie in das Wohnzimmer, was Julie an der Couchgarnitur erkannte, die sie aber nur aus dem Augenwinkel sah.
Er knabberte an ihrem Ohr und so bot sich kurz Gelegenheit, den Blick schweifen zu lassen.
Die Einrichtung hätte sie sich ein wenig moderner vorgestellt. Die Möbel hatten schon einige Jahre auf dem Buckel beziehungsweise hätte man auch denken können, ein älteres Ehepaar würde hier wohnen, wenn die Wände und Schrankregale nicht so kahl gewesen wären.
Aber zu weiteren Betrachtungen und Gedanken kam sie nicht, denn er küsste nun ihr Dekolleté und schob den Ausschnitt ihres T-Shirts ein wenig nach unten. Sie spürte einen behaglichen Schauer, der ihren Rücken hinunter rieselte. Seine weiteren Küsse, seine Hände, sein warmer, durchtrainierter Körper, seine Nähe ließen ihre Knie weich werden. Er öffnete mit einer Hand sein Hemd, die andere strich zärtlich über ihren Nacken.
Dennis liebkoste ihren Hals, als er den Gürtel seiner Hose löste. Julie hielt aufgeregt die Luft an, ihr wurde schwindelig vor Erregung, als seine Jeans nach unten glitt. Dieses Gefühl hatte sie schon lange vermisst!

Sie fasste an seine Hüfte und tastete - einen groben Stoff. Irritiert warf sie nun einen schnellen, verstohlenen Blick nach unten. Dennis hingegen hatte nun seine Hand an ihrem Busen, den er verlangend umfasste.
Schlagartig war ihre Erregung verschwunden.
Entsetzt erkannte sie eine XXL-Unterhose aus braunbeigem Frottee mit Kästchenmuster - und auch noch mit Eingriff! Die Beinbündchen waren schon gut ausgeleiert. Sie versteifte sich.
Atemlos, mit trockenem Mund, presste sie, all ihren Verstand zusammennehmend, hervor: „Du hast mir doch einen Sekt versprochen, Dennis!"
Ihr schien, als klebten ihr die Worte am Gaumen fest.
Dennis ließ sie leicht widerwillig los.
„Oh, oh ja! Natürlich!" Er streifte die Schuhe von den Füßen und kickte seine Jeans an die Seite. Zum Vorschein kamen braune Socken, an sich nichts Schlimmes, aber sie waren bis Mitte Wade hochgezogen.
Ihre Augen weiteten sich.
„Warte einen kleinen Augenblick", bat er sie und setzte ein lustig gemeintes, neckisches „Nicht weglaufen!" hinterher. Plötzlich fand sie seine Nähe, seinen Atem gar nicht mehr anregend, sondern eher abstoßend.
Wo nur waren ihre Jacke und die Handtasche? Die Gedanken rasten in Schallgeschwindigkeit durch ihren Kopf. Ach ja, vorne im Flur!
Dennis lächelte sie an, küsste sie noch einmal auf den Hals und biss zärtlich hinein, um dann aus dem Wohnzimmer nach links zu verschwinden. Sie betrachtete seinen Hintern. Die Unterhose schlockerte drumherum.
Da passt ja locker noch eine Windel rein, dachte sie und

schieres Entsetzen machte sich bemerkbar.
Dann ging alles blitzschnell.
Sie schlich ihm in höchster Aufregung eilig aber leise bis zur Tür nach, bog jedoch nach rechts ab. Oh Gott! Ich bin wie Paulchen Panther, nur nicht so rosé, kam es ihr in den Sinn.
Der Rest von Dennis samt Schlocker-Unterbuxe war soeben in der Küche verschwunden.
Während sie sich flink nach ihrer Jacke und Handtasche bückte, hörte sie ihn hantieren.
Sie hingegen öffnete mit klopfendem Herzen vorsichtig, um so wenig Geräusch wie möglich zu machen, die Wohnungstür und quetschte sich verstohlen, den Atem anhaltend, durch einen kleinen Spalt hinaus. Sie wagte es nicht, die Tür zuzuziehen.
In größter Eile warf sie ihre Tasche über die Schulter, zog schnell ihre Slingpumps von den Füßen, hing sie über den kleinen Finger, griff fest die Jacke, die ihr aus dem Arm zu rutschen drohte, lief dann in Affengeschwindigkeit barfuß die Treppen hinunter und rannte auf die Straße. Sie benötigte einen Moment der Orientierung.
Da hörte sie, wie sich oberhalb ein Fenster öffnete. Sie rannte los, als wäre der Teufel hinter ihr her.
In ihren Ohren rauschten die Worte, die durch die Nacht hallten: „Juuuliiiiiee, wo willst du denn hin? Bleib doch hiiiier!"
Sie rannte, immer noch barfuß, als wolle sie konkurrenzlos einen 100-Meter-Sprint gewinnen. Erst einen gefühlten Kilometer später blieb sie atemlos stehen. Zweimal war sie auf einen Stein getreten, der Schmerz hatte sie bis in die

Haarspitzen durchzuckt. Sie blickte auf ihre vom Straßenschmutz grauen Fußsohlen, eine hatte eine kleine blutige Stelle. Sie streifte ihre Schuhe wieder über und ging schnellen Schrittes weiter. Gut, dass sie diesem Blender nicht gesagt hatte, wo sie geparkt hatte - und vor allen Dingen, wo sie wohnte!
Ein Glücksgefühl überfiel sie, als ihr Auto in Sicht kam.
Sie öffnete die Wagentür, warf die Handtasche einfach hinein und beim hektischen Einsteigen schlug sie sich heftig den Kopf am Autodach.
„Aua, Mensch!", fluchte sie, war aber gleichzeitig erleichtert, als sie das vertraute Motorengeräusch hörte und sich ihr Wagen in Bewegung setzte. In Sicherheit!
Ihr Handy klingelte und sie erschrak heftig.
Die unterschiedlichsten Emotionen kamen hoch. Wie konnte sie nur derart unbedarft sein, einem fremden Mann am ersten Abend in seine Wohnung zu folgen! Der hätte sie auch vergewaltigen oder abmurksen können! Sie hatte alle Vorsicht über Bord geworfen.
Wie blöde war sie eigentlich? Dabei schüttelte sie jedes Mal verständnislos den Kopf, wenn sie solche Stories von anderen Frauen hörte!
Was hatte sie Sophia noch für Tipps gegeben zu ihrem Date, der sich als 20-Euro-Mann herausstellte! Aber für sie war es fast noch schlimmer gekommen - er trug einen ausgeleierten Frotteeschlüpfer!
Das Geschehen konnte sie direkt durchdeklinieren bis zum Superlativ: Grausam, grausamer, am grausamsten!
Erst lachte sie noch laut auf, um dann stark zu zittern.
So viele Hoffnungen und Gefühle hatte sie in dieses Treffen investiert! Mehr als zwei Wochen ihren Fokus nur

auf Dennis gelegt, nach jeder SMS von ihm gegiert! Nach einem fremden Mann!
Auf ein tolles Äußeres war sie hereingefallen, seine charmante Art hatte sie geblendet.
Sie kam sich vor wie ein dummer Teenager, hatte sich ein völlig verklärtes Bild von ihm gemacht, dem er nicht annähernd gerecht wurde.
Die Wirklichkeit konnte ja so dermaßen erbarmungslos und schrecklich ernüchternd sein! Selbst ihr sonst so gut funktionierendes, inneres Alarmsystem hatte nicht angeschlagen!
Vielflieger sei er, einen Senatorstatus besaß er jedoch nicht, so wie Vincent. Da hatte er ihr wohl ganz schön was vorgeflunkert! Und das mit den Geschäftsreisen stimmte mit an Sicherheit grenzender Wahrscheinlichkeit auch nicht.
Pizza gab es, obwohl sie die eigentlich gar nicht wollte. Sex on the Beach holte er - die Bitte nach Wasser für sie hatte er ignoriert.
Sein einziges Ziel war gewesen, sie an dem Abend in die Kiste zu bekommen! Und nach einem Sekt und einem Intermezzo im Bett hätte sie dann wieder fahren können!
Ganz zu schweigen von der Führerschein-Story!
Dein gesunder Menschenverstand, dumme Julie, war wohl heute Abend in Urlaub, auf einer Fernreise, erkannte sie mit Entsetzen.
Bei jedem einzelnen dieser Punkte hätte sie gewarnt sein müssen! Stattdessen hatte sein Lächeln ihren Verstand gefressen.
Ob so auch Heiratsschwindler arbeiteten? Nie hatte sie die Frauen verstanden, die auf so eine Charme-Offensive

hereinfielen. Dennis hatte sie mit Worten und Gedichtchen umschwirrt - im Nachhinein erinnerte er sie an eine Motte. Nun wurde ihr klar, wie einfach es war, einsame Frauen zu beeinflussen. Die Situation eines Heiratsschwindlers traf natürlich nicht auf Dennis zu, aber der Vergleich für ähnliche Situationen drängte sich ihr doch unweigerlich auf.
Sie hatte noch einmal Glück gehabt!
Gott, sie war über 30 und musste so etwas teeniehaftes erleben! Sie war einem Blender aufgesessen, der als Tiger gestartet und als Bettvorleger gelandet war!

♥

Zuhause angekommen nahm sie als allererstes eine heiße Dusche, bis ihre Haut rot war. Dann verarztete sie den kleinen offenen Riss unter ihrer Fußsohle. 01.30 Uhr. Sie schnappte sich ein Glas Rotwein und eine Tafel Schokolade und holte ihren Laptop.
Vincent. Vielleicht hatte sie eine Email von ihm. Es war Nachmittag in Los Angeles.
Aber es war keine Nachricht da. Wie auch! Seine Mitteilungen hatte sie nach seiner Abreise nur kurz und knapp beantwortet. Die letzten beiden Mails gar nicht mehr. Dennis war es gewesen, dem sie ständig geschrieben hatte! Vincent war weder dumm noch aufdringlich. Er hatte verstanden, dass sie ihn zwar als früheren Klassenkameraden mochte, es sich darin aber auch erschöpfte. Sie hatte es ihm zwischen den Zeilen mitgeteilt. Eine Fähigkeit, die bei ihr besonders gut ausgeprägt war - dieses seltene Mal zu ihrem Nachteil.
Sie erinnerte sich an die letzte Umarmung von Vincent am

Flughafen. Sie war einfach ehrlich gemeint gewesen - und genau deshalb hatte sie sich so wohl dabei gefühlt.
Sicherlich hatte er sich mehr erhofft, das hatte sie ziemlich deutlich gefühlt.
Aber sie hatte nur Dennis im Kopf gehabt. Eine völlig verträumtes, schräges Bild, das mit der Wirklichkeit nichts zu tun hatte. Und warum? Weil er eine tolle Figur hatte, auf die sie so viel Wert legte! Marke fünfmal Fitnesscenter pro Woche. Ein Mann, bei dem die Frauen zweimal hinsehen. Mit dem sie gerne angegeben hätte. Seine lächerlichen Liebestöter hatte sie nicht sehen können!
Oh - mein - Gott! Da fror einem ja alles ein! Wie irre groß musste seine Selbstüberschätzung sein, wenn er in dieser Unterwäsche eine Frau mit nach Hause nahm!
Ihr Blick fiel auf das Regal. Dort saß die kleine, hübsche Glaskatze von Vincent und sah sie ruhig an.
Sie trank ein paar Schlucke Rotwein, so als brauche sie einen Mutmacher, ließ ein Stückchen Schokolade auf der Zunge zergehen - dann loggte sie sich bei Facebook ein.
Und siehe da! Vincent war im Chat verfügbar! Noch nie hatte sie sich so über diesen kleinen grünen Punkt gefreut, der das signalisierte! Sie schrieb ihm eine nette Notiz.
Noch eine weitere halbe Stunde tummelte sie sich auf den Seiten, aber Vincent schrieb nicht zurück. Allerdings war er immer noch im Chat.
Ihr schlechtes Gewissen erwachte.
Auch er hatte sicherlich die Zeit vorher auf eine nette Nachricht von ihr gewartet, nachdem er ihr mehrfach geschrieben hatte - und nicht bekommen.
Sie trank ein weiteres Glas Rotwein - und dann den Rest der Flasche. Schnell schrieb sie Vincent noch eine ganz liebe

Email, bevor der Alkohol endgültig knallte.
Vielleicht bekam sie ja darauf eine Antwort.
Danach legte sie sich ins Bett wie ein Embryo, zog die Decke hoch bis zur Nase, weinte ein wenig - stand wieder auf, machte das Fernsehen an, holte eine Flasche Grappa, die sie allerdings direkt wieder wegstellte. Wein reichte! Letztendlich hatte sie Hunger und fiel über die Käse- und Olivenvorräte in ihrem Kühlschrank her. Auch eine Dose Fisch in Tomatensauce aß sie auf. Dazu öffnete sie die zweite Flasche Wein. Schwindel stellte sich ein.
Wenn schon betrunken, dann richtig. Halbbesoffen war rausgeschmissen Geld.
Das ist ziemlich deutlich die Panikattacke einer sehr einsamen, gefrusteten Frau - da spielte das Alter gar keine Rolle, schoss es ihr noch durch den Kopf. Jedoch schon nach dem ersten Glas der zweiten Flasche Wein war ihr schlecht. Sie torkelte ins Bett. Aber liegen konnte sie auch nicht, weil sich alles drehte. Ihr Magen rebellierte.
Kotzen! Das Zeug musste raus!
Sie wankte ins Bad und steckte sich den Finger in den Hals. Aber mehr als ein hässliches Würgen, der ihr den Magen Richtung Halsausgang hochbockte, kam nicht.
So hockte sie eine ganze Weile neben der Toilette und bemitleidete sich selbst. Als die Kälte der Fliesen unerträglich war und sie stark frösteln ließ, raffte sie sich auf und schlich zurück ins Bett.
Aber erst gegen Morgen fand sie ein wenig Schlaf, als das Schlafzimmer nicht mehr ganz so schnell um sie kreiselte.
Ein Klingeln drang an ihr Ohr und sie setzte sich im Bett auf. Ehe sie gerafft hatte, woher das Geräusch kam, hatte es auch schon wieder aufgehört.

Julie ließ sich stöhnend zurück in die Kissen fallen und fiel erneut in einen bleiernden Schlaf.
Irgendwann wurde sie wach und schaute mit halb geöffneten Augen auf den Wecker. 12.30 Uhr. Oh, ach je! So lange hatte sie schon Jahre nicht mehr im Bett gelegen. Also raus jetzt!
Oh Gott, was war ihr schlecht! Rasende Kopfschmerzen begleiteten sie auf dem Weg unter die Dusche.
Ihr Telefon blinkte. Sie machte einen Schlenker dorthin. Sophia hatte angerufen.
Und auch ihr Handy zeigte mehrere Anrufe an. Von Dennis. Huaah!!!
Nach der Dusche gab es neben zwei Kopfschmerztabletten einen großen Pott Kaffee und ein ordentliches Frühstück mit gleich zwei Spiegeleiern und gebratenem Speck. Das ließ ihre Lebensgeister aufleuchten, aber die hämmernden Kopfschmerzen ließen nur langsam nach.
Wie hatte sie sich nur so gehenlassen können?
Nicht nur die vielen Alkohol-Kalorien würden ihr gewichtsmäßig schaden, auch war es eine gemeine Schadstoff-Attacke auf ihre Haut gewesen.
Sie würde den Schaden minimieren und trotz Kopfschmerzen joggen gehen!

♥

Zweieinhalb Stunden später, mit einigermaßen klarem Kopf und viel frischem Sauerstoff in den Lungen – entsetzt über ihre eigenes Verhalten, von Dennis angefangen bis zu ihrem

Sauf- und Fress-Exzess – rief sie Sophia an und berichtete ihr von dem verkorksten Abend, konnte es aber schon wieder mit einem Hauch Humor betrachten.
Ihre Schwester lachte sich schlapp, als sie die Begebenheit mit der Unterhose schilderte.
„Mein Gesicht hätte man filmen sollen, Sophia! Ich bin zur Salzsäule erstarrt! Einen Frotteeschlüpfer! In braun! Mit Eingriff! Und ausgeleiert!"
„Reingefallen auf Mr. Testosteron!", gluckste Sophia. „Wär dir ein Leoparden-String denn lieber gewesen?"
„Oh mein Gott! Ich übergeb mich gleich", stöhnte Julie.
„Aber ich hatte noch einen Flash! Als ich die weißen Beine hinunterblickte und die braunen Socken sah. Aaaahhhh! Und stell dir vor, eine davon hatte ein Loch! Aber das Schlimmste: Daneben gab es noch ein kleines Sekundärloch!"
„Ja ja", kicherte Sophia, „nicht nur lange Unterhosen können echte Grausamkeiten sein! Sag mal, hast du über Nacht keinen Herpes gekriegt?" Sie hüstelte. „Tja, wenn man denkt, da hat einer einen Hydranten in der Hose und muss dann feststellen, dass das Teil eher einer Wasserpistole für Zweijährige ähnelt ...!"
„Sophia, was sagst du da??? Das Teil hab ich doch gar nicht erst gesehen ... und ich war so verliebt!" Julie seufzte. „Und für diesen kleinen eitlen Selbstdarsteller, der offensichtlich nur an einem netten Sexabenteuer interessiert war, hab ich Vincent vergrätzt!"
„Wie meinst du das denn?", fragte Sophia, nun ernster.
„Ich hab ihn ziemlich cool abblitzen lassen, durch die Blume, per Facebook und Mail. Kurz, ich hab ihm mehr oder weniger sein Gewicht vorgeworfen und mich auch gut darüber lustig

gemacht!"
„Spinnst du, Julie? Was geht dich sein Gewicht an? Und so gravierend viel ist das bisschen mehr nun auch nicht. Er ist doch total sympathisch! Oder hat er sich über deinen Hintern beklagt?"
„Natürlich nicht, aber ich war mir so sicher, dass das mit Dennis laufen wird ... Vincent ist so weit weg ..."
Dann war Stille. Nach einem kurzen Moment der Überlegung fragte sie irritiert: „Was ist mit meinem Hintern? Ist er zu fett?"
„Du bist ja sowas von bescheuert, Julie!", schimpfte ihre Schwester. „Zwischen euch war doch gar nichts, wieso haust du ihm dann sein Gewicht um die Ohren? Vincent war und ist ein verdammt netter Kerl und das schon seit der Schulzeit. Also verlässlich nett, meine ich damit. Das haben die Jahre wohl auch gezeigt. Warum soll er denn nicht ein guter Freund sein können? Und dem wirft man keinesfalls sein Gewicht vor!"
„Ich weiß, aber ich bin nun einmal sehr gesundheitsbewusst und Übergewicht ist einfach ungesund. Basta! Außerdem hatte ich das Gefühl, er wolle das Terrain vorbereiten, wenn er wieder nach Deutschland kommt. Dem wollte ich vorbeugen, nur wegen Dennis ... ach Scheiße!"
„Gesundheitsbewusst - dass ich nicht lache, du hast dich doch gestern freiwillig besoffen! Das ist gesund? Ich bitte dich!", wusch Sophia ihr den Kopf. „Irgendwie kannst du langsam mal aufhören mit diesem Fimmel! Das nervt mich mittlerweile total! Sonderlich gesund lebst DU nämlich auch nicht! Heute Knäckebrot mit einer Nanobeschichtung 0,1 Prozent Frischkäse, morgen Pizza bis zum Abwinken und Süßes noch obendrauf. Und dann, um das schlechte

Gewissen zu beruhigen, machst du Sport. DAS nennst du ausgewogen und gesund? Und ewig kloppst du mit deinem Gesundheitswahn, den du selbst gar nicht lebst, auf anderen rum. Ich finde, dass muss dir mal jemand ehrlich und schonungslos sagen!"
Sie hörte, wie Julie vor Schreck über diese Wahrheit die Luft einsog und setzte deshalb noch hinzu: „Nun ja, vielleicht kannst du das mit Vincent noch irgendwie zurechtbiegen."
„Wollte ich, aber er hat halt die Sachlage gecheckt und mir nicht geantwortet. Ich wär ja genauso ..."
„Hmmm ..." Nun war auch Sophia ratlos. „Warte einfach mal ab. Der bekrabbelt sich sicherlich wieder!"
Julie seufzte nur.
Aber ihre Schwester wartete noch mit einer überraschenden Neuigkeit auf.
„Dann erzähl ich dir jetzt auch was. Du kennst doch den Zahnarzt Dr. Laissner?"
„Klar. Der hat diese vornehme Praxis am Anfang der Hauptstraße. Dort geht doch die Prominenz der Stadt zum Zahnpuhlen hin."
„Genau. Er hat mich heute Abend zum Essen eingeladen und ich geh hin!"
„Aber Sophia!", rief Julie erschrocken. „Du warst doch so glücklich mit Erik in den letzten Tagen!"
„Ja, schon ... aber ein Zahnarzt ... also ich meine ... da gibt es doch einen ganz anderen Background. Du weißt schon ... ja ... ich finde Erik auch supersüß, aber ...!"
„Jetzt red dich mal nicht raus!", meinte Julie böse. „Ein normal arbeitender Mann ist dir nicht genug, gib es doch zu! Ich mag vielleicht einen Sport-Fimmel haben, du hast einen

Elite-Fimmel! Armer Erik - der hat jetzt die Arschkarte! Oder weiß er schon, was du heute Abend machst?"
„Versteh doch ... ich überlege ja noch! Du würdest doch auch ... ich meine, du hast doch ebenfalls deine Prioritäten. Dick sein darf bei dir ja auch keiner!"
Das saß. Julie war für einen Moment ruhig. Aber dann versetzte sie ihrer Schwester einen derben Schlag.
„Der Laissner! Sophia! Seit wann stehst du auf alte Säcke? Du willst doch noch Kinder! Der ist doch mit Sicherheit der 60 näher als der 50! Jedenfalls sieht er so aus!"
„Na und? Picasso ist mit 90 noch Vater geworden und viele Promis sind schon 70 und älter! Die sind oft auch die besseren Väter", verteidigte sich Sophia.
Aber ein wenig geschockt von Julies brutaler Ehrlichkeit war sie erst einmal doch.

♥ 7 ♥

Letztendlich hielten Julies Einwände Sophia nicht ab, die Neugier war einfach stärker und so traf sie sich abends mit dem 24 Jahre älteren Mann. Sie ließ sich von seinem Charme überwältigen. Er präsentierte sich kultiviert, weltmännisch und gewandt.
Sein Geschmack war auserlesen. Das zeigte sich bei der Auswahl des vornehmen französischen Restaurants, in dem die beiden saßen.
Genau so hatte es sich Sophia immer in ihren Träumen vorgestellt!
Sie betrachtete ihr Gegenüber. Das volle, dunkle, akkurat geschnittene Haar war von vielen grauen Strähnen durchzogen. Die bereits ganz ergrauten Schläfen verliehen ihm eine elitäre Eleganz. Sein aus edlem Stoff gefertigter Anzug saß perfekt - ein Maßstück, dem man somit den Preis auch ansah.
„Ich freue mich sehr, dass Sie heute mit mir ausgehen, Frau Carisi. Schon länger wollte ich Sie ansprechen!"
„Und warum haben Sie es nicht vorher schon getan?", kokettierte Sophia mit einem gekonnt schüchternen Augenaufschlag.
„Nun", meinte er, „ich will aufrichtig sein. Ich bin erst vor kurzer Zeit geschieden worden!"
Sophia erhielt so einen ersten herben Dämpfer für den Abend.
„Um es zu präzisieren, ich lebe schon seit vier Jahren getrennt, aber meine Exfrau und ich konnten uns erst im vergangenen Jahr zu einer Scheidung, dem endgültig

letzten Schritt, durchringen."
„Oh!" Sophia war ein wenig ernüchtert. „Haben Sie denn Kinder?"
„Zwei Söhne. Aber sie sind schon erwachsen. Einer ist kürzlich 30 geworden, der andere knapp darunter."
Natürlich, dachte Sophia, aber mit leichtem Schrecken. Erwachsene Kinder! Ich bin kaum älter! Sie sah plötzlich das erheblich jüngere Gesicht von Erik vor sich. Es verschwamm sogleich, weil ihr Gegenüber sein Glas erhoben hatte.
„Frau Carisi, ich würde Ihnen gerne das Du anbieten. Sie sind mir sehr sympathisch und ich wünsche mir, Sie näher kennenzulernen!"
Er lächelte sie gewinnend an.
In Schallgeschwindigkeit rauschten die Gedanken durch Sophias Kopf. Ein älterer Mann hatte naturgemäß auch ein Vorleben, sonst wäre er ein Muttersöhnchen. Und sie wollte einen gestandenen Mann. Also, so what?
Sie hob ihr Glas ebenfalls. „Sophia ist mein Vorname!"
„Jean-Luc. Aber Jean reicht, das andere klingt so ... überheblich. Es ist für mich ausschließlich auf dem Pass vorhanden."
Er erhob sich ein wenig von seinem Stuhl und küsste sie ganz zart und dezent über den Tisch hinweg auf die Wangen.
Und wieder bewies er dabei Stil. Es wirkte auf eine seltsame Art keinesfalls unmöglich in diesem vornehmen Restaurant. Warum das so war, konnte Sophia sich allerdings nicht erklären.
Sie bekam den Abend über mit, dass er in diesem Lokal sehr gut bekannt war. Das machte sie schon stolz, denn man behandelte auch sie mit ausgesuchter Höflichkeit. Wieder ein Punkt, der ihr sehr zusagte.

Er wählte wie selbstverständlich einen hochpreisigen Wein, überredete sie zu einem sündhaft teuren Menü und im Verlauf des Abends war sie ganz auf ihn fixiert.
Er berichtete von seiner Zahnarzt-Praxis, den Sommer- wie Winterurlauben, seinen Interessen. Und auch von dem Sommerhaus in einem kleinen, verschlafenen Dorf in Südfrankreich, ein Erbe seiner Großeltern. Sein Großvater war Franzose gewesen und seine deutsche Oma war ihm seinerzeit nur zu gerne in die Provence, in die Nähe von Avignon, gefolgt. Daher auch sein französischer Name.
Irgendwie eine schöne Parallele zu ihrer eigenen Familie mit Migrationshintergrund. Jean Laissner hatte französischen Einschlag - sie italienischen.
Er wirkte weder überheblich noch angeberisch - er ruhte in sich, das konnte man deutlich spüren. Alles Details, die Sophia zu gerne wahrnahm.
Ein Sommerhaus in Frankreich! Vor ihrem geistigen Auge entstanden farbenfrohe Bilder. Lavendelfelder, soweit das Auge reicht und ein Duft, der die Sinne betört. Warme, flirrende Luft, ein seichter Wind, Baguette, tausend Sorten Käse, gekühlter Weißwein und temperamentvoller Rotwein, Meeresfrüchte.
So wollte sie auch leben! Genau so!

♥

Ein bisschen Luxus! Sie arbeitete schließlich hart dafür! Nahezu zwölf Stunden pro Werktag war sie für ihre Kundinnen da, die Stunden Arbeit zuhause und am Wochenende mit Ausarbeitung neuer Angebote gar nicht mitgerechnet. Die werbewirksame Präsentation der Produkte im Institut

genauso wie in Zeitungs-Anzeigen und auf ihrer Homepage war hier noch gar nicht berücksichtigt!
Und außerdem kostete das Vertrautmachen mit den Eigenarten, Vorlieben und Abneigungen ihrer Kunden auch noch Zeit.
Wer flog wann wohin in Urlaub, wer hatte ein neues Auto, ein Haus, eine Wohnung gekauft? Wessen Kinder heirateten oder bekamen Kinder? Alles Kleinigkeiten, die ihre Kundinnen nebenbei erzählten, aber es war umso wichtiger, genau diese Informationen zu behalten, eventuell zu notieren und bei dem nächsten Termin nachzufragen.
Ihre Kunden schätzten ihr gutes Gedächtnis und ihr Interesse.
Optimale Kundenpflege nannte Sophia das. Allerdings war das kein Aufwand oder lästige Arbeit für sie; im Gegenteil, sie tat das gern. Diese Ehrlichkeit und Offenheit mochten und spürten ihre Kunden.
Ihr Geschäft boomte.

♥

„Schmecken dir die Jacobsmuscheln?", fragte Jean.
„Himmlisch, wirklich, ich habe noch keine Besseren gegessen. Dieser Hauch von Rosmarin und Thymian, köstlich!"
Jean-Luc war überrascht, dass sie so sensibel die diversen Aromen herausschmeckte.
Als Zwischengang genossen sie ein kühles, prickelndes Sektsorbet. Die Qualität des Essens setzte sich mit dem Hauptgang fort. Es wurden grüne Tagliatelle mit Lachsstreifen an Zitronenbuttersauce serviert.
Als Dessert brachte man eine Schale mit Profiteroles an

den Tisch. Jean legte Sophia vor. Diese kleinen Mini-Windbeutel waren mit einer Zartbitter-Schokoladensauce übergossen. Der zuckerfreie Brandteig enthielt eine köstliche, sahnige Moccacreme, die ihr auf der Zunge zerging. Der starke Espresso rundete den Geschmack in Vollendung ab.
Ja! Genauso hatte Sophia sich ihr zukünftiges Leben vorgestellt! Genüsse der gehobenen Art - aber bitte nicht nur auf dem Teller!
Jean hatte sie nach einem aufregenden, intensiven Abend nach Hause gebracht und um ein Wiedersehen gebeten. Formvollendet hatte er ihr einen Kuss auf die Hand gehaucht, als sie beide das kommende Wochenende fest ins Auge fassten.

♥

Später in dieser Freitagnacht lag Sophia mit Gewissensbissen im Bett. Eigentlich war sie mit Erik fürs Kino verabredet gewesen.
Aber als sie die Einladung von dem bekannten Zahnarzt bekam, hatte sie am Mittag bei Erik angerufen und wegen unerträglicher Kopfschmerzen abgesagt und ihn auf den folgenden Tag vertröstet.
Es ist mein Leben, dachte sie. Und ich hab das Recht, auszugehen, mit wem ich möchte! Aber unwohl war ihr doch, weil sie die Wahrheit verschwiegen und eine Notlüge gebraucht hatte.
Dafür war aber dieser Freitagabend aufregend schön geworden, denn sie hatte ein neues, hochpreisiges Restaurant kennengelernt - und einen sehr wohlhabenden Mann!

♥

Nach dem Kino am Samstag landeten Erik und Sophia wieder im Bett. Sie konnte nicht wiederstehen.
Eriks sportlich-gestählter Körper, seine muskulösen Oberarme, seine Kraft, all das elektrisierte sie. Sie genoss die Liebesnacht in vollen Zügen – und am anderen Morgen das gemütliche, lustige Frühstück. Nach einer gemeinsamen Dusche fanden sie erneut den Weg in Sophias Schlafzimmer.
„Das nächste Mal kommst du aber zu mir", grinste Erik. „Und keine Ausrede mehr! Du wirst überrascht sein!"
„Wie meinst du das denn? Ich muss doch nicht auf Apfelsinenkisten hocken?"
„Meinst du, nur weil ich weder Rechtsanwalt noch Arzt oder Apotheker bin, hab ich keine ordentlichen Möbel oder lebe in einem Verschlag?" Ernst sah er sie an. „Was eigentlich ist an einem Mann, der sein Geld ganz normal verdient wie ich, so schlecht? Aber wenn du einen Millionär brauchst ..." Er schien gekränkt zu sein.
Sophia ruderte direkt zurück. „So hab ich das doch nicht gemeint."
Aber als sie sein betroffenes Gesicht sah, setzte sie ganz schnell hinzu: „Hey, war nur ein Wiihiiitz!" und knabberte an seinem Ohr.
„Na dann ...!" Mehr sagte er nicht und damit schien das Thema erledigt.
Es wurde ein verliebter, glücklicher Sonntag, aber als Erik nach dem nächsten Wochenende fragte, erfand Sophia erneut eine Notlüge.
Jean hatte den Besuch der bedeutenden Impressionisten-

Ausstellung vorgeschlagen, die in der Nachbarstadt angeboten wurde. Claude Monet, Max Liebermann und Paul Cézanne waren nur einige, die sie sehr gerne mochte. Und das würde sie sich keineswegs entgehen lassen!
Sie fuhr augenblicklich zweigleisig, nicht unbedingt erstrebenswert, aber das ließ sich nicht ändern, bis sie ganz im Klaren mit sich selbst war.
„Es tut mir unendlich leid, Erik, aber am nächsten Wochenende muss ich mich unbedingt um die Abrechnungen für das Institut kümmern. Eine neue Werbekampagne steht an und ich bin damit schon recht weit in Verzug. Sei bitte nicht böse."
Erik war enttäuscht, aber letztendlich war es für ihn okay. Sie telefonierten noch mehrmals die Woche und Sophia ließ sich nichts anmerken.
Jedoch fieberte sie nicht nur der Ausstellung am Sonntag entgegen, auch der Samstag hatte seinen Reiz. Jean hatte sie in sein Haus eingeladen.

♥

Auf das Sorgfältigste gestylt rauschte sie in ihrem nagelneuen Luxuswagen Richtung Villenviertel Düsseldorf. Ihr Navigationssystem leitete sie bis vor Jeans Haus. Der Anblick raubte ihr den Atem. Ein riesiges Parkgrundstück rahmte ein beachtliches Einfamilienhaus ein.
Aber ehe sie noch mehr erfassen konnte, öffnete sich die Haustür und Jean kam ihr lächelnd entgegen.
„Schön, dass du gekommen bist!" Er warf einen anerkennenden Blick auf ihren Wagen und half ihr formvollendet beim Aussteigen.

Sophia griff ihre Handtasche und den Designer-Shopper, der eine Flasche Champagner als Dank für die Einladung enthielt.
Sie war von allem überwältigt - der Größe und Einrichtung des Hauses, dem Blick in die weitläufige Parklandschaft hinter dem Anwesen, von Jean als routiniertem Gastgeber.
Sophia bekam ein Luxusproblem. Sie konnte sich zwischen fangfrischen Austern und Taschenkrebsen als Vorspeise entscheiden. Letztendlich genoss sie beides.
Und nach dem Abschluss des hervorragenden Menüs wusste sie, das hier wäre ihr Leben! Genauso angenehm hatte sie sich ihre Zukunft immer vorgestellt.
Später saßen sie in dem riesigen, ganz in schwarz-weiß gehaltenen Wohnzimmer und tranken eine kostbare, mehr als 20 Jahre alte Flasche Rotwein.
Sophia war sehr mit sich zufrieden und deshalb auch empfänglich für die vorsichtigen Annäherungsversuche von Jean. Zu vorgerückter Stunde folgte sie ihm in sein Schlafzimmer.
Jedoch hier holten sie die Gedanken an Erik wieder ein. Jean war ganz anders. Er liebte sie zärtlich und mit viel Gefühl, aber er sprühte nicht vor Kraft, Leidenschaft und Erotik wie Erik. Der erhoffte Höhenflug blieb für sie aus.
Danach sorgte Jean rührend für sie, brachte ihr Champagner ans Bett und versuchte mit Überredungskunst, sie zum Bleiben zu veranlassen.
Aber Sophia wollte nach Hause. Erst einmal fehlten ihr die Dinge zum Übernachten, die eine Frau unbedingt benötigt, außerdem wollten sie am kommenden Tag ins Museum, dafür musste und wollte sie sich zuhause herrichten.
Aber der Hauptgrund war, dass sie zum jetzigen Zeitpunkt

nicht ohne schlechtes Gewissen neben Jean hätte einschlafen können, dafür war Erik zu nahe an ihr Herz gekommen.
Obwohl sie die Affäre mit Jean genoss, war sie innerlich doch sehr aufgewühlt.
Ihre Entscheidung tendierte momentan in die Richtung von Jean, aber ...
Jedenfalls konnte sie einen ganz klaren Gedanken nicht fassen und sie beruhigte sich selbst damit, dass alles Weitere die Zukunft bringen würde.

♥

Als sie um kurz vor zwei Uhr morgens zuhause ankam, sah sie ihren Anrufbeantworter blinken. Erik hatte zweimal versucht, sie zu erreichen.
Dann kramte sie nach ihrem Handy, welches sie ganz unten in der Handtasche versenkt hatte. Auch dort ein Anruf von Erik und eine Nachricht.

Ich hoffe, Du bist nicht allzu sehr in Deiner Arbeit abgesoffen, Du süßer Workaholic. Ich hab an Dich gedacht und schick Dir einen wild-romantischen Kuss, Dein Erik

Es durchzuckte sie heiß. Während er ihr eine liebevolle Nachricht schrieb, hatte sie mit einem anderen Mann geschlafen!
Andererseits, sie war schließlich nicht mit ihm verheiratet!
Es war wirklich zum Kreischen! Einige Jahre hatte sich gar nichts in Richtung Beziehung getan beziehungsweise ausschließlich auf dem Froschsektor. Nun lernte sie gleich zwei

Männer kennen, die beide ihre Vorzüge hatten. Sie stellte einen direkten Vergleich an.
Erik war ein junger Mann voller Energie und Lust auf das Leben. Seine Wohnung hatte sie noch nicht gesehen, die letzten Wochen waren sie ausgegangen, hatten dann die Nächte in ihrer schönen Wohnung verbracht. Sie hatte es so gewollt.
Jean war viel ruhiger und gesetzter, hatte Lebenserfahrung, glänzte mit hervorragendem Geschmack, war zudem ein sehr sympathischer Mann und er hatte finanziellen Background.
Sie würde sich entscheiden müssen. Bald - aber noch nicht jetzt.

♥

Am folgenden Tag traute Sophia ihren Augen nicht. Jean holte sie nachmittags ab - mit einem Maybach! Luxus pur! Sie fuhren nicht, sie glitten in die Nachbarstadt.
Sophia genoss jede Sekunde. Dieses grandiose Auto war die Krönung!
Und einen inneren Vorbeimarsch hatte sie auch noch! Die Mieterin des Erdgeschosses, Frau Risse mit der spitzen Nase, die immer wie ein Erdmännchen wartend hinter und auch oft in der Tür stand, um ja alles mitzubekommen, was sich im Hause tat, hatte mit Riesenaugen hinter der Küchengardine hervorgelugt.
Sophia hatte es mit Wonne gesehen und tat etwas, was sie sonst niemals tun würde - sie winkte ihr lächelnd zu. Die Gardine war sofort wieder in ihre ursprüngliche Position zurückgefallen.

Auf dem Weg in die Ausstellung nahm Jean ihre Hand. Irgendwie hatte Sophia das Gefühl, die Menschen um sie herum würden ihnen bewundernde Blicke zuwerfen. Ein schönes Gefühl.

Auch in der Ausstellung ließ Jean sie nicht los. Er erklärte ihr die einzelnen Bilder der großen Maler, wies sie darauf hin, dass der Impressionismus seine malerische Aufgabe hauptsächlich in der Darstellung des Lichts sah und immer die augenblickliche Stimmung, den Ausdruck und die Atmosphäre einer Landschaft, des natürlichen Lichtes, eingefangen wurde. Sophia bewunderte sein fundiertes Wissen.

Langsam gingen sie Hand in Hand in den nächsten Ausstellungsraum. Plötzlich prallte Sophia abrupt mit einem kleinen erstickten Aufschrei zurück. Ihr Herz schien stehenzubleiben. Vor ihr stand Erik in Begleitung von zwei anderen Männern!

Er war genauso überrascht, ließ es sich nach einer Schrecksekunde aber nicht anmerken.

„Sophia!“ Mehr sagte er nicht.

Erst fixierte er sie mit seinen stahlblauen Augen, sah dann zu Jean und schließlich auf die Hände.

Voller Entsetzen ließ Sophia Jean sofort los.

Jean fragte, völlig ahnungslos: „Sophia, magst du uns nicht vorstellen?“

„Äh, ja, natürlich. Jean, das ist Erik Soland, Erik ...“, hier musste sie tief Luft holen und sagte fast atemlos: „Erik, darf ich dich mit Jean Laissner bekannt machen?“

Ihr war, als wäre ihr Blut direkt auf 90 Grad erhitzt worden.

Die beiden Männer reichten sich freundlich die Hand und

Erik nahm die Gelegenheit war, sich gleich wieder mit den Worten zu verabschieden:
„Dann wünsche ich noch einen schönen Nachmittag. Vielleicht sehen wir uns später im Restaurant nebenan!"
Nur Sophia vernahm den leisen Spott in Eriks Stimme.
„Das wäre nett!" Jean lächelte. „Wir werden sicherlich nach der Ausstellung eine Kleinigkeit essen, nicht wahr, Sophia?"
Sie konnte nur noch nicken, während Erik mit seinen Freunden weiterging, ihr einen Blick zuwerfend, der sie frösteln ließ.
Kurz danach wurde ihr aufrichtig übel und sie verließen die Ausstellung umgehend.
Jean war sehr besorgt, aber Sophia beruhigte ihn. Sicherlich sei es nur ein Virus, über den einige ihrer Kundinnen in der vergangenen Woche bereits geklagt hatten ...
Sie bat ihn um Verständnis und war so schon recht früh am Abend wieder zu Hause.
Für den kommenden Freitag hatte Jean sie zu einem Familienfest eingeladen; sie sollte seine beiden Söhne kennenlernen.
Mit halbem Herzen hatte sie zugesagt.
Die Begegnung mit Erik, beziehungsweise die Tatsache, dass er sie sozusagen auf frischer Tat ertappt hatte, bereitete ihr größtes Unbehagen.

♥

Vielleicht war es gut, dass es so passiert war. Die Begegnung hatte eine Entscheidung forciert.

Nun musste sie Erik anrufen und eine für ihn möglichst nicht so schmerzhafte Erklärung anbringen. Er war sexy und wie eine Sprengladung im Bett, aber leider auch ohne finanziellen Background. Sie hatte sich ihren Wohlstand erarbeitet und nun mal einen Lebenstraum, den sie sich mit einem reichen Mann wie Jean erfüllen könnte. Und dieser Traum war nahe.
Sie versuchte, Erik zu erreichen. Mit klopfendem Herzen wählte sie seine Handy-Nummer, aber zu ihrer Bestürzung wurde sie weggedrückt.
Zuerst dachte sie an einen Zufall und wählte nochmals, aber dann erkannte sie die Absicht dahinter. Er wollte sie nicht sprechen!
Mit dieser Möglichkeit hatte sie gar nicht gerechnet - er war doch sonst so umgänglich!
Was machte Erik denn eigentlich in dieser Ausstellung? Das war doch überhaupt nicht seine Welt! Da hatte ihn wohl jemand mitgeschleift - von alleine würde er doch nicht ... oder doch?
Also morgen ein erneuter Versuch, dachte sie. Nach einer Nacht sieht die Welt bekanntlich anders aus.
Sie versuchte noch, Julie zu erreichen, aber vergeblich. Julie hatte gar nicht gesagt, dass sie ausgeht. Oder doch? Hatte sie ihrer Schwester eigentlich beim letzten Telefonat richtig zugehört?
Heute Abend brauchte sie aber noch jemanden zum Reden, zur Ablenkung! Dann musste eben Notnagel Verena dran glauben!
„Verena? Hallo, hier ist Sophia!"
„Hallo! Na, DU hast dich in der letzten Zeit ja rar gemacht!"
Verena hatte wieder diesen unangenehm vorwurfsvollen

Ton, den Sophia gar nicht leiden konnte.
„Ich hatte im Institut viel zu tun!"
„Ich hätte eher gedacht, du verbringst die Zeit mit deinem Neuen, Erich heißt er oder so, nicht?"
„Erik ist sein Name. Aber ich wollte ...!"
„Du, sei mir nicht böse, Sophia, aber ich hab jetzt überhaupt keine Zeit! Björn möchte gerne in die Eckkneipe. Wir sind dort mit Freunden vom ihm verabredet und bereits spät dran. Er steht schon in der Jacke im Flur. Du weißt ja, Männer können nicht warten!"
„Ach", entfuhr es Sophia erstaunt, „ihr habt euch wieder vertragen?"
„Ja, Björn hat sich wieder eingekriegt! Aber ich kann jetzt nicht so ... ich erzähl dir das ein andermal. Tschüss dann!"
Und damit war das Gespräch beendet.
Sie versuchte es bei Erik doch noch einmal. Aber leider mit dem gleichen Ergebnis wie vorher auch schon.
Der Abend und die Nacht wurden für sie sehr lang.
Zwischendurch rief noch Jean an und erkundigte sich nach ihrem Befinden. Eigentlich mochte sie diese Art der Aufmerksamkeit sehr gerne, aber sie gaukelte ihm vor, wie übel ihr war und so war das Gespräch schnell beendet. Sie konnte augenblicklich einfach nicht gefühlvoll sein.
Eine betäubende Leere breitete sich in ihr aus.

♥

Verena hätte Sophia ruhig sagen können, wer die Freunde waren, mit denen Björn und sie verabredet waren. Aber sie hatte es bewusst vermieden und war dankbar, dass Sophia

nicht nachgefragt hatte, denn Björn hatte sich für diesen Abend etwas Besonderes ausgedacht.
„Ich hab Pierre Bescheid gesagt. Der ist Single und sucht eine Freundin. Er steht auf dunkel und rassig. Da hab ich sofort an Julie gedacht! Sie wäre doch was für Pierre!"
„Aber Pierre ist nix für Julie!" Verena zeigte ihrem Freund einen Vogel. „Björn, also weißte! Julie sucht einen Mann, nicht einen Hampelmann!"
„Aber wieso denn? Pierre ist doch ein netter Kerl."
„Eben. Er ist ein netter Kerl, aber darin erschöpft es sich dann auch. Als platonischer Freund vielleicht okay, aber als Lover ..." Verena hüstelte. „Ausgerechnet für Julie, die für ihr Temperament nicht nur einen ganzen, sondern gleich einen eineinhalbfachen Kerl braucht! Pierre ist eher sowas wie ein Plattfisch unter Haien. Gut, schauen wir einfach, wie der Abend wird! Allerdings ist es deine Verantwortung, ich hab damit nichts zu tun! Zur Not sag ich das Julie auch, wenn sie checkt, dass du sie verkuppeln willst."
Björn war sich seiner Sache auf einmal nicht mehr sicher. Zum ersten Mal hörte er die Einschätzung einer Frau über Pierre.
Julie wartete schon. Sie winkte ihnen fröhlich zu.
„Mensch, was seid ihr spät!"
Björn grinste. „Du kannst ja mal raten warum!"
„Du bist gemein", schimpfte Verena. „Sonntags gibt es doch leider keine Sendung!"
In diesem Augenblick winkte nun auch Björn zum Eingang hin und so blieb es Verena erspart, von Sophias Anruf zu berichten, der sie aufgehalten hatte.
„Da ist Pierre! Ich hoffe, Julie, du hast nichts dagegen, dass heute Abend noch ein Arbeitskollege von mir mit dabei

ist!"
„Äh, nein, natürlich nicht ... ich wusste nur nicht, das noch jemand ..."
Aber da stand Pierre schon bei ihnen. Gerötet vor Aufregung. Aber noch schlimmer für Julies ersten Eindruck war, dass sein Teint durch das rosafarbene Hemd noch verstärkt würde.
Ein rosafarbenes Hemd! Warum nur tat ein Mann sich das an? Total daneben!
Pierre begrüßte sie. Von Händedruck konnte man nicht sprechen, so weich war die ihr gereichte Hand.
Buh, da kann ich auch eine Qualle begrüßen, fand Julie. Warum nur habe ich mich von Verena belatschern lassen, mich mal wieder mit ihr und Björn zu treffen? So hatte sie sich einen netten Abend keinesfalls vorgestellt - es waren im Prinzip keine persönlichen Worte möglich. Und das alles auch noch ohne Sophia.
Der Anfang des Abends war noch ganz okay und auch während des Essens unterhielten sich alle ganz gut.
Bis Pierre den ersten Klops raushaute.
„Ich habe heute von meiner Bank eine neue Karte bekommen. Es gibt wohl jetzt neue, europaweit einheitliche Nummern." Er kratzte sich am Kopf.
Leider sah Julie so auf den dunkelrosa Schweißflecken unter seinem Arm.
Schnell schaute sie Verena an. „Ich hab die Mitteilung schon vor Wochen erhalten. Du kannst damit halt einfacher in Europa bezahlen."
„Ja", lachte Pierre, „man kann sogar mit der Goldcard in Angora bezahlen, wenn man je dahin kommt."
Julie brüllte los. Verena kicherte.

Björn sah Pierre mitleidig an, der erstaunt in die Runde blickte.
„Andorra meinst du", verbesserte Björn.
„Äh ... ja. Hab ich doch gesagt, oder?"
Björn versuchte, Pierres beschädigtes Ansehen vor Julie noch einigermaßen zu retten und lenkte schnell von dem fatalen Thema ab.
„Hey Pierre, wie fandest du denn diese King Prawns?" Er sah auf seinen eigenen Teller, der nur noch einen kleinen Rest Sauce enthielt.
„Ganz gut so. Aber ich esse ja lieber Bismarckheringe!"
Julie starrte ihn entsetzt an. „Aber damit kann man doch die Riesengarnelen gar nicht vergleichen!"
„Ich meine ja auch nur. Bismarckheringe sind lecker!"
Julie stupste Verena unter dem Tisch, nahm die Serviette und tupfte sich den Mund ab, damit man ihr amüsiertes Lächeln nicht direkt sah.
„Game over", sagte Björn mehr zu sich selbst und zuckte ergeben mit den Schultern.
„Ich hoffe, ihr seid mir nicht böse, wenn ich mich auf den Heimweg mache, ich muss nämlich morgen ganz zeitig raus!" Julie kramte dabei in ihrer Tasche nach dem Portmonee und stand auf. „Ich zahle vorne!"
Pierre sprang auf. „Ich bring dich nach Hause!"
Um Gottes Willen, wäre Julie beinahe rausgerutscht. Aber sie kriegte so gerade noch die Kurve.
„Das ist nett, Pierre, aber wirklich nicht nötig. Mein Wagen steht direkt hier um die Ecke", log sie.
„Na dann!" Er ließ sich wieder auf seinen Stuhl sinken. Und Julie suchte, indem sie Verena und Björn kurz freundschaftlich auf die Schulter klopfte, das Weite.

♥

Zuhause checkte Julie noch einmal die Emails. Und diesmal war eine von Vincent dabei!

Liebe Julie, danke für Deine ausführliche Mail und entschuldige, dass ich mich erst jetzt melde. Aber wir hatten eine Deadline für ein großes Projekt, da war mein ganzer Einsatz gefragt.
Und als ich dann abends spät zu Hause war, hatte ich einfach keine Lust mehr, Emails zu beantworten.
Mr. Heftig-Kräftig

Klatsch, das saß.
Sie war ihm also nicht so wichtig, als dass er schnell antwortete. Und das mit dem damals lax eingeworfenen heftig kräftig hing ihr zu allem Überfluss jetzt auch noch nach! Leider hatte er es nicht vergessen!

Ich hoffe, Du warst erfolgreich bei Deinem Abnehmprogramm und bist glücklich damit. Ich hab noch die fiesen Panzerplatten im Ohr, die Du Dir wegknacken wolltest.
Meine Diät hieß in den letzten Wochen Pizza, Steak mit gefüllten Ofenkartoffeln und Spaghetti - ich bin mindestens so rund wie beim Abflug - wie urteiltest Du - Wal oder so ähnlich? Egal, ich fühle mich wohl.
Und wie sagt meine mexikanische Sekretärin Marylee immer: Dear, you are my real teddy bear.
Da siehst du es - nix Moby Dick - sondern Teddybär!

Julie holte tief Luft. Er hatte aber auch gar nichts vergessen! Und was sollte das mit dem Abnehmprogramm? Spinnt der? Sie wollte doch nur ihre Figur halten! Abnehmen in diesem Sinne hatte sie doch gar nicht nötig!
Und seine Sekretärin? Mexikanerin? Was hatte er denn da für ein Geschoss im Büro? Doch wohl nicht so was rassigwildes? Ihre Gedanken rotierten. Klar, ein Chef hatte auch eine Sekretärin. Und sie nennt ihn Teddybär? Was fällt der Zicke denn ein? Die will wohl was von Vincent!
Und plötzlich wurde ihr bewusst, dass Vincent frei und ungebunden war - und diese Marylee somit klar im Vorteil: SIE war jeden Tag mit ihm zusammen!
Julie las mit leichtem Bauchgrimmen weiter.

Ehe ich es übrigens vergesse, ich komme nun doch nicht Anfang nächsten Monats nach Deutschland. Meinem Vater geht es sehr gut, so dass ich erst zu Weihnachten wieder in good old Germany sein werde. Dafür aber etwas länger. Solltest Du dann Zeit für mich finden, können wir uns ja noch einmal auf einen Kaffee treffen. Aber fühl Dich da nicht gedrängt, nur wenn Du Lust hast, eine Stunde mit einem alten Klassenkameraden zu verbringen.
Herzliche Grüße aus dem sonnigen Kalifornien nach Deutschland
sendet Dir
Vincent, das große Dickerchen
Oh nein!!! Sie hatte gut gearbeitet!
Vincent war nicht doof, er hatte geschnallt, dass sie nichts von ihm wollte und auch was ihr an ihm nicht passte. Warum nur war sie so direkt gewesen?
Das, was ihr als Sirup erschienen war, nämlich Dennis, hatte

sich als Essig entpuppt. Dafür hatte sie das wahre Schokoladenstückchen abserviert!
Sie würde ihm am liebsten sofort antworten.
Obwohl es ihr in den Fingern zuckte, beherrschte sie sich.
Es sollte wohlüberlegt sein.

♥

Julie vermisste ihre Schwester, mit der sie in den letzten beiden Wochen nur telefoniert hatte. Aber am folgenden Abend waren die beiden verabredet. Endlich!
Hoffentlich war Sophia insoweit zur Vernunft gekommen, dass sie sich diesen alten Zahnarzt vom Hals hielt!
Sophia begrüßte sie an ihrer Wohnungstür sehr nervös.
„Nanu, was ist denn mit dir los?", fragte Julie erstaunt.
„So kenne ich dich ja gar nicht, du bist doch sonst immer so selbstsicher und relaxed!"
„Ich hab mir da ganz schön was geleistet und weiß augenblicklich nicht, wie ich da wieder rauskomme!"
Julie erschrak. „Du hast doch wohl nicht mit deinem Geld spekuliert und nun ist alles weg?"
„Quatsch! Würde ich niemals tun - dazu bin ich viel zu sehr Dagobert Duck. Viel schlimmer, ich hab mich als Schlampe geoutet. Ein Mann weiß das schon, der andere ist noch ahnungslos."
„Waaaas?"
„Setz dich erst einmal."
Mit tierischer Neugier flog Julie auf die Couch.
„Los! Erzähl schon!"
Und dann hörte sie atemlos ihrer Schwester zu, als sie von Erik und Jean berichtete.

„Ich glaub es einfach nicht, dass du so etwas tust! Ich dachte immer, du bist nicht nur schön wie eine Prinzessin, sondern verhälst dich auch so, nett, ehrlich und gradlinig!"
Sophia seufzte. „Ich sag dir was: Freundliche und rücksichtsvolle Prinzessinnen sind sowas von out! Gern hätte ich die Möglichkeit gehabt, beide Beziehungen etwas länger parallel laufen zu lassen, dann wäre ich ganz sicher gewesen!"
„Sophia!!! So kenn ich dich gar nicht! Da tun sich ja Abgründe auf!"
Julie war wirklich entsetzt und starrte ihre Schwester fast schon angewidert an.
„Stell dir mal vor, das würde ein Mann mit DIR machen! Du wärst verliebt und würdest ihn in flagranti mit einer anderen Frau erwischen! Da möchte ich DICH aber nicht sehen!"
„Ich weiß ...", meinte Sophia nun kleinlaut und griff verlegen nach einer Salzstange. „Aber jahrelang läuft man durchs Leben, lernt nur Schluffen kennen, sieht jedem Paar neidisch hinterher. Im Supermarkt stolperst du natürlich über Pärchen, die glücklich gemeinsam ihr Abendessen planen und haargenau die hast du dann auch noch vor dir an der Kasse stehen! Und zu allem Überfluss streicht er ihr liebevoll über den Rücken oder knutscht ihr Ohr, während man selbst die Hände fest um den Griff des Einkaufswagens krampft. Und nach dieser Supermarkt-Tortur ist es mehr als ratsam, schnellstens die Einkäufe in den Kofferraum zu bugsieren, denn mit absoluter Sicherheit hat gerade dieses ach so glückliche Pärchen ihren Wagen ausgerechnet neben dir geparkt! Und jetzt? Lernt man fast gleichzeitig zwei Männer kennen! Einer total sexy, der andere gut vermögend!"

„Aber Sophia", mahnte Julie eindringlich, „du musst doch wissen, wer dir besser gefällt!"
„Eben nicht!"

♥

Julie war richtig geschlaucht, als sie später wieder in ihrer eigenen Wohnung war.
Das allererste Mal hatte sie ihre eigene Schwester kaum wiedererkannt. Sie hatte Sophias dunkle Seite kennengelernt. Was du nicht willst, das man dir tu, das füg auch keinem anderen zu, kam ihr in den Sinn.
Aber letztendlich war sie es, die komplett leere Hände hatte. Björn war wieder bei Verena und Sophia konnte sich von zwei Männern einen aussuchen. Und bei ihr? Tote Hose! Nichts - nothing - niente! Null!
Vincent hatte sich zurückgezogen, nur Dennis rief immer noch in regelmäßigen Abständen an. Wie lästig! Die Blitzbirne schien gar nichts zu kapieren! Glaubte der immer noch, sie wäre sein dummes Betthäschen?
Wo hatte sie da, als eigentlich mitten im Leben stehende, intelligente junge Frau, nur hingeschaut?
Ihr Handy klingelte. Vorsichtig lugte sie auf das Display.
„Oh Erleichterung, Sophia, du! Ich hatte schon befürchtet, Dennis ist es wieder! Der nervt mich total - der Schaumschläger gibt einfach nicht auf! Wie doof ist der denn?"
„Tja", kicherte Sophia, „Frottee ist halt langlebig! Aber eigentlich melde ich mich, weil ich ein total schlechtes Gewissen hab. Ich habe nur von mir gequatscht und nach dir hab ich gar nicht gefragt! Tut mir echt leid! Wollen wir

Mittwochabend ausgehen? Ich lade dich ein."
„Lieb von dir, aber meine Woche ist ziemlich voll. Und Mittwochabend haben wir auch noch Abteilungsleitertreffen wegen dem Totalausfall von Frau Herzig."
„Todesfall von Frau Herzig? Oh nein! Wie furchtbar! Wann ist die Arme denn verstorben? Die war doch kürzlich erst bei mir und hat sich die Anti-Aging-Behandlung gegönnt!"
„Sophia!!! Hör doch richtig zu, um Gottes Willen! TOTALAUSFALL! Nicht Todesfall! Frau Herzig hat gekündigt, zieht zu ihrem neuen Lebenspartner nach Lübeck und wir müssen uns überlegen, wie wir das Loch übergangsweise stopfen, denn sie war richtig gut und hat jede Menge Arbeit weggerödelt."
„Ach du dickes Ei, Julie, so was darf mir aber im Geschäft nicht passieren! Ich steh wirklich neben mir! Ehrlich gesagt, bin ich total erledigt! Alles macht mich augenblicklich einfach nur fertig!" Sophia begann zu weinen.
„Oh je, du Ärmste", versuchte Julie zu trösten. „Aber richtig fertig sein steht jedem mal zu. Nur ehrlich gesagt, in deiner Haut möchte ich auch nicht stecken. Ich schlag vor, wir sprechen uns noch einmal wegen des Treffens. Trink dir jetzt erst einmal eine heiße Milch und knall dich hin, das wirkt Wunder!"
„Igitt! Heiße Milch! Also gut, wir telefonieren!"
Schon während des Telefonates hatte Julie ihren Laptop hochgefahren und sich bei Facebook eingeloggt.
Und von wem hatte sie eine Freundschaftsanfrage erhalten? Natürlich von Pierre Angora, dem rosafarbenen Bismarckhering!
Oh nee, das Amöbenhirn wollte sie nicht unter ihren Freunden. X und weg!

♥

Als sie später in ihrem Bett lag und mit offenen Augen in die Dunkelheit blickte, dachte sie an Vincent. Sie sah ihn lächeln, hörte seine tiefe Stimme und seine lockeren Sprüche, spürte aber auch seine Ernsthaftigkeit und Offenheit, so dass es schon fast weh tat.
Und mit festem Willen beschloss sie:
Ich robb mich langsam aber sicher ran! Eine erfolgreiche Strategie braucht Frau nun!
Für zu vermarktende Produkte fand sie immer eine - jetzt musste sie sich selbst effektiv und wirksam vermarkten.
DAS musste doch zu schaffen sein!

♥ 8 ♥

Die Woche verflog nur so. Sophia hatte im Institut noch mehr zu tun als üblich, denn ihre beste Kraft hatte eine heftige Herbstgrippe erwischt und fiel so für mindestens eine Woche aus. Ihr blieb nichts anderes übrig, als ihre Termine mit zu übernehmen, absagen war halt schlecht fürs Geschäft.
Abends war sie so geschafft, dass sie nur wenig zum Nachdenken kam. Sie war spät zu Hause, aß nur noch eine Kleinigkeit und fiel dann wie ein Stein ins Bett. Trotzdem schaute sie bei jedem Heimkommen erst einmal auf ihr Telefon. Aber es gab keinen Anruf von Erik.
Jeden Tag hatte sie versucht, ihn zu erreichen, aber er schien sie nicht sprechen zu wollen. Und eine SMS oder Email schreiben wollte sie nicht. Sie setzte auf ihre Überredungskunst und Ausstrahlungskraft.
Aber hier bootete er sie gnadenlos aus.

♥

Und dann war auch schon der Tag gekommen, an dem Sophia die Söhne von Jean kennenlernen sollte.
Erst gestern hatte ihr Jean in einem kurzen Telefonat erzählt, dass er für sie deshalb eine kleine Party geben würde. Er hatte Freunde und Bekannte eingeladen.
Sophia hätte seine Söhne lieber ohne irgendwelche, für sie fremde Leute drumherum getroffen. Aber Jean war so voller Vorfreude gewesen, dass sie ihm von ihrem Wunsch nichts sagte.

Als sie bei Jean eintraf, war die sogenannte Party schon im Gange. Sophia hätte es Cocktailempfang genannt.
Gut gekleidete Menschen, alle ausnahmslos im Alter über 50 und weit darüber hinaus, standen in kleinen Grüppchen etwas steif zusammen, das obligatorische Glas in den Händen.
Jean stellte Sophia vor, das tat er gewohnt charmant, mit liebevollen und zum Teil auch witzigen Worten. Ein Gentleman alter Schule.
Sie wurde sehr freundlich angenommen, hauptsächlich von den Herren der illustren Gesellschaft. Und sie bekam durchaus mit, dass sie von den anwesenden Damen gemustert wurde, wenn man dachte, Sophias Aufmerksamkeit wäre an eine andere Person gebunden.
Hier war es doch wieder, das alte Eifersuchts- und Konkurrenzgehabe! Locker 20 Jahre älter konnte nun mal keine noch so teure Kleidung wettmachen.
Sie wusste, sie war allen Damen unschlagbar im Vorteil! Ihr Dekolleté war straff, ihre Haut barst vor Gesundheit, ihre Figur war perfekt, der Kleidungsstil sowieso.
Kurzum, sie war die Attraktion des Abends.
Das gefiel satten 94 Prozent der anwesenden Damen kaum. Naja, vielleicht waren es auch 98,5 Prozent, wenn sie sich hier so umsah ...

♥

Jeans Söhne waren beide sehr nett zu Sophia.
Sie ließen sich nicht anmerken, dass es vorher einen hässlichen Streit gegeben hatte. Frederic, der Ältere, hatte seinem Vater einen schweren Vorwurf gemacht.

„Na ganz toll, Papa! Du bedienst ja damit jedes Klischee! Alternder Arzt sucht sich junge Begleitung. Was soll das werden? Dein zweiter Frühling? Hast du was verpasst in jungen Jahren, ist die Dame eine nette Trophäe auf Zeit oder willst du Mama zeigen, was für ein toller Hecht du bist?"

Jean war tief verletzt.

„Die Trennung von eurer Mutter und mir hat nichts mit Sophia zu tun. Und du weißt das ganz genau, du warst vor vier Jahren schließlich alt genug dafür! Vielleicht darf und muss ich dich daran erinnern, dass DEINE MUTTER sich eingeengt fühlte, sich selbst noch einmal verwirklichen wollte und sich getrennt hat. Nicht ich! Warum bitte missgönnst du mir Zweisamkeit?"

„Weil es einfach nicht passt, Papa! Ein 30-jähriges Häschen! Das wäre wohl eher mein Jagdgebiet!"

„Na, ich glaube nicht, dass du ihr genügen würdest!"

„Was Geld doch ausmacht ...", meinte Frederic daraufhin gehässig.

„Hört sofort auf zu streiten! Spinnt ihr beiden denn eigentlich?", mischte sich genervt Jeans jüngerer Sohn Raphael ein und zu seinem Bruder gewandt meinte er: „Hat Papa dir schon einmal bei deinen ständig wechselnden Freundinnen reingeredet? Der lässt dich doch auch in Ruhe, Mensch!"

Da dies der Wahrheit entsprach, musste Frederic nun klein beigeben.

„Wie weise, kleines Brüderchen. Dann sehen wir uns diese Schnitte heute Abend mal an."

Jean wollte noch etwas sagen, aber Frederic meinte, ihm die Worte aus dem Mund nehmend: „Ja, ja, schon gut, Papa, ich bin nett zu ihr, versprochen!"

♥

Das Versprechen hielt er auch ein. Das war für ihn aber auch nicht weiter schwierig, denn Sophia gefiel ihm auf Anhieb. Und als seine zur Zeit amtierende Freundin eintraf, fühlte er sich durch sie schon fast gestört.

Auch Raphaels Freundin erschien kurz danach.

Ab diesem Zeitpunkt wurde es Sophia etwas wohler, denn sie lachte mit den Jüngeren, die dann doch eher ihre Sprache sprachen.

Jean kam in die Runde der fünf jungen Leute.

„Darf ich dich kurz entführen, Sophia, Liebes? Ich würde dich gerne einem alten Freund von mir vorstellen, der vor einiger Zeit nach München gezogen ist und dort eine Prominenten-Praxis eröffnet hat, ausschließlich für Privatpatienten!"

Das war wie Musik in ihren Ohren. Vielleicht tat sich da für sie ein neues Feld auf. Echte Prominente - und nicht die, die Verena immer anpries! Ihre Gedanken schweiften in höhere Sphären, aus denen sie aber gleich herausgerissen wurde, als sie den alten Freund Jeans sah. Er war ein absoluter Anti-Typ für sie.

Klein, kahlrasiert, sehr korpulent und mit stechendem Blick. Sein erster Blick traf nicht ihre Augen, sondern wanderte auf ihren Busen, danach direkt auf ihre Hüften.

Scheißkerl, dachte sie.

„Jean wusste schon immer, was lecker ist", war sein süffisanter Kommentar, als er ihr zur Begrüßung die fleischige Hand gab und sich reflexartig mit der Zunge über die dicken Lippen fuhr.

„Ich habe auch nichts anderes erwartet", flötete Sophia doppeldeutig, betrachtete kurz sein über dem Bierbauch spannendes Hemd und setzte dann unverzüglich hinzu: „Sie entschuldigen mich, ich war gerade in einem wichtigen Gespräch!"
Sie hauchte Jean einen Kuss auf die Wange, drehte sich auf dem Absatz um und war wieder weg.
„Schmierlappen", murmelte sie vor sich hin.
Jean kam ihr direkt hinterher. „Sophia, was war das denn jetzt?"
„Verschone mich mit Freunden von dir, die mir auf den Busen starren!", sagte sie böse und aufgebracht.
„Entschuldige, Liebes! Ich habe das auch bemerkt. Es tut mir leid! Ich hab Fritz schon einige Jahre nicht mehr gesehen und ich ...!"
„DU brauchst dich nicht entschuldigen, Jean! Aber bitte, halte diesen ungehobelten Speckbullen von mir fern! Verzeih mir, dass ich so offen bin, aber wenn er sich so gegenüber seinen angeblich prominenten Kunden verhält, wird er bald eine einsame Praxis haben. Es sei denn, der schmierige Kerl gibt Sonderrabatte für C-Promis, die frisch aus dem Dschungel kommen. Die lassen sich nämlich gern auf die Titten und den spärlich bekleideten Hintern starren - und die darf er sicherlich auch angrapschen."
Vernehmlich sog sie die Luft ein, hakte sich aber versöhnlich bei Jean unter.
„Sag mal, was für ein Arzt ist der denn eigentlich?"
„Gynäkologe!"
„Gott! Ich habe es fast befürchtet." Nun schüttelte sie sich, aber das war keine Show, sondern eine ehrliche Reaktion ihres Körpers.

Jean küsste ihre Wange. „Ich hole dir ein Glas Champagner!" Er drehte sich um, vergaß jedoch das Getränk für Sophia sofort.
„Oh, da ist die Sängerin! Komm mit! Wir wollen sie keinesfalls warten lassen und sie direkt begrüßen!"
Jean stellte ihr eine elegante Dame namens Elena Reiga in langem bordeauxroten Kleid mit einem so tiefen Ausschnitt vor, dass Sophia automatisch dachte, die sei genau das richtige Opfer für Fritz, den feisten, kahlgeschorenen, gynäkologischen Hormonbomber.
Ein kleiner, dünner Mann in glänzendem, schwarzen Anzug samt Fliege setzte sich gerade an das Klavier, das im Wohnzimmer von Jean stand.
Die Gäste kamen aus dem Garten ins Haus und kurz danach brachte man ihnen eine Arie zu Gehör. Der eingepresste Busen, der das Kleid zu sprengen drohte, wogte auf und ab, während die Reiga die Augen bei diversen Tönen weit aufriss, ihren Kopf in den Nacken warf und theatralisch gestikulierte, indem sie die Hände auf ihr Herz legte, an den Kopf hielt oder mit Wellenbewegungen einzelne Klänge begleitete.
Jeans Söhne mit Anhang hatten sich zu ihnen gesellt. Während die anderen Gäste nach der ersten Arie höflich klatschten, raunte Frederic Sophia ins Ohr: „Und? Gefällt dir die Sängerin?"
Aber noch bevor sie antworten konnte, flüsterte er grinsend: „Uns auch nicht! Du solltest ihr etwas zu essen geben, dann hört sie bestimmt auf!" Er lachte leise. „Wir jedenfalls gehen schon mal ans Büfett. Kommst du mit?"
Sophia warf einen fragenden Blick zu Jean, der jedoch schon gefangen von dem zweiten Lied war. Eine Arie aus

Puccinis Oper Tosca.
„Leider nein", bedauerte sie leise. „Wir kommen nach!"
Pflichtgemäß drehte sie sich wieder zu Jean, um dem Rest der musikalischen Darbietung gezwungenermaßen Aufmerksamkeit zu schenken. Jean tätschelte ihre Hand, sah sie aber nicht an.
Mensch, wollte die denn überhaupt nicht aufhören zu trällern? Nun war sie gestenreich bei Madame Butterfly gelandet. Schwerstarbeit für den großen Busen der drallen Sängerin. Sophia sah zu dem Pianisten, der seine schmalen Finger über das Klavier gleiten ließ, immer wieder bewundernde Blicke zu Elena Reiga werfend.
Nach einer gefühlten Ewigkeit und höflichem Applaus führte Jean sie und die Künstlerin in den Garten an das üppige Büffet.
Es war alles herrlich appetitanregend angerichtet und Angestellte eines Catering-Unternehmens warteten mit lächelnden Gesichtern auf hungrige Gäste.
Nachdem die Sängerin gut versorgt war, gesellten sich Sophia und Jean zu einem Ehepaar an einen Stehtisch. Das Gespräch kam nur schleppend in Gang. In Sophia hallten noch die hohen Töne der Arie in ihren Gehirnwindungen wieder.
Höflicherweise lobte das Paar die Darbietung der Sängerin sowie auch das schmackhafte Büfett. Sophia hasste diese Art der nichtssagenden Konversation.
Reiner Austausch von Höflichkeiten und somit gleichzeitig verlorene Lebenszeit.

♥

Ein wenig später verabschiedeten sich Jeans Kinder. Sie wollten lieber noch ein paar Altstadtkneipen Düsseldorfs unsicher machen.
Sehnsüchtig sah Sophia ihnen hinterher, als sie lachend und feixend den Garten verließen. Zu gerne hätte sie sich ihnen angeschlossen!
Nach ermattenden Gesprächen, die sich hauptsächlich um trockene Finanzgeschäfte und diverse Luxusurlaube auf Yachten, Kreuzfahrtschiffen und in Nobelhotels drehten, endete der Abend nach Mitternacht.
Jean war noch ganz beseelt von dem seiner Meinung nach gelungenen Abend und Sophia wollte ihm die Freude auch nicht nehmen.
Es war für sie jedoch anstrengend gewesen. Und irgendwie hatte sie den ganzen Abend eine unangenehme Anspannung empfunden. Einen Druck, den sie eigentlich für sich so gar nicht wollte. Obwohl, sie würde mit der Zeit Jeans Leben schon nach ihren Wünschen drehen können!
Er schenkte beiden noch ein Glas Champagner ein und als sie alleine im Wohnzimmer standen, den Blick auf den immer noch von vielen Lichtern erhellten, weitläufigen Garten gerichtet, fand Sophia doch, sie stände am richtigen Platz und genoss die Zärtlichkeit von Jean, mit der er ihren Nacken liebkoste.
Mit der Flasche im Schlepptau gingen sie ins Schlafzimmer. Sophia bat sich ein paar Minuten im Bad aus, sie wollte sich noch ein wenig frisch machen.
Außerdem hatte sie sich ein Nichts von einem Negligé gekauft.
Ein letzter Blick in den Spiegel. Oh ja! Verführerisch! Sie ging lächelnd ins Schlafzimmer zurück.

Jean lag bereits nackt auf dem Bett - und war eingeschlafen.

♥

Währenddessen setzte Julie ihren Plan in die Tat um - im emotionalen Tarnanzug an Vincent ranrobben.
Erst unregelmäßig, dann jeden dritten Tag, schließlich jeden Tag sandte sie eine kleine Notiz über Facebook an Vincent, manchmal auch eine Email.
Sie beschrieb kleinere Erlebnisse, nichts Besonderes, aber halt so Dinge, die sich eigentlich nur Verliebte erzählen, wenn einfach auch Nichtigkeiten wichtig sind.

Lieber Vincent,
wie war Dein Tag? Ich habe heute einen guten erwischt - hab ein Lob von meinem Chef abfischen können und gerade, während ich dies schreibe, schaut mich Deine kleine Glaskatze an ...

Zuerst hielt sich Vincent zurück, antwortete nur kurz oder eben gar nicht.
Aber plötzlich schrieb er kleinere Kommentare, auch Alltagsgeschehnisse von ihm schlichen sich ein.

Hi Julie,
das Wetter heute ist herrlich. Ich war vorhin noch am Strand und hab mir den warmen Sommerwind, gewürzt mit einer Prise salziger Meerluft, um die Nase wehen lassen. Heute Abend bin ich noch mit Kollegen verabredet, es gibt Live-Musik in einem irischen Pub, natürlich wunderbares

irisches Bier - und rothaarige Bedienungen ...

Teufel! Der soll bloß seine dicken Pranken von rothaarigen Weibern lassen!

Ach, ich dachte, Du stehst eher auf rassig! Aber wenn es jetzt sommersprossig und bleich sein muss ...

Prompt kam die Antwort.

Treffer und versenkt! Ätsch ... grins breit ... und tschüss bis zum nächsten Mal ...

Na klasse! Sie war auf ein sorgfältig hingeworfenes Bällchen reingefallen! Vincent hatte aber auch einen Sensor dafür, wie er sie ärgern konnte!
Irgendwie wurde ihre Nacht dann auch unruhig, sie hatte ständig Vincent in diesem irischen Pub, umworben von einem Dutzend hellhäutiger, sommersprossiger, dünner, rothaariger IrInnen vor ihrem geistigen Auge.
Mensch, musste sie sich eingestehen, dieser Kerl hatte sie gedanklich und gefühlsmäßig ganz schön im Griff!

♥

Aber sie gab nicht auf!
Und mit jeder einzelnen Mitteilung von Vincent verliebte sie sich eine Winzigkeit mehr in ihn.
Sie lernte ihn durch die diversen Mails genauer kennen und er kam ihr sehr nahe.
Ist ja schon witzig, fand sie, dass man heutzutage die

Menschen über alle möglichen elektronische Geräte besser kennenlernen konnte als auf normalem Wege. Vor 20 Jahren noch undenkbar.
Aber sie machte sich auch nichts vor.
Die Basis bildeten nun einmal die gemeinsamen Schuljahre, sie kannte seinen Charakter, wusste, dass man ihm vertrauen konnte, er weder leichtfertig noch falsch war.
Sie öffnete sich mehr und mehr, er erfuhr von ihren Wünschen und Träumen. Seine Gedanken, seine Aussagen waren die eines erwachsenen Mannes, der mit beiden Beinen im Leben stand. Manchmal fragte sie ihn um Rat, den sie dann in ihrem Deutschland-Leben umsetzte, während er in seinem USA-Leben noch schlief.
Die Zeitverschiebung fand Julie doof. Acht Stunden waren schon viel und sie erwischte sich dabei, dass sie ständig auf die Uhr sah und rechnete.
Ihn anzurufen traute sie sich nicht. Noch nicht. Vielleicht kam er auf diese zündende Idee!
Langsam - mach langsam, Julie, ermahnte sie sich immer wieder.
Nur steter Tropfen höhlt den Stein ...

♥

Wie gut seine Ruhe und seine Art, die Dinge zu betrachten, ihr taten, merkte sie nach der hektischen Abteilungsbesprechung.
Sie fand in ihren Handynachrichten unerwartet eine kurze SMS von Vincent mit einem lieben Gruß. Nach dem anstrengenden, stressbeladenen Tag war das eine wundervolle Überraschung!
Da war ein Mensch auf einem anderen Kontinent, der an sie

dachte. Was für ein schönes Gefühl!

♥

Mit den Kollegen ging sie später noch in eine urige Kneipe, die stets gut besucht war.
Auch von einem anderen Unternehmen war eine Gruppe junger Leute da. Bald mischten sich alle in bunten Gesprächen, das Thema Büro hatte natürlich die Oberhand.
Julie hörte ein paar Wortfetzen.
„... hängt bei uns auch auf dem Klo!"
Sie drehte sich um und fragte grinsend: „Was hängt bei euch auf dem Klo?" Dabei schaute sie in ein lachendes, nettes Männergesicht mit Dreitagebart.
„Na, der obligatorische DIN A-4 Zettel, mit Tesastreifen an die Innentür gepappt und der Mahnung drauf: Bitte immer die Toilettenbürste benutzen!"
„Der hängt bei uns auch. Allerdings hat jemand in klein noch drunter gekritzelt: Zuhause rubbelt ihr eure Sch... ja auch wech! Und dahinter prangt ein Smiley."
„Das ist dann noch deutlicher!"
Es entspann sich ein schönes Gespräch, in das sich ein weiterer Mann mit Cowboyhemd einmischte.
Was für ein netter Abend! Es gab doch noch normale Männer, dachte Julie. Sie hatte gerade eine frische Cola in der Hand, als das Cowboyhemd auf die Uhr sah, sein Handy herausholte und auf den Eingang zusteuerte.
Julie sah ihm hinterher.
„Er ruft jetzt seine Mutter an", grinste der Dreitagebart süffisant.
„Wie?" Julie glaubte, nicht richtig verstanden zu haben.

„Mein Kollege wohnt noch zuhause. Mama macht alles, von Hemden bügeln bis Schuhe putzen. Und solange er die Beine unter ihren Tisch stellt...!"
Weiter sprach er nicht, denn das Muttersöhnchen kam zurück. „Dann ist meine Mutter erst mal beruhigt!", meinte er ganz unbekümmert.
„Du hast deine Mutter angerufen?" Julie starrte ihn ungläubig an. „Du bist doch keine 16 mehr!"
„Na logisch - ich werde bald 30! Aber sie will immer wissen, wann ich nach Hause komme. Sie macht sich halt Sorgen."
„Ah ... ja dann ...!"
Schluffsocke, dachte sie.
Der Dreitagebart stand grinsend daneben und genoss die Situation. „Ich mach mich jetzt aber auch vom Acker! Gleich Mitternacht, meine Frau holt mich ab. Tschüss dann, war nett, dich kennenzulernen."
Er fasste Julie freundschaftlich am Arm.
Als sie ihn wortlos ansah, fragte er: „Wo musst du denn hin? Wir wohnen in Kaarst. Können wir dich mitnehmen?"
„Das ist nett", antwortete Julie schnell, „aber ich muss in eine andere Richtung und außerdem", sie deutete auf ihr Getränk, „hab ich mein Auto dabei!"
„Na dann, mach's gut. Ihr seid eine nette Truppe, ihr Werbefritzen!"
Er kniff Julie ein Auge und bahnte sich seinen Weg nach draußen.
Na klar, dachte Julie und nippte ergeben an ihrer Cola, während sie ihm hinterher sah. Entweder erwischt man einen Stallhasen oder einen Verheirateten! Wo eigentlich sind die unverheirateten, unkomplizierten, netten und sexy Typen, die genau wie sie solo sind?

Aber so wirklich war sie nicht mehr an der Erforschung dieser Frage interessiert, denn sie dachte an Vincent, seine lachenden, dunklen Augen, seine spontan witzig-frechen Kommentare.
Sie betrachtete die Anwesenden. So ein Typ Mann wie Vincent war heute Abend gar nicht anwesend. Auch nicht, was die Körperfülle betraf.
Aber konnte Übergewicht sexy sein? Oh ... doch ...!
Wieder zuhause, fuhr sie ihren Laptop hoch.
Sicherlich hatte ihr Vincent geantwortet, so ausgefeilt, wie sie gestern geschrieben hatte.
Aber zu ihrem Entsetzen stellte sie fest, dass er zwar bei Facebook im Chat verfügbar war, aber nicht auf ihre Nachricht reagiert hatte.
Mist! Mist! Und nochmals Mist!

♥

Am folgenden Tag fuhr Julie nach Büroschluss in die Innenstadt und meldete sich in ihrem Fitness-Studio gleich für zwei der neu ins Programm genommenen Kurse an: Yoga und Autogenes Training!
Sie musste endlich ihr inneres Gleichgewicht finden. Da könnte eine Doppelpackung nicht schaden!
Mit einem schicken Hochglanzprospekt und Anmeldebögen schoss sie direkt danach zu Sophia ins Kosmetikinstitut.
„Guck mal, ich habe mich hier angemeldet! Das wäre doch auch was für dich, Schwesterherz! Wir beide machen Seelenmassage! Außerdem", sie wühlte nach einem weiteren Prospekt in ihrer Handtasche, „gibt es da ganz tolle Outfits. Und ehe ich es mir anders überlege, gehe ich mir jetzt und

sofort eins kaufen!"
„Ooooch!" Sophia starrte interessiert auf die bunten, glänzenden Broschüren.
„Dazu hätte ich auch Lust! Wann laufen deine Kurse?" Sie blätterte schnell. „Recht spät am Abend - das passt! Sag mal, kannst du noch eine halbe Stunde warten? Dann bin ich mit der letzten Kundin für heute fertig. Ich würde so gerne mitkommen, Outfit erbeuten."
Julie holte sich für die Wartezeit einen Vitamindrink von Sophias Obst- und Gemüsebar.
Dann setzte sie sich entspannt in einen der bequemen Sessel und nahm sich ein Klatschblatt. Geld dafür gab sie keins aus, aber beim Arzt oder im Institut hier sog sie immer gierig die allerfrischesten Neuigkeiten aus der Promiwelt ein.

♥

In dieser Zeit, während sich Julie entspannte, hatte ihre Schwester noch ein schräges Aha-Erlebnis.
Frau Sommer, eine sehr nette Kundin in ungefähr gleichem Alter, die schon seit zwei Jahren regelmäßig zu ihr kam, ließ sich ihre Fingernägel auffällig herrichten.
„Wissen Sie, Frau Carisi, das ist das erste Mal, dass ich mit einem Arbeitskollegen ausgehe. Er hat mich ins Theater eingeladen und ich möchte wirklich so glänzen, dass er sich in mich verliebt, denn ich weiß aus sicherer Quelle, dass er total auf Fingernägel steht."
Sophia lachte. „Dann werde ich sie so stylen, dass er Ihnen gar nicht wiederstehen kann!"
Nun kicherte Frau Sommer. „Ich hoffe ja mal, es ereignet

sich nicht dasselbe wie vor einigen Wochen!"
„Sie lachen, Frau Sommer, war es witzig?"
„Und wie! Sowas ist mir noch nie passiert! Ich schäme mich fast, das zu erzählen!"
Sophia sah in die amüsierten Augen ihrer Kundin.
„Aber ich bin natürlich richtig neugierig", gurrte Sophia leise. „Und wir sind doch ganz unter uns!"
„Na gut", ließ sich Frau Sommer bereitwillig überreden.
„Also, ich war mit einem Mann in einem Restaurant verabredet. Ich hab ihn" und nun sprach sie leiser, „über eine Annonce kennengelernt. Nicht, dass Sie denken, ich mache sowas öfter! Aber irgendwie hat mich diese Anzeige angesprochen. Und ich bin ja schon länger Single ... aber ich brauche mich schließlich auch nicht rechtfertigen, oder?"
„Natürlich nicht!"
„Der Abend war ganz toll, der Mann auch, aber ich war so aufgeregt, dass ich gar nicht viel essen konnte. Und wissen Sie, was er zu mir gesagt hat, als die Rechnung kam?"
Sophia sah sie neugierig an.
„Er hat zu mir gesagt, gib mir einfach 20 Euro, das ist dann schon okay!"

♥

Kurz danach erzählte Sophia ihrer Schwester kichernd die Story ihrer Kundin.
„Siehste", meinte Julie, „das blöde Verhalten von diesen Königstigern liegt nicht, wie befürchtet, an uns selbst - es geht anderen Leidensgenossinnen genauso."
Ein wenig später kamen sie mit Tüten bepackt und energiegeladen aus dem Sportgeschäft. Jede von ihnen hatte drei komplette Outfits in den Taschen.

Atmungsaktive und feuchtigkeitstransportierende Trägertops, Sweatjacken mit und ohne Kapuze, Sportbodys, Leggins, Stulpen, Jazzpants und Schweißbänder, alles - sogar die Trainingsschuhe - natürlich farblich aufeinander abgestimmt.
Julie freute sich diebisch. „Jetzt haben wir die optimale Ausrüstung! Übermorgen ist schon das erste autogene Training. Ich kann es gar nicht mehr erwarten! Wir autogenen uns frei! Ommm ..."
Sophia giggelte. „Und wir können uns auch noch ganz frei dazu bewegen! Ich hab noch die Verkäuferin im Ohr: Und wissen Sie, was das Beste ist? Unsere Sportbodys und Leggins sind nicht nur schnelltrocknend, leicht und komfortabel, nein, sie haben zudem elastische Nähte, die nicht einengen, so dass Sie komplette Bewegungsfreiheit auskosten können."
„Auskosten - das Wort fand ich auch total witzig", kommentierte Julie. „Elastische Nähte sind schon klasse, war mir vorher gar nicht so bewusst!"
„Aber ..." warf Sophia ein, „noch besser sind die nahtlosen Hemdchen! Aber es muss alles englisch sein. Seamless Tops, hat die Verkäuferin gesagt."
„Na, dann sind wir jetzt total modisch drauf und haben bald den perfekten Körper dazu. Komm, wir gehen einen Cappuccino trinken!"
„Spinnst du?", warf Sophia ein. „Das sind viel zu viele Kalorien! Wir wollen doch einen Traumbody!"
„Quatsch!" Julie hakte sich mit einigen Schwierigkeiten, weil die Tüten störten, bei Sophia ein. „Einen Traumbody haben wir sowieso schon, jetzt müssen wir unsere Seele streicheln - und das kann ein Cappuccino mit cremigem

Sahnehäubchen am allerbesten."
„DAS Argument ist überzeugend!"
Sie betraten ein kleines, gemütliches Café ein paar Meter weiter.
Sophia berichtete Julie von der gemäßigten Party ihres Freundes, ließ aber das Ende weg. Es war ihr einfach zu peinlich, zugeben zu müssen, dass Jean ihr Negligé gar nicht erst gesehen hatte. Julie würde sich nicht nur kaputtlachen, sondern auch noch bestätigt sehen. Stattdessen erzählte sie ihr von dem Neid der anwesenden Damen älteren Semesters.
„Jaja", lästerte Julie, „alte Weiber können wie Hyänen sein!"
„Stimmt wohl! Aber die Herren waren sehr nett!"
„Ist auch kein Kunststück! Für die bist du auch keine Konkurrenz!"
„Ach Julie, für die Frauen doch ebenfalls nicht! Ich bin mit Jean zusammen!"
„Meinst du, die interessiert das? Die sehen nur, wie ihre Männer dich betrachten. Als Trüffelchen! Das reicht völlig aus, um dir ihre Feindschaft unverzüglich zuzuziehen. Stell dir nur vor, da hat eine einen Bratarsch wie ein Brauereipferd und dann kommt dein kleiner Knackpo daher! Die sehen nicht die Schuld bei sich selber und die Menge an Torten, die sie schon in ihrem Leben gefressen haben, die sehen auch nicht, dass du Sport machst und dich gesund und verantwortungsbewusst ernährst und dich deshalb gut hältst, die sehen dich nur als Konkurrenz, weil - du - jung - bist! Du bist sozusagen die frische, pralle Aprikose unter dem Trockenobst!"
Sie nahm einen Schluck Cappuccino und holte tief Luft.

„Sophia, was willst du mit so einem Mann? Ein Vierteljahrhundert älter! Stell dir mal vor, wenn du lebenshungrige 40 bist, ist er in Rente!"
Sophia versuchte sich gleich zu verteidigen. „Aber Jean ist junggeblieben. Er ist ... er ist so ...!"
„Alt!"
„Nein!!! Er ist ruhig und besonnen, er denkt über viele Dinge erst in Ruhe nach!"
„Also alt!"
„Du bist gemein, Julie!"
„Tschuldige! Ich will dir auch nicht wehtun, Sophia, aber ich bin deine Schwester und ich muss dir meine ehrliche Meinung sagen können - und meine ehrliche Meinung ist nun einmal ganz klar, dass Erik tausend Mal besser zu dir gepasst hat!"
Julie bestellte entschlossen zwei weitere Cappuccino. „Sei mir nicht böse!"
„Ich bin dir nicht böse, aber du bist auch ungerecht! Du kennst Jean doch gar nicht."
„Dann stell ihn mir vor!"
„Mach ich. Am Samstag. Komm zum Essen zu mir! Oder hast du schon etwas anderes vor?"
Julie lachte verbittert auf. „Ich bitte dich! Was soll ich schon vorhaben? Männermäßig bin ich zero zero. Mich will keiner. Ich scheine nur auf Amphibienarten zu wirken. Auf Frösche mit überalterter Frottee-Unterwäsche! Und auch auf Bismarckheringe in uncoolen rosa Oberhemden übe ich eine magische Anziehungskraft aus."
Julie gab schließlich noch gekonnt und süffisant die Story von dem Westernhemd, das seine Mama anrufen musste, zum Besten.

Sophia amüsierte sich, während Julie mit schmachtendem Blick leise seufzte: „Und jetzt möchte ich mal einen Bestimmten, aber der lässt mich eher cool abfahren."
„Ich geh davon aus, du meinst Vincent?"
„Hmm!"
„Vielleicht lässt er dich auch nur ein bisschen zappeln, weil du so ...!"
„Mensch, ich war gar nicht so ...!"
„Reg dich doch nicht gleich so auf!"
„Tu ich ja gar nicht!"
„Tuste doch!"
Der zweite Cappuccino wurde ihnen serviert und Julie nahm entschlossen einen Löffel voll Sahne und schob ihn nachdenklich in den Mund.
„Ich krieg ihn", meinte sie dann grimmig entschlossen.
Sophia pflichtete ihr bei. „Das ist genau die richtige Einstellung! Also - go for it, Sweetie!"

♥

Am kommenden Samstag fuhr Julie recht aufgeregt Richtung Wohnung ihrer Schwester.
Wie würde dieser ältere Mann auf sie wirken?
Sie hatte mehrfach gehört, dass er nicht nur ein guter Zahnarzt, sondern auch noch freundlich sein sollte, was ja heutzutage schon eine seltene Kombination war. Seine Praxiseinrichtung war wohl sehr nobel und ihm gehörte eine Villa im besten Viertel von Düsseldorf. Klar, dass Sophia darauf flog, wo sie doch so Luxus-orientiert war! Aber er war eben alt! Punktum!
Aber nicht nur sie war angespannt. Sie merkte Sophia

deutlich ihre Aufregung an. Diese Unsicherheit legte sich aber schnell bei beiden, denn Jean war von Anfang an sehr freundlich. Dabei war er unaufdringlich und relaxed.
Schlicht und ergreifend: Jean Laissner war nett.
Er half Sophia beim Auftragen des Essens, achtete stets darauf, dass seine beiden „Damen", so nannte er sie mit einem verschmitzten Lächeln, auch immer genügend Wein und Wasser im Glas hatten und es gab keinen einzigen Moment, in dem man in peinlichen Pausen nach Worten suchen musste.
Als Julie sich später verabschiedete, wurde sie von beiden an die Wohnungstür gebracht. Jean hatte den Arm um Sophia gelegt und so blieb leider keine Möglichkeit mehr, noch ein vertrauliches Wort zu sprechen.
Auf der Rückfahrt dachte sie über den Abend nach. Zweifellos war es schön gewesen und ehrlich gesagt hatte sie sich Jean auch ganz anders vorgestellt.

♥

Am anderen Tag rief Sophia ihre Schwester an. Sie fiel direkt mit der Tür ins Haus.
„Und? Wie fandest du ihn?"
„Guten Morgen, meine liebe Sophia! Geht es dir gut?"
„Ach Mensch, du weißt doch, wie neugierig ich jetzt bin! Sag schon, wie findest du Jean?"
„Ich finde ihn ohne Frage sehr sympathisch, er sieht ansprechend aus, legt gute Manieren an den Tag, er ist ein Gentleman ...!"
„Siehst du, jetzt verstehst du mich, nicht wahr? Und weiter? Du wolltest doch noch was sagen."

Julie hörte ihre Schwester heftiger atmen.
„Sei mir nicht böse, Sophia, dein Jean ist ein ganz netter Mann, ohne Frage, nichtsdestotrotz bin ich der Meinung, dass er schlichtweg zu alt für dich ist."
„Aber du hast dich doch auch gut mit ihm unterhalten!", protestierte Sophia.
„Sicher hab ich das. Aber zwischen unterhalten und hinterher leben liegt ein himmelweiter Unterschied, glaub mir!"
„Aber ...!"
Doch Julie ließ sie nicht ausreden.
„Sophia, es tut mir leid, aber ihr beiden nebeneinander seht nun einmal nicht aus wie Mann und Frau, sondern ganz deutlich eher wie Vater und Tochter!"

♥ 9 ♥

„Du kannst von mir aus nachkommen - oder auch nicht!" Wütend zog sich Björn die Jacke über.
Verena stand nahe vor dem Fernseher, frisch gestylt und schon im Mantel zum Gehen bereit, aber ihre Augen klebten an dem Bildschirm.
„Hörst du mich?", rief Björn verärgert ins Wohnzimmer.
„Ja doch! Es sind nur noch drei Minuten! Sei doch nicht so kleinlich!"
„Verena!", setzte Björn noch einmal sehr bestimmt an. „Wenn wir jetzt nicht fahren, verpassen wir den Zug! Der wartet nicht!"
„Dann fahren wir eben mit dem Auto!"
„Ein letztes Mal!" In Björn kochte der Ärger massiv hoch. „Das Taxi wartet unten! Ich habe die Zugkarten doch nicht umsonst gekauft! Außerdem habe ich keine Lust auf mehr als eine Stunde Autofahrt! Heute Abend wollte ICH zur Abwechslung mal gerne etwas trinken. Das war so abgesprochen, Verena!"
„Jaja!" Sie sah ihn nicht an, sondern starrte weiterhin auf den Fernseher. „Mach dich mal locker!"
Auf Björns eh schon angespannte Nerven prasselten zusätzlich die schwülstigen Dialoge der Soap sowie die dramatisch spannungsheischende Hintergrundmusik ein.
Und mit zusammengebissenen Zähnen, immenser Verbitterung und einer noch größeren Portion Wut drehte er sich um und sofort danach krachte die Wohnungstür ins Schloss.
„Hach, Mensch!", schimpfte Verena, wartete aber noch, bis

der Abspann erschien, schaltete den Fernseher aus, griff sich ihre Handtasche, rannte aus der Wohnung und in Windeseile die Treppen hinunter. Unten auf der Straße blieb sie teils erstaunt, teils entsetzt stehen.
Kein Björn! Kein Taxi!
Das gab es doch gar nicht! Er fuhr doch nicht ohne sie! Björn würde doch warten – oder etwa doch nicht?
Sie lief eilig zu ihrem Wagen, der unweit abgestellt war, schmiss ihre Handtasche hinein und fuhr mit quietschenden Reifen los.
So eine Scheiße! Männer! Jetzt konnte sie auch noch den Sprit bis zum Bahnhof investieren! Als ob es so immens wichtig wäre, pünktlich zum 40. Geburtstag seines besten Freundes im Restaurant zu erscheinen! Im Restaurant, mein Gott! Da kann man doch kommen, wann man will! Allein schon vorher dieses blöde Getue wegen dem Outfit. Nobelrestaurant – dazu gehört ein schicker Anzug! Und für sie ein besonderes Kleid.
Obwohl, den Traum aus schimmernder, taubenblauer Wildseide, den sie heute Abend trug, hätte sie sonst nicht bekommen! Seine Augen hatten gestrahlt, als sie damit in der vornehmen Boutique aus der Umkleidekabine trat.
„Verena, das ist es! Du siehst super aus!"
„Es kostet ein Vermögen", hatte sie gehaucht und dabei auf das Preisschild geschielt, das klein und diskret an dem seitlichen Reißverschluss hing. 499,90 Euro. Ein stolzer Preis!
„Egal", hatte Björn lächelnd gemeint. „Der Anlass ist es wert. Mein bester Freund hat einen runden Geburtstag und feiert das groß und nobel in einem Schlossrestaurant und mit Band. Wir werden die Nacht durchtanzen, Verena! Und

ich kann mich glücklich schätzen, mit einer so tollen Frau dort zu erscheinen!"
Das Kleid war nicht nur glanzvoll, sondern auch sehr intelligent geschnitten, denn es kaschierte ganz wunderbar ihre kleinen Pölsterchen, die sie sich eigentlich schon längst abtrainiert haben wollte ...

♥

Ach nee, diese blöde Ampel! Wie lang war denn die Rotphase? Unverschämt! Es war abends, wenig Verkehr, da musste das doch nicht so lange sein! Ungeduldig trat sie auf das Gaspedal und als die Ampel auf Gelb umschlug, war sie schon mitten auf der Kreuzung.
Von Weitem sah sie die Lichter des Bahnhofes. Endlich! Auf dem großen Vorplatz gab es jetzt am Abend gute Möglichkeiten, den Wagen abzustellen. Mit Schwung fuhr sie in die erste Parklücke, die sie sah, sprang aus dem Auto, raffte ihr Kleid hoch und packte ihre Handtasche.
Da fiel ihr Blick auf den Parkautomaten. Ach herrje, sie stand in der Kurzparkzone! Je angefangene 15 Minuten 50 Cent. Wurscht, heute Abend würde hier wohl kaum einer kontrollieren!
Und die nächste Frage drängte sich auf, als sie mit kleinen schnellen Schritten in ihren Pumps auf den Eingang zueilte. Auf welchem Gleis fuhr der Zug eigentlich ab? Björns Vorbereitungen hatten sie nicht interessiert und so hatte sie nur mit halbem Ohr zugehört, wenn er davon sprach.
Im Bahnhof selbst herrschte reges Treiben. Kurz blieb sie stehen, als sie eine große Tafel mit Ankunfts- und Abfahrtsplänen ins Auge fasste. Was für ein Wust an

Informationen! Ihre Augen irrten über die Anzeige. So entschied sie sich kurzerhand für einen Informationsschalter, der gerade frei war. Persönliche Bedienung geht jetzt schneller, dachte sie.
Gleis 7. Unter der Unterführung her. Auch das noch! Sie rannte los. Aufgang zu Gleis, 4, 5, 6 und endlich, 7.
Sie stürmte die Treppen hinauf, atemlos, nur um zu sehen, wie sich in diesem Augenblick der Zug in Bewegung setzte.
Sie rannte noch ein kleines Stückchen weiter, in der irrsinnigen Hoffnung, die Bahn würde für sie noch einmal anhalten. Die hell erleuchteten Abteilfenster glitten nunmehr schneller an ihr vorbei. Und dann sah sie auf die roten Rücklichter, die immer kleiner wurden.
Noch war sie außer Atem, stand einige Momente unbeweglich. Dann drehte sie sich mechanisch um und verließ langsam den Bereich von Gleis 7 wieder.
War Björn tatsächlich ohne sie in den Zug gestiegen?
Hätte sie in die immer schneller vorbeigleitenden Fenster geschaut, sie würde ihren Freund gesehen haben. Der saß, den Blick gedankenverloren auf die andere Seite gerichtet, im letzten Abteil des Zuges. Er würde einen so schön geplanten Abend nun allein verbringen - ohne Verena, mit vielen anderen Menschen um sich herum.
Und in den kommenden Minuten traf er für sich eine Entscheidung.

♥

Verena hatte noch die letzte, wenn auch schwindende Hoffnung, dass Björn doch nicht ohne sie gefahren war und sie zuhause empfing.

Aber ihre Wohnung war dunkel. Sie sah auf ihr Handy. Kein Anruf, keine Nachricht. Eine halbe Stunde noch blieb sie auf der Couch sitzen. Aber Björn kam nicht. Sie zog das schöne Kleid aus, schminkte sich ab.
Den Rest des Abends verbrachte sie unruhig, ging dann zu Bett. Irgendwann in der Nacht würde er schon auftauchen! Blödmann - einfach ohne sie zu fahren!

♥

Verena wachte auf. Ein sonniger Tag schaute durch ihr Schlafzimmerfenster.
Einen Augenblick war sie verwirrt, tastete dann neben sich. Und schlagartig war sie hellwach und registrierte entsetzt, dass Björn nicht gekommen war!
Ein Blick auf die grünen Zahlen der Digitalanzeige ihrer Uhr zeigten ihr mit 09.20 eine fortgeschrittene Zeit. Sie stand auf, lief zum Fenster und sah hinaus. Sein Auto war fort. Dann war er wohl noch sauer, hatte sich mit dem Taxi zu ihr fahren lassen und war von hier aus mit dem Wagen in seine eigene Wohnung gefahren.
Zu blöd, heute war doch Sonntag! Den begannen sie doch immer mit einem langen und gemütlichen Frühstück, das Björn so gekonnt servierte!
Sollte sie ihn anrufen? Nö. Das konnte er ja tun! ER war schließlich gegangen, hatte SIE einfach stehenlassen!
Der Morgen verging. Es wurde früher Nachmittag.
Ihr Telefon blieb still. Nun griff sie doch zum Handy. Aber bei Björn schaltete sich nur die Mailbox ein. Jede halbe Stunde versuchte sie mit stetig wachsender Unruhe, ihn zu erreichen - vergeblich.

Am Abend dann fuhr sie zu seiner Wohnung. Sein Auto stand dort - aber er öffnete ihr auch nach mehrfachem Klingeln nicht.

♥

Sophias Welt veränderte sich.
Jeweils zum Wochenende sah sie ihren Jean. Einmal hatte sie den Versuch unternommen, sich spontan innerhalb der Woche mit ihm zu verabreden.
Er sei sehr glücklich über ihren Vorschlag, sagte er ihr, hatte diesen Ansatz aber gekonnt abgeschmettert und sie mit liebevollen Worten darauf hingewiesen, dass innerhalb der Woche wenig Zeit verbliebe.
Er habe meist Patienten bis in den Abend und benötige einfach eine Auszeit nach seinen Praxisterminen. Auch wolle er die Tennisstunden mit seinem besten Freund nicht missen. Zudem seien da noch seine Söhne.
Zuerst war Sophia sehr enttäuscht, dann jedoch machte sie sich der Wichtigkeit seiner Patienten bewusst. Und er sollte auch seine Gewohnheiten wegen ihr nicht aufgeben - schließlich blieb ihr so ebenfalls genügend Zeit für den Sport mit Julie.
Trotzdem schlich sich doch wieder ein Gedanke an Erik ein, der für spontane Unternehmungen immer bereit gewesen war, sofern es seine Arbeitszeit zuließ.
Ein fest geregelter Tag eines Arbeiters hatte natürlich mehr freie Kapazitäten als der eines Zahnarztes mit nicht nur bestens laufender eigener Praxis, sondern auch noch mit dem eigenen dazugehörigen Zahnlabor, tröstete sich Sophia.

Jedoch auch die Wochenenden folgten einem speziellen Ritual. Freitagabend essen gehen, danach einen Nachtschluck bei Jean, miteinander schlafen.
Samstagmorgen stand Jean zuerst auf, verschwand für ungefähr eine Viertelstunde mit einer Zigarette und einer Zeitung in der Toilette, um danach ausgiebig zu duschen.
Sophia war ein einziges Mal aufgestanden und hatte in dieser Zeit Brötchen vom nahegelegenen Bäcker geholt. Jean freute sich zwar darüber, machte ihr aber deutlich, dass er morgens niemals vor Neun dort Brötchen holen gehe, da der Nachschub erst danach frisch einträfe.
Man frühstückte ausgiebig und besprach, was man am Abend gemeinsam unternehmen könne. So war Sophia meist gegen Mittag zuhause, da Jean noch einmal ins Labor fuhr und danach Wert auf ein kleines Nickerchen legte.
Ganz zu Beginn ihrer Beziehung hatte sie ihn mit in die Tanzbar mitgenommen. Einmal in IHRE eigene Welt mit ihm abtauchen! Obwohl sie ausschließlich den Teilbereich des deutschen Schlagers besuchten, die Disco- und Rockmusik war ihm einfach zu laut - „Du weißt doch, Sophia-Liebes, ich schätze die leiseren klassischen Töne!" - war die Zeit mit ihm dort recht gezwungen.
Jean war zwar nicht der Einzige in seinem Alter, aber er fühlte sich deutlich fehl am Platz und das merkte man ihm einfach an. Er stand stocksteif und sah indigniert in die Menge.
Als Sophia meinte, sie könnten doch einen Fox wagen, antwortete Jean ablehnend, sie liebevoll an der Wange tätschelnd: „Liebes, hier nicht. Auf jedem anderen Fest gerne. Schau doch mal, wie eng das ist!"
„Ach Jean, komm", sie versuchte, ihn spielerisch an der

Hand auf die Tanzfläche zu ziehen, „nur einen Tanz!"
„Sophia, wirklich nicht. Das ist nichts für mich. Zum Tanzen benötigt man Raum!"
Damit war das Thema durch und nach nicht einmal einer Stunde befanden sie sich wieder auf dem Weg zu Jeans Haus. Sophia war schwer enttäuscht.
Und es startete das gleiche Ritual: Ein Gläschen Alkohol als Absacker, dann miteinander schlafen. Der Sonntagmorgen begann wie der Samstag, nur dass man die Zweisamkeit bis zum frühen Abend genoss.
Danach fuhr Sophia nach Hause und die neue Woche begann.

♥

Als sie seinerzeit den Korb für ihre Tanzanfrage erhielt, dachte sie in ihrer ersten Enttäuschung sofort an Erik.
Wie gern war er mit ihr - zwar nicht bei den Schlagern, aber doch in den anderen Räumlichkeiten der Rockmusik - auf der Tanzfläche gewesen. Ob es nun voll und eng war oder nicht, heiß oder nicht, seine Energie und sein Tatendrang hatten sie immer mitgezogen.
Hinterher amüsierten sie sich: „Hast du den gesehen mit dem weißen Retro-Anzug, der meinte, er sei John Travolta in Reinkultur?" oder „Ich hätt' mich ja totlachen können über die Dralle im Mini-Rock. Wie man mit den Stampfern so einen Rock anziehen kann! Das ist schon tapfer!" „Die kleine Dünne mit Brille war aber auch nicht schlecht! Ich wusste gar nicht, dass man mit Nasenfahrrad den Kopf so intensiv schütteln kann!"
Dann hatten sie gelacht und waren zuhause direkt beim Schließen der Wohnungstür übereinander hergefallen, die

Kleidung irgendwo verstreut.
Nicht selten hatte Sophia gefragt: „Sag mal, Erik, hast du meinen Slip gesehen?"
„Nö, der ist so klein, den kann ich mit bloßem Auge sowieso nicht erkennen! Außerdem brauchst du jetzt auch keinen!"

♥

Bei Jean hingegen gab es so ein Chaos nicht.
Er führte Sophia gesittet mit einem Gläschen Sekt oder Champagner ins Schlafzimmer und zog sich dort aus. Das Hemd oder der Pullover sowie die Hose wurde ordentlich über den stummen Diener gelegt, ebenso ordentlich wurden die Socken zusammengefaltet, wenn auch schnell. Gerade das akribische Falten der Socken fand Sophia zum Kringeln - aber eine kleine Macke sollte man jedem Menschen zugestehen, wenn es nichts Schlimmeres gab als dieser lustige Sockentick ...
Außerdem war sein Bett der einzige Ort, wo sie sich liebten.

♥

Mit Erik hatte sie alles durch, im engen Flur und mit einem Kratzer am Oberschenkel vom plötzlich heranrückenden Schuhschrank, auf der weichen, nachgiebigen Couch, auf dem kühlen Fliesen-Küchenboden, in der Badewanne, unter der Dusche.
Sogar einmal nachts auf dem Balkon. Da allerdings waren sie sehr leise gewesen, hatten jedoch ständig gekichert. Ein echtes Abenteuer!
Das würde sie aber nicht mehr wiederholen wollen, denn als

sie später aufstand, hatte Erik ihr lachend eine plattgewalzte und sehr tote kleine Assel vom Po genommen. Und sie hatte vor Entsetzen und Ekel gekreischt.

♥

Die Einladungen, die Jean und sie als Paar bekamen, waren unterschiedlich. Mal fühlte sie sich richtig wohl, dann wieder war ihr der Abend langweilig und aufgesetzt. Oft stupste sie ihn auch unter dem Tisch an, um endlich aufzubrechen, aber Jean ignorierte das gern geflissentlich.
„Das muss sein, Sophia, Liebes, sie gehören zu meinen Patienten", meinte Jean dann verständnisvoll, wenn sie hinterher maulte. „Wir beide gehen nächstes Wochenende schön romantisch essen, da haben wir keine Termine."
Auch veränderte sich Sophias Kleidungsstil. Die ganz frischen Farben ihrer Garderobe verwandelten sich in gedeckte Töne, weil Jean diese schätzte.
Sophia warf alle Bedenken, die immer mal wieder warnend an die Oberfläche kamen, über Bord und war mit sich zufrieden.
Gut, ihr Leben war nun deutlich gediegener. Aber sie hatte ihr Ziel erreicht: Sie hatte sich einen reichen Mann geangelt!
Auf Jean trafen viele Adjektive zu, aber eins keinesfalls - und das war geizig.
Jean war in jeder Hinsicht großzügig zu ihr und so vergrößerte sich ihre Schmuckschatulle in wenigen Wochen um das Dreifache sowie auch ihre eh schon große Handtaschensammlung. Die Anzahl ihrer Schuhpaare hatte ebenfalls nochmals rege zugenommen. Und wenn sie mit dem

guten Essen und Trinken am Wochenende nicht aufpasste, ihre Taille wohl auch!
Ihr einziger Wermutstropfen war, dass sie sich nicht mit Erik aussprechen konnte.
Sie hatte nur seine Handy-Nummer, mehr nicht. Hatte ja auch für die kurze Zeit ausgereicht und sie bereute nun, dass sie verschiedene Einladungen in seine Wohnung ausgeschlagen und immer verschoben hatte.
Im Internet-Telefonbuch schaute sie dann nach Soland, Erik. Dort gab es auch eine Adresse. Anzurufen wagte sie nicht, so setzte sie sich bei Dämmerung in ihren kleinen Flitzer und fuhr dort hin.
Unter dieser Anschrift in einer der vornehmeren Gegenden des Stadtgebietes stand eine alte, herrschaftliche Jugendstilvilla, eingebettet in einen großen Garten mit altem Baumbestand. Das Namensschild an dem riesigen schmiedeeisernen Tor war sehr puristisch. Es trug nur ein einziges Wort: Soland. Also konnte er dort auch keine winzige Mietwohnung haben. Enttäuscht machte sie kehrt. Selbst wenn man großzügig denken würde: Einen normalen Arbeiter würde es weder in diese Gegend verschlagen, noch würde er sich eine Wohnung hier leisten können.
Also blieb ein kleiner Rest von schlechtem Gewissen erhalten.

♥

Julie hingegen warf einmal mehr elektronisch ihre Tentakelchen Richtung Vincent aus.
Mittlerweile liebte sie Facebook! Vincent war im Chat verfügbar, da ließ sich sehr gut eine Unterhaltung führen.

Hi Du, tippte sie enthusiastisch in den Laptop, *Dir einen guten Morgen! Bei mir ist es jetzt 6 Uhr abends, komme gerade aus dem Büro, hab einen Riesenhunger und liebäugel mit Pasta und Meeresfrüchten!*

In den vergangenen Wochen hatte sie nämlich herausgefunden, dass Vincent am ehesten ausführlich antwortete, wenn sie etwas über Essen oder Lebensmittel verlauten ließ. Und tatsächlich, kurz danach bekam sie die ersehnte Antwort.

Guten Abend nach Deutschland. Ich frühstücke gerade, Eier und Speck. Ganz amerikanisch. Außerdem Mengen an Kaffee und wenn ich es noch schaffe, gibt es Pancakes hinterher. Ich liebe diese süßen Pfannkuchen mit Ahornsirup!

Wie? Wenn Du noch Zeit hast? Zum Frühstücken sollte man sich Zeit nehmen! Das ist die wichtigste Mahlzeit des Tages, die man am kalorienreichsten gestalten darf!

Du immer mit Deinen Kalorien! Ist mir völlig wurscht. Es soll schmecken und ich muss satt sein. Ich habe gleich schon den ersten Termin und wenn die Bedienung weiterhin so trödelt, gehe ich weinend ohne Pancakes aus dem Diner. Das könnte sich negativ auf meine Tageslaune auswirken.

Oha! Du frühstückst auswärts? Das hab ich schon ewig nicht mehr! Und Pancakes mag ich übrigens auch und Eier auch und Speck auch und Kaffee ebenfalls ... schniiiieeef!

Haha! Das kenne ich schon von Dir. Erst große Klappe, dann Panzerplatten mit kalorienreduziertem Quark, einem Fetzen Petersilie und einem halbierten Stängel Schnittlauch dekoriert.

Ich mache jede Menge Sport, dann darf man auch viel essen. Und das tue ich auch gerne ausgiebig, ehrlich!

Soso ...

Schieb mir doch mal einen Löffel Eier und Speck rüber, jamjam ...

Weißt du was, Julie, Du solltest einfach mal zum Essen herkommen!

Julies Herz begann zu klopfen, obwohl sie das gar nicht wollte und Vincent weit weg war.
Oh Julilein, da ist sie, die Einladung! Sie quietschte vor Freude. Wie reagiere ich jetzt darauf, dass er meine innerlichen Jubelschreie nicht hört? Am besten möglichst cool! Dann tippte sie:

Sei vorsichtig, was Du schreibst! Ich könnte tatsächlich kommen, mein Konto weist noch Deckung auf für einen Flug in die Staaten.

Und klick, die Nachricht war abgeschickt! Wie würde er jetzt reagieren? Die Sekunden wurden zur Ewigkeit.
Endlich! Julie hielt den Atem an, als die Antwort eintraf -

und erstarrte.

Dann nimm Urlaub und komm einfach. Dann kannst Du auch gleich meine neue Lebensgefährtin Candy kennenlernen!

Völlig geschockt saß sie vor ihrem Laptop, das Herzklopfen und der aktivierende Adrenalinschub der Einladung waren einer sofortigen Übelkeit gewichen.
Oh - mein - Gott! Was sollte sie denn jetzt antworten, ohne das virtuelle Gesicht zu verlieren? Was sollte sie bitteschön in den USA, wenn bei Vincent eine Freundin weilte, der sie vor Ort die Augen ausgekratzt hätte?
Noch während sie angestrengt über eine schnelle und erlösende Antwort nachdachte, schrieb ihr Vincent.

Hey, bist Du noch da? Du könntest Candy ein bisschen pflegen und betüddeln. Sie hat auf meiner Terrasse gesessen und ist auch nicht weggeflogen, als ich auf sie zuging. Ich hab sie hochgehoben und gesehen, dass ein Füßchen verletzt war und auch die Flügel schienen beeinträchtigt.
Der Tierarzt wollte sie direkt einschläfern, denn in freier Natur hätte sie keinerlei Überlebenschance, da sie nie mehr fliegen kann. Der Fuß ist inoperabel, somit wird er unbeweglich bleiben. So ein junges Leben - ich hab gedacht, sie bekommt eine Chance, hab sie wieder mit nach Hause genommen und ihr einen Job als Deko für meine Terrasse angeboten bei freier Kost und Logis. Sie hat angenommen und scheint sich wohl zu fühlen. Jedenfalls hat sie schon einige Gramm zugenommen. Wahrscheinlich bin ich ihr da ein gutes Vorbild.

So humpelt sie hier im Haus und auf der Terrasse hin und her und fühlt sich heimisch, die kleine hübsche Möwe, zumal sie nun einen persönlichen Diener hat, der sie mit frischem Fisch versorgt.
Na, eigentlich ist sie eine Allesfresserin, sie will nämlich auch alles, was ich esse, besonders gern die Frühstückseier!
Sie ist total niedlich - wenn sie etwas möchte, legt sie das Köpfchen schief.

Julie purzelten ganze Felsbrocken von ihrem schockgefrorenen Herzen. So ein Gemeinling!
Er hatte sie absichtlich so an der Nase herumgeführt, das spürte sie genau. Vincent beherbergte eine Möwe, wie niedlich!
Und wieder aufgefüllt mit Elan kommentierte sie:

Prima! Dann passen wir drei zusammen! Bin auch Allesfresser!

Körner- und Salatfresser bist Du - ach ja, Panzerplatten auch! Du, ich muss weg, mein Termin drängt. Die leckeren Pancakes sind jetzt auch gegessen! Tschüss und ich sag dann mal bis bald!
Übrigens, vergiss bei Deinen Nudeln die frischen Kräuter und den Knobi zu den Meeresfrüchten nicht. Nudeln bitte al dente kochen. Aber das brauche ich Dir als Halbitalienerin nicht sagen ...!

Ist das Dein Ernst? hackte Julie schnell und aufgeregt in die Tasten.

Meinst du den Knobi oder die Urlaubseinladung? ärgerte Vincent sie.

Oh nein! Jetzt ließ er sie auch noch zappeln! So wie sie ihn kannte, grinste er nun frech, weil er genau wusste, dass er mal wieder einen Treffer gelandet hatte!
Aber er nutzte das nicht aus, denn seine Antwort kam ganz schnell:

Beides natürlich und tschüss!

Sie kam sich vor wie Klopfer, das Kaninchen, aus Disneys Bambi. Lange genug hatte sie dran gearbeitet, sich langsam vorgetastet, sorgsam angeklopft, beinahe einen Herzinfarkt gehabt - aber doch letztendlich gewonnen!
Hurra!!! Er hatte sie tatsächlich eingeladen!
Sie las die Einladung gleich noch einmal, so als könne sie es gar nicht glauben und speicherte sie sicherheitshalber ab.
Nun musste gleich der nächste Schritt akribisch geplant werden!
Sie würde nach Kalifornien fliegen, das stand fest wie das Amen in der Kirche! Zu ihrem Dickerchen. Bei dem Gedanken musste sie doch schmunzeln.
Sie wollte sich halt das Objekt ihrer Begierde länger und von ganz Nahem ansehen ... naja, und ein paar kalifornische Surfer nebenbei auch!

♥

Verena war ziemlich verzweifelt.

Zwar änderte sie an ihrem Tagesablauf nichts, sie hatte lediglich Ruhe bei ihrer abendlichen geliebten Soap, aber zugegeben fehlte ihr Björn doch sehr.
Keiner mehr, der während der Sendung in der Küche rumklapperte, niemand, der sie ungeduldig an den Tisch rief, weil die Rösti frisch waren oder der Fisch auf den Punkt. Keiner, der ihr zur Soap-Zeit ein kühles Glas Weißwein servierte.
Alleine für sich selbst kochen kam sowieso nicht in Frage, so blieben ihr wieder nur die Chipstüten, Tiefkühlpizzen und gefrorenen Pastagerichte.
Keine spontanen Besuche in der Eckkneipe mehr, keine Wochenendausflüge.
Sie lebte erneut, wie sie es vor Björn schon getan hatte. Und sie fragte sich selbst ganz ehrlich: War es wirklich so langweilig und eintönig gewesen?
Einmal hatte sie bei ihm in der Schule angerufen, er machte ihr deutlich klar, dass er von seinem Arbeitsplatz aus keine privaten Dinge regeln würde.
So hatte sie die Hoffnung, dass er abends wenigstens ans Telefon ging.
Aber er tat es nicht.
Noch zwei weitere Male versuchte sie, ihn am Arbeitsplatz zu erreichen. Er ließ sich von einem Kollegen verleugnen. Der sagte ihr zwar immer, er würde ihm ihre Nachricht bezüglich Rückruf hinterlassen - aber ihr Telefon blieb stumm.

♥

Sophia und Julie hatten endlich mal wieder einen freien

Nachmittag, um gemeinsam Shoppen zu gehen. Und eine Neuigkeit schlug für Sophia ein wie eine Bombe.
„Nein, das fasse ich nicht! Du fliegst nach Kalifornien? Wann denn?"
Ihre Augen waren plötzlich doppelt so groß.
„Ich wollte gerne schon in der nächsten Woche, weil ich es gar nicht erwarten kann, aber mein Chef hat mir einen Strich durch die Rechnung gemacht."

♥

Zugegeben war das auch berechtigt, denn es liefen die allerletzten Vorbereitungen für den endgültigen Abschluss der internationalen Kosmetik-Kampagne, für die sie verantwortlich zeichnete.
„Frau Carisi, ich bitte Sie! Sie können doch unmöglich jetzt Urlaub einreichen! Bis zur Endabnahme durch unseren Kunden benötigen wir Sie und Ihr frauliches Einfühlungsvermögen sowie Ihren unschlagbaren Tastsinn hier! Direkt danach können Sie gerne fliegen, von mir aus. Aber vorher kann ich Ihnen diesen langen Urlaub nicht gewähren, so leid es mir auch tut!"
Julie hatte nichts darauf gesagt, wohl wissend, dass ihr Chef Recht hatte. Das deutete er aber nicht richtig.
„Frau Carisi, nehmen Sie es mir nicht übel. Ich versage Ihnen nicht mutwillig den durchaus verdienten Urlaub. Aber bitte nicht jetzt - in vier Wochen ist das okay. Sie verstehen mich?"
Das tat sie, wenn auch schweren Herzens.

♥

„Ach, weißt du, Sophia", meinte Julie, während sie die

Fußgängerzone entlang schlenderten, „in vier Wochen ist auch okay - nur die Wartezeit ist jetzt so lange! Aber es war auch für etwas gut. Ich hab so ein echtes Super-Flug-Schnäppchen gemacht! Das gesparte Geld haue ich dort auf den Kopf! Es gibt sicherlich supertolle Sachen in Kalifornien zu kaufen!"
„Mensch, ich beneide dich! Kalifornien! Wir haben jetzt Herbst, es ist schon so kühl geworden, dort ist es warm!"
„Ich freue mich total! Auf den Griffin-Park, auf Hollywood, Bel Air, besonders auf das Essen, den Strand und die California Boys!"
„Hey, ich denke, du fliegst wegen Vincent dorthin!"
„Klar! Aber ich werde mich auch über alles andere freuen. Man weiß ja nie! Wenn ich so die vergangenen Monate Revue passieren lasse, erblicke ich Frösche und Nieten!"
„Meine Ausbeute war ja auch nicht so berühmt, wenn ich da an Mister 20 Euro denke!"
Julie kicherte. Beide wussten nicht, dass sie an diesem Nachmittag noch eine traumatische und eine aufschlussreiche Begegnung haben sollten.
„Aber du hast wenigstens einen Senior abgegriffen - ich nix!"
„Mensch Julie, das finde ich mies von dir! Warum bist du so?", fragte Sophia und blieb eingeschnappt stehen.
„Weil es die nackten Tatsachen sind!"
„Ich weiß nicht, was du willst, ich hab einen Alten, du einen Dicken!"
„NOCH habe ich ihn nicht!" Jetzt war Julie leicht pikiert. „Und ehrlich gesagt, so wirklich weiß ich auch gar nicht, wie das gehen sollte. Wenn man es nüchtern betrachtet, liegen da tausende trennende Kilometer zwischen - und vielleicht

sehe ich das von hier aus einfach zu verklärt! Ich hab mich vor Kurzem schon einmal entsetzlich blenden lassen."
„Denk einfach nicht darüber nach." Sophia blieb an einem kleinen Bekleidungsgeschäft stehen. „Guck mal hier, das sind die neuen Herbstfarben! Hipp, nicht?"
Sie nahm eine schlank geschnittene Hose von dem Gestell.
„Die gefällt mir!"
„Wenn du die neuen Herbstfarben hipp findest, warum greifst du dann zu den gedeckten Tönen?", fragte Julie.
„Äh ... es ist eine Hose ... deshalb!"
„Aha! Na dann, nix wie rein und anprobieren!"
Ein wenig später schleppte Sophia schon Tüten.
„Ach Mensch, ich will jetzt aber auch was!" Julie steuerte auf ein kleineres Geschäft zu. „Schau mal, diesen Schal, Sophia! Schön bunt und kostet nicht viel!"
Sophia nahm ihn in die Hand.
„Du spinnst wohl! Der kostet nur 2,99 Euro und stinkt nach China! Sowas wirst du doch nicht kaufen! Außerdem kratzt der schon beim Anfassen!"
Julie war irritiert. Sie hielt sich den Schal an die Nase.
„Stimmt, der stinkt chemisch. Puh! Weg damit!"
„Komm du lieber mal weg von solchen Billig-Läden! Da kannst du am Geruch schon feststellen, was die verkaufen! Wahrscheinlich ist der Schal auch noch irgendwo mittels ausbeuterischer Kinderarbeit gefertigt worden."
„Okay, gehen wir weiter. Ich würde übrigens gerne nach einem neuen Bikini Ausschau halten, man weiß ja nie ... Kalifornien ... Sonne ... Meer ...Männer ...!"
„Du Glückliche! Und wann genau geht es los?"
„Heute in vier Wochen!"
„Ach komm", Sophia hakte sich bei ihr unter. „Ich brauch

jetzt dringend einen Kaffee, passend zum herbstlichen Wetter, und dann schauen wir nach einem Itzi-Bitzi-Teeny-Weeny-Honolulu-Strandbikini für dich!"
„Gute Idee!"
Sophia ging vor in das Café. Keine zwei Schritte weiter wäre Julie beinahe aufgelaufen, denn Sophia blieb abrupt stehen und drehte sich sofort um.
Julie schimpfte sofort los. „Hey, spinnst du? Du kannst doch nicht ...!"
„Raus hier!"
„Wieso?"
„Dahinten sitzt Mr. 20 Euro", flüsterte Sophia nervös.
„Wo?" Julie stellte sich auf Zehenspitzen.
„Pssst! Nicht so laut, Mensch! Geh raus, geh schon!" Sie drängte ihre Schwester zurück.
„Sag mir erst wo! Ich MUSS den sehen!"
„Links hinten am Fenster, der mit der Zeitung", hauchte sie und schluckte.
Julie linste über Sophias Schulter und sah ein wirklich gut aussehendes Exemplar von Mann in einen Artikel vertieft.
Währenddessen schubste Sophia Julie erneut an.
„Raus hier, los, beweg dich!"
„Ja doch!" Julie stolperte hinaus. Draußen kicherte sie wild. „Sophia, Schätzchen, du hattest ja die nackte Panik in deinen schön geschminkten Augen!"
Auch Sophia kicherte nun los. „Hättest du doch auch, oder? Ich will dem um Gottes Willen nicht noch einmal begegnen."
„Hast du Angst, er verlangt nachträglich die 20 Moppen von dir?"
Sophia lachte sichtlich erleichtert auf. „Komm, wir gehen ins Bistro am Eck! Ist zwar jetzt ein Stückchen zu laufen,

aber es ist genauso gemütlich dort."
Die beiden machten sich auf den Weg. Und für die zusätzlich verbrauchten Kalorien gönnte sich Julie echte Schlagsahne auf ihren Cappuccino. Sophia verkniff sich die Sahne, orderte nur Milchschaum.
„Was ist mit dir los, Sophia? Nur Milchschaum heute?"
„Ich hab ein bisschen zugenommen, weißt du ..."
Julie warf einen Blick auf eine Zeitung, die auf ihrem Tisch lag.
„Schau mal, Sophia, ich lach mich weg! Diese Annonce hier:

Alle sieben Minuten findet sich weltweit ein Pärchen
fürs Leben bei uns!
Nehmen Sie Ihr einsames Herz in die Hand
und rufen Sie uns einfach an!
Greifen Sie Ihr Lebensglück - in sieben Minuten!
Mit uns!

Na, da haben wir sie wieder, diese Sieben! Für uns nicht unbedingt eine Glückszahl, wie?"
Als ihre Schwester nur müde grinste, meinte Julie, ihren Mut zusammennehmend: „Darf ich dir mal was sagen, ganz ehrlich?"
Sie nahm demonstrativ einen vollen Löffel Schlagsahne und schob ihn sich genüsslich in den Mund.
„Sag schon!" Sophia sah mit ein wenig Neid auf die verbliebene, nun leicht schmelzende Sahne in Julies Tasse.
„Du hast dich durch Jean ganz verändert."
„Aber das stimmt doch gar nicht!", protestierte Sophia.
„Doch stimmt das! Guck dich doch an! Du bist richtig

gediegen geworden. Schau mal auf die Farben deiner Einkäufe! Mausgrau, schlammbraun und jauchegrün! Mensch Sophia, die kannst du auch noch tragen, wenn du fuffzig bist! Und früher konntest du über jeden Scheiß lachen! Was ist aus dir geworden? Du hast einen Teil deiner Lebensfreude verloren. Du bist sozusagen um Jahre gealtert!"
Diese Kritik traf Sophia bis ins Mark.

♥

Es stimmte, ihre heutigen Einkaufstüten enthielten nur Braun- und Grautöne, an die schönen, frischeren Herbstfarben der Saison hatte sie sich diesmal nicht so recht getraut, weil Jean eben ein Freund von Erdtönen war.
Sie hatten zwar gemeinsam Spaß, aber man lachte auf höherem Niveau. Diese kleineren derben Scherze, über die sich früher mit Erik hatte kugeln können, lockten Jean kein Grinsen heraus. Man konnte ihn als ernsthaften Menschen klassifizieren. Jean war in jeder Hinsicht ein zuverlässiger Partner, aber auch ein sehr eingefahrener. Bei ihm wurden Zeiten eingehalten, ohne Wenn und Aber. Spontanität war sehr selten - und wenn diese unumgänglich war, verlor er seine sonstige Sicherheit.
Die schönsten Stunden waren eigentlich diejenigen mit seinen Söhnen. Dann gab es immer viel Gelächter und die Atmosphäre war ganz locker flockig.
Eine erste größere Unstimmigkeit hatte es zwischenzeitlich auch gegeben.
Jean lud Sophia zu einem Skiurlaub in die Schweiz ein. Sie sah sich schon zügig die Hänge hinabwedeln. Tatsächlich aber erklärte ihr Jean geduldig, dass Abfahrt für seine

Knie nicht mehr in Frage käme, er würde für beide Langlaufski samt Ausrüstung kaufen, um dann in die Loipe zu gehen. Das würde außerdem noch mehr Muskelgruppen ansprechen und sei sehr gesund.
So hatte sich Sophia das nicht vorgestellt! Auf ihren Vorschlag, sie könne doch die Abfahrt machen, während er in die Loipe ging, reagierte Jean sehr enttäuscht und angegriffen, so dass sie schnell zurückruderte.
Jean war wirklich ein liebenswerter Mann, gab aber von seinem Terrain kaum einen Millimeter preis und verteidigte seinen Status auch mit allen Mitteln der sanften Überredung.
„Du wirst sehen, meine liebe Sophia, der Langlauf wird dir letztendlich viel besser gefallen als die rasante Abfahrt. Wir können an jeder Hütte einkehren und fahren dann erst weiter, wenn wir Lust haben."
„Sicher!" Und sie hatte sich bemüht zu lächeln.

♥

Soeben kam die Bedienung wieder an ihrem Tisch vorbei.
„Wir hätten gerne noch zwei Cappuccino. Diesmal beide mit Sahne!" Sophia sah ihre Schwester an. „Ich nehme mir deine Kritik zu Herzen!"
„Ich möchte dich doch nicht verletzen, nur ehrlich zu dir sein!"
In Julie regte sich schon wieder das schlechte Gewissen. Es sieht fast so aus, als gönne ich ihr den Freund nicht, dachte sie.
Aber schon tätschelte Sophia versöhnlich ihre Hand.
„Ich weiß doch! Aber wie du siehst, bin ich schon auf dem

Wege der Besserung. Und was eignet sich am besten dazu? Saaaahne!"
Sie hatten gezahlt und wollten mit ihren Cappuccino-Bäuchen gerade das Bistro verlassen, als ihr in der Eingangstür ein Pärchen entgegenkam.
„Björn!", rief Julie überrascht aus.
„Ach hallo, Julie! Und oh, auch du, Sophia!"
Die Frau an Björns Seite lächelte, sah ihn aber fragend an.
„Silvia, das sind gute Freunde von mir. Schön, euch zu sehen!"
Alle gaben sich die Hand, als Silvia sagte: „Ach ja, ich weiß. Dann gehe ich schon einmal vor und suche uns einen netten Tisch! Vielleicht sehen wir uns ein anderes Mal!"
Sie gab Björn einen Kuss auf die Wange und ging weiter ins Bistro.
„Ich glaube, gerade euch zwei muss ich ohne Umschweife etwas ganz kurz erklären. Ich war vor Verena drei Jahre mit Silvia zusammen. Sie war am liebsten zuhause, das war mir zu langweilig und hat mich letztendlich bewogen, mich von ihr zu trennen, wollte ich doch noch nicht wie ein Rentner auf der Couch sitzen. Ich hab das Speed Dating mitgemacht und Verena kennengelernt. Den Rest kennt ihr. Aber das Fass war voll mit dem Geburtstag meines besten Freundes."
„Davon wissen wir gar nichts", meinte Sophia erstaunt.
„Wir haben uns nur gewundert, weil wir in der letzten Zeit gar nichts von Verena und dir gehört haben."
Und Björn erzählte knapp von dem Abend, an dem er sich entschloss, Verena endgültig zu verlassen.
„Wisst ihr, es sollte wohl so sein, ein Wink des Schicksals sozusagen, denn Silvia war ebenfalls auf dem Geburtstag

meines Freundes."
Er winkte seiner neuen alten Freundin lächelnd zu, die sich gerade an einen Tisch setzte.
„Und ihr, wart ihr einkaufen?", fragte er, das Thema Verena beendend.
„Oh ja, die neue Herbstkollektion ist da", jubilierte Sophia.
„Du, ich wünsche euch beiden alles Gute!", warf Julie nun ein, verabschiedete sich von Björn und drehte sich noch einmal freundlich winkend zu Silvia um.
Kaum draußen, hielt Julie nichts mehr.
„Sag mal, wann hast du denn das letzte Mal mit Verena gesprochen? Die hat doch davon gar nichts gesagt, oder zu dir?"
„Nein", meinte Sophia, „keinen einzigen Quietscher!"
Julie schnaubte. „Und wir wissen jetzt auch ganz genau, warum!"

♥

Als Sophia später wieder allein zu Hause war, dachte sie noch einmal über die Worte ihrer Schwester nach. Gediegen hatte Julie sie genannt.
Sie griff sich ihre Einkaufstüten und holte ihre Einkäufe heraus. Tatsächlich fanden sich ausschließlich Grau- und Brauntöne. Was war mit ihr passiert? Kaufte sie tatsächlich unbewusst den Geschmack eines anderen Menschen ein, nur um ihm zu gefallen? Gab sie so viel von ihrer eigenen Persönlichkeit fort? Gedankenverloren zog sie die neuen Kleidungsstücke über. Einen Teil packte sie wieder ein. Die bringe ich morgen zurück und tausche sie um, entschied sie.

Wie gut, wenn man eine Schwester hat, auch wenn Ehrlichkeit manchmal schmerzt!
Um Punkt 20 Uhr schellte ihr Telefon, wie immer wochentags. Jean erkundigte sich nach ihrem Tag und freute sich mit, dass sie so erfolgreich einkaufen war.
„Dann werde ich deine Errungenschaften am Wochenende sehen, wenn wir zu Meisers gehen?"
Ach herrje, die unselige Einladung von Meisers! Die hatte Sophia ganz verdrängt!
„Müssen wir unbedingt dorthin? Lässt sich das nicht noch absagen? Weißt du, Jean, ich ..."
„Sophia!" Jeans Stimme bekam einen Hauch Schärfe.
„Ich kann doch unmöglich jetzt noch bei Meisers absagen! Selbstverständlich gehen wir dorthin!"
Und sie beeilte sich zu sagen: „Ja, ja, natürlich!"
Nach dem Telefonat fragte sie sich: Warum tue ich mir sowas wie mit den Meisers nur an? Das Paar war ohne Zweifel nett, aber doch noch ungefähr zehn Jahre älter als Jean!
Kreuzfahrt war bestimmt wieder ausschließlich DAS Thema des Abends, denn die Meisers enterten ein Aida- und Hurtigruten-Schiff nach dem anderen, als wenn es dafür Preise gäbe. Und erst die vielen langweiligen Fotos, die bewundert werden sollten!
Frau Meiser lächelnd während des Eincheckens, Frau Meiser lächelnd am Büfett, Herr Meiser lächelnd an der Reling, Spitzbergen oder ähnliches im Hintergrund, Frau Meiser lächelnd im Liegestuhl mit Cocktail, erste Lage am Pool, beide Meisers lächelnd beim Captains-Dinner.
Ach Mensch! Sophia seufzte tief und ergeben, nachdem sie aufgelegt hatte.

♥

Am kommenden Wochenende fuhr sie in ihrem neuen Umtausch-Outfit zu Jean.
Er begrüßte sie wie immer mit Wangenküsschen und meinte, einen ernsteren Blick auf sie werfend: „Das ist deine neue Garderobe?"
Sophia drehte sich. „Schön, nicht? Der neueste Trend!"
„Sehr schön! Aber gab es diesen Rock nicht in dezenteren Farben?"
Sophia grinste innerlich und dachte an ihre Schwester.
„Natürlich! Aber mir gefällt dieses frische Violett sehr!"
„Es steht dir ohne Frage gut, Sophia, Liebes, aber ob es die richtige Entscheidung für die heutige Einladung bei den Meisers ist ...!"
„Ist es!", meinte Sophia mit neuem Selbstwertgefühl und fühlte sich gut. Diesmal ließ sie sich von Jean weder beeinflussen noch ein schlechtes Gewissen einreden.

♥

Der Abend wurde genauso langweilig wie Sophia vermutet hatte und sie blieben länger, als sie befürchtete.
Das Ende des Abends gestaltete sich wieder nett. Es gab den obligatorischen Abendschluck, man genoss noch eine gemütliche Stunde in Jeans schickem Wohnzimmer und dann ging es ins Schlafzimmer.
Auf einmal wurde Sophia die Komik der Situation bewusst, als Jean sich auszog und seine Sachen korrekt über den stummen Diener hängte.
Ich sollte ihn fragen, ob er seinen Schlafanzug vorher noch

gebügelt haben möchte, dachte sie und freute sich gleichzeitig, weil sie plötzlich einen Bruchteil ihres früheren Humors an sich selbst wiedererkannte.
Sie dachte kurz an ihre Schwester und auf einmal legte sich in ihrem Kopf ein Schalter um.
Sie sah Jean schlagartig als normalen Mann und nicht mehr so ehrfurchtsvoll und kritiklos als Übermensch.
Trotzdem wurde die nächste halbe Stunde anregend nett.

♥ 10 ♥

Julie hibbelte ihrem Trip in die USA entgegen. Noch zwei Wochen! Wie aufregend!
Jedem, der es hören wollte, erzählte sie davon. Sie fliege zu einem alten Schulfreund. Jaja, man sei schon seit der Schulzeit miteinander befreundet, da biete sich so eine Reise natürlich jetzt an ...
Vincent freute sich auf ihren Besuch, das klang in seinen Mails immer deutlich durch.
Allerdings hatte er sich wegen der Übernachtung noch nicht geäußert. Eigentlich hatte sie gedacht, er würde dieses Thema endlich anschneiden. Aber er schien sich dafür gar nicht zu interessieren! Oder ließ er sie hier wieder schmoren, weil er wusste, dass er sie damit in Zugzwang brachte?
Als sie die innere Spannung nicht mehr aushielt, tippte sie:

Hi Vincent,
nun bin ich bald in den USA. Allerdings habe ich noch keine Übernachtungsmöglichkeit. Kannst Du mir da was buchen bzw. empfehlen?

Julie,
natürlich kann ich Dir etwas empfehlen!
Ich schlage Dir Hotel Deemer vor. Klein, aber sehr persönlich geführt - und mit Vollpension. Außerdem bietet der Eigentümer Führungen in Los Angeles und Umgebung an.
Du Ei Du, natürlich übernachtest Du bei mir! Ich habe hier ein großes Haus und Du wirst es nicht glauben, es hat sogar

zwei ganze Gästezimmer!

Genau das hatte sich Julie erhofft!

Wenn das für Dich kein Problem ist ...

Für mich nicht ... ein Problem könnte es höchstens für Dich sein, Du hast stets einen Dicken ohne Fitnessprogramm vor Deinen hübschen, aber kritischen Augen. Übrigens, ab und zu muss ich kurz mal einen Besuch in der Firma ableisten. Aber ich denke, Du kommst auch alleine klar, oder?

Danke, Vincent, natürlich.
Ist eigentlich deine Möwe noch da?

Ist sie. Du kannst sie ein bisschen entertainen. Bevor sie den Namen Candy bekam, wollte ich sie Mary nennen, nach der Queen Mary I, die ja hier in Long Beach vor Anker liegt. Die besichtigen wir dann übrigens auch. Da es ja ein Hotelschiff ist, kann man dort abends gut essen und dann noch ein wenig Zeit auf Deck genießen.

Julie lief das Herz über. Das waren Aussichten!

Sie mailten nun täglich, ein paar Mal noch telefonierten sie auch.
Julie erkundigte sich freudig nach dem Wetter. Vincent hatte ihr schmunzelnd erklärt, dass Kalifornien zwar der Sunshine-State sei, aber im November die Tage ebenfalls kürzer waren, die Nächte kühler, nämlich nur so um die 12 Grad.

Julie fragte dann ganz verschüchtert nach den Tagestemperaturen. Aber mit den genannten 20 Grad war sie zufrieden. Und als Vincent ihr versicherte, dass zu dieser Jahreszeit das Meer auch noch gerade so annehmbar warm war, freute sie sich doch. Ob allerdings ihr neuer, oberscharfer Bikini zum Einsatz kam, dessen war sie sich jetzt nicht mehr so sicher.
Vielleicht könnte noch ein schönes luftiges Kleid mit ins Gepäck, dachte sie. Da fiel ihr dieses außergewöhnliche Geschäft für Abendmoden in der Fußgängerzone ein - die führten in jeder Jahreszeit auch Cocktailkleider oder total schicke Outfits, die man zu besonderen Gelegenheiten tragen konnte. Wie auch immer - jedenfalls gab es dort ausgefallene Mode!
Da würde sie morgen doch gleich mal schnuppern gehen!

♥

Am kommenden Tag wurde ihr die Zeit bis zum Feierabend sehr lang. Mit Elan fuhr sie in die Stadt und wurde von dem Geschäft ihrer Wahl nicht enttäuscht.
Sie fand ein modisches Maxikleid aus edler Seide mit Spaghettiträgern und weitem Schnitt. Die Farben faszinierten sie am meisten. Grün- und Blautöne liefen auf cremefarbenen Grund ineinander.
Sie war auf dem Weg zum Parkplatz und kam am Delikatessengeschäft Gourmet-Schneider vorbei. In diesem Augenblick öffnete sich die Ladentür - und wer kam heraus?
„Hallo Julie, das ist ja eine Überraschung! Wie geht es dir?"
Julie blieb geplättet stehen. Sie sah in das lächelnde

Gesicht von Erik, der eine prall gefüllte Tüte des Geschäftes trug.
„Meine Güte, Erik, beinahe hätte ich dich nicht erkannt! Ich habe dich noch nie in einem Anzug gesehen!" Und schnell fügte sie ehrlich hinzu: „Steht dir aber gut!"
Er grinste. „Ab und zu muss das mal sein! Du warst auch einkaufen, sehe ich!"
„Oh ja, ich verreise bald - da musste noch ein neues Kleid her!"
„Na, da haben wir was gemeinsam! Ich verreise auch!"
„Wo geht es denn hin?", fragte Julie interessiert.
„In die USA, nach Kalifornien, genauer gesagt fliege ich zu Vincent! Übermorgen geht's los."
Vor Schreck entglitt Julie beinahe ihre Einkaufstüte.
„Ah so", entrang sie sich.
„Und du?"
„Ich fliege ebenfalls in die USA, nach Kalifornien - zu Vincent, allerdings erst in knapp zwei Wochen."
Jetzt war es an Erik, überrascht zu sein.
Julie hatte ihre Tüte wieder im Griff und ihre Fassung auch.
„Wie lange bleibst du denn?"
„Ehrlich gesagt, ich weiß das noch nicht so recht."
Julie meinte verwegen: „Vielleicht sehen wir uns sogar dort! Aber jetzt muss ich los."
Erik umarmte Julie freundschaftlich. „Schön, dich mal wieder gesehen zu haben!"
„Ja, finde ich auch! Ich wünsch dir einen guten Flug, Erik!"
„Danke! Dir ebenfalls!"
Auf dem Weg zum Auto war ihr neues Kleid nicht mehr in ihren Gedanken, dafür das Verhältnis zwischen Erik und Vincent.

Nicht einmal hatte Vincent Erik erwähnt! Klar, sie hatten sich super gut verstanden während der beiden Treffen mit ihr und Sophia. Und dann hatte Sophia Erik wegen Promi-Zahnarzt Jean abgeschossen!
Das würde sie Sophia jetzt sagen müssen.
Aber nicht am Telefon, sondern persönlich, entschloss sie sich.

♥

Leider trafen sie sich so zeitnah nicht.
Julie war über beide Ohren in ihr Projekt verstrickt und somit abends hundemüde.
Sophia bot als neues Event Schminkkurse im Institut an und die ersten beiden waren sofort ausgebucht, die weiteren Kundinnen derart enttäuscht, dass sie sich entschloss, gleich noch einen dritten Kurs in dieser Woche einzuplanen.
Und so vergingen die Tage.

♥

Mit Akribie und bester Laune trieb Julie im Büro ihre Kosmetikkampagne voran. Man staunte über ihre Energie und ihre guten Einfälle. Sie sprühte vor Lebenslust und Dynamik.
Das übertrug sich. Schließlich nahm der Kunde mit großem Kompliment diese Werbeaktion ab - und wollte Julie Carisi gleich für die nächste Kampagne verpflichten, die im kommenden Jahr starten sollte.
Julie platzte vor Stolz und fuhr abends noch mit Prosecco zum Anstoßen bei ihren Eltern vorbei, die sich riesig mitfreuten, als Julie lachend mit der Flasche durch das

Wohnzimmer tanzte.
Aber sie vergaß auch ihre Schwester nicht. Am anderen Abend lud sie Sophia zum Essen ein, denn die hatte ihr als Kosmetikexpertin im Hintergrund bereitwillig und selbstlos die besten Insider-Tipps gegeben, die Julie umgesetzt hatte und somit die Komplimente dafür natürlich alleine einheimste.
„Ich danke dir tausend Mal für deine wertvolle Hilfe!" Julie strahlte Sophia an. „Ohne dich wäre die ganze Kampagne nicht so perfekt geworden - und stell dir mal vor, die haben mich gleich für die nächste vorgesehen!"
„Ist doch klasse! Ich freue mich für dich!"
„Und weißt du, was das Beste ist? Mein Chef hat mir eine großzügige Prämie gegeben. Für meine außergewöhnlichen Leistungen!"
„Du bist ein Glückspilz, Julie!"
„Jaaaa!" Julie kam aus dem Grinsen gar nicht wieder heraus. „Ich bring dir was ganz Tolles aus Kalifornien mit!"
„Ach Mensch, das ist ja schon ...?"
„Nächsten Montag!"
„Ich würde dich zu gerne zum Flughafen bringen!"
„Prima! Dann braucht Papa nicht fahren", freute sich Julie sichtlich.
„Ich beneide dich!"
„Ich weiß nicht, ob du mich noch mehr beneidest oder bedauerst, wenn du hörst, wer vielleicht noch da sein wird!"
„Ich verstehe dich nicht! Wer soll denn da sein?", fragte Sophia irritiert.
„Erik!"
Sophia erblasste augenblicklich. „Wieso das denn?", entrang sie sich.

„Ich habe Erik getroffen. Ich wollte es dir nicht am Telefon sagen, das finde ich blöd, weil die ganze Situation so ... also ich meine ... kurz: ich fand, ich sollte es dir nur persönlich sagen. Du erinnerst dich, als ich dich anrief wegen meinem neuen Seidenkleid?"
„Ja klar, das war letzte Woche, wo meine Schminkkurse starteten."
„Jipp. Und an diesem Tag hab ich Erik getroffen. Er kam gerade mit einem vollen Futtertütchen aus dem Laden von Gourmet-Schneider. Und er trug einen Anzug."
Sophia war der Schock anzusehen. Sie suchte nach Worten.
„Im Anzug? Bei Schneider?" Und prompt setzte sie fast empört dazu: „Das kann er sich doch gar nicht leisten!"
„Sag mal, Sophia", meinte Julie nun, „kann es sein, dass du völlig antiquierte Vorstellungen hast? Erik hat einen Job! Wie viel er verdient, weißt du gar nicht. Wie sich überhaupt seine finanzielle Situation darstellt, weißt du auch nicht. Aber für dich heißt Arbeiter oder Handwerker einfach nur: wenig Geld! Wie bitteschön kommst du eigentlich zu dieser irrigen Meinung?"
„Ja, also, wenn man nicht studiert hat ...!"
„Hat er nicht?"
Nun gab Sophia ehrlich zu: „Weiß ich nicht!"
„Was weißt du eigentlich von ihm?"
Nun traten Sophia Tränen in die Augen.
„Nicht viel. Wir haben so viel Spaß gehabt! Aber von seinem Leben weiß ich nichts. Ich wollte noch nicht einmal seine Wohnung sehen, aus Angst, ich würde aus einer Bruchbude flüchten müssen!"
„Sophia, du hast einen Schuss! Du tust ja so, als wäre er ein Neandertaler und du eine hochentwickelte Spezies."

„Jetzt übertreibst du aber", verteidigte sich Sophia, jedoch sonderlich überzeugend klang das nicht.
„Sei doch jetzt mal ganz ehrlich! Du hast das Beste von ihm genommen. Seine Kontakte zu dem Autohaus, sein Verhandlungsgeschick, seine Zeit und nicht zu guter Letzt seinen Körper."
Sophia kniff die Lippen zusammen.
„Und noch mal eine knallharte Frage an dich: Liebst du Jean eigentlich und bist superglücklich? Kannst du das von dir behaupten, wenn du ganz tief in dich hinein hörst? So ganz kann ich das nicht glauben, denn sonst hättest du doch Mama und Papa, zumindest aber Oma und Opa in der Zwischenzeit endlich davon erzählt! Aber da umschiffst du ja augenblicklich jede noch so harmlose Frage sehr galant. Oder bist du noch nicht sicher, vielleicht geht es dir nur um den Status? Dazugehören zu wollen zur Prominenz unseres Städtchens mit vielleicht späterem Wohnsitz in Düsseldorfs Nobelviertel? Und wo sind plötzlich deine Gedanken an ein eigenes Kind geblieben?"
Sie sah ihre Schwester durchdringend an.
„Weißt du, es ist mein Leben, ich habe Vorstellungen von der Zukunft, ich ...!"
„Hör auf mit diesem Scheiß!" Julie wurde lauter. „Ich kann den Mist nicht mehr hören! Ist Geld und Status alles? Warst du nicht glücklich mit Erik? Glaubst du, wenn du Jean heiratest und sich plötzlich das Konto erweitert, ist dein Herz auch automatisch glücklich und deine Seele zufrieden? Meinst du nicht, man kann mit etwas weniger Geld erheblich glücklicher sein?"
Julie holte tief Luft und tippte sich mit dem Zeigefinger an die Stirn. „Der Witz dabei ist ja, dass du doch selbst mehr

als gut verdienst, was brauchst du noch Geld von anderer Seite? Jetzt mal offen: Du bist eingebildet geworden, schon fast arrogant!"
Und mit Nachdruck fügte sie noch verärgert hinzu: „Ich finde deine Einstellung einfach nur zum Kotzen!"
Nach dieser Standpauke saß ihr Sophia wie ein begossener Pudel gegenüber. Ihre Zähne nagten an ihrer Unterlippe, sie sah Julie nicht mehr an, starrte auf ihren Teller.
„So denkst du von mir?", fragte sie leise.
„Ja. Im Augenblick denke ich das leider. Und außerdem bin ich deine Schwester und muss dir das deshalb sagen! Sophia, Mensch! Finde endlich wieder auf den Boden der Tatsachen zurück und schweb gefälligst nicht in irgendwelchen elitären Sphären und obskuren Scheinwelten herum, die dich letztendlich sowieso nicht glücklich machen. Ich fühle das, glaub mir!"
„Aber Jean ist ...!"
„Ach, hör einfach auf, ich will nichts mehr hören von deinem Rentner!", raunzte Julie.
Sophia lief eine Träne die Wange herunter.
„Um Gottes Willen, Sophia, ich ...!" Julie war nun doch erschrocken, weil sie das so grob gesagt hatte.
„Lass mal, wahrscheinlich hast du ja sogar Recht."
„Ich will kein Recht haben!"
„Hast du aber, wenigstens ein wenig. Besonders in punkto Ehrgeiz und Angeberei. Ich bin wohl in deinen Augen eine richtig hohle Nuss geworden!"
„Das ist ja auch wieder Blödsinn! Du bist lediglich auf einem Irrweg und merkst es nur nicht!"
„Ich denke darüber nach ...", äußerte Sophia in sich gekehrt. Dann fragte sie zögerlich: „Hattest du den Eindruck, es ging

ihm gut?"
„Wem?", fragte Julie unschuldig, aber man sah ihr an, dass sie diese Frage extra gestellt hatte.
„Erik!"
„Absolut!"
Sophia holte tief Luft und fragte dann, unter Aufbietung all ihren Mutes leise: „Hat er nach mir gefragt?"
„Nein. Mit keinem Wort!"
Sophia nickte nur.

♥ 11 ♥

In Kalifornien saßen Vincent und Erik gemütlich bei einem Bier auf der Terrasse von Vincents Haus und genossen die warme Abendluft. Möwe Candy döste auf Vincents Schoß.
„Dafür, dass eine Möwe eigentlich ein Raubvogel ist, scheint sie verdammt zahm", meinte Erik staunend.
„Sie ist einfach aus der Möwen-Art geschlagen oder hat eine Persönlichkeitsstörung. Sie glaubt sicher, sie sei eine Katze", grinste Vincent.
„Du lebst wirklich traumhaft hier. Wenn man bedenkt, dass das Meer gerade mal zehn Minuten entfernt und somit jederzeit erreichbar ist!" Erik nahm einen tiefen Schluck aus der Flasche. „Der Sonnenuntergang vor einigen Tagen dort hat mich richtig beeindruckt. Ich habe so etwas noch nie erlebt."
„Das ist der perfekte romantische Ort, um bei seiner Freundin Eindruck zu schinden!"
„Wenn man denn eine hat! Sag mal, hast du noch ein Bier? Ich liebe dieses Budweiser!"
„Klar! Aber ich hab gerade eine Möwe!" Vincent kraulte Candy den Kopf, den sie leicht zur Seite neigte. „Du weißt doch, wo der Kühlschrank ist – und bring mir eins mit!"
Als Erik zurückkam, meinte Vincent ernst: „Du, kann ich dich mal was fragen?"
„Natürlich!"
„Wie ist das eigentlich mit Sophia? Ich hab dein Verhältnis zu ihr nicht so ganz begriffen."
„Verhältnis ist wohl kaum das richtige Wort", antwortete Erik und eine Spur Bitterkeit lag in seiner Stimme.

„Wir hatten eine kurze, heiße, letztendlich bedeutungslose Affäre – das jedenfalls würde Sophia so sagen."
Und dann erzählte Erik, wie er Sophia und Julie kennengelernt und sich die Beziehung zu ihr intensiviert hatte.
„Du hast sie nicht mit zu dir nach Haus genommen?"
„Zuerst nicht. Ich wollte erst einmal checken, ob sie auch einen angeblich normalen Handwerker als Mann an ihrer Seite akzeptieren kann, denn Sophia Carisi is very much sophisticated, hat also schon einen ziemlichen Standesdünkel, das wurde eigentlich sofort klar. Außerdem wollte sie gar nicht mit zu mir. Ihr haben unsere Dates in ihrer Wohnung völlig ausgereicht."
„Hm ..." Mehr sagte Vincent nicht.
„Du hättest mal ihren Auftritt im Autohaus sehen sollen! Als Autoverkäufer würdest du glatt das Gefühl haben, du bedienst eine Multi-Millionärin, so aufgebrezelt war sie. Aber ich will das nicht abklassifizieren, sie sah wirklich atemberaubend aus."
„Und sie hat deine Rolle nicht gecheckt?"
„Nein, wie auch! Ich fahre derzeit den Wagen meines Bruders, der hat seinen alten aus reinen Nostalgiegründen noch. Außerdem", Erik grinste, „passte ihr mein Outfit nicht so. Ich hab gesehen, wie sie meine Jeans betrachtet hat - aber sie hat nichts gesagt."
„Frauen können mit Blicken sehr direkt sein!"
„Können sie! Bei Sophia ist das ganz einfach zu analysieren. Es ist ein Schubladendenken. Und das geht so: Abschleppwagenfahrer – wenig Geld – altes Auto – normale Kleidung – womöglich noch Wohnen in und mit Apfelsinenkisten!"
„Ich meine, hat sie keinen Zusammenhang mit dem Autohaus hergestellt?"

„Keinen. Sie denkt, ich bekomme die Aufträge von dort. Sie kann es anhand des Namens auch nicht erkennen. Als mein Bruder und ich das Autohaus seinerzeit übernommen haben, hieß es schon Autohaus an der Allee. Da es der alteingesessene Name eines erfolgreichen Unternehmens war, warum also sollten wir den ändern? Das Autohaus an der Allee wurde immer assoziiert mit hochwertigen Automobilen, verlässlichem und kundenspezifischem Service. So war es und so ist es geblieben."

„Warum hast du es ihr nicht gesagt?"

„Weißt du, Vincent, ich mag da wirklich antiquierte Vorstellungen haben, aber ich möchte eine Frau, die mich liebt, weil ich es bin, die zu mir steht, egal in welcher Situation. Ich wünsche mir auch Kinder. Da kann ich kein Fähnchen gebrauchen, das sich für meine Kreditkarte interessiert oder sich die Nägel lackiert, anstatt etwas Anständiges zu kochen. Allerdings, farbige Nägel UND vernünftiges Essen ist eine tolle Kombination!"

Vincent nickte nachdenklich. „Und warum ist diese Affäre zu Ende?"

„Ich habe sie mit einem Anderen erwischt. Ich kannte den Herrn auch - DER Nobelzahnarzt unserer Gegend. Aber dafür sicherlich geschätzte 30 Jahre älter, dem Aussehen nach zu urteilen!"

„Aber so ein alter Mann ist doch keine Konkurrenz für dich!"

„Der Mann nicht unbedingt - aber sein finanzielles Polster! Das jedenfalls glaubt Prinzessin Sophia. Ich sag's nicht gerne, aber um fair zu sein: ich weiß von Bekannten, dass er gut arbeitet und er war nicht unsympathisch. Er hatte allerdings auch keinerlei Ahnung, dass er einer von zwei Männern in Sophias Leben ist!"

Erik schilderte die Begebenheit im Museum und Vincent klopfte ihm auf die Schulter.
„Tut mir echt leid für dich. Komm, wir gehen ins Diner! Heute gibt es dort Spare Rips - all you can eat. Außerdem spielt eine Jazz-Band."
„Das hört sich richtig gut an!"
„Es ist richtig gut! Und Budweiser haben die auch!"
Bei den krossen, scharf gewürzten Spare-Ribs, der jazzigen Musik, einer netten, hübsch anzusehenden Bedienung mit ansprechendem, gut gefüllten Dekolleté und dem süffigen Bier gerieten die negativen Gedanken schnell in den Hintergrund.
Es dauerte nicht lange, da kam das Männliche durch.
„Lassen wir mal den ganzen Mist beiseite." Vincent nahm einen großen Schluck Bier. „Wie war Sophia denn so?"
„Du meinst ..."
„Genau", feixte Vincent.
„Echt klasse!"
„Hab ich mir gedacht!"
Dann stießen beide lachend an und Vincent kommentierte: „Wie gut, dass sie eine Zwillingsschwester hat!"

♥

In Deutschland saß Verena verheult in Sophias Beauty Lounge.
Gott sei Dank, dass die letzte Kundin gerade gegangen war, fand Sophia erleichtert. Verena war mal wieder gänzlich auf dem Ego-Trip!
Sie war kurz vor Geschäftsschluss ins Institut gestürmt, hatte Sophia förmlich überrannt, ihre Handtasche auf die

Empfangstheke geschleudert und gleich losgejammert, ohne jede Rücksicht auf eventuell noch anwesende Kunden. Sophia hatte zuerst gar nichts verstanden und Verena besorgt in die Couchecke gedrückt.
„Verena, nicht so laut, bitte! Beruhige dich doch erst einmal! Was ist denn los?"
„Es ist wegen Björn!"
„Sag jetzt nicht, er ist wieder bei dir!"
„Neeeiiiin", schniefte sie. „Ich hab mit Julie telefoniert, um ihr eine gute Reise zu wünschen und da hat sie ... da hat sie doch ...", ein erneuter Heulkrampf schüttelte sie, „sie hat mir völlig gefühllos erzählt, das ihr Björn getroffen habt - MIT EINER ANDEREN!"
Sophia reichte ihr Kosmetiktuch. „Hier! Wisch dir mal die Nase!"
Verena trompetete los.
„Ich und Björn, wir hatten doch ...!"
Sophia unterbrach sie direkt. „Björn und ich ...!"
„Was?"
„Es heißt: Björn und ich!"
„Stell dich mal nicht so an! Herr Knigge ist nicht da", grantelte Verena. „Wie konnte er sich so schnell trösten? Ich will ihn zurüüück!"
„Ich glaube, du siehst die Tatsachen nicht ganz klar!"
„Wieso?" Verena hörte auf zu heulen und starrte Sophia an.
„Es gibt da zwei Komponenten. Er war vorher mit Silvia zusammen und hat erkannt, dass genau sie es ist, mit der er leben möchte. Und der zweite Punkt ist simpel. Genauso, wie du gerade die einfachsten Umgangsformen ignorierst, indem du dich zuerst nennst, hast du Björn und seine

Bedürfnisse ignoriert. Und wie oft hast du ihn niedergemacht, wenn wir unterwegs waren! Und das nicht nur vor uns. Wegen irgendwelcher Nichtigkeiten, nur, weil dir etwas nicht in den Kram passte. Welcher Mann will das schon! Sowas guckt man sich eine Weile an und dann ist zappenduster. Ich hätte an Björns Stelle schon viel eher die Schnauze voll gehabt. Du hattest deine Chance – du hast sie mit Füßen getreten! Selbst schuld!"

♥

Julie stand in ihrem Schlafzimmer, ein Großteil ihres Kleiderschrankes wild um sich verstreut. Zum x-ten Mal hatte sie ihren Koffer ein- und wieder ausgeräumt.
Was nur sollte sie mitnehmen? Wie lange würde ihr Aufenthalt dauern? Vier Wochen hatte sie nun endlich Urlaub. Würde sie nach kurzer Zeit von dort flüchten oder blieb sie länger? Den Rückflug würde sie eben flexibel handhaben ...
Ein Mitbringsel für Vincent hatte sie auch noch nicht.
Da kam plötzlich der Geistesblitz! Sie sprang auf und kramte durch verschiedene Schubladen. Und da war es! Ein Foto vom Abiball, auf dem sie und Vincent zufällig, aber besonders gut getroffen waren. Davon konnte man einen Ausschnitt ziehen. Den würde sie dann vergrößern und rahmen.
Außerdem hatte er von einem Gitarrenkonzert in Jüchen geschwärmt. Ein Freund hatte ihn überredet, mitzukommen. Er war von dem jungen Gitarristen, der Daniel März hieß, ganz begeistert gewesen und bedauerte es, versäumt zu haben, eine CD zu kaufen. Den Namen hatte sie gut behalten. Der März war nämlich ihr Lieblingsmonat, weil

dann die Natur nach der kargen Winterzeit in allen Farben explodierte.
Sie würde versuchen, eine CD zu bekommen. Der junge Musiker hatte sicherlich eine Homepage. Vielleicht konnte sie sogar ein Exemplar mit Widmung ergattern!
Das waren zwar keine teuren Geschenke, aber sehr persönliche – und die Option einer Einladung zum Essen blieb ja auch noch!

♥

In Sophia klangen später am Abend ihre eigenen Worte an Verena nach.
„Du hattest deine Chance, du hast sie mit Füßen getreten!"
Das traf, so bitter es war, auch für sie zu. Nach den letzten, sehr deutlichen Worten ihrer Schwester waren ihre Gedanken immer häufiger zu Erik gewandert. Mittlerweile ertappte sie sich sogar dabei, wieder an Erik zu denken, wenn sie mit Jean zusammen war.
Das ließ letztendlich ihre Alarmglocken erst leiser, dann doch heftiger klingeln.
Und nach einer nahezu schlaflosen Nacht stand ihr Entschluss fest.

♥

Freitag – Wochenende.
Sophia fuhr wie immer zu Jean. Nur dieses Mal war es anders.
Sie bekam links und rechts die obligatorischen, liebevollen Begrüßungsküsschen von ihm.
„Ich schlage vor, wir gehen heute Abend in das kleine

französische Restaurant", meinte Jean, wie immer bestimmend, so dass Sophia sowieso mit keinem Gegenvorschlag hätte punkten können.
Aber Sophia stimmte diesmal nicht freudig zu. Sie blieb auch direkt im Eingangsbereich seines Hauses stehen.
„Wir müssen reden, Jean!"
Er stutzte, zog eine Augenbraue hoch und sah sie an.
Sophia machte es kurz und schmerzlos.
„Es tut mir leid, Jean, aber ich möchte unsere Beziehung beenden. Ich habe mir die Entscheidung nicht leicht gemacht, aber ich will es so!"
Jean war wie vom Donner gerührt. Er hätte an vieles gedacht, aber das hatte er nicht erwartet.
„Aber Sophia-Liebes, warum? Was habe ich falsch gemacht?" Er war aufrichtig und schwer getroffen.
„Du hast gar nichts falsch gemacht. Ich bin diejenige. Mein Herz ist nicht ganz frei, Jean. Ich habe versucht, es zu ignorieren, aber es schreit halt immer lauter."
Jean blickte auf den Boden. „Nur eben nicht für mich?"
„Es tut mir so leid, Jean, glaub mir. Ich möchte auch gleich wieder gehen, ich ...!"
Nun kamen ihr doch die Tränen.
Am liebsten hätte er sie geschüttelt, gefragt, wer der Konkurrent sei, aber er überwand mit all seiner verfügbaren inneren Kraft seine Eifersucht.
Er umarmte sie, wischte ihr die Tränen von den Wangen und schaffte es zu sagen: „Ich bin zutiefst traurig - ich wollte eine Zukunft mit dir, Sophia. Aber ..." Ihm versagten die Worte. Er schluckte.
Schließlich brachte er mühsam beherrscht heraus: „Meine Tür steht dir offen, wenn du dich doch noch anders

entscheiden solltest."
Er küsste sie ganz zart auf den Mund und Sophia spürte, dass er zitterte.
„Danke!" Sie strich ihm über die Wange. „Danke, Jean, für alles!"
Dann drehte sie sich um und verließ schnellen Schrittes das Haus. Sie schaute nicht mehr zurück, als sie sich in ihr Auto setzte und den Motor startete.
Einen Lebensabschnitt, den sie sich so sehr gewünscht hatte, hatte sie soeben selbst beendet.
Wie hätte sich die Beziehung zu Jean entwickelt, wenn sie Erik nicht kennengelernt hätte? Dieser attraktive, kraftvolle, energiegeladene Mann, den sie nicht mehr aus dem Kopf bekam! Der ihr gezeigt hatte, in welchen nie dagewesenen Höhen sie schweben konnte ...
Wieder Single!
Aber innerlich wusste sie sofort, dass ihre Entscheidung richtig war.
Eine große Last schien direkt von ihren Schultern abzufallen und sie hatte das Gefühl, als gäbe ein dicker Stein einen Teil ihres Herzens frei.
Sie fühlte nun glasklar, wie sehr sie doch von Jean und seinem eingefahrenen Leben eingeengt worden war und automatisch atmete sie ganz tief ein und langsam wieder aus.
Erleichterung brach sich Bahn - trotzdem begann sie laut zu schluchzen.

♥

Reisetag!
Obwohl der Flug erst am späten Vormittag ging, war Julie seit vier Uhr wach. Die Koffer waren gepackt und standen im Flur. Ihre Schwester würde sie früh abholen, damit noch Zeit blieb, am Flughafen gemeinsam einen Kaffee zu trinken.
Julie rief noch einmal ihre Eltern an, von denen sie sich am Vortag persönlich verabschiedet hatte. Sie gaben ihr natürlich noch gute Ratschläge mit auf den Weg.
Ihre Mutter ratterte los: „Pass gut auf dich auf! Amerikaner haben eine andere Mentalität! Und wie dieser Vincent so ist, weißt du nicht, sei keinesfalls leichtsinnig!"
„Vincent ist kein Ami, Mama! Er ist Deutscher. Sogar noch etwas deutscher als ich", sie lachte fröhlich auf. „Ich hab ja schließlich zur Hälfte italienisches Blut, auch wenn ich einen deutschen Pass mein Eigen nenne. Und leichtsinnig bin ich doch sowieso nie!"
„Julie, du bist aufbrausend und impulsiv. Wie dein Vater!"
„Papa und ich sind gradlinig und dynamisch!"
„Ha!" hörte sie ihren Vater im Hintergrund zufrieden grunzen.
Ihre Mutter seufzte. „Pass gut auf dich auf, mein Schatz, und melde dich bitte, wenn du angekommen bist!"
„Sicher, Mama, tu ich! Tschüss", sie machte ein Kussgeräusch für ihre Mutter. „Und gib Papa auch einen!"
Natürlich war sie auch bei ihren Großeltern gewesen. Die hatten keine guten Ratschläge, aber ihrer Oma stand der Schalk im Nacken. „Greif ihn dir!"
„Was?"
„Na, das ist doch ein stattlicher junger Mann!"
„Ein früherer Schulkollege, Omi, sonst nichts", versuchte

sich Julie herauszureden.
„Oh ja ... naturalmente!" Omi schmunzelte, umarmte sie und steckte ihr Geld zu. „Kauf dir was Schönes!"
„Ach Omi, danke, aber ich habe doch genug Geld."
„Sì sì sì ..."
„Grazie mille, dankeschön!" Sie küsste ihre Großmutter liebevoll auf die Wange, drückte ihren Opa und nahm sich vor, ihnen etwas besonders Schönes mitzubringen.

♥

Julie schaute ungeduldig aus dem Fenster.
Langsam müsste Sophia doch nun kommen! Und genau in diesem Moment sah sie ihren schicken, auf Hochglanz polierten Flitzer um die Ecke biegen.
Mensch, das ist wirklich ein edles Teil, dachte sie.
Schnell kontrollierte sie noch einmal die wichtigsten Utensilien in ihrer Handtasche: Geld - ja - Ticket - ja - Reisepass - ja - Handy - ja. Okay, Tasche zu.
Schon klingelte es und Sophia kam die Treppen hoch.
„Na, alles frisch bei dir?", fragte sie und umarmte ihre Schwester.
Julie sah genau hin. „Du bist aber nicht ganz frisch, oder?"
„Wieso?"
„Ich kenn dich, Schwesterlein! Mir fallen geschwollene Augen, die mit Kühlpads behandelt wurden, durchaus auf!"
Sophia seufzte. „Komm, lass uns losfahren! Ich erzähle dir gleich beim Kaffee, was los ist."
Der Verkehr zur morgendlichen Stoßzeit erforderte Sophias ganze Konzentration und Julie konnte die Angespanntheit ihrer Schwester förmlich fühlen.

Als sie später endlich an einem Tisch des Flughafenrestaurants saßen - Julie hatte ihr Gepäck um sich herum gestapelt, da der Counter noch geschlossen war - meinte Sophia unvermittelt: „Es ist Schluss."
Julie schaute ihre Schwester überrascht und irritiert an.
„Was ist Schluss?"
„Das mit Jean. Es ist vorbei. Ich hab es beendet!"
„Nein!!!", rief Julie erstaunt aus.
Die Leute am Nachbartisch drehten die Köpfe.
Julie hielt sich vor Schreck die Hand vor den Mund. Und leise sagte sie: „Sag das noch einmal."
„Du hast das schon richtig verstanden. Ich hab" und sie holte tief Luft, „mich von Jean getrennt."
„Aber warum denn auf einmal? Du warst doch sowas von überzeugt, dass dies der Mann deines Lebens sei - auch in finanzieller Hinsicht!" Julie konnte einfach nicht umhin, diese Spitze noch draufzusetzen.
„Weißt du", meinte Sophia und fuhr sich nervös durch die Haare, „ich habe über deine Worte nachgedacht!"
„Aber ich wollte dich doch nicht ...!"
„Julie, ich weiß, dass du mich nicht beeinflussen willst und mir auch von Herzen alles gönnst, aber du bist nun einmal meine Schwester und von Grund auf ehrlich. Umso mehr muss ich über deine Worte oder Einwände nachdenken!"
Man sah, dass ihr dieses Eingeständnis nicht leicht fiel.
„Wie gesagt, ich habe nachgedacht und egal, von welcher Seite ich es betrachte und in welche Richtung es auch drehe, Jean ist einfach nur second best. Das klingt total gemein, aber eine andere Generation lebt nun einmal ein bisschen anders, um nicht zu sagen, er ist ein wenig eingefahren in seinem Leben."

Sie wollte Julie jetzt noch nicht erzählen, worauf sich das „eingefahren" alles bezog. Das war ihr dann doch zu peinlich - jedenfalls im Augenblick. Vielleicht sah das später unter anderen Voraussetzungen anders aus.
„Wie dem auch sei, meine Gedanken kreiseln hauptsächlich um Erik. Ich krieg ihn da einfach nicht raus!"
„Ich denke", meinte Julie nun mit einem etwas spitzfindigen Unterton, „ein normaler Handwerker oder Angestellter kann deinen Standard nicht ...!"
„Hör auf, Julie! Ich weiß, ich bin eingebildet und arrogant. Und ich hab selbst Geld genug und außerdem hast du Recht mit dem Lachen. Ich hab irgendwo auf der Strecke zu Jean mein spontanes Lachen verloren!"
„Na, das sind ja Neuigkeiten! Die muss ich erst einmal verdauen!"
Der Kaffee wurde serviert.
„Was meintest du denn eigentlich mit eingefahren?", fragte Julie wie nebenbei, als sie die Kaffeesahne unterrührte.
Sophia fing an zu stottern. „Ach, weißt du ... das ist, also ich meine ... puuuh!"
„Du willst damit doch nicht sagen, er lässt beim Sex die Socken an!"
Beide kicherten wild.
„Du kannst ja wieder richtig gibbeln", freute sich Julie.
„Also", flüsterte Sophia, „du glaubst doch wohl nicht, dass ich, deine mondäne Schwester, mit einem Mann im Bett und Socken ... ääh ... da friert einem ja alles ein!"
„Wenn du die Augen zumachst ...!"
„Dann würde ich doch die Socken fühlen! Das ist noch schlimmer! Hör jetzt sofort auf!"
Aber Sophias Augen blinkten wieder fröhlicher.

♥

Sophia hatte Julie am Gate noch einmal fest in den Arm genommen.
„Ich wünsche dir eine ganz, ganz tolle Zeit dort drüben. Und wenn Vincent für dich richtig ist, zöger nicht, greif ihn dir!"
„Du bist ja genau wie Oma! Die hat das auch schon gemeint! Kompliziert wäre es! Er in den USA, ich in Deutschland. Aber lass mich erst einmal die Lage checken!"
Sophia wurde ernst. „Weißt du eigentlich, ob Erik noch da ist?"
„Nein. Ich wollte beim letzten Telefonat fragen, aber ich hab mich dann doch nicht getraut."
„Okay. Wenn du Erik siehst, sag ihm ..." Sophia sah auf den Boden, dann direkt in Julies Augen. Und bestimmt meinte sie dann: „Nein, sag ihm nichts! Guten Flug, Schwesterherz, eine richtig tolle Zeit und komm gesund und munter wieder!"
Sie küsste Julie auf beide Wangen, umarmte sie innig und ging.
Julie wartete einen Augenblick. Als Sophia sich nochmals umdrehte, winkte sie ihr zu und ging danach schnellen Schrittes zur Sicherheitskontrolle.
Sie konnte nicht verhindern, dass ihr Herz schon jetzt schneller schlug.

♥

Als Julie später auf ihrem Gangplatz im Flieger saß, den sie extra gewählt hatte, damit der Weg zur Toilette frei war und sie nicht über fremde Leute steigen musste, war sie

innerlich sehr aufgewühlt.
Nicht nur die Aufregung nagte an ihr, ob sie Vincent immer noch so ungemein attraktiv finden würde, wenn sie ihn in natura wiedersah. Schließlich kann man aus der Ferne einiges idealisieren und sich ein richtiges Traumschlösschen zurechtbasteln, das dann wie ein Kartenhaus zusammenklappt - siehe Frottee-Fan Dennis.
Aber auch die unerwartete Neuigkeit von Sophias Trennung ließen ihre Gedanken rotieren. Sie hätte hohe Wetten darauf abgeschlossen, dass gerade ihre Schwester so eine Entscheidung niemals treffen würde! Aber da sah man es wieder, das Leben bietet immer neue Überraschungen.
Mensch, die Economy war wirklich eng! Wie gut, dass eine schlanke Frau neben ihr saß, so war wenigstens noch ein wenig Armfreiheit gegeben - wenn man das so nennen konnte. Dann nahm sie ein Taschenbuch aus ihrem Handgepäck, steckte es aber nach kurzer Zeit wieder weg, ihr fehlte die Konzentration.
Nach dem Bordessen fiel sie in einen leichten Schlaf, aber auch nicht lange. Der angebotene Film fesselte sie nicht und so wurde ihr der Flug lang.
Julie ließ ihre Gedanken wandern.
Vincent. Wenn man darüber nachdachte, was aus dem dicken Jungen geworden war! Nun ja, dünner nicht wirklich, aber er besaß doch eine gewisse Souveränität, die sich in der Jugend schon angedeutet hatte.

♥

In der Grundschule waren Schulkameraden eben Schulkameraden, entweder man konnte sie leiden oder nicht.
Dabei fiel ihr Jens ein, der bei jeder Gelegenheit anfing zu

heulen, oder die kleine Saskia, die immer loskrakeelte, wenn sie eine Fliege sah.
An einen Tag im Grundschulleben erinnerte sie sich deutlich. Saskia kreischte mal wieder, dass einem das Gehirn vibrierte. Vincent, der vor Julie und Sophia in der Reihe saß, hielt sich seine Ohren zu, aber als es ihm zu viel wurde, stand er auf, holte sich einen Stuhl, kletterte darauf, öffnete das Fenster und scheuchte dann die Fliege in diese Richtung. Die nahm, von Saskias Gekreische in höchsten Dur-Tönen schon taub, gerne und schnell die Möglichkeit zur ultimativen Freiheit wahr.
Im Gymnasium dann wurde Vincent Klassensprecher. Er erwarb sich den Respekt nicht nur der Schüler, sondern auch der Lehrer, weil er einfach Gefühle ausblenden und sachlich argumentieren konnte. Natürlich in der ersten Zeit noch ungelenk, aber er perfektionierte sich, so dass er bis zum Abitur auch Sprecher der Klasse blieb.
Nicht alle Streitigkeiten, aber so manch schlimme Auseinandersetzung hatte er entschärfen können.
Als was hatte sie ihn eigentlich während der Schulzeit betrachtet? Als einen verlässlichen Mitschüler, den sie mochte. Andere Gedanken hatte sie sich gar nicht gemacht.
Nach dem Abi waren alle ihrer Wege gegangen. An Vincent hatte sie nicht mehr gedacht.
Wenn man ein paar Jahre in die Zukunft sehen könnte, damals wie heute, dann wäre man überrascht, was man entdeckt.
Und trotzdem gut so, dass dem Menschen diese Möglichkeit verwehrt blieb.
Sie schmunzelte in sich herein. Vincent ...

♥

Kurz danach kam sie mit ihrer Sitznachbarin ins Gespräch. Die machte sich große Gedanken.

„Wissen Sie, wenn man in der Pflege tätig ist, ist die Sorge ein ständiger Begleiter!"

„Oh ja, das ist sicherlich so", antwortete Julie teilnahmsvoll.

„Ich ängstige mich immer, wenn ich unterwegs bin, dass die Pflege dann nicht so gestaltet wird, wie ich mir das vorstelle. Es gibt gewisse Rituale und Schritte, die einfach eingehalten werden müssen. Aber meist tun das Vertretungen nicht."

„Ah so ...!"

„Und ehrlich gesagt, wenn ich nicht zum 60. Geburtstag meines Bruders anreisen müsste, wäre ich zuhause geblieben!"

„Wie lange bleiben Sie denn in Kalifornien?"

„Eine knappe Woche, länger geht das wirklich nicht. Ich habe einfach keine Ruhe!"

„Aber das ist doch eine große Anstrengung! Zweimal in den Zeitzonen in so kurzer Zeit! Das gibt Jetlag!"

„Schon, aber ich kann nicht anders! Wissen Sie, entweder man hat Verantwortungsbewusstsein oder nicht."

„Aber eine Auszeit ist doch auch ganz wichtig! Und wenn Sie eine Vertretung haben ..."

„Ja, aber ich bringe es nicht über das Herz, meine Kleinen so lange allein zu lassen, sie sind so zart, so zerbrechlich, so empfindlich! Sie sollen gedeihen und groß und kräftig werden."

„Ach so, sie pflegen gleich mehrere Menschen, kleine Kinder

oder Babys?"
Nun war Julie doch neugierig geworden. Die Frau schien viel Verantwortung zu tragen! Kein Wunder, dass sie Flug und Aufenthalt nicht wirklich genießen konnte!
„Kinder? Babys? Nein, nein, ich meine doch meine pflegebedürftigen Setzlinge!"

♥

Als die Maschine in den Landeanflug auf den Los Angeles International Airport ging, schlug ihr Herz schon wieder lauter. Wartete Vincent schon?
Aber so schnell sollte sie ihn nicht sehen.
Zuerst schien die Schlange an der US Immigration gar nicht kürzer zu werden. Dann nahm sie der farbige amerikanische Beamte fest ins Visier, wollte wissen, warum sie in den USA sei, wie lange sie bleiben und wo sie während ihres Aufenthaltes wohnen würde.
Irgendwie hatte sie es dann geschafft - und hoffentlich war es nicht mehr so weit bis zum Wohnort von Vincent! Danach hatte sie ihn blöderweise auch nicht gefragt. Die Reise hatte sie bisher schon ziemlich geschlaucht.
Den Koffer hinter sich herziehend, kam sie aus dem abgesperrten in den öffentlichen Bereich. Hinter der Begrenzung standen viele Wartende, laute Namensrufe und Freudenschreie waren zu hören.
Ihre Augen suchten die Menge ab - und dort stand ER. Größer als die meisten - und mit einem schelmischen Lächeln. Sie entdeckte ein Schild in seinen Händen:

MRS. J. CARISI

Am liebsten hätte sie den Koffergriff losgelassen und wäre in seine Arme geflogen, so sehr freute sie sich.
Aber Contenance, schalt sie sich selbst! Mit gemäßigten Schritten, aber heftig pochendem Herzen, ging sie auf ihn zu.
„Mrs. Carisi, welcome to Los Angeles!" Da war sie wieder, diese angenehm tiefe, so beruhigende Stimme!
„Thank you so much", hauchte sie glücklich.
Da breitete er die Arme aus und sie zögerte keine Sekunde, ließ sich von seinen starken Armen an seine breite Brust drücken. Sie genoss diese Umarmung, fühlte sich augenblicklich sauwohl und sicher.
Er schob sie auf Armlänge von sich weg.
„Gut siehst du aus!"
„Tja, das Haar liegt!" Julie schüttelte ihre dunkle Mähne auf. „Rom, Madrid, Los Angeles, der Wind weht, die Sonne brennt, perfekter Sitz! Fünf Wetter Saft!"
Vincent grinste. „Gibt es diese Werbung immer noch?"
„Ich kann mich jedenfalls gut an sie erinnern!"
„Kennst du die noch?" Vincent sang: „Schönes Haar ist dir gegeben, lass es leben, mit Bart!" Julie lachte und Vincent schnappte sich ihren Koffer.
„Komm, es geht heimwärts!"
Sie ging nah neben ihm. Er sah klasse aus. Was hatte sie nur an seinem Gewicht gestört? Er war ein Mann - und wenn sie sich die anderen Typen so ansah, die ihr entgegenkamen - sogar ein richtig tolles Exemplar Mann!
Julie fiel kurz danach in die Sitze des großen Chrysler.
„Ich bin ganz schön kaputt!"
„Zuhause gibt es erst einen großen Begrüßungskaffee, du

ruhst dich ein Stündchen aus und später gehen wir ins Five Five Five, das ist ein Steakhaus. Gut?"
„Guuuut!"
Vincent fuhr los und erklärte die Route: „Wir fahren von hier auf den Freeway 405, San Diego Highway, Richtung South und anschließend über den Freeway 710 nach Long Beach."
„Ah ja ...!" Julie verstand nur Bahnhof und es war ihr auch völlig schnuppe, wo es langging, aber es war sehr anregend, Vincent zu beobachten, während er ernsthaft erklärte.
„Gleich nehmen wir die Car Pool Lane. Das ist die ganz linke Spur, die darfst du nur befahren, wenn du mindestens zu zweit im Auto bist."
„Warum das denn?"
„Das ist gedacht, um die Fahrgemeinschaften in die und aus den Ballungsgebieten zu fördern. Es soll halt nicht jeder mit dem eigenen Wagen fahren. Auf dieser Spur bist du auch immer schneller."
Natürlich fragte Julie sofort: „Und wenn du da trotzdem alleine fährst?"
„Dann darfst du dich nicht erwischen lassen! Das ist schweineteuer, lohnt sich also überhaupt nicht! Ich hab uns übrigens einen leckeren Salat gerichtet, wenn wir nach Hause kommen, den magst du doch!"
„Oh toll! Was für einen denn?"
„Einen Gummibärchen-Salat!"

♥

Die Fahrt dauerte etwas mehr als ein halbe Stunde, dann kamen sie in einen belebten Bereich.
„Hier wohne ich. Das hier ist die Second Street, eine sehr

belebte Geschäftsstraße, wie du siehst. Man kann hier herrlich einkaufen."

Vincent bog noch einmal in eine kleinere Straße ab und hielt vor einem typisch amerikanischen Holzhaus.

„Wir sind da! Herzlich Willkommen in meiner kleinen Welt, Julie!"

Eine Frage drängte sich ihr auf.

„Sag mal, ist Erik eigentlich noch bei dir?"

„Ja. Ich hoffe, das stört dich nicht."

„Nein, nein! Ich ... weißt du, ich kenne ihn nur über Sophia und da ist so einiges ziemlich blöd gelaufen."

„So kann man das wohl ausdrücken!"

Julie sah Vincent verunsichert an, er meinte jedoch: „Erik hat mir davon erzählt. Aber das soll uns nicht stören. Weder du noch ich können etwas dafür."

„Es wäre schön, wenn er das genauso sieht."

„Tut er." Vincent sah zu seinem Haus. „Da ist er auch schon!"

Erik kam ihnen lächelnd entgegen. „So sieht man sich wieder, Julie! Ich freue mich!"

Er umarmte sie freundschaftlich.

„Danke!" Julie sah Erik an, aber er war völlig gelöst. Gott sei Dank, dachte sie, vor dieser Begegnung hier hatte sie sich fast gefürchtet.

Sie gingen ins Haus. Erik hatte Kaffee gekocht und sogar einen Kuchen dazu geholt. Er berichtete, er sei in einem kleinen Geschäft vorne an der Second Street gewesen und hätte sich bei der riesigen Auswahl an Süßkram gar nicht entscheiden können.

„Oooohh ... ist das Candy?"

Eine Möwe humpelte kreischend auf Julie zu.

„Ja", meinte Vincent, schnappte sie und hob sie hoch, was

Candy wiederum mit schrillen Lauten quittierte.
„Ich finde es toll, dass du sie bei dir aufgenommen hast und sie hier wohnen kann."
Vincent grinste. „Sie sieht das ein wenig anders. Sie lässt mich großzügig hier mit ihr wohnen. Alles meins, denkt sie! SO tickt die kleine Möwendame!"
Julie wollte Candy kraulen, aber als die Möwe ihren Kopf zu ihr drehte, traute sie sich doch nicht. Der lange, gelbe Schnabel war ihr nicht geheuer.
„Ich wusste gar nicht, dass Möwen in natura so groß sind", bemerkte sie eingeschüchtert.
Bevor sie Kaffee tranken, rief Julie ihre Eltern an und ganz kurz auch noch Sophia.
Von Erik sagte sie kein Wort, weil beide Männer zuhörten. Ihre Schwester hatte sicherlich darauf gewartet.
Arme Sophia!
Vincent zeigte ihr auf die Schnelle noch ihr Zimmer und stellte ihren Koffer hinein. Es ist stilvoll, dachte sie. Ein riesiges Bett mit Blumenkissen, eine alte Kommode und ein großer Spiegel waren Blickfänger. Und das Zimmer war ausgestattet mit einem alten Holzboden. Wie schön!
Das Gespräch beim anschließenden Kaffee gestaltete sich locker und sie lachten viel.
Erik erzählte, er würde sich abends mit ein paar von Vincents deutschen Bekannten treffen und Julie wusste, dass er sie bewusst alleine ließ. Erik war wirklich ein feiner Kerl.
Dumme Sophia!

♥

Sie legte sich noch ein wenig auf ihr Gästebett, aber schlafen konnte sie nicht, döste nur vor sich hin. Danach duschte sie ausgiebig, zog ihre Lieblingsjeans, ihr Favoritenshirt und die seinerzeit mit Vincent gekauften Ankle Boots an. Sie war für fast alles bereit.
Das Steakhaus war gerammelt voll.
Auf seine Empfehlung hin nahm sie ein Filetsteak mit Folienkartoffel und Sour creme. So lecker hatte sie diese Sauerrahmsauce in Deutschland noch nicht gegessen.
Julie war glücklich. Sie saß in einem tollen Restaurant in Kalifornien, ihr gegenüber der Mann ihrer Wahl.
„Gehst du oft hierher?", fragte sie.
„Fragst du wegen meiner Überbreite? Schönheit braucht eben Platz!"
„Nein, natürlich deswegen nicht." Sie schaute verlegen.
„Ich meine nur, weil es wirklich total lecker schmeckt."
„Ich komme öfter her, gerne mit Freunden. Doch ich koche auch zuhause, weil es mir Spaß macht. Allerdings musste ich mich am Anfang umstellen. Nicht nur die Maßeinheiten für Zutaten sind anders, es gibt andere Lebensmittel oder die, die man haben möchte, kann man erst gar nicht bekommen, zum Beispiel Quark. Und einiges vermisse ich, wie unser tolles deutsches Brot oder Käse. Hier kriegt man nur völlig geschmacklosen Plastikkäse. Aber dafür haben wir einen deutschen Metzger! Man muss zwar etwas fahren, aber es lohnt sich."
Er hielt ihr einen Löffel hin. „Hier, probier mal die Honigsauce. Auch prima!"
„Nee, ich weiß ja nicht, wo der Honig herkommt! Die meisten Honigsorten sind verseucht, die kann man nicht essen, ohne gleich gegen Antibiotika resistent zu sein!"

„Julie! Du sollst nur mal probieren! Die Menge an Antibiotika, die sich hier auf diesem Löffelchen tummelt, würde für 77 Dutzend Ameisenkolonien ausreichen, um sie gegen Husten, Schnupfen und Grippe für die kommenden 548 Generationen immun zu machen!"
„Aber ich esse nun mal nur Biohonig", beharrte Julie.
„Ach ja, und woher weißt du, dass deine fleißigen Bienchen mit ihren Flügelchen nur an glücklichen Bioblümchen herumgeschwirrt sind?"
„Äh ...", sie suchte nach Worten.
„Ich vermute", grinste Vincent, „Biobienen haben im Gegensatz zu ihren konventionellen Kolleginnen einen grünen Schwanz!"
Und am Ende des lustigen Abends war sich Julie sicher. Sie war total in Vincent verliebt!

♥ 12 ♥

Sophia war in der letzten Nacht mehrfach aufgewacht. Immer wieder kreisten ihre Gedanken um Erik. War er wohl noch in den USA bei Vincent?
Julie hatte kein Sterbenswörtchen gesagt. Gerade ihre Schwester musste doch wissen, wie sie sich augenblicklich fühlte! Aber vielleicht konnte sie auch nicht so offen reden, tröstete sie sich dann wieder selbst.
Mit gedämpfter Laune fuhr sie ins Institut. Dafür gab es an diesem Morgen mehrere Gründe.
Jean hatte zweimal versucht, sie zu erreichen, aber sie war nicht ans Telefon gegangen. Es gab nichts mehr zu sagen. Sie wollte es ihm und vor allen Dingen sich selbst nicht noch schwerer machen. Das Klingeln des Telefons und Jeans Name auf dem Display hatten sie trotzdem innerlich aufgewühlt.
Selbst wenn es mit Erik keine Zukunft geben würde, mit Jean könnte sie sich schlussendlich auch keine mehr vorstellen. Das war ihr in den letzten Tagen ganz klar geworden, zumal sie auch noch einmal intensiv über das Thema Kinder nachgedacht hatte.

♥

Verena hatte sich ganz kurzfristig bei ihr angemeldet. Eigentlich hatte Verena ihr diesen Termin nach Feierabend noch aufgedrängt, denn alle ihre normalen Behandlungstermine waren natürlich belegt.
„Bitte bitte, liebste Sophia! Ich brauche unbedingt noch

eine Rundumerneuerung", hatte sie ins Telefon gequietscht und einfach nicht locker gelassen.
Sicher wieder ein neuer Lover, oder eventuell Koch, dachte Sophia gehässig.
Und gleich würde die dralle Frau Ermelmann bei ihr das große Programm haben. Dabei war bei der alten Krähe eh nicht mehr viel zu machen!
Normalerweise hatte Sophia keinerlei Vorbehalte bei ihren Kundinnen. Einige waren ihr naturgemäß lieber als andere, aber die Abneigung gegenüber Frau Ermelmann war schon fast körperlich.
Frau Ermelmann hatte die unangenehme Angewohnheit, sie bei der Arbeit mit stechendem Blick zu beobachten, während sie wie ein großer Luftballon im Behandlungsstuhl lag. Da war ihr ständiges Plappern noch eher zu ertragen!
Bevor die Ermelmann bei ihr reinsegelte, würde sie sich noch einen vitaminreichen Cocktail als Stärkung für den Tag mixen!

♥

Aber daraus würde nichts werden, denn Frau Ermelmann stand schon, einem aufrechten Gardesoldaten gleich, vor ihrer Institutstür. Sowas konnte Sophia ja hassen! Eine knappe halbe Stunde noch bis zur eigentlichen Öffnung. Hatte dieser alte Dragoner denn keine Uhr?
„Aaah! Guten Morgen, liebe Frau Carisi!" Dabei rollte sie das R, was Sophia wie die Pest hasste!
Frau Ermelmann segelte wie ein Hochseetrawler auf Sophia zu.
„Ich bin ein bisschen früher", sie hüstelte. „Ich hoffe, es

macht nichts, aber mein Mann meinte, ich solle ein paar Minütchen eher losfahren, wegen der morgendlichen ***Rrrasch-Aua.*** Ich sagte noch, Erwin, sagte ich, ich kann doch auf den institutseigenen Parkplätzen parken, aber er meinte, ich solle in Ruhe fahren und mich vorher noch mit einem Tässchen Kaffee oder ähnlichem verwöhnen lassen. Ist er nicht wundervoll? Er sorgt sich von jeher sehr um mich, wissen Sie! Aber ich war ja schon immer von zarter Gesundheit. Schon seinerzeit, als ich meinen Erwin kennenlernte, 1957, war er ein ... wissen Sie eigentlich, das Konrad Adenauer 1957 Bundeskanzler und Theodor Heuss Bundespräsident war und auch Humphrey Bogart ist in diesem Jahr gestorben ... äh ja ... was wollte ich doch gleich erzählen?"

Sophia nutzte ihre momentane Denk- und Atempause.

„Aber liebe Frau Ermelmann, Ihr Mann hat doch Recht! Treten Sie ein! Ich mache Ihnen einen Vorschlag. Bevor ich Ihnen einen frischen Vitamin-Cocktail mixe, verwöhne ich Sie noch mit einer ganz neuartigen Maske. Ohne Mehrkosten, als Geschenk des Hauses heute!"

Kein Wunder, dachte sie, dass ihr Mann sie zuhause loswerden wollte! Ihm mussten schließlich die Ohren klingeln und das Hirn wackeln!

„Frau Carisi, wie außerordentlich freundlich von Ihnen!", flötete Frau Ermelmann voller Glück, „das ist natürlich ein Angebot, das kann ich unmöglich ablehnen! Wissen Sie, es ist heutzutage so selten geworden, dass man irgendetwas kostenlos bekommt! Ich sage ja immer, die Welt wird immer kälter. Kälter, sag ich. Das erlebt man doch ständig! Neulich erst, in diesem schrecklichen Geschäft in der Fußgängerzone, wissen Sie, auf der linken Seite das -

eigentlich wollte ich ja nur ein paar Delikatessen besorgen bei Gourmet-Schäfer - so kleines ***Fingafutt*** - aber da fiel mir vorher noch ein ...!"
„Frau Ermelmann, nehmen Sie bitte hier Platz!"
Sophia dirigierte sie freundlich, aber bestimmt zu dem Behandlungsstuhl.
„Schauen Sie, ich muss Ihnen die Maske frisch und schnell auflegen, sonst ist die benötigte Einwirkzeit zu kurz, weil ich Anschlusstermine habe und Ihre Haut die Wirkstoffe dann nicht optimal aufnehmen kann. Und ich möchte doch, dass Sie von der faltenglättenden Wirkung dieses neuen Produktes wirklich überzeugt sind."
„Oh ja, ja, ja, natürlich ... ja, ja ... wie zuvorkommend Sie doch sind!" Und während sie sich emsig in den Behandlungsstuhl hievte, redete sie weiter.
„Liebe Frau Carisi, ich werde Sie selbstverständlich gerne weiterempfehlen! Neulich sagte ich schon zu Frau Wester, wissen Sie, die Gattin von Wilfried Wester, dem bekannten Teekessel-Unternehmer, eine ganz, ganz liebe Freundin und Vertraute von mir, ich sagte also zu ihr, die Maniküre, die Pediküre und auch die Gesichtspackungen im ***Pjuti***-Salon von Frau Carisi sind sehr zu empfehlen. Ich sagte, du musst unbedingt dorthin, du wirst dich danach wie neugeboren fühlen! Und erst deine Haut! Glaube mir, Traudl, sagte ich, so heißt Frau Wester nämlich mit Vornamen, naja, eigentlich Edeltraud-Elfriede, aber ich sage nur Traudl, weil wir schon so viele Jahre so eng befreundet sind, es sind schon fast 50 Jahre. Ich kenne sie schon seit frühester Jugend, da war von ihrem reichen Ehemann noch keine Spur, aber auch ihre Eltern nannten sie immer nur Traudl und ... doch ich schweife ab ... also ich sagte ihr noch, deine Haut fühlt sich

danach an wie ein junger, praller Pfirsich! Sieh mich an, wie weich meine Haut ist und auch so faltenfrei!"
Sophia drückte Frau Ermelmann sanft aber bestimmt in den Behandlungsstuhl zurück und trug ihr mit einem Pinsel eine dicke Schicht der reichhaltigen Pflegecreme auf das teigige Gesicht auf.
„Ihre Augen erhalten nun eine ganz besonders hochwertige Pflege, sozusagen ein Mini-Lifting mit Sofort-Effekt. Diese Augen-Pads haben eine ganz wunderbare Anti-Aging-Wirkung."
Frau Ermelmann wollte das direkt kommentieren.
„Pssst! Nicht sprechen jetzt. Denken Sie an die faltenreduzierende Wirkung, Frau Ermelmann!"
Maniküre - Pediküre - du Walküre, dachte sie und sagte laut: „Spüren Sie die belebende Wirkung schon?"
Frau Ermelmann war verstummt, nickte aber eifrig.
Ruhe, freute sich Sophia und holte tief Luft. In diesem Augenblick kamen ihre beiden Angestellten, Agnes und Marlies, fröhlich plauschend herein.
Sophia machte ihnen Handzeichen zu der vermummten Ermelmann - und dann gönnte sie sich endlich, tief durchatmend, ihr Vitaminbömbchen!

♥

Das sollte aber auch ihre einzige Auszeit bleiben, denn es ging von da an Schlag auf Schlag.
Frau Ermelmann hatte nach der Maske während der weiteren Behandlung ständig auf sie eingequatscht. Am liebsten hätte sie ihr einen dicken, rosafarbenen Wattebausch in den Mund geschoben - oder zwei!

Endlich war sie mit tausend Dank für ihre Verjüngung, die man doch so deutlich erkennen könne, die sie ausgiebigst selbstverliebt im Spiegel begutachtet hatte und wie folgt glücklich kommentierte: „Diese Behandlung ist wahrhaftig ein echtes ***Anti-Edschin-Wunder!***", aus dem Institut gerauscht.
Es wurde augenblicklich angenehm ruhig und Sophia atmete auf, als hätte man ihr ein imaginäres Korsett aufgehakt – so ein starres, mit dicken Nähten versehenes Korsett, wie man bei Frau Ermelmann oft deutlich unter ihren Blusen erkennen konnte.
Aber die Erholungsphase war nur kurz, denn das nächste Problem traf ein.
Der Fahrer eines internationalen Paketdienstes brachte die sehnlichst erwartete Lieferung des kostbaren Anti-Falten-Serums aus Frankreich.
Sie sah gleich, dass etwas nicht in Ordnung war, denn die Pappe des Kartons war unten dunkler. Böses ahnend, öffnete sie im Beisein des Kurierfahrers das Päckchen und ihre schlimmsten Befürchtungen wurden wahr. Fast alle der kleinen filigranen Glas-Ampullen waren zerbrochen! Jetzt ging der Mist mit der Reklamation los und ihr Vorrat war so gut wie aufgebraucht!
Frau Mahnbacher, eine sonst recht unkomplizierte Kundin, zuckte während der Lackierung ihrer Nägel mehrfach ungewöhnlich nervös und so mussten gleich zwei Nägel doppelt gemacht werden. Ausgerechnet heute, wo sich so viele Termine die Klinke in die Hand gaben!
Gegen Mittag fiel dann als Krönung auch noch die Heizung aus und es wurde schnell empfindlich kühl. Obwohl der

Heizungsnotdienst rasch zur Stelle war, dauerte die Reparatur nahezu drei Stunden.
Sophia hatte in der Zwischenzeit aus nackter Not in einem nahegelegenen Raumausstattungs-Geschäft vier wärmende Decken für ihre Kundinnen gekauft.
Aber sie war trotz allem froh über diesen Kauf. Die Investition war nicht umsonst. Eine der schönen weichen Decken würde sie mit nach Hause nehmen, eine würde sie Opa schenken, der hatte immer kalte Füße und die anderen ließ sie im Institut - für Notfälle.
Ihre Kundinnen hatten es nun schön warm und genossen natürlich die zusätzliche Pflege in Form von heißem Kaffee und Tee, den Sophia kredenzte. Die Einzigen, die wirklich Eisfüße hatten, waren Sophia und ihre Angestellten.
Auch war einiges an Laufkundschaft unterwegs, denn der Tag war zwar herbstlich kühl, doch sonnig. Sie verkaufte eine ganze Reihe von Lidschatten und Rouge in den neuen Herbsttönen.
Zudem zeigte ihre Werbung Wirkung.
Sie hatte kleine, ansprechende Probepäckchen ihrer exquisiten Gesichtspflege gepackt und zu einem wirklich günstigen Preis inseriert. Viele neue Kundinnen kamen daher in das Geschäft, um sich dieses unschlagbare Angebot zu sichern und einige machten sogar Behandlungstermine, was natürlich Sinn dieser Aktion war.

♥

Verena war überpünktlich und sprühte vor guter Laune, als sie zu ihrem Sophia aufgezwungenen Feierabend-Termin eintraf.

„Mach mich mal ganz schön, liebstes Sophichen! Sozusagen unwiderstehlich. Nicht nur die Pflege, bitte auch ein komplettes Make-up. Ich hab gleich ein Date!"
„Ohlala - Björn schon vergessen?" Das rutschte Sophia spontan recht süffisant heraus.
Verena schaute irritiert. „Der will mich doch sowieso nicht zurück! Nee, ich hab gestern an der Supermarktkasse einen ganz süßen, tollen Typ kennengelernt. Ich hab den gleich angesprochen, weil der genau wie ich Chips, Käsewürfel und Butterkekse gekauft hatte."
„Und er ist auch Single", folgerte Sophia.
„Ja! Stell dir vor! Er hat mich für heute Abend zum Fernsehgucken eingeladen. Es gibt einen Film mit Bruce Willis, glaube ich zumindest, jedenfalls so einen Actionfilm!"
„Seit wann guckst du denn diese lärmenden Knallstreifen?"
„Seit gestern - seit ich Rainer kenne!"
Voller Elan warf sie sich in den Behandlungsstuhl. „Gib dein Bestes, Sophia!"
Die gute Laune von Verena machte Sophia richtiggehend wütend. Wie schaffte Verena das nur? Nahezu mühelos fischte ihre faule, fernsehverrückte Freundin einen Mann nach dem anderen ab.
Auf der anderen Seite: diese Art Männer kämen für sie sowieso nicht in Frage.
Eine knappe Stunde später - und um 85 Euro ärmer, aber hoch zufrieden - verließ Verena mit einem glücklichen Lächeln das Geschäft ihrer Freundin. Sophia winkte ihr noch freundlich hinterher, aber als Verena um die Ecke war, erstarb ihr Lächeln sofort und sie schloss die Tür schnell ab. Geschafft für heute!
Eigentlich war der Tag trotz verschiedener Widrigkeiten

doch gar nicht so schlecht gelaufen, sie hatte heute unglaublich gut verkauft. Ihre Laune hob sich etwas - bis sie entdeckte, dass zwei der teuren Lidschatten und sogar eines der größeren, bunten Probepäckchen fehlten.
Man hatte sie doch tatsächlich beklaut - das erste Mal!
Zuhause machte sie sich nur noch einen kleinen Salat, schlich um das Telefon und checkte alle paar Minuten ihre Emails und Facebook-Nachrichten. Aber es gab keine Nachricht von Julie und somit keinen Statusbericht von Erik.

♥

Julie saß unter einem strahlenden Sternenhimmel in Vincents Garten und die flugunfähige Möwe hockte auf ihrem Schoß. Julies Angst war verflogen. Sie streichelte das seidenweiche Federkleid und fühlte die Wärme dieses kleinen Lebewesens, das sich sichtlich wohl fühlte, denn Candys Augen waren geschlossen.
„Was darf ich dir denn zu trinken anbieten?", fragte Vincent, noch im Türrahmen stehend.
„Was hast du denn?"
„Oh, ich habe da ein riesiges Angebot! Whisky, Whisky mit Eis, Whisky mit Soda, Whisky mit Cola ..."
Julie grinste. „Super Auswahl, ich kann mich gar nicht so richtig entscheiden ... aber dann nehme ich doch einen Whisky - Whisky pur!"
„Du bist eine echte Expertin!"
„Na sicher!"
In diesem Augenblick kam auch Erik zurück und gesellte sich zu ihnen.
„Stör ich? Ich kann auch direkt hoch gehen, wenn ihr lieber

allein sein möchtet."
„Quatsch! Setz dich! Vincent verteilt gerade Whisky."
„Ich hab natürlich auch noch andere Ge...", versuchte Vincent zu relativieren.
„Du hast viele Sorten Whisky, das hab ich kapiert", fiel ihm Julie kichernd ins Wort.
„Diesen müden Scherz hat er mit mir auch gemacht", grinste Erik und setzte sich neben sie. „Aber ich kann dir versichern, der Kerl hat tatsächlich die beste Auswahl an diesen Tröpfelchen weit und breit."
Das schmeckte auch Julie und mit schweren Beinen und viel Gekicher zog sie sich später nicht gerade elegant am hölzernen Treppengeländer hoch in ihr Zimmer.

♥

Sie wachte auf, da war ihr Raum schon sonnendurchflutet. Glücklich sprang sie aus dem Bett und tapste auf nackten Füßen Richtung Bad.
Von unten hörte sie Vincents Stimme, die sie so einschmeichelnd noch gar nicht kannte. Sie verharrte einen Moment.
„Hier, du kleine süße Piepsi, komm, lecker! Schau mal, Sweetie, gaaaanz leckerer frischer Fisch! Happs mal - ja genau, das schmeckt, nicht wahr? Magst du noch etwas? Schau, du süßes kleines Schnäbelchen ... hier ... jamjam ... gut, nicht? Heute Abend hätte ich Lachs für dich, was meinst du? Feiner, köstlicher Möwenlachs für meine kleine Strand-Lady!"
Julie schmunzelte und schlich, um Lautlosigkeit bemüht, auf Zehenspitzen Richtung Bad. Er sollte keinesfalls bemerken,

dass sie gelauscht hatte.
Als sie ein wenig später die Treppen hinunter kam, warteten Vincent und Erik schon.
„Julie, ich muss ins Büro. Wenigstens für zwei Stunden. Erik fährt mit seinem Wagen ebenfalls dorthin, er will sich dort noch ein wenig auf dem technischen Sektor umsehen. Du kannst in Ruhe hier frühstücken oder mitkommen - wie du möchtest."
Spontan entschied sie sich mitzufahren. Die Neugier war zu groß.
„Krieg ich denn einen Kaffee in deinem Büro?", fragte sie unterwegs.
„Sicher. Marylee kocht sowieso immer literweise!"
Richtig, Marylee! Die hatte Julie ganz verdrängt. Vincent sei ihr Bärchen, hatte sie doch gesagt, oder jedenfalls so ähnlich! Grrr!! Da war sie jetzt aber gespannt!
Und obwohl sie es gar nicht wollte, bekam sie Herzklopfen vor Eifersucht, als sie das Bürogebäude betrat.
Hinter dem Schreibtisch saß eine atemberaubend schöne Frau. Sie hatte deutlich mexikanische Züge, lebendige, große, schwarze Augen und seidig glänzendes, glattes, rabenschwarzes Haar, das zu einem dicken Pferdeschwanz gebunden war. Und zu allem Überfluss strahlte sie Julie auch noch freundlich unter sehr langen, dichten, schwarzen Wimpern an! Von dem schönen samtbraunen Teint gar nicht zu sprechen. Puh, Neid! Und sowas hatte Vincent täglich vor Augen! Kein Wunder, dass er sich nach Julies Zickigkeit nicht mehr bei ihr gemeldet hatte - und ein Wunder, dass er sie hierher eingeladen hatte!
Vincent stellte sie vor. Dafür stand Marylee auf.
Sie war tatsächlich eine absolut attraktive Schönheit - bis

zum Hals.
Danach allerdings schienen ihre Formen ineinander zu fließen. Marylee war sehr dick. Julie jubilierte innerlich.
Vincent bat seine Sekretärin, für Julie einen Kaffee zu holen und sie verließ das Büro.
Beide sahen ihr hinterher. Marylee trug einen grauen Pullover - und Julie fasste es nicht - dazu tatsächlich graue Leggins! Ihre dicken Oberschenkel schubberten aneinander und machten die passenden Reibgeräusche dazu. Sie konnte gar nicht wegschauen. Sie sah von hinten aus wie eine dicke, große Maus.
Vincent empfand dies lustigerweise auch und flüsterte leise: „Guck dir das an, Julie, ihr fehlt nur noch das Mause-Schwänzchen!"
Sie kicherte erleichtert, denn sie hatte sich umsonst Konkurrenz-Gedanken gemacht.
Die nächsten beiden Stunden saß sie in Vincents Büro, bestens umsorgt von Marylee, denn als die erfuhr, das Julie noch nicht gefrühstückt hatte, kam sie kurz danach mit einem großen, prall gefüllten Tablett Donuts und Muffins zu ihr. Sie drängte Julie zum Zugreifen - und tat dies selbst ausgiebig.
„Delicious", stöhnte sie genüsslich nahezu nach jedem Bissen, schleckte sich ihre Finger ab und damit auch ihre superlangen, knallrot lackierten Nägel.
Das sieht man dir an, dass es schmeckt, dachte Julie. Nur wie schreibt man bloß mit diesen langen roten Haken am Ende der Finger auf einer Tastatur? Aber nach kurzer Zeit mochte sie Marylee gerne - eine sehr warmherzige Frau!
Vincent führte Julie danach durch die Firma. Welch riesige Ausmaße so ein Unternehmen hatte, das Flugzeuge baute!

Sie verliebte sich wieder ein bisschen mehr in Vincent, nachdem sie bemerkte, wie bestimmt aber freundlich er mit seinen Mitarbeitern umging.

„Heute Nachmittag möchte ich dir in Long Beach das See-Aquarium zeigen. Dort leben unzählige Meeresbewohner, ich denke, das wird dir gefallen."

Julie war sofort Feuer und Flamme. Aber zu diesem Zeitpunkt hätte ihr sowieso alles gefallen, was Vincent vorschlug.

Bei schönstem, wärmenden Sonnenschein kamen sie zur Küstenlinie und Julie schaute fasziniert auf die im Sonnenlicht glitzernde Wasseroberfläche. Tief sog sie die frische Seeluft ein. Herrlich!

„Schau mal, dort drüben, auf der anderen Seite, liegt die Queen Mary I vor Anker, die wirst du noch kennenlernen!" Vincent zeigte mit der rechten Hand über das Wasser - und die linke legte er auf ihre Schulter.

Julie nickte wie in Trance, seine Hand nur zu deutlich spürend, denn es knisterte unter ihrer Haut.

Aber da war dieser Moment auch schon vorbei und ab ging es ins See-Aquarium. Julie erblickte so viele verschiedene Meeresbewohner, die sie noch nie, weder in einem Buch noch im Fernsehen, gesehen hatte. Die Formen, diese herrlichen Farben, die Leichtigkeit, die Ruhe, mit denen sie durch das Wasser glitten - eine eigene, geheimnisvolle, lautlose Welt für sich.

Diese Tiere gab es in unseren Weltmeeren auch - und was machte der Mensch? Störte ihre Wege und Ortungen durch immer mehr Container- und Kreuzfahrtschiffe, die dieses elende Schweröl in tausenden Tonnen verbrauchen, eine

besonders dreckige Ölart mit starkem, umweltschädigenden Ausstoß. Krebserregend war das Teufelszeug auch noch! Wie grausam und schrecklich, empfand Julie ganz intensiv.
Vincent holte sie aus ihren bedrückenden Gedanken, indem er ihr einen Vorschlag machte.
„Fahren wir zu Pizza Hut, wenn du Lust hast!"
„Schön", stimmte Julie zu, „wir können aber auch gerne bei dir was kochen!"
„Morgen! Komm, los jetzt, Pizza essen! Ich kann dir da eine ganz wunderbare Kreation empfehlen. Du wirst begeistert sein - von der Pizza und von mir, weil ich essenstechnisch so toll drauf bin!"

♥

An diesem Abend sah Julie Erik nicht mehr - und auch an Sophia dachte sie nur kurz. Ihr Kopf war voll mit Vincent und diesem fremden, andersartigen Umfeld.
Sie lernte Neues, Aufregendes, typisch Amerikanisches kennen.
Am nächsten Nachmittag fuhren sie durch Down-Town Los Angeles. Davon war Julie enttäuscht. Es gab nicht so viele Hochhäuser wie gedacht, alles wirkte ziemlich steril in diesem Geschäfts- und Bankenviertel, ganz im Gegensatz zu den schönen kleinen Orten drumherum.
„Nachts mag ich hier nicht durchfahren. Da ist nach Büroschluss alles normal geschäftliche Treiben weg, es ist trostlos leer und einfach zu gefährlich", hatte Vincent gemeint.
Der Ausflug nach Hollywood endete für Julie mit einer Enttäuschung. Der Walk of Fame war eigentlich eher

unscheinbar. Im Fernsehen wirkte immer alles so bombastisch, so glamourös.
Doch es machte Spaß, die Namen der Stars zu lesen, die einen Stern bekommen hatten und zu ihrem eigenen Erstaunen musste sie feststellen, dass sie viele davon gar nicht kannte!
Aber als Vincent sie dann durch Beverly Hills chauffierte, sah sie beim Anblick der eleganten Villen ihren Hollywood-Eindruck wieder bestätigt.
Es war kurz vor Halloween und die Gärten schon gruselig geschmückt. Auf welche Ideen die verrückten Amerikaner kamen! Ganze Skelette zierten die Vorgärten genauso wie riesige Särge oder ausgehöhlte Kürbisköpfe. Julie fand das ganz klasse und als sie an einem kleinen Café vorbeikamen, welches Halloween-Kuchen in Form von Totenköpfen anbot, konnte sie nicht widerstehen.
Sie kaufte drei Stück - einen davon für Erik. Der freute sich am Abend, dass Julie auch an ihn gedacht hatte.

♥

Nun war Julie schon fast eine Woche in den USA. Ihr Leben in Deutschland schien so weit entfernt.
An diesem Abend ging Erik mit den beiden aus. Es gab in der Nähe eine Musikkneipe, wo man herrliche, mit Käse überbackene Nachos knabbern konnte, während man in den Genuss einer Live-Band kam.
Der Abend mit Musik verflog und es war schon gegen zwei Uhr morgens, als sie erfuhr, dass Erik noch eine ganze Woche bleiben wollte und am nächsten Wochenende dann den Rückflug antrat.

„Wie lange bleibst du denn noch, Julie?", fragte er.
Sie begann zu stottern. Noch hatte sie mit Vincent nicht darüber gesprochen.
„Ich ... äh ..." Sie war höllisch verlegen.
Aber Vincent rettete sie. „Na, solange ihr Urlaub halt dauert. Nur ich arme Socke muss Mitte nächster Woche wieder mehr im Büro präsent sein!"
„Wenn Vincent mich so lange ertragen kann", meinte Julie kleinlaut. „Ich kann aber auch eher ..."
Vincent stupste mit seinem Zeigefinger auf ihre Nase. „Kannst du nicht! Es gibt hier noch so viel zu entdecken. Du kannst mir die Zeit versüßen und eigentlich auch mal was kochen!"
„Also wirklich!", protestierte sie. „Ich hätte längst was gekocht und angeboten hab ich es dir schließlich auch, aber DU wolltest doch immer Essen gehen!"
Und dann kam das Thema auf Sophia. Wie, das wusste Julie hinterher auch nicht mehr so genau.
Sie spürte sehr deutlich, wie schwer getroffen Erik von Sophias Verhalten war und Julie konnte ihn insgeheim nur zu gut verstehen.
„Ich hätte so ein Verhalten nicht für möglich gehalten, so gut, wie wir uns verstanden haben", meinte Erik betroffen.
Julie war sehr verlegen und weil sie nicht antwortete, legte Erik noch eine Schippe drauf.
„Du kannst richtig was von deiner Schwester lernen! Ein Mann ist nur ein Mann, wenn er genügend Geld mit dem richtigen Beruf nach Hause bringt, damit man nach außen hin glänzen kann."
Julie hörte die Verbitterung in seiner Stimme, obwohl er sich anstrengte, möglichst gleichmütig zu klingen. Was für

eine blöde Situation!
„Das ist Julie gegenüber nicht fair, Erik!", mischte sich Vincent ein. „Aber es war auch kein schöner Zug von Sophia."
„Was soll ich euch dazu sagen? Sie ist meine Schwester! Aber sie weiß, dass ich es nicht gut fand."
„Du hast ihr das gesagt?" Erik horchte auf.
„Natürlich. Geschwister sollten ehrlich zueinander sein."
„Da staune ich aber, ich hätte eher gedacht, Frauen halten zusammen."
„Tun sie auch. Aber man kann nur nach- oder umdenken, wenn man von einer vertrauten Person auch eine ehrliche Meinung gesagt bekommt. Und ich war deutlich mit ihrem Verhalten NICHT einverstanden."
Erik sah sie an und suchte irgendwo noch einen Stolperstein oder ein Krümelchen, wo er einhaken konnte, aber er fand nichts.
Julie sah ihm jetzt offen ins Gesicht.
„Aber da ist noch was, Erik. Sophia hat ihre Beziehung zu ihrem älteren Freund beendet. Und das noch, BEVOR ich hierher geflogen bin. Und weißt du, warum? Sie kann dich nicht vergessen! Sie hat dich und die schöne Zeit vor Augen, die ihr verbracht habt, das hat alles andere überdeckt."
„Aaach ...", Erik versuchte es betont ironisch.
„Nix ach! Ob du mir glaubst oder nicht, es ist jedenfalls so. Und Sophia hat mich nicht angelogen. Egal, was kommt in Zukunft, mit ihrem älteren Freund jedenfalls wird es nicht mehr."
„Und nun?", meinte Vincent pragmatisch, um dem Gespräch noch eine weitere Wendung zu geben.
„Was und nun?", fragten Julie und Erik zeitgleich.

„Wie lösen wir das Problem? Ich weiß jetzt von zwei Menschen, die beide unglücklich sind!" Vincent blickte ernst.
Erik fragte die Bedienung nach Bourbon und bestellte gleich drei.
„Sag mal was, Erik", meinte Julie in die Stille, die sich unangenehm zwischen ihnen ausgebreitet hatte. Ihr war plötzlich richtig mulmig.
„Und was bitteschön? Ich hatte eine Freundin, die hat mich betrogen. Das ist Fakt und nicht änderbar."
Aber dann bemerkte Julie, dass es einen winzigen Hoffnungsschimmer am Horizont gab, denn Erik setzte noch hinzu: „Ich könnte niemals nach so einer Sache den ersten Schritt machen. Niemals."
Vincent bemerkte lapidar: „Soll Sophia doch hierher kommen. Dann sehen wir ja, was du ihr angeblich wert bist."
Julie schnappte nach Luft. „Hierher?"
Erik sagte nichts.
„Sie soll hierher kommen?", fragte Julie noch einmal aufgeregt nach.
„Ja. So schnell wie möglich. Ganz simpel und einfach", konstatierte Vincent.
Der Bourbon wurde gebracht.
„Vincent hat Recht. Prost, ihr beiden!" Erik nahm einen tiefen Schluck.
Julie nippte an ihrem Glas, sah auf die Uhr, berechnete schnell den Zeitunterschied und schlug entschlossen mit der Hand auf die Tischplatte.
„Dann gehe ich jetzt mal telefonieren. Hier drinnen ist es mir zu laut."

♥

Sophia war am Morgen schon mit Kopfschmerzen aufgestanden. Auch heute war ihr Terminkalender randvoll. Ich sollte mich freuen, dass ich so ausgebucht bin in den nächsten Wochen, dachte sie, fühlte sich jedoch ziemlich ausgelaugt.
Zu allem Überfluss hatte ihr im Flur unten auch noch die olle, farblose, dürre, spitznasige und stets neugierige Erdgeschoss-Bewohnerin Risse aufgelauert!
„Guten Morgen, Frau Carisi, geht es wieder los?"
„Guten Morgen, Frau Risse! Ja, die Arbeit ruft!"
„Nicht jeder kann so elegant seinem Tagewerk nachgehen wie Sie!"
Und damit betrachtete sie Sophia mit einem neidischen, abschätzenden Blick von oben bis unten.
„Allerdings kann man so auch schlecht putzen. Ihre Treppenhausreinigung haben Sie nämlich nicht pünktlich gemacht!"
„Meine Putzfrau war in der letzten Woche krank. Übermorgen wird sie wieder hier sein und ihren Aufgaben nachkommen."
„Aber", beharrte Frau Risse, ohne den vorwurfsvollen Blick von Sophia zu nehmen, „wir müssen uns alle an unsere Pflichten und die Hausordnung halten, auch Sie!"
„Wissen Sie was, Frau Risse, wenn Sie die drei Flocken Staub im Dachgeschossbereich stören, wo Sie doch im Erdgeschoss wohnen, dann kehren Sie diese selbst fort, wenn Sie dort schon schnüffeln gehen! Guten Tag!"
Und damit verließ sie das Haus.
Schrecklich, dachte Sophia erbost. Sieht genauso grau aus wie eine Hausstaubmilbe und kriecht auch genauso tief auf Suche nach Schmutz von anderen Mietern über den Boden!

♥

Julie hatte sich immer noch nicht gemeldet. Auch bei Facebook, wo sie allabendlich schaute, war Julie nie im Chat. Anrufen wollte sie nicht. Also hieß es warten!
Die Kopfschmerzen hämmerten und so brauchte sie früh eine Auszeit. Die beiden Angestellten übernahmen zwei Folgetermine für sie.
Sie wollte gerade das Institut verlassen, als ihr Handy klingelte. Stark genervt wühlte sie in ihrer Handtasche, schaute gar nicht auf das Display, sondern knurrte ins Handy: „Carisi!"
„Sophia? Bist du es? Ich bin's, Julie!"
„Oh Julie", jubelte Sophia nun, „ich hab schon gedacht, du hast mich vergessen!" Sofort war ihre schlechte Laune verflogen.
„Von wegen!"
„Pass auf, Sophia! Pack deinen Koffer und komm her", sagte Julie unvermittelt.
Am anderen Ende der Leitung war es totenstill.
„Sophia, bist du noch dran?"
„Äh, ja! Ich hab dich wohl nicht richtig verstanden!"
„Hast du doch! Die Lage hier ist ..."
„Weißt du, deine Scherze ...!"
„Halt doch einfach mal den Mund, Mensch! Hör zu! Erik ist noch hier. Er bleibt noch eine Woche. Wenn du den Hauch einer Chance haben willst, dann setzt du dich jetzt in den nächsten Flieger Richtung Los Angeles und kommst zu uns."
In Sophias Kopf rotierte es.
„Aber was soll Vincent denn denken?"

„Vincent weiß alles und überhaupt ist die Idee von ihm! Und Erik ist einverstanden. Also: Ich stehe vor einer tollen Ami-Kneipe, die beiden sitzen drinnen, hören Musik und trinken Bourbon."
„Aber ich habe Termine, ich kann doch nicht alles stehen- und fallenlassen!"
Oh Mensch! Sie würde nicht eine einzige Sekunde gezögert haben! Aber das war mal wieder ganz typisch ihre Schwester. Erst mal wenn und aber, ich kann doch nicht, es könnte doch, ich weiß nicht wirklich ...
„Sophia, mach, was du willst! Ich kann auch nicht vorhersagen, ob das mit dir und Erik überhaupt wieder was werden kann, denn er ist mehr als verletzt" und jetzt beschwor sie ihre Schwester förmlich, „aber es wäre DEINE WINZIGE CHANCE, eine andere wirst du NICHT haben! Allerdings, wenn du JETZT nicht kommst, kannst du mir hinterher wenigstens nicht vorwerfen, ich hätte dir absichtlich nicht geholfen!"
Erneute Grabesstille.
„Sag mir Bescheid, wie du dich entscheidest. Ruf mich an oder schick mir einfach eine Facebook-Nachricht mit den Flugdaten. Wir holen dich am Airport ab. Und jetzt mach ich Schluss, sonst wird mich dieses Telefonat finanziell ruinieren und ich muss zurück nach good old Germany schwimmen."
„Okay, ich melde mich, ich muss jetzt erst einmal nachdenken!"
Julie stöhnte. „Denk nicht so lange, Schwesterherz!" Dann klickte sie das Gespräch weg, holte tief Luft, straffte sich und ging zurück in die Kneipe.

♥

Sophia stand immer noch wie angewurzelt in der halb geöffneten Tür ihres Geschäftes.
Dann drehte sie sich langsam um, zog ihren Mantel wieder aus, nahm sich ihr Terminbuch hinter der Theke vor und verschwand wortlos und ernst in dem kleinen Bürobereich.
Ihr Auftragsbuch war hoffnungslos überfüllt.
Wie arbeiteten Agnes und Marlies? Noch einmal ging sie nach vorne, holte den Einsatzplan und lief wieder zurück.
Und dann ging alles doch ganz schnell. Sie buchte einen Flug - und der schmerzte! Der einzige freie Platz in der Maschine für den kommenden Tag war einer in der Business-Klasse! Schweineteuer also.
Aber manchmal muss man im Leben halt auch etwas wagen und einsetzen - würde ihre Schwester sagen.
Sie rief ihre beiden Angestellten, die es gar nicht fassen konnten. Das erste Mal würde ihre Chefin für ein paar Tage nicht anwesend sein!
Gemeinsam besprachen sie, welche Möglichkeiten es zur Terminrettung gab - Agnes und Marlies legten sich richtig ins Zeug! Letztendlich blieben zwei Termine übrig, die sich zeitlich nicht abdecken ließen.
Einer davon war die Behandlung von Frau Ermelmann. Die cancelte Sophia telefonisch mit bedauernden Worten, innerlich war sie aber sehr belustigt, denn Frau Ermelmann schien am Telefon einem Schwächeanfall nahe.
Sophia bot ihr einen schnellen Ersatztermin an und eine zusätzliche Gratis-Gesichtsmassage mit der brandneuen Vitamin-Creme aus Frankreich, die eine Pfirsichhaut versprach. Die Aussicht auf eine kostenfreie Behandlung

besänftigte Frau Ermelmann unverzüglich.
Sie versicherte wortreich, dass sie es bis dahin noch so gerade ohne ***Pjuti***-Behandlung schaffen würde - länger jedoch keinesfalls! Und diese neuartige Wunder-***Krääm*** aus Frankreich, die würde sie zu gerne testen!
Sophia sülzte noch ein paar schamlose Übertreibungen ins Telefon und legte dann auf.
Das war's für die nächste Woche hier!
Sie verließ ihr Kosmetikinstitut und fuhr aufgeregt nach Hause. Angekommen, wusste sie gar nicht genau, wie sie zu ihrer Wohnung gefahren war, so sehr wirbelten die Gedanken durch ihren Kopf.
Sie begann direkt, ihren Koffer zu packen und fasste nicht, was sie da tat.
Das erste Mal ließ sie ihr Institut allein, hatte einen Business-Flug in die USA gebucht. Zu einem Mann, von dem sie nicht wusste, ob er ihr überhaupt verzeihen konnte oder wollte. Du meine Güte!
Sie hielt beim Kofferpacken inne.
Würde sie ihm verzeihen, wenn es umgekehrt wäre? Nach einer Schrecksekunde musste sie sich ehrlich eingestehen: Nein, sie selbst würde das nicht tun.
Und zu den starken Kopfschmerzen gesellte sich nun auch noch ein unangenehmer Magendruck.

♥ 13 ♥

Sophia erlebte die gleiche langwierige Einreiseprozedur wie ihre Schwester, doch ihr Herz klopfte doppelt so schnell wie das von Julie einige Tage zuvor.

Am Gate erlebte sie die allererste herbe Enttäuschung. Vincent und Julie holten sie ab, aber Erik war nicht bei ihnen.

Die Schwestern umarmten sich und Vincent nahm sofort Sophias Koffer.

Er ging voran, die Mädels hinterher.

Nach den üblichen Höflichkeiten: War dein Flug ruhig? Konntest du ein bisschen schlafen? Wie war das Essen an Bord? Wie ist eigentlich das Wetter in Deutschland? kam Julie zu dem Punkt, den Sophia am meisten interessierte.

„Wir haben uns entschlossen, mit dir Essen zu gehen. Erik wartet im Restaurant auf uns!"

„Oh ... ja ...", als wenn ich jetzt was essen könnte, dachte Sophia.

Während der Fahrt und bei strahlendem Sonnenschein unterhielt Vincent die beiden Frauen bestens mit kleinen Geschichten aus seiner USA-Zeit. Kurz danach hatten sie das Restaurant erreicht.

In Sophia kribbelte alles. Ihr war leicht übel. Wie sah sie denn eigentlich nach den Stunden des Fluges aus? Ihr kleiner Taschenspiegel gab nicht so viel her.

„Julie, wie sehe ich aus? Ich meine, ... also ... weil ... weißt du, der lange Flug und so!"

„Klar, der lange Flug - und so", Julie grinste. „Du siehst aus wie immer, also gut. Durch das, was in den nächsten Tagen

kommt, musst du durch! Da können wir dir nicht helfen."
Sophia biss sich auf die Lippen. „Stimmt. Also, durch!"
„So hört sich das gut an", meinte Vincent und hielt ihr die Tür zum Restaurant auf.
Mittlerweile hatte Sophias Herz die Lautstärke und Schnelligkeit eines vielköpfigen afrikanischen Trommel-Ensembles angenommen.
Und dann sah sie ihn. Er studierte die Speisekarte. Gott, was sah er gut aus! Sonnengebräunte Haut, die Muskeln zeichneten sich wie eh und je unter dem T-Shirt ab. Sie fühlte eine leichte Erregung.
Wie nur hatte sie ihn jemals wegen eines reichen Mannes verlassen können?
Es fehlte nur noch sein liebes Lächeln, aber Erik lächelte nicht. Auch nicht, als die drei an seinen Tisch kamen.
Vincent und Julie machten sofort Small-Talk, es sollte die angespannte Situation ein wenig entschärfen. Aber vergeblich.
Erik sah Sophia an, reichte ihr nur die Hand.
Was hab ich auch erwartet, tröstete sich Sophia gleich selbst.
„Ihr kennt euch noch? Dann brauche ich euch ja nicht vorstellen", scherzte Vincent.
„Sicher, wer kennt Prinzessin Sophia, die Edle aus dem Geblüt von und zu Carisi, nicht?"
Der Spott in Eriks Worten war nicht zu überhören und Sophia verlor sofort ihre Gesichtsfarbe.
„Ich ...", sie schluckte, Tränen traten in ihre Augen, sie drehte sich seitlich weg und kramte verlegen in ihrer Handtasche.

Julie war stinksauer auf Erik. So war das nicht abgesprochen und gleich schon zum Scheitern verurteilt! Sie sah ihn strafend an und schüttelte den Kopf.
Daraufhin bekam Erik doch noch die Kurve, indem er etwas ungelenk meinte: „Kleiner Scherz grad eben. Wie war denn dein Flug, Sophia? Und setz dich erst einmal. Du hast doch bestimmt Durst!"
Sophia wühlte noch einen Moment in ihrer Handtasche, bis sie einigermaßen ihre Fassung wieder gefunden hatte, meinte aber dann, den zugeworfenen Strohhalm greifend:
„Oh ja, hab ich tatsächlich!"
Schon stand die Bedienung an ihrem Tisch und Erik orderte Cocktails für beide Mädels, während Julie rief:
„Bitte Erik, für mich keinen Sex on the Beach!" Mit Schrecken dachte sie dabei an den Abend mit Dennis - nur jetzt kein Déjà-vu! Das wollte sie selbstverständlich nicht kundtun und begründete es anders.
„Ich hätte lieber einen Margarita. Ich hab heute Lust auf etwas Herbes!"
„Ich dachte nur", meinte Erik, „weil ihr damals beim Bowlen doch ...!"
„Ja ... schon ... nur heute eben nicht!" Sie grinste. „Das bedient jetzt wieder jedes Klischee. Frauen können so wechselhaft sein!"
Nun mischte sich auch Sophia ein.
„Einen Margerita hatte ich auch schon lange nicht mehr!"
Vincent bestellte neben den Getränken eigenmächtig ein Special for four, eine riesige Platte mit Steak, Rips, French Fries und Salat.
„Warum heißen Pommes denn hier eigentlich French Fries?", fragte Julie.

Aber niemand wusste eine Antwort.
Von Minute zu Minute verbesserte sich die Stimmung. Vincent gab einige Slapsticks seiner amerikanischen Kollegen zum Besten und Sophia erzählte von ihrer Horror-Ermelmann. Ein bisschen an der guten Laune war allerdings auch der zweite Margarita beteiligt ...
„Ich bin, könnte man so sagen, als Kosmetikerin und Visagistin auch Spezialistin für Unfallinstandsetzung. Frau Ermelmann ist irgendwie auch ein kosmetischer Unfall. Und ein Sprachunfall."
Julie prustete los.
„Das erinnert mich an diesen ehemaligen Fußballspieler, der so ein grauenhaftes Englisch spricht."
Sophia nickte zustimmend.
„Jajaja! Der ist mehrfach geschieden, absolut triebgesteuert, drängt sich mit seinem Privatleben ständig in die Medien und ist ja sowas von intelligenzbefreit."
„Mensch, kannst du dich vornehm ausdrücken!", grinste Vincent.
„Das ist Sophias Spezialität. Das liegt daran, dass Sophia vornehm ist!" Erik konnte diese Spitze nicht lassen und sah sie dabei direkt an.
Aber Julie löste die Schrecksekunde ihrer Schwester auf.
„Tja, das muss man können. Ich kann das nicht! Ich hätte jetzt nicht intelligenzbefreit gesagt, ich würde in meiner Schlichtheit gesagt haben: Dem kannst du ein Fell um die Lenden hängen und ihm eine Keule in die Hand geben - dann könntest du ihn als original übrig gebliebenen Neandertaler vermieten - die Leute würden dir das glauben! Außerdem brauchst du den als Frau nur heiraten und dich ein Jährchen oder zwei später scheiden lassen. Dann hast du ausgesorgt!"

„Und schlechte Presse", meinte Erik.
„Nun, besser als unbekannt und gar keine Presse! Außerdem, für Frauen, die nichts weiter vorweisen können, ist dieser Zustand doch ideal! Aber scheiden lassen sollten sie sich erst, wenn die Nase neu und die Titten ausgestopft sind", feixte Vincent.
Die vier lachten amüsiert. Sophia schwenkte auf ein anderes Thema.
„Stellt euch vor, ich bin Business geflogen!"
„Nein!", Julie konnte es nicht glauben. „Wie bist du denn daran gekommen?"
„Ich hab's gebucht! Aber es war nackte Not, weil es der einzige freie Platz in der Maschine war." Dabei sah sie Erik an.
Er sagte nichts, aber Julie bemerkte, dass ihm diese Aussage gefiel.
„Und wie war es? Sag schon!" Julie sah sie an.
„Sehr bequem, sehr lecker, sehr zuvorkommend, aber auch sehr, sehr teuer!"
Vincent kommentierte: „Tja, Business und Erste Klasse ist eben betreutes Fliegen - und alles, was das Wörtchen betreut trägt, ist nun mal teuer!"

♥

Später am Abend trank man in Vincents Wohnzimmer noch einen Absacker.
Während sich Julie insgeheim ein wenig beunruhigt fragte, wie es nun weitergehen würde, nahm ihr wieder einmal Vincent den Gedanken ab.
„Zu Morgen", brachte er es kurz und knapp auf den Punkt,

„Julie und ich werden einen Tagesausflug nach San Diego machen, denn ich denke mal" und er deutete mit seinem Whiskyglas auf Sophia und Erik „ihr beiden braucht ungestörte Zeit für euch!"
Dann lächelte er und nahm Julie freundschaftlich um die Schulter.
Oh endlich! Darauf hatte Julie die ganze Zeit schon gewartet!
Sie spürte die Nähe seines Körpers und ihr wurde warm - und wahrscheinlich war ihr Teint nun auch mehr als rosé, befürchtete sie.
Sophia sagte gar nichts, aber Erik stimmte zu.
„Genau, Vincent. Ich denke, wir sollten uns ungestört aussprechen. Was meinst du, Sophia?"
Er sah sie ernst an. Sophia nickte nur. Der Kloß in ihrem Hals war zu dick, als das sie hätte antworten können.
Schnell leerte Julie ihr Glas.
„Ich bin hundemüde. Es war ein anstrengender Tag heute. Sicherlich auch für dich, Sophia, nicht wahr? Ich denke, wir gehen schlafen. Komm Schwester, ich zeig dir unser Zimmer."
Vincent gab Julie und auch Sophia einen ganz zarten Kuss auf die Wange. „Dann gute Nacht!"
„Ja, gute Nacht, ihr beiden", pflichtete Erik bei und zu Vincent gewandt meinte er: „Hast du noch einen kleinen Whisky auf Eis für mich, Sportsfreund? Und leistest du mir noch ein wenig Gesellschaft oder bist du auch sehr müde?"
„Iwo! Ich bin noch frisch. Weißt du was, lass uns beide doch noch zu Larry's um die Ecke gehen, ein Bierchen kippen!"
„Gute Idee!"
Vincent trug Sophia noch den Koffer ins Obergeschoss.

„Ich hoffe, es macht dir nichts aus, bei Julie zu schlafen, ich habe leider nur zwei Gästezimmer!"
„Aber nein, ganz im Gegenteil. Und Vincent - danke, dass ich deine Gastfreundschaft in Anspruch nehmen darf."
„Selbstverständlich! Gute Nacht, Mädels!" Damit war er verschwunden und kurz danach hörten sie die Haustür ins Schloss fallen.
„Ich glaube", seufzte Sophia traurig und setzte sich auf das große Bett, „das hier geht über meine Kraft. Ich weiß gar nicht, warum ich hergeflogen bin."
„Weil du Erik willst - und du weißt das auch ganz genau!" Julie zog sie hoch. „Komm, ich zeig dir das Bad, dann können wir schlafen und morgen früh sieht die Welt schon ganz anders aus."
Sophia sah sie mit großen Augen an.
„Julie, meinst du, er will mich noch? Er war den Abend über oft so komisch."
Julie sagte nichts.
„Sag es mir ehrlich", bat Sophia.
„Wenn es nicht ein Fünkchen Hoffnung geben würde, wärst du doch jetzt nicht hier! Aber letztendlich weiß ich es auch nicht."
Als sie dann im Bett lagen, quatschten sie noch lange, nicht nur über Sophias, auch über Julies Situation - aber nicht nur Ernstes - die beiden Schwestern fanden mittendrin durchaus etwas zu kichern.

♥

Trotz ihrer großen emotionalen Nöte schlief Sophia erstaunlich gut. Erst als Julie mit einer Tasse frischem Kaffee vor dem Bett stand, wachte sie auf.
„Ich bin jetzt weg, Sophia. Vincent wartet unten schon auf mich."
Sie hielt ihrer schlaftrunkenen Schwester die dampfende Kaffeetasse hin.
„Ich wünsch dir ganz viel Erfolg und Glück heute! Hol das Beste aus dir raus! Ich schick dir einen liebenswerten Beziehungsengel mit, der euch begleiten soll!"
„Danke! Den kann ich sehr gut brauchen!"
„Glaub mir, Erik auch!"

♥

Vincent lächelte Julie an.
„Bevor wir starten, lass uns mal eben rüber zur Second Street gehen. Ich möchte dir einen tollen Laden zeigen, der dir gefallen wird."
Julie konnte es gar nicht fassen! Sie stand vor einem ganz außergewöhnlichen Geschäft. Überall sah sie appetitliche Schalen und Körbe mit den unterschiedlichsten Früchten aus aller Welt, auch solche, die Julie weder vom Namen noch vom Aussehen her kannte.
Vincent bat sie zu warten. Er ging allein hinein. Was hatte er denn nun schon wieder vor?
Julie setzte sich auf die kleine Holzbank, die direkt vor dem Schaufenster stand und betrachtete ihr Umfeld. Die Straße war sehr belebt - nicht nur mit Autos, sondern auch mit vielen Menschen, die in der Frühe, aber schon in wärmender kalifornischer Sonne, ihre Einkäufe tätigten.

Dann kam Vincent zurück. In der Hand hielt er ein kleines Schälchen. Es war mit Erdbeeren gefüllt, deren Spitzen in weiße Schokolade getaucht waren.
„Für dich!"
Julie strahlte ihn überrascht an.
„Oh, Vincent! Ich liebe Erdbeeren!"
„Ich weiß."
Er nahm eine rote Frucht aus dem hübsch bedruckten Papierschälchen und steckte sie ihr in den Mund.
Er hat sich gemerkt, dass ich Erdbeeren liebe, dachte Julie voller Glück und küsste ihn ganz spontan auf den Mund.

♥

Sophia war, nachdem sie sich sorgfältig gestylt hatte, in die Küche hinunter gegangen. Dort saß Erik schon, einen Kaffeepott in der Hand und eine Zeitung vor sich.
Kann er überhaupt so viel Englisch, dass er versteht, was er da liest, dachte Sophia.
Erik blickte auf. „Guten Morgen!"
„Guten Morgen, Erik!"
„Magst du noch einen Kaffee?"
„Ja, gerne!"
Er stand auf und holte ihr eine frische Tasse, drückte sie ihr in die Hände und setzte sich wieder.
Unsicher blieb Sophia stehen.
„Setz dich doch!" Erik machte eine einladende Handbewegung.
Sophia glitt auf einen Stuhl und nahm verlegen ein paar Schlucke des heißen Kaffees.

„Was hälst du davon", unterbrach Erik die für Sophia unangenehme Stille, „wenn wir den Tag in der Natur verbringen - am Meer?"
„Eine gute Idee!"
„Dann trink mal deinen Kaffee aus. Aber vorher zieh dich bitte um!"
Sophia schaute erstaunt an sich herunter.
Erik griente. „Du ziehst am besten Turnschuh an. Mit High Heels läuft es sich ganz schlecht am Strand. Und schulterfrei geht auch nicht. Nimm ein Shirt mit langen Ärmeln beziehungsweise ein dickeres Sweatshirt mit. Der Wind um diese Jahreszeit ist am Meer doch schon etwas kühler, sonst frierst du gleich."
Sophia schüttelte den Kopf und gab zu: „Ich hab gar keins mit! Und Turnschuhe auch nicht."
Gleichzeitig ärgerte sie sich, weil sie so unkoordiniert gepackt hatte. Normalerweise konnte sie das sehr gut. Aber die Eile gepaart mit dieser entsetzlichen Aufregung war wohl zu viel gewesen!
„Macht nichts. Vorne an der Hauptstraße gibt es einen schönen Laden, da kaufen wir dir das passende Outfit. Los geht's."
Er trank seinen Restschluck Kaffee beim Aufstehen.

♥

Kurz danach standen sie in einem Geschäft, das alle kalifornischen Strandträume in sämtlichen Farben bediente.
Mit dem obligatorischen „How are you?" wurden sie freundlich begrüßt.
Zielsicher suchte Erik ein hellblaues Sweatshirt für sie

heraus.
„Probier mal an", bestimmte er.
Sophia verschwand in der Umkleidekabine.
„Oje, zu groß", meinte Erik und schoss eine kleine Spitze ab. „Ich hab irgendwie in Erinnerung, du hast mehr Busen!"
Sophia schnappte nach Luft. „Dafür ist er klein und handlich! Es gibt auch Männer, die das schätzen!"
„Das hast du bewiesen!" Aber diesmal grinste er sie dabei frech an und holte ihr dann das Shirt eine Nummer kleiner. „Hier! Das gibt es allerdings nur in mintgrün. Aber wird dir auch stehen! Und da vorne gibt es Turnschuhe oder Segelschuhe, schau mal, was dir lieber ist."
Sophia entschied sich für dunkelblaue Segelschuhe. Wenn schon Meer, dann auch richtig!
An der Kasse wollte sie ihr Portmonee herausholen, aber Erik war schneller. Sophia war das höchst unangenehm, für ihn musste das viel Geld sein! Das Shirt ging preislich noch, aber die schicken Segelschuhe waren schon eine Nummer.
„Du, ich bezahle mit meiner Kreditkarte", warf sie schnell ein.
„Lass mal, ich hab schließlich auch eine!" Er reichte der Verkäuferin seine Karte.
Vor dem Geschäft bedankte sie sich. „Danke, Erik, das ist total nett von dir, aber du ...!"
„Wenn ich das nicht wollte, hätte ich es nicht getan", schnitt er ihr das Wort ab. „Komm, Strand und Wasser rufen!"
Sophia hatte das Shirt und auch die Schuhe gleich angelassen.
Sie fuhren Richtung Meer.
Obwohl die Situation so undurchsichtig war, fühlte sie sich

neben Erik richtig gut. Das Wohlgefühl von damals kam wieder hoch.
Sie betrachtete ihn von der Seite. Männlich, attraktiv, begehrenswert - und sie hatte ihm wegen ein bisschen Geld den Laufpass gegeben! Obwohl das gegenüber Jean jetzt auch wieder ungerecht war. Sie konnte IHM schließlich keinen Vorwurf machen.
In welcher Verdunklungsphase hatte sie denn eigentlich gelebt? Was war in den letzten Jahren mit ihr passiert? Sie kam doch auch aus einfachen Verhältnissen - wann war der Punkt gekommen, wo sie in diese hässliche Arroganz abgerutscht war, die ihrem Leben beinahe eine falsche Richtung gegeben hätte?
Sie parkten in einer Straße mit direktem Strandzugang. Dann ging es die wenigen Meter Richtung Meer.
Sophia atmete die würzige Seeluft, sie hörte die Wellen an den Strand schlagen, dieses wunderbare, gleichmäßige Geräusch. Ein wenig weiter gab es einen alten Holzsteg, der weit ins Wasser führte. Auf den Pollern konnte sie die typischen Silhouetten der zahlreichen Möwen erkennen. Ihre schrillen Rufe hallten bis zu ihnen herüber.
Lauter kleine Candys, dachte sie, denn sie hatte Vincents ungewöhnliche Mitbewohnerin gleich von Anfang an in ihr Herz geschlossen.
„Was für ein schönes Fleckchen Erde." Sie flüsterte diesen Satz nahezu.
„Das ist es wirklich! Vincent und ich waren mehrfach hier. Herrlich!"
Sie gingen nahe der Wasserlinie entlang und schwiegen nun. Die Hände hatten sie beide in den Hosentaschen vergraben. Plötzlich sagte Erik: „Schön, dass du gekommen bist!"

Sophia hätte ihn am liebsten umarmt, ihm erzählt, wie sehr sie ihn vermisst hatte, wie verblendet sie gewesen sei, wie leid es ihr tat, dass die Beziehung zu Jean lange nicht so erfüllend gewesen war ... aber ihr Mund war trocken und so brachte sie nur ein gepresstes „ja" heraus.
Sie liefen weiter - wieder schweigend. Sophia überlegte krampfhaft, was sie sagen könnte.
Die Gedanken wirbelten nur so durch ihren Kopf - aber ihr fehlten die Worte und sie blieb stumm.
Sie erreichten den Steg. Die Möwen blieben sitzen, bis Sophia fast herangekommen war.
„Ich mag Möwen. Sie sehen so freundlich aus!"
„Sie haben weniger Probleme als wir!"
„Stimmt. Futter suchen, schlafen, fliegen!"
„Blöd nur, wenn das Wetter schlecht ist und es wie aus Eimern gießt."
Sophia grinste. „Da haben wir es geringfügig besser!"
„Wir könnten es noch besser haben ... „ Erik ließ den Satz unvollendet. „Komm, wir gehen noch ein Stück. Ich kenne eine sehr schöne und ruhige Stelle, dort sollten wir uns eine Weile setzen und reden!"
Sofort schlug Sophias Herz schneller. Und es überschlug sich fast, als sie kurz danach im hellen Sand saßen und Erik meinte: „Nun bist du hier. Und was willst du mir sagen?"
So hatte Sophia sich den Beginn eines offenen Gespräches zwischen ihnen nicht vorgestellt! Erik wirkte eher kühl. Sie warf ihm einen schnellen Seitenblick zu. Er schaute ernst geradeaus, schien den Horizont zu fixieren.
„Es tut mir leid", brachte sie heraus.
„Was tut dir leid?" Er sah weiterhin in die Ferne.
„Schau mich doch mal an, oder bin ich es dir nicht wert?"

„Was soll dieser blöde Spruch, Sophia? Wenn du mir gar nichts wert wärest, säßen wir beide nicht hier. Aber ich erwarte schon ein bisschen mehr als ein einfaches: es tut mir leid!"
„Gut." Sie straffte sich ein wenig. „Du weißt es ja sowieso. Ich habe einen Größenwahn gehabt. Ich wollte ... ich wollte ... also, ich wollte einen Mann mit Vermögen, um aus dem Vollen zu schöpfen, mir in Zukunft viel Annehmlichkeiten leisten zu können."
„Und das kannst du mit mir nicht!" Nun sah Erik sie direkt an.
Sophia senkte beschämt den Blick.
„So hab ich gedacht, bis ich gemerkt habe, dass Geld nicht alles ist. Ich habe dich vermisst, dein Lachen, deine Witze, deine Spontanität und dass ich bei dir so sein konnte, wie ich bin. Ich brauchte mich nicht verstellen, musste nicht funktionieren, nicht freundlich zu Menschen sein, die ich gar nicht mag ...!"
„Und das hast du alles erst kürzlich festgestellt?"
Sie nickte bedachtig.
„Und dazu brauchtest du einen anderen Mann?"
Die Stimme verriet seine Verbitterung.
Aber nun war Sophia es, die ganz offen und eigentlich schon fast emotionslos sprach.
„Hätte ich diese Erfahrung nicht gemacht, wäre mir überhaupt nicht aufgefallen, was ich an dir gehabt habe. Schleichend ist mir die Erkenntnis gekommen, Erik, wirklich! Irgendwie kam jeden Tag ein winziges Teilchen wie bei einem riesigen Puzzle dazu. Ich habe alles von oben und unten, hinten und vorne, von der Seite, schräg und über

Kreuz betrachtet. Aber es ist leider so. Hätte ich die Beziehung zu ..." und hier stockte sie ein wenig und verschluckte noch schnell den Namen, „nicht gehabt, ich hätte meine Einstellung nicht überdenken können, weil mir gar nicht aufgefallen wäre, wie daneben ich war."
Erik blieb stumm.
„Es ist wie es ist - ich kann nichts mehr daran ändern. Ich habe meinen Fehler eingesehen, aber die Vergangenheit bleibt - und somit auch die Tatsache, dass ich mit einem anderen Mann zusammen war."
Ganz vorsichtig tastete sich ihre Hand über den Sand zu Eriks. Wie würde er reagieren? Ihre Nerven waren bis zum Zerreißen gespannt.
Er zog seine Hand nicht weg, ergriff ihre aber auch nicht.
„Und nun ist es dir nicht mehr wichtig, was ich arbeite, wie viel ich verdiene?"
„Ja - es ist nicht entscheidend."
„Und warum?"
Sophia war knochenehrlich. „Weil meine Schwester mir schwer den Kopf gewaschen und gemeint hat, ich soll mir meinen arroganten und exklusiven Lebensstil gefälligst selbst finanzieren - jedenfalls so ähnlich."
Nun lachte Erik. „Ach so!"
Dann wurde Sophias Mund ganz trocken. Sie fuhr sich mit der Zunge nervös über die Lippen und traute sich dann doch, während ihr der Pulsschlag in den Ohren wummerte, zu fragen, wofür sie ihr Geschäft Hals über Kopf verlassen, die Kosten eines Business-Fluges auf sich genommen und die Kalkulation einer Niederlage aber auch die Hoffnung eines guten Ausgangs berücksichtigt hatte.
„Kannst du mir verzeihen und mir noch eine zweite Chance

geben?"
Sie hörte den von ihr gesprochenen Satz wie aus weiter Ferne, so als hätte ihn eine Fremde gesprochen.
Erik blieb stumm. Die wenigen Sekunden waren entsetzlich.
„Als klar war, dass du kommst, habe ich mir natürlich Gedanken darüber gemacht." Mehr sagte er nicht.
„Und wie hast du dich entschieden?", fragte sie leise. Ihr Herz pochte heftig.
Er zog seine Hand weg und fuhr sich durch das volle dunkelblonde Haar. Er stieß die Luft ruckartig aus. „Ich weiß es nicht, Sophia! Da war dieser andere Mann."
„Ich kann die Zeit nicht zurückdrehen." Sie schluckte.
„Auch ich habe es von allen Seiten betrachtet - wieder und wieder. Aber ich weiß einfach nicht, ob ich dir in Zukunft das Vertrauen entgegen bringen kann, dass eine Beziehung benötigt. Wie reagiere ich, wenn du später kommen würdest oder anrufst, du hättest keine Zeit? Kann ich die Gedanken, dass du mich schon einmal belogen und betrogen hast, beiseite drängen? Sophia, du bist eine schöne, attraktive Frau und ich würde lügen, wenn ich sagen würde, du berührst mich nicht mehr oder ich empfinde nichts mehr für dich. Im Gegenteil. Aber ich bin mir nicht sicher, ob ich mich in Zukunft mit so einer Beziehung quäle, kann sie überhaupt noch unbelastet werden? Und wenn es so wird, werde ich dir genug sein", er machte eine kurze Pause, „mit dem, was ich verdiene oder darstelle?"
Sophia konnte ihre Tränen nicht mehr zurückdrängen. Sie liefen lautlos über ihre Wangen.
Erik bemerkte es und wischte sie ihr mit dem Zeigefinger fort. Das führte aber nur dazu, dass die Tränen nun strömten und Sophia haltlos schluchzte.

Erik nahm sie vorsichtig in den Arm. So saßen sie eine ganze Weile, bis ihre Tränen langsam versiegten.
„Ich mache dir einen Vorschlag, Sophia!"
Sie sah ihn an. Hätte sie sich jetzt sehen können, wäre sie entsetzt gewesen. Die sorgsam getuschten Wimpern hatte ihre schwarze Farbe in kleinen Rinnsalen über den Wangen verteilt, ein Teil des so sorgsam aufgetragen Make-ups hatte sich verflüchtigt und zierte nun mit Resten der Wimperntusche das helle Sweatshirt von Erik.
„Lass uns die nächsten Tage intensiv gemeinsam verbringen. In diesem Zeitraum können wir sicherlich klar erkennen, ob wir beide noch eine Chance haben oder nicht."
Sophia nickte heftig, nicht in der Lage zu sprechen.
Sie saßen noch eine ganze Weile am Strand, lauschten dem gleichförmigen Geräusch der Wellen, dem schrillen Kreischen der Möwen, betrachteten die Menschen, die am Strand spazieren gingen. Jeder hing seinen Gedanken nach. Aber Sophia hatte ihren Kopf erschöpft an Eriks Schulter gelehnt.
„Weißt du was? Lass uns nach Hause fahren", schlug Erik vor. „Hu, das klingt lustig, nicht? Ich meine, zu Vincent. Ich muss mich umziehen", er sah dabei auf die schwarzen Flecken an seinem Shirt „und du siehst auch nicht gerade gesellschaftsfähig aus. Wir machen es uns einfach auf Vincents Terrasse bequem. Oder willst du etwas essen gehen?"
„Nein, nein! Danach ist mir überhaupt nicht!"
„Dann komm!"
Sie machten sich langsam auf den Rückweg. Eriks Arm ruhte nun auf Sophias Schultern. Das gab ihr einen Schimmer Hoffnung, aber ihr Herz blutete intensiv.

♥

Derweil schlenderten Vincent und Julie in San Diego durch das Gaslamp Quarter, jenes historische Stadtviertel, welches auch heute noch durch Gaslaternen beleuchtet wird und so einen großen Bekanntheitsgrad erlangt hat.
Die altehrwürdigen Häuser beherbergten viele Restaurants und Cafés und Julie genoss diese Mischung aus Tradition und Lebensart ganz besonders. Und natürlich auch, dass Vincent sie an die Hand genommen hatte.
„Aber nur, wenn du nichts dagegen hast", hatte er schmunzelnd gemeint.
„Im Gegenteil", hatte Julie schnell geantwortet und ihm zärtlich über die Wange gestrichen. Diese spontane Reaktion Julies genoss er sehr.
Später saßen sie in einem gemütlichen Straßencafé.
„Julie, du bist nun ein paar Tage hier und ich denke, du fühlst dich wohl!"
„Natürlich!" Sie sah ihn mit ihren großen, dunklen Augen erwartungsvoll an.
„Warum bist du gekommen?"
Mit dieser Frage hatte Julie nicht gerechnet.
„Äh ..." Sie konnte doch jetzt unmöglich sagen, dass sie in ihn verliebt war und ihre Omi gemeint hatte, sie solle sich ihn schnappen!
„Also ...?"
Julie fühlte sich in die Ecke gedrängt. In ihrem Kopf ratterte es. Warum nur fiel ihr bloß jetzt nichts Cooles, Witziges ein?
Also stellte sie die Gegenfrage: „Warum hast du mich denn

eingeladen?"
„Ich hab zuerst gefragt!"
„Aber das ist unfair!"
„Ladies first! Das ist nicht unfair, sondern sehr höflich", grinste er sie frech an.
„Ja, so bist du nun mal", spottete Julie, aber blieb trotzdem die Antwort schuldig. Wie sollte sie dazu auch etwas sagen?
„Gut, dann erzähl ich dir, warum ich dich eingeladen habe."
„Ja und?", hakte Julie nach, nachdem nun Vincent nichts mehr von sich gab.
„Ich finde dich mördersexy!"
„Ooohhh ...!"
„Jetzt du", forderte er sie auf.
„Nachdem du weg warst ... aus Deutschland ... hab ich dich vermisst."
„Das ist alles?"
„Naja, nicht so ganz ...!"
„Sag schon, oder ich bestell deinen Kaffee samt Keks wieder ab!"
„Dann muss ich ja wohl!"
Was für eine peinliche Situation für eine Frau, dachte sie noch.
Sie sah in Vincents Gesicht, fand aber nichts Lauerndes oder Komplimente heischendes. Er sah sie einfach nur lieb und offen an.
Sie machte es kurz und knapp, so wie es auch seine Art war.
„Ich hab mich in dich verliebt, Vincent!"
Nun war es raus.
„Oh nein!!!", rief er gespielt entsetzt und schlug sich mit der Hand auf das Herz.
„Oh doch! Und deshalb bin ich gekommen." Sie kicherte.

„Ich sag's mal Julie-like. Ich würd dich zu gerne abschleppen!"
„Und was bitteschön hält dich davon ab?" Vincent beugte sich über den Tisch, gab ihr einen Kuss und meinte: „Somit konstatiere ich: Ab jetzt sind wir ein Paar!"
Sie schloss die Augen – vor Erleichterung und vor Glück. Oh Julie, du hast dein Ziel erreicht, dachte sie und ihr wurde schwindelig.
Den bestellten Schoko-Cookie brauchte sie jetzt ganz, ganz dringend!

♥

Sophia und Erik waren zurück.
„Ich öffne uns eine Flasche Prosecco, wir setzen uns auf die Terrasse und leisten Candy Gesellschaft, oder hast du einen anderen Vorschlag?", fragte Erik.
„Erst muss ich mich etwas restaurieren, dann komme ich", schämte sich Sophia.
Sie hatte nämlich während der Rückfahrt in den Beifahrer-Spiegel geschaut. Der berühmte Schlag hatte sie getroffen! Die Augen waren verheult und angeschwollen, die Wimperntusche samt Lidschatten nicht mehr auf Augen und Wimpern, sondern großzügig darunter verteilt.
Heiliger Strohsack, SO hatte sie noch nie ausgesehen! Warum nur hatte sie nicht das wasserfeste Make-up für den Tag genommen? Ganz klar, weil sie grundsätzlich in ihrer Freizeit die leichtere Variante auftrug, die man abends wesentlich leichter abschminkte. Auf den Gedanken, dass an diesem Tag Tränen fließen würden, hätte sie schließlich kommen können! Und das passierte ihr als

Expertin! Wie mega-peinlich!
Kaltes Wasser und neues Make-up hatten ein wenig geholfen, löschten aber die sichtbaren Zeichen ihrer Gefühle nicht ganz.
So ging sie ein wenig gehemmt wieder nach unten.
Erik stand auf der Terrasse und hielt zwei Gläser mit perlendem Prosecco in der Hand. Er sah sie prüfend an.
„Man sieht, dass du Kosmetikerin bist. Fast alle Spuren perfekt getilgt - und das recht schnell."
„Irgendwas muss ich ja richtig machen!"
„So'n Quatsch! Hier!" Er reichte ihr ein Glas, stieß mit ihr an und gab ihr einen Kuss auf die Wange. „Hmmhh, du riechst gut!"
„Danke!"
„Soll ich uns was zu essen holen? Hast du Hunger?"
„Danke, Erik, aber augenblicklich kann ich wirklich nichts essen!"
Und schon wieder rollten die Tränen.

♥

„Oh, schau mal, Sophia und Erik sind bereits zurück!"
Vincent zeigte auf Eriks Leihwagen in seiner Einfahrt.
„Ist das nun ein gutes oder ein schlechtes Omen?", fragte Julie beklommen.
„Wir werden es gleich wissen!" Aber Vincent teilte insgeheim Julies Besorgnis.
Sie fanden die beiden auf der Terrasse. Julie erkannte gleich, dass Sophia geweint hatte, obwohl sie freundlich und lächelnd begrüßt wurden.
„Habt ihr schon was gegessen?", fragte Vincent.

„Nein, Sophia hatte keinen Hunger. Aber ehrlich gesagt, ich könnte jetzt etwas vertragen!" Erik legte die Hand auf seinen Magen.
„Dann haben wir zwei Möglichkeiten. Wir gehen zu Larry auf die Second Street oder wir machen uns hier selbst etwas."
„Ich wäre für hier", antwortete Sophia sofort.
Julie unterstützte ihre Schwester. „Das fände ich auch gut!"
„Dann ab in den Supermarkt! Wir holen uns ein paar saftige Steaks - und was ihr Mädels sonst noch so wollt! Danach werfen wir den Grill an", schlug Vincent vor.
„Auja!", freute sich Julie.
Erik sprang auf. „Komm, Sophia!"
„Nein, ich fahre nicht mit, so wie ich auss ... ich meine, das könnt ihr Männer doch allein!"
„ICH möchte aber mit", rief Julie enthusiastisch.
Alleine schon die Aussicht, in einem riesigen Supermarkt typisch amerikanische Lebensmittel betrachten und kaufen zu können, ließ ihre Vorfreude auf das Essen immens steigen.
„Sophia, du kommst auch mit!", bestimmte Erik plötzlich.
Und tatsächlich stand Sophia wortlos auf. Sie warf noch einen kurzen Blick in den Spiegel im Flur, fuhr sich schnell mit der Hand durch die Haare und stieg kurz danach ins Auto.

♥

Im Supermarkt füllte sich der Korb blitzartig.
Erik und Vincent hatten natürlich kiloweise dicke Steaks

hinein gelegt, die Mädels für die Saucen sowie für gesunden Salat gesorgt.
„Warum manche Menschen immer den Kaninchen das Grünzeug wegfuttern müssen", meinte Vincent augenzwinkernd zu Erik und dabei auf Julie deutend.
„Das ist sicherlich die Primäridee von Sophia", kommentierte Erik trocken. „Sie ist ja auch nicht dicker als ein Salatblatt!"
Sophia verschränkte beleidigt die Arme vor der Brust und grummelte: „Stimmt ja gar nicht! Ein Salatblatt ist gänzlich platt. Das kann man von mir nicht behaupten" und sie schaute auf ihren Busen, den sie durch ihre Armhaltung betonte.
„Nun ...", ärgerte Erik jetzt ganz absichtlich, „Julie hat mehr!"
Die kicherte. „Willst du mich jetzt auch mit einer Gemüsesorte vergleichen?"
„Mit Obst vielleicht", warf Vincent ein. „Südländisches. Nehmen wir doch Orangen!"
„Ich würde eher denken: Pampelmusen", scherzte Erik.
„Männer!!!" Julie schmiss gekonnt den Kopf in den Nacken, drehte sich um und hakte sich bei Sophia unter. „Komm, wir suchen jetzt nach Sauerteig-Brot."
„Das gibt es am Ende unserer Einkaufstour nahe am Ausgang! Aber mach dir mal keine Hoffnungen, Sauerteig-Brot schmeckt hier überhaupt nicht! Das mundet nicht wie in Deutschland, es ist schlichtweg ganz einfach nur sauer", klärte Vincent sie auf.
Kurz danach kamen die vier an den Süßwarenregalen entlang. Vincent bog zielstrebig in diese Abteilung ab.
„Vincent!", rief Julie. „Süßigkeiten brauchen wir nicht!"

Leise murmelte sie: „Und du schon mal überhaupt nicht!"
„Hier lauern aber so viele hübsche Kalorien! Die muss man sich ansehen!"
„Da musst du dran vorbeigehen, Vincent, komm! Nur das macht schlank", forderte ihn Julie auf.
„Kann ich nicht! Sie sind immer so freundlich und man kommt sofort mit ihnen in Kontakt!"
Und schon griff er nach einer XXL-Packung Marshmallows und versenkte sie im Einkaufskorb.
Als die Mädels das erste Mal ein paar Meter entfernt von den Männern waren, fragte Julie neugierig: „Sag mal schnell, was war los bei euch?"
Sophia schluckte und meinte leise: „Er weiß noch nicht, ob es mit uns noch einmal was werden kann - weil ich eben mit Jean ... na ja, ich verstehe es irgendwie auch."
„Aber ...!"
„Psst, da kommen sie!"
„Was tuschelt ihr schon wieder?" Vincent kam heran und nahm Julie in den Arm.
Und damit war der vertraute Moment auch schon vorbei.

♥

Ein würziger Duft strömte vom Grill über die Terrasse auf den Tisch zu.
„Hmmm ... das riecht lecker", fand Julie und strahlte, als Vincent ihr ein dickes T-Bone-Steak auf den Teller legte. Sie nahm sich ein Stückchen des Sauerteigbrotes, dem sie nicht hatte wiederstehen können und kaute.
„Naja, mit Brot haben es die Amis wohl nicht so! Um ehrlich zu sein", sie verzog das Gesicht, „es ist ja einfach nur eklig

sauer!"
„Hab ich dir doch gesagt", konterte Vincent. „Aber du wolltest ja nicht auf mich hören!"
„Ich hab's aber nicht geglaubt!"
Julie zupfte ein Stückchen ab, tunkte es in den Fleischsaft und gab es Candy in den Schnabel. Die fand das Brot wohl ganz passabel, denn es war ganz schnell verschlungen.
„Langsam wird es Zeit, dass du auf mich hörst", lachte Vincent, wurde dann aber ernster. „Ein bisschen weiter südlich gibt es eine deutsche Bäckerei. Da könnten wir morgen früh eigentlich mal hinfahren."
Sophia schlug nun zum wiederholten Mal um sich.
„Mensch, blöde Fliege! Dauernd ist sie an mir dran!"
Eriks trockener Kommentar dazu war: „Und nachher kommt die zu mir - um zu kotzen!"
Die Steaks waren klasse, die Stimmung durch das Budweiser gehoben - und wenn man es nicht gewusst hätte, hätte man denken können, dort saßen zwei glückliche Paare zusammen.

♥

Am Ende des Abends erlebte Sophia eine Enttäuschung. Gerne hätte sie noch mit Julie gesprochen, ihre Meinung eingeholt, sich noch einmal den Tag von der Seele geredet. Aber Vincent durchkreuzte ihren Plan.
„Ich glaube, Sophia, heute Nacht hast du das große Gästebett ganz für dich allein. Ich würde meine Julie gerne mit zu mir nehmen!"
Er sah seine Freundin liebevoll an. Julie wurde dunkelrot, strahlte aber und nahm seine Hand. Damit war es entschieden und die beiden verabschiedeten sich von Sophia und

Erik.
„Ich hole mir noch einen Cognac! Möchtest du auch?", fragte Erik in die bedrückende Stille, die sich ausgebreitet hatte.
„Ja, aber nur einen ganz Kleinen. Sonst komme ich nach all dem Bier die Treppen nicht mehr hoch!"
„Mit Anlauf müsste das noch klappen, ansonsten kann ich dich hochschieben!"
Er kam mit zwei doppelten Cognac wieder zurück.
„Kleine waren aus!"
Er reichte ihr das Glas, lächelte sie an - aber einen Kuss bekam Sophia nicht.

♥

Kurz danach schlüpfte sie in die Federn.
Ein ereignisreicher, sehr emotionaler Tag lag hinter ihr. Hoffentlich würde Erik ihr letztendlich verzeihen können! Das wünschte sie sich so sehr!
Unruhig warf sie sich hin und her, die Gedanken kreisten wie eine Dauerschleife in ihrem Kopf. Aber gleichgültig, wie und von welcher Seite sie die ganze schreckliche Situation auch betrachtete - es lief immer auf eine Feststellung heraus.
Hätte sie die Beziehung zu Jean nicht gehabt, wäre ihr nicht bewusst geworden, was Erik ihr bedeutete. Die Zeit zurückdrehen ging nicht und wollte sie auch nicht. Was blieb? Sie würde halt kämpfen für ihr Glück!

♥

„War das unverschämt von mir, so über dich zu bestim-

men?", fragte Vincent, während er Julie in seinem Schlafzimmer zärtlich umarmte.
„Natürlich! Aber ich liebe unverschämte Männer!"
„Sag jetzt nicht, du gehst ständig mit unverschämten Männern mit!"
„Was sonst? Man darf nix anbrennen lassen!"
Vincent schlug ihr leicht auf den Po. „In Zukunft musst du aber mit mir vorlieb nehmen. I am the one and only."
„Mal langsam! Ich muss dich ja erst einmal ..." kicherte Julie nun los, „.... testen, ob sich das für mich lohnt."
„Dann zeig ich dir jetzt, WIE sich das lohnt!"
Ganz langsam zogen sie sich gegenseitig aus - nahezu atemlos.
Julie wurde schwindelig vor Glück, als Vincent sie ganz sanft aber bestimmt in Richtung seines Bettes schob.

♥ 14 ♥

Die folgenden beiden Tage erlebten die vier ganz unterschiedlich.
Vincent und Julie waren verliebt und lebten ihre junge Liebe voll aus. Vincent trug Julie förmlich auf Händen. Er zeigte ihr sein Lebensumfeld und führte sie an die schönsten Plätze in der näheren Umgebung. Besonders die hübschen kleinen Küstenorte hatten es Julie sehr angetan.
An einem Abend stand der Sonnenuntergang auf dem Programm. Vincent fuhr mit ihr an den Strand. Aus dem Kofferraum holte er eine große brown bag, eine der typischen amerikanischen hellbraunen Papiertüten, die es hier anstatt Plastiktüten in jedem Supermarkt zum Verstauen der Einkäufe gab.
„Was hast du da drin?" Julie war natürlich neugierig.
„Rotwein. Aber hier in den USA ist man prüde. Alkohol darf man im Auto nur im Kofferraum transportieren und nicht öffentlich trinken. Also hab ich den Wein versteckt."
„Ganz schön scheinheilig", kommentierte Julie.
„Ja, wie so vieles hier. Aber es hilft auch durchaus, eine gewisse Ordnung zu halten. Denn macht man es nicht und wird erwischt, ist das teuer. Auf diesem Gebiet verstehen die Amis keinen Spaß."
Sie gingen über den Strand und Vincent zeigte auf ein kleines Häuschen der Strandrettung, das auf Stelzen errichtet war.
„Baywatch. Über Tag sind hier die Lebensretter drin."
„Deinem Gesichtsausdruck nach zu urteilen denkst du dabei bestimmt an Pamela A.", neckte Julie.

„Oh nein! Ich steh nicht auf Silikonfüllungen und auch nicht auf blond! Ich liebe es temperamentvoll, natürlich und dunkel!" Dabei tippte er ihr auf die Nasenspitze.
„Aber da du schon an die Fernsehsendung denkst, ist dir wohl ihr Filmpartner sehr nahe?"
Julie hustete. „Um Gottes Willen! Viel zu lange, viel zu dünne Beine - und auch sonst ...! Ich steh halt mehr auf nüchterne und noch lieber auf intelligente Männer!"
„Nun, dann haben wir uns ja jetzt ausgesprochen", meinte Vincent.
Sie hatten das kleine Strandhäuschen erreicht, zu dessen geschlossener Tür ein paar Treppen hinaufführten. Auf der obersten Stufe ließ sich Vincent nieder.
„Komm! Setz dich neben mich."
Er öffnete die Rotweinflasche in der braunen Papiertüte und ließ den dunkelrot schimmernden Wein in zwei Plastikbecher laufen.
„Nein!!! Plastikbecher! Rotwein aus Plastikbechern!", rief Julie entgeistert.
„Liebste Julie", klärte Vincent sie mit seiner tiefen Stimme auf. „Weder du noch ich möchten heute Abend verhaftet werden, also wird in den Tarnbechern serviert."
Er gab ihr einen ganz zärtlichen Kuss.
„Ich liebe Plastikbecher", meinte Julie nun amüsiert.
„Schade. Ich dachte, nach dem Kuss hättest du gesagt, du liebst mich!"
„Auch!"
„Na klasse!"
„Mehr", sagte Julie.
„Wein?"
„Zweitrangig! Küsse natürlich!"

„Gerne, aber erst der Sonnenuntergang."
Vincent zeigte mit ausgestrecktem Arm auf den riesigen, glänzenden, dunkel-orangefarbenen Ball, der sich der Wasserlinie am Horizont näherte.
„Das sieht gigantisch aus! Was ist die Sonne hier groß!" Julie lehnte ihren Kopf glücklich an Vincents Schulter und nahm noch einen kleinen Schluck Rotwein.
„Das geht jetzt sehr schnell. Schau, der Sonnenrand hat schon die Wasserlinie erreicht."
Die Sonne schien am Horizont in das Meer einzutauchen. Das Licht wechselte langsam, der Tag verabschiedete sich mit einem letzten glühenden Glanz.
„Das ist doch wohl ein Erlebnis!" Vincent strich über Julies Haar.
„Wunderschön", flüsterte sie ehrfurchtsvoll.
Es gibt Momente im Leben, da könnte einem das Herz vor Glück zerplatzen - und so einer ist genau jetzt, dachte Julie.
Sie saßen noch eine ganze Weile, erzählten sich Geschichten aus ihrem Leben, schauten auf das Meer und genossen den Wein.
„Es wird frischer", fand Julie und zog fröstelnd die Schul tern hoch.
„Dann lass uns gehen! Weißt du, ob Sophia und Erik zuhause sind?"
„Sophia meinte vorhin, sie würden beide noch in die Kneipe gehen, dort würde heute Abend ein Jazz-Quartett spielen."
„Willst du auch oder sollen wir die sturmfreie Bude ausnutzen?"
„Ich würde die zweite Variante vorziehen."
„Ich sehe schon, wir werden eine wunderbare Beziehung

haben, so einig, wie wir uns sind!"
Vincent stand auf, zog Julie an den Händen hoch und Hand in Hand schlenderten sie verliebt den Strand hinauf zum Auto.

♥

Erik hatte an diesem Morgen das erste Mal seit Tagen wieder richtig gut geschlafen. Sophia war hier und sie würden noch ein paar Tage gemeinsam verbringen. Es gab eine Annäherung und darüber war er sehr froh.
Bei ihrer Ankunft im Restaurant hatte er sich betont cool und relaxed gegeben. Innerlich war er das überhaupt nicht gewesen.
Als er Sophia - das erste Mal nach Monaten - wiedersah, brachen alle alten Gefühle in ihm durch. Am liebsten hätte er sie an sich gedrückt, geküsst, herzlich willkommen geheißen, sich einfach gefreut, dass sie wegen ihm gekommen war.
Aber er hatte nichts davon getan.
Der lange Flug schien ihr nichts ausgemacht zu haben, so schön und frisch hatte sie ausgesehen. Sophia war ohne Frage seine Traumfrau, trotzdem hatte er beschlossen, es ihr nicht so leicht zu machen.
Noch glaubte sie, er würde in einer Autowerkstatt arbeiten und er musste erst herausfinden, ob ihr das letztendlich tatsächlich genügen würde oder dies nur hohle Worte am Strand gewesen waren.
Sein Hauptpunkt allerdings lag in der Frage, ob er ihr die Beziehung mit dem anderen Mann verzeihen konnte oder würde er ihr diesen Vorwurf, wenn auch stumm, immer

wieder machen, wenn sie erneut zusammen kommen würden. Blöd war auch, dass er diesen Mann gesehen hatte und wenn er sich vorstellte, wie Sophia und er ... schnell schüttelte er sich, um diese bedrückenden Gedanken zu verscheuchen.
Sicherlich brächten ihm auch hier die nächsten Tage zumindest tendenziell Klarheit.
Außerdem wollte er noch einmal mit Vincent ganz offen sprechen – er schätzte seine oft beneidenswert nüchterne Betrachtung der Dinge sehr.

♥

Sophia hingegen verbrachte unruhige Stunden.
Erik hatte ihr am Vorabend eine gute Nacht gewünscht und ihr einen flüchtigen Wangenkuss gegeben.
Na super, hatte Sophia verzweifelt gedacht, so küsse ich zwangsweise eine Erbtante!
Julie war für ein vertrauliches Gespräch momentan nicht greifbar, aber sie hatte so schwere Seelenpein, die sie sich doch wegquatschen wollte! Sie brauchte dringend schwesterlichen Rat.
In der Hoffnung, sie am frühen Morgen allein in der Küche zu treffen, weil Julie Frühaufsteherin und Kaffeejunkie war, ging sie leise die Treppen hinunter, wurde aber enttäuscht, denn sie fand nur einen Zettel vor.

Ihr beiden Süßen,
wir sind frühstücken in Wendy`s Diner und fahren dann ein bisschen an der Küste entlang.
Wenn ihr zeitig genug wach seid, kommt doch auch zu Wendy`s!

Bis später,
Vincent und Julie　　　　　*07.00 Uhr*

Ihre Enttäuschung schluckte sie, denn in diesem Moment kam Erik in die Küche. Sie zeigte ihm den Zettel und er sah auf seine Armbanduhr.
„Oha, das ist knapp eine Stunde her. Sollen wir auch hinfahren - vielleicht sehen wir sie noch?"
„Ich denke, wir sollten lieber nicht stören."
„Dann lass uns auf die Second Street gehen. Dort gibt es einen Laden, in dem bekommt man die besten Pancakes der Welt. Und ich liebe einfach diese süßen kleinen Pfannkuchen mit Ahornsirup."
Sophia stimmte zu. Darauf hatte sie auch Appetit.
Den kurzen Weg nahm Erik sie an die Hand.
Beide stopften sich mit Pancakes und Ahornsirup voll, so als wollten sie ihre angespannten Nerven mit der Süße zukleistern und betäuben.
Plötzlich fragte Erik: „Wie sieht dein Lebenstraum aus, Sophia?"
Sie war über diese unvermittelte Frage irritiert. „Wie meinst du das jetzt?"
„Ich frage dich mal anders: Wie siehst du dich selbst in 10 zehn Jahren? Was wünscht du dir bis dahin?"
Sophia sah ihn an und blickte in seine schönen, aber nachdenklichen stahlblauen Augen.
„Ich meine, außer dem beruflichen Erfolg", setzte er noch hinzu.
„10 Jahre weiter ..." Sophia machte eine nachdenkliche Pause. „Ich denke, ich wünsche mir eine Familie. Einen liebevollen Mann, ein Kind ... ja eins ... ein eigenes Haus auch. Aber

mein beruflicher Erfolg gehört für mich einfach dazu. Ich könnte mir nicht vorstellen, meinen Beruf aufzugeben."
Erik sagte nichts. Sophia meinte daher, sie müsse sich für den letzten Satz rechtfertigen.
„Weißt du, ich habe so viel in meine Ausbildung investiert, habe ein Medizinstudium hinter mich gebracht, eine fundierte Kosmetikausbildung absolviert. Und ehrlich gesagt, Erik, mache ich beruflich genau das, was ich mir immer gewünscht habe, schon als Kind. Ich liebe mein Institut, das ich mit viel Herzblut aufgebaut habe, auch wenn es mit einigen Kunden manchmal etwas schwierig ist!"
Dabei wanderten ihre Gedanken automatisch zu der alten Fregatte Ermelmann. „Und ich tue noch etwas, was ich schon immer wollte: richtig gutes Geld verdienen!"
Da ist er wieder, der Blick auf das Geld, dachte Erik bedauernd.
„Für dich kommen zwei oder auch drei Kinder also nicht in Frage!"
Sophia holte tief Luft setzte sich ganz aufrecht.
„Mit einem Kind könnte ich alles verbinden, mit zwei Kindern schon nicht mehr. Und ich bin ich. Ich kann und will mich nicht verbiegen lassen. Ich liebe Kosmetik, ich liebe schöne, edle Bekleidung und Schuhe erst recht. Ich schminke mich grundsätzlich, auch daheim, geh niemals ungeschminkt aus dem Haus, weil ich mich einfach unwohl fühlen würde. Ich brauche das."
Erik nickte nur.

♥

Den gesamten Nachmittag verbrachten sie bei strahlendem

Sonnenschein in Long Beach auf der Queen Mary I, dem altehrwürdigen Schiff, das schon so viele Jahre dort als Hotelschiff vor Anker lag.
„Das ist ein echtes Highlight, Erik. Ich wollte dieses Schiff schon immer mit eigenen Augen sehen!"
„Ich war mit Vincent bereits einmal hier. Ja, die Queen Mary ist sehr beeindruckend."
Sie befanden sich am Bug. Ganz vorne an der Spitze standen Paare, die sich dort in der so typischen Film-Titanic-Pose von Kate Winslet und Leonardo DiCaprio von einem Angestellten der Schifffahrtsgesellschaft fotografieren ließen. Dieser kam auch zu ihnen und bot an, ein Foto zu machen. Doch Sophia lehnte dankend ab.
„Warum wolltest du nicht?", fragte Erik erstaunt, zumal er Sophias Eitelkeit zu gut kannte.
„Das ist ein schlechtes Omen, Erik. Ich mag nicht mit ausgestreckten Armen am Bug eines Schiffes stehen. Denen auf der Titanic hat es schließlich auch kein Glück gebracht."
Der Klang ihrer Stimme trug eine leichte Bitterkeit mit sich. Sie drehte sich abrupt um und verließ das Deck.
Erik folgte ihr.
Anschließend besichtigten sie noch den Bauch des Luxusliners. Altes Holz zierte die Wände, die mit pompösen Spiegeln versehen waren. Die Speisesäle waren im historischen Stil erhalten. Alles atmete Vornehmheit, Exklusivität sowie auch Romantik und den Stil längst vergangener Tage.
Die unterschiedlichen Stockwerke ließen Sophia schnell die Orientierung verlieren.
Im Gegensatz zu den Passagieren waren die Arbeitsräume

der früheren Mannschaft bar jeder Romantik. Es war streckenweise duster, als Treppen gab es oft nur ganz schmale Eisenstiegen, die Sophia gar nicht betreten wollte, weil sie teilweise metertief hinabblickte. Es war ein Wirrwarr von Eisen, Maschinen, Düsterkeit - und sie spürte auch ein wenig Hoffnungslosigkeit. Den Weg hätte sie alleine nicht mehr so schnell nach ganz oben an die frische Luft gefunden.

Nachdenklich kam sie später wieder an Deck und sog tief und dankbar die würzige Seeluft ein, genoss die Sonnenstrahlen auf ihrer Haut.

„Ich habe nie verstanden, warum sich die Menschen auf der Titanic nicht nach oben haben retten können - jetzt hab ich es kapiert!" Sie sah Erik betroffen an.

Schnell vertrieb er diese melancholische Stimmung. „Lass uns Eis essen gehen! Ich hab ein Stückchen weiter die Straße entlang so eine Art Softeisstand gesehen. Lust?"

„Oh ja, gerne!"

„Was passiert dann mit deinem Lippenstift?", ärgerte Erik.

„Gar nichts, mein Lieber, der hält 24 Stunden lang alles aus. Von Essen über Trinken, breit lachen und küssen!"

„Tatsächlich?"

„In der Tat!"

Das wäre die beste Gelegenheit für einen Kuss gewesen, doch Erik ließ sie verstreichen. Er nahm nur ihre Hand. Aber sie erfreute sich an dieser kleinen Geste der Zuneigung.

Ich werde die Initiative nicht ergreifen, beschloss sie. Er wird wohl hoffentlich aus seinem Schneckenhaus herauskommen. Verdammt! Er ist doch sonst so männlich und tatkräftig!

Nur Geduld Sophia, ermahnte sie sich sofort selber, genoss

aber die Wärme und den Druck seiner Hand für den Moment sehr.
Auch Erik gefiel es, mit Sophia Hand in Hand zu gehen. Erinnerungen an die gemeinsamen ersten Wochen kamen auf - und die waren einfach schön.
Er hatte ein gutes Gefühl, in das sich keine negativen Spuren mischten.
Sie war hier - bei ihm. Am allerliebsten hätte er Sophia hochgehoben und im Kreis durch die Luft gewirbelt.
Aber wieder tat er nichts.

♥

Abends dann gingen sie gemeinsam aus - und erneut war kein Männer-Wort zwischen Erik und Vincent und kein Frauengespräch für Sophia mit Julie möglich.
Während sich Sophia noch fragte, wie sie ihre Schwester am besten für einen dringenden Gedankenaustausch von Vincent weglocken könne, sorgte dieser für Erleichterung.
„Morgen muss ich leider für ein paar Stunden ins Büro. Marylee hat angerufen, es brennt so einiges, so dass ich erst einmal löschen muss! Ich denke, es wird bis Mittag dauern."
„Macht doch nichts", meinte Julie, „ich kann mich schon beschäftigen."
„Ich würde gerne mitkommen, Vincent", warf Erik ein. „Ich möchte mir noch einmal die Details zu diesem Motor ansehen."
„Okay. Das passt!"
„Lass uns dann doch morgen früh shoppen gehen", schlug Julie ihrer Schwester vor.

„Super!" Sophia war erleichtert. Sie würde Julie über Stunden für sich haben - und sich alles von der Seele quasseln!
„Wer möchte noch ein Dessert? Die haben hier wirklich ganz wunderbare Chocolate Pies. Soo schokoladig, soo schmelzig, soo ...!"
„...fett! Vincent!!!", schimpfte Julie sofort los. „Du hattest schon Rippchen bis zum Abwinken, hast dazu gefühlt drei Brote mit Kräuterbutter verspeist - und erst das Fass Budweiser!"
Ihr ärgerlicher Blick blieb an seinem Bauch hängen.
Vincent sah seine Freundin mitleidig an.
„Julie, du Gewichts-Gouvernante!" Er legte den Arm um ihre Schulter. „Das ist Seelenfutter und somit sehr gesund! Ich sag's mal mit dem rheinischen Kabarettisten Sebastian Pufpaff: Jedes gute Stück Fleisch hat einen Fettrand!"

♥

Die beiden Mädels lagen noch in den Betten, als Vincent und Erik am nächsten Morgen sehr zeitig losfuhren.
„Wie läuft's bei dir?", fragte Vincent.
„Mühsam nährt sich das Eichhörnchen, würde ich dazu sagen", meinte Erik.
„Wie meinst du das jetzt?"
„Laufen tut im Prinzip nichts so wirklich. Ich habe ein Problem, Vincent."
„Das wäre?"
„Ich habe schlicht und einfach Sorge, dass mir das Gleiche mit Sophia noch einmal passiert. Ich meine, dass ich mich so unsäglich verliebe und dann ins Bodenlose falle, wie vor ein

paar Monaten."
„Sophia hat sogar einen Business-Flug berappt – wegen dir! Das tut man doch nicht, wenn einem der andere völlig wurscht ist."
„Schon. Aber was ist, wenn ...!"
„Hör mal zu, Sportsfreund! Das Leben birgt immer Risiken, wird uns immer wieder überraschen, negativ wie positiv. Wenn du eine Garantie willst, kauf dir eine Waschmaschine! Aber sie ist wegen dir hier. Sie ist auch nur ein Mensch. Ich sag jetzt nicht, sie hat einen Fehler begangen, denn das wäre ungerecht. Ich würde es so formulieren: Sie hat damals eine Entscheidung getroffen, die sie bereut und revidiert hat und versucht nun, zu bekommen, was sie seinerzeit verschmähte. Daran kann ich nichts Verkehrtes erkennen."
„Hmm." Erik schaute aus dem Autofenster.
„Was ist daran falsch?", fragte Vincent und sah Erik von der Seite an.
„Hmm."
Vincent fuhr auf den Highway auf, schimpfte über einen Autofahrer mit Cowbowyhut in einem Pick-Up, der seiner Meinung nach besser gelaufen wäre, weil er so langsam fuhr und sagte dann: „Pass mal auf, Erik! Kurz und knapp: Wenn du sie liebst, vergiss die Vergangenheit, schmeiß sie über Bord und starte neu. Kannst du nicht vergessen, dann lass es, flieg heim und spar dir die Zeit mir ihr hier. Anders geht es nicht!"
„Hmm."
„Hey! Kannst du auch mal was anderes sagen als Hmm?"
„Hmm. Ja doch! Danke Vincent! So mach ich's."
„Waaaas? Du fliegst nach Hause? Spinnst du?"

„Nein! Ich folge deinem Rat, vergesse die Vergangenheit und schnapp sie mir."
„Yeah!"

♥

„Ich glaub das jetzt nicht! Es ist nichts passiert - kein einziger Kuss, ich meine so einen richtigen, nicht mal ein klitzekleiner?"
Julie sah Sophia mitleidig an, die in dem kleinen Geschäft die hübschen, duftenden Seifen betrachtete.
„Leider nein. Außer der Umarmung, einem müden Erbtantenkuss und Hand in Hand gehen nicht. Er kommt mir nicht näher." Sie sah Julie direkt an und seufzte. „Ich glaub, er will mich doch nicht mehr."
„Doch will er dich. Ich bin eine Frau - ich spüre das!"
„Ich bin auch eine Frau. Ich spüre das nicht."
„Du bist befangen."
Julie sah Tränen in Sophias Augen schwimmen.
„Hast du ihm gesagt, dass du ihn liebst und von Herzen willst? Einfach so, wie ES nun mal ist und vor allen Dingen wie ER ist?
„Ja, hmm ... das heißt ... so ganz deutlich vielleicht jetzt nicht unbedingt!"
„Aber warum denn nicht?" Julie war entsetzt.
„Mensch, Sophia! Das ist doch genau der Casus knaxus! Er traut sich nicht, weil er denkt, er ist dir nicht gut genug!"
„Ich denke eher, das ist wegen der Sache mit Jean. Er vertraut mir nicht mehr."
„Oh ... ach so. Stimmt. Den hatte ich in den letzten Tagen total verdrängt."

„Er leider nicht."
„Ich sehe da nur eine einzige Möglichkeit", meinte Julie entschlossen. „Sag ihm einfach kurz und knapp, dass du ihn aufrichtig liebst."
„Und wenn er mir eine Abfuhr gibt?"
„Dann gibt er sie dir. Dann ist er sowieso bescheuert! Aber dann hast du es wenigstens versucht!"

♥

Am Abend überraschte Erik dann die anderen mit der Information, dass er doch schon am kommenden Tag nach Deutschland zurückfliegen wolle. Er habe auch bereits umgebucht.
Sophia war wie vor den Kopf geschlagen. Julie auch.
„Aber du wolltest doch noch ...", begann Julie.
Erik fiel Julie gleich ins Wort. „Ich weiß. Aber ich muss aus verschiedenen Gründen zurück."
Sophia versuchte, Haltung zu bewahren, aber diesmal gelang ihr das nicht. Sie schluchzte auf und lief aus dem Raum.
Vincent sah Erik völlig verständnislos an.
„Was soll das denn jetzt? Wir hatten doch heute Morgen was ganz anderes besprochen!"
„Ich muss wirklich zurück. Aber ich wollte auch mal sehen, wie sie reagiert."
„Jetzt hör aber auf, Erik!" Vincent war stinksauer. „Was soll diese Scheiße? Entweder du willst sie und liebst sie, dann tu ihr gefälligst nicht weh! Wenn nicht, dann sag es einfach. Aber so ein Psycho-Spielchen kannst du dir sparen!"

„Ich lass euch einfach mal alleine!" Julie sprang auf und lief ihrer Schwester hinterher.
Vincent hielt es auch nicht auf seinem Stuhl. Er stand auf, stellte sich ans Fenster und sah hinaus, drehte sich dann aber abrupt zu Erik um und starrte ihn böse und gereizt an.
„Mensch, Mensch, Erik! Wie kann man sich nur selbst so zerfleischen! Ihr habt beide - beide! - eine zweite Chance, nichts liegt euch im Weg und ihr stellt euch an wie beleidigte Leberwürstchen! Ihr seid doch verdammt noch mal erwachsene Menschen!"
Er nagelte Erik mit seinem Blick fest.
„Ihr gehört sogar zu den Glücklichen, die außer diesen langsam lächerlichen Liebessorgen keinerlei weitere haben! Ihr hängt hier beide in Kalifornien, einem der schönsten Plätze dieser Welt. Viele träumen ihr ganzes Leben davon. Und warum? Weil sie niemals so viel verdienen, um sich das ansatzweise überhaupt leisten zu können! Und was macht ihr? Ihr schiebt euch gegenseitig die Beziehungs-Verantwortung zu. Sophia ist wie immer Miss Etepetete, du bist in deiner Männlichkeit gekränkt! Herrgott noch eins! Betreue ich eigentlich hier zwei psychisch labile Patienten oder pubertierende Blagen? Geht's eigentlich noch?"
Er schlug wütend auf den Tisch, fixierte Erik erneut, diesmal mit verengten Augen und verließ ebenfalls das Zimmer, die Tür laut hinter sich zuknallend.
Aber er öffnete sie noch einmal und meinte kopfschüttelnd zu Erik: „Dein Verhalten ist so kindisch und aberwitzig, das man glatt denken könnte, du hast jetzt gerade erst geschnallt, dass dein Wagen am Flughafen in Deutschland im absoluten Halteverbot steht und nun musst du schnellstens zurück um zu sehen, ob das außer dir auch noch

jemand gemerkt hat!"
Und die Tür knallte erneut ins Schloss.
Erik saß allein, unbeweglich, wie abgewatscht, geteert und gefedert.
Nach einer Weile stand er auf und straffte sich, wobei ihm irgendwie alles weh tat.
Psychisch labile Blagen, war das der Ausdruck, den Vincent gebraucht hatte? So unangenehm ihm das war, was Vincent gesagt hatte, stimmte.
Er und auch Sophia nahmen hier Gastfreundschaft in Anspruch und hielten den Gastgeber mit albernen Gefühlsduseleien in Atem.
Beschämend, gerade für ihn, weil er immer von sich selbst behauptete, er stehe mit beiden Beinen fest im Leben und sei krisenfest, denn für jedes Problem gäbe es schließlich eine Lösung!
Wenn was ändern, dann vielleicht jetzt?
Langsam ging er die Treppe hoch Richtung Zimmer, das Sophia nun allein bewohnte.
Er wollte klopfen, hatte die Hand schon erhoben. Aber letztendlich tat er es doch nicht. Er drehte sich um und ging in sein Gästezimmer.

♥

Eine Stunde später verließ Julie ihre Schwester. Sie hatte ganze Aufbauarbeit leisten müssen, denn Sophia war am Boden zerstört.
„Ich will ihn jetzt nicht mehr sehen. Ich komme morgen erst wieder aus dem Zimmer, wenn er weg ist! Vorher

keinesfalls!"
Julie nickte. Sie konnte nichts mehr antworten, sie hatte auch keine Worte mehr für diese verfahrene Situation.

♥

„Sag mal, was ist denn mit Erik los? So hätte ich ihn nicht eingeschätzt", meinte Julie ein wenig später, als sie in Vincents Armen im Bett lag.
„Ach, der hat doch einen Vollschatten!"
„Nun erzähl doch mal! Ich hab nur deine laute Stimme bis ins Obergeschoss gehört."
„Du, jetzt bitte nicht. Lass uns schlafen. Mittlerweile ist es nach Mitternacht. Ich will mich nicht noch einmal aufregen! Ich habe so die Schnauze voll! Wir sprechen morgen in Ruhe und mit etwas Abstand darüber, okay? Wir müssen nämlich ab morgen Sophia aufbauen. Sie bleibt uns schließlich als Vermächtnis nach Herrn Eriks Abreise."
Julie seufzte, aber Vincent lenkte sie wunderbar ab, indem er sie ganz zärtlich küsste.
Julie war froh, nicht in Sophias Haut zu stecken und schloss ihre Augen.
Aber ihre Schwester tat ihr unendlich leid.

♥

Dass Erik sich nicht überwinden konnte, bei Sophia anzuklopfen, rächte sich. Er hatte Einschlafschwierigkeiten, seine Gedanken kamen nicht zur Ruhe und somit wälzte er sich hin und her. Später in der Nacht, nachdem er ständig auf die Uhr geschaut hatte, knipste er die kleine

Nachttischlampe an und versuchte, sich durch eine Zeitschrift abzulenken. Aber auch das misslang. Viele Sätze musste er doppelt und dreifach lesen, weil er so unkonzentriert war.
In aller Herrgottsfrühe stand er auf, kochte Kaffee, füllte zwei große Tassen, nahm eine Packung amerikanische Cookies aus Vincents Vorrat, packte alles auf ein Tablett und ging nun endlich zu Sophia.
Pro forma klopfte er an, trat aber sofort ein.
Sophia schaute schlaftrunken hoch.
„Du?" Sie war völlig erstaunt.
„Ich! Ich möchte mit dir reden!"
„Jetzt? Mitten in der Nacht?" Sie sah mit knibbelnden Augen auf die kleine Uhr neben dem Bett, die halb sieben anzeigte.
„Es ist durchaus schon Frühstückszeit!" Er stellte das Kaffeetablett ab und wollte ihr eine Tasse anreichen.
„Sophia, ich möchte dir ..."
Sophia machte eine abwehrende Geste mit der Hand.
„Moment, Moment! Lass mich wenigstens erst ansatzweise wach werden." Das knurrte sie recht unfreundlich.
Sie setzte sich auf, nahm dann die Tasse und genoss ein paar Schlucke.
Erik setzte sich an die Bettkante und hatte somit Zeit, sie zu betrachten.
Selbst so ungeschminkt und nachtgeknautscht sah sie verführerisch aus. Sie trug ein rotes Seidenhemdchen und er hätte am liebsten ihre Schulter geküsst.
Sophia strich sich das Haar aus dem Gesicht und meinte, immer noch barsch: „Dann schieß los!"
„Ich hatte eine schlaflose Nacht ...!"

„Das gönn ich dir!", unterbrach ihn Sophia direkt.
Erik überging ihre Bemerkung. „Ich hatte also eine schlaflose Nacht und somit viel Zeit nachzudenken. Bevor ich heute zurückfliege, möchte ich dich fragen, ob du es noch einmal mit mir probieren möchtest."
Auf diesen Moment hatte Sophia die letzten Tage so sehr gewartet, aber an diesem Morgen am wenigsten damit gerechnet.
Sie machte keinerlei Umschweife mehr, stellte einfach die Kaffeetasse ab und umarmte ihn.
Die Erleichterung brach sich Bahn - bei beiden.
„Ja doch, ja!", hauchte sie.
Erik drückte sie fest an sich, fuhr mit seinen Fingern durch ihr Haar. „Aber du kennst meinen Beruf. Genüge ich denn ..."
„Psssst!" Sie legte ihren Zeigefinger zärtlich auf seinen Mund. „Du bist du. Und genauso will ich es. So ist es richtig für mich!" Und nach einer kurzen Pause fügte sie noch ganz leise hinzu: „Und ich ... ich lieb dich doch!"
Erik küsste sie endlich mit aller Leidenschaft. Danach saßen sie eine Weile schweigend.
„Fliegst du wirklich heute?" Sophia hatte noch die kleine Hoffnung, dass er doch nur geblufft hatte.
„Ja sicher!"
„Du bist so doof!"
„Und du bist frech!"
„Damit musst du in Zukunft auch klarkommen! Ich möchte mit nach Deutschland."
„Warum hast du das denn gestern nicht gesagt?"
Sophia rückte von ihm ab. „Das ist ja wieder mal typisch Mann! Gestern sah die Sache zwischen uns doch wohl ganz anders aus!"

„Soll ich anrufen, ob noch ein Platz frei ist?"
„Machst du das für mich?"
„Dann muss ich mich beeilen! Ein Versuch ist es wert. Ich komme gleich wieder!"
Er verschwand und Sophia stand auf und sprang unter die Dusche.
Natürlich gab es keinen Platz mehr in der Maschine! Das wäre auch ein Wunder gewesen!
Und natürlich bereute Erik nun seinen gestrigen spontanen Entschluss, aber nochmals alles revidieren ging nicht mehr.
So verbrachten sie die wenigen Stunden endlich redend und bedauernd, dass sie sich nicht schon früher absolut offen und ganz ehrlich unterhalten hatten.

♥

Vincent wollte Erik zum Flughafen bringen.
Obwohl Erik Sophia bat, ihn zu begleiten, lehnte sie das ab.
„Das kann ich nicht! Ich fang dann bestimmt in aller Öffentlichkeit an zu heulen! Ich komme nach, du kannst mich aber abholen, sofern du möchtest oder vom Job her kannst."
Erik grinste. „Klar! Ich schlepp dich vom Flughafen ab! Das geht immer!"
So verabschiedeten sie sich später zärtlich an Vincents Auto voneinander, konnten sich gar nicht trennen.
„Selbst schuld, dass das jetzt so ist", meinte Vincent trocken und kommandierte: „Steig ein, Erik!"

♥

„Zu blöd, dass ich jetzt noch zwei Tage warten muss", maulte Sophia, als Erik weg war. „Kannst du mir mal sagen, warum so viele Leute von Los Angeles nach Düsseldorf fliegen?"
„Vielleicht auch, weil sie zeitig genug gebucht haben?", grinste Julie. „Ich finde es trotzdem gut. Wir haben jetzt zwei Schwestern-Tage für uns!"
Vincent hatte einige Geschäftstermine, die er wahrnehmen musste. Er war froh, dass Julie nicht allein war, sondern noch etwas mit Sophia unternehmen konnte.
„Ich möchte noch ein Geschenk für Mama und Papa und auch für Oma und Opa kaufen, die haben mir nämlich Geld zugesteckt, die Guten!"
„Prima! Dann gehen wir doch gleich mal los!"
Die beiden Schwestern liefen den kurzen Weg zur belebten Einkaufsstraße, stöberten dort durch die Läden und Sophia glänzte mit guter Laune.
„Schau mal hier, Julie, das ist doch eine schöne Brosche! Wäre das nicht etwas für Omi?"
„Zeig her!" Julie griff nach dem Schmuckstück. „Oh ja, die ist schön! Prima, die kauf ich! Nachher können wir noch einmal in diesen Seifenladen gehen. Ich nehme für Opa die Kräuterseife mit, das ist sicher etwas für ihn, sie duftet irgendwie nach Garten."
„Guck mal, Schwesterchen, zu der Brosche gibt es noch passende Ohrringe! Die kauf ICH Omi", meinte Sophia spontan, um dann etwas ernster und leiser hinzuzusetzen: „Ich bin so froh, dass Erik heute Morgen noch mit mir gesprochen hat! Ich glaub", sie kicherte, aber in ihren Augen stand das Glück, „ich wäre sonst zusammengebrochen, wenn er einfach so abgereist wäre!"
„Sieh mal an", Julies Stimme troff vor Spott, „aber du

wolltest doch keinen einfachen Arbeiter!"
„Hör auf jetzt!"
„Ich meine ja nur."
„Ich nehm ihn - vielleicht kann man ja arbeitstechnisch noch was aus ihm machen! Kosmetisch jedenfalls kann ich schließlich aus jedem Mülleimerchen ein Sektkübelchen herstellen!"
„Sophia!!!"
„War doch ein Scherz! Echt! Ich weiß, dass er ein erfahrener Autospezialist ist. Das hat er bewiesen und ich finde das auch toll."
Aber als sie in das ungläubige Gesicht ihrer Schwester sah, setzte sie noch ganz bestimmend und schnell hinterher: „Wirklich!"
Dann lenkte sie aber auf ein anderes Thema.
„Sag mal, wollen wir nachher noch ans Meer fahren, wenn wir noch eine Kleinigkeit für Mama und Papa gefunden haben? Da war ich eigentlich viel zu wenig bisher!"
„Gerne! Aber vorher holen wir uns noch diese niedlichen kleinen, bunten, so köstlichen Donuts!"
„Jaaaa - und ich nehme die mit dem zuckrigen hellgrünen Überzug! Zuhause würde ich sowas nicht essen, aber hier ist eh alles anders", fand Sophia.
Sie verbrachten wunderbare Stunden am kalifornischen goldgelben Sandstrand, scherzend, lachend, träumend - nun unbeschwert und voller Leichtigkeit, wie das so ist bei gleichzeitig verliebten Schwestern.
Und natürlich sammelten sie als Erinnerung Muscheln - in der Verpackung von den Donuts, die sie vorher mit Appetit aufgefuttert hatten.

♥

Für Sophia dauerte die Zeit bis zu ihrem Abflug trotz der schönen Stunden mit ihrer Schwester viel zu lang. Sie sehnte sich nach Erik.
So gab es abends neben Telefonaten dann noch längere Chats bei Facebook.
„Die spinnen total", kommentierte Vincent das, als er später mit Julie allein war. „Hier hatten sie alle Zeit der Welt, miteinander zu sprechen, gemeinsam die tolle Umgebung zu genießen, sozusagen unter kalifornischer Sonne glücklich und verliebt zu sein und haben es nicht getan. Nun tun sie es per Internet. Schön blöd!"

♥

Vincent und Julie winkten Sophia noch einmal zu, als sie zum Gate ging.
Vincent nahm seine Freundin um die Schulter.
„Okay, Schatz! Nun sind unsere beiden Probleme endlich verschwunden! Ab jetzt haben wir das Haus ganz für uns allein, wir könnten also auch im Wohnzimmer oder in der Badewanne ...!"
„Du Ferkel!"
„ ... essen! Oder was hast du jetzt gerade gedacht?"
Julie kicherte. „Dann lass uns mal was ... ESSEN ... gehen!"

♥

Später fuhren sie zum Sonnenuntergang an den Strand.
Julie hätte vor Glück die ganze Welt umarmen können. In Vincents starken Armen fühlte sie sich angekommen.

Sie genoss erneut das gleichbleibend beruhigende Geräusch der an den Strand schlagenden Wellen, die salzige Seeluft, den orange-roten Sonnenfeuerball, der immer schneller am Horizont ins Meer eintauchte und die beginnende Dämmerung, die Land und Meer in ein weiches, harmonisches Licht hüllte.
Hätte ihr seinerzeit bei der Abiturfeier jemand prophezeit, Vincent Deemer würde Jahre später ihre große Liebe werden, sie hätte es niemals glauben können. Das Schulsprecher-Dickerchen!
Vincent hatte sie gefragt, natürlich nur noch pro forma, ob sie ihren gesamten Urlaub bei ihm verbringen könne und sie hatte logischerweise freudig zugestimmt.
„Yes, Sir, I would like to!", hatte sie fröhlich gequietscht.
Sie informierte ihre Eltern, auch ihre Großeltern rief sie an und sprudelte über vor Glück.
„Hast du meinen Rat also doch angenommen", freute sich ihre Großmutter.
Julie stand erst einmal auf der Leitung. „Wie jetzt?"
„Ach Julie", seufzte ihre Oma ergeben. „Das weiß sogar ich noch und ich bin schon so alt! Ich sagte doch, greif ihn dir!"
„Stimmt, Omi! Ich hab's getan. Und weißt du was? Es fühlt sich gut an!"
„Perfetto! So soll es sein!"
„Ich bring dir was ganz Tolles mit, hab ich schon gekauft!"
„Da freu ich mich aber!"
„Ich hab dich lieb, Omi!"
„Pass auf dich auf, Julchen! E un bacio von deinem Opa!"
„Gib ihm auch ein Küsschen von mir!"

♥

Obwohl Vincent wieder arbeiten musste, erlebte Julie eine wunderbare Zeit. Sie genoss jede Minute in den USA - ob mit oder ohne Vincent. Und zwischen Candy und ihr entstand eine tierisch-menschliche Liebesbeziehung.
Einmal noch geriet sie in einen Kaufrausch, als sie bei einer ihrer Shopping-Touren in einer Seitenstraße ein Geschäft entdeckte, welches ausschließlich Kleider führte. Das war für sie so wunderbar, dass sie die nächsten zweieinhalb Stunden dort verbrachte.
Das Ergebnis war, dass sie mit sage und schreibe sechs neuen Kleidern, einer strapazierten Kreditkarte, aber überglücklich das Geschäft verließ!
Mit ihren Tüten machte sie sich auf den Heimweg und verbrachte eine weitere Stunde damit, jedes Kleid noch einmal vor Vincents großem Spiegel anzuziehen, sich zu drehen, die mitgeflogenen Schuhpaare dazu auszuprobieren - sich eben rundum wohl zu fühlen.
Danach war sie nahezu erschöpft, aber auch voll satter Zufriedenheit. Sie legte sich auf die Terrasse in einen Liegestuhl und sofort war Candy zur Stelle und sprang auf ihren Bauch. Glücklich strich Julie über das weiße Federkleid und schloss die Augen, um direkt in einen erholsamen Schlaf zu fallen.
Sie schlief so tief, dass sie gar nicht bemerkte, dass Vincent nach Hause kam, sondern erst von seinem Kuss aufwachte.
Candy streckte sich einmal kurz und sprang dann auf den Boden, um Vincents Schuhe anzupicken.
„Möchtest du ein Bier?", fragte Vincent.
„Oh ja, gerne!"

Julie ging mit ins Haus und redete sofort begeistert auf Vincent ein.
„Du glaubst es nicht, ich habe eine Boutique entdeckt, die wundervolle Kleider hatte. Ich habe total gewulfft!"
„Was hast du?" Vincent sah sie fragend an.
„Gewulfft! Na, jede Menge Schnäppchen gemacht! Ich hol sie mal gleich!"
Sie sprang, jeweils zwei Stufen nehmend, die Treppen hinauf und kam in Windeseile bepackt wieder zurück.
„Nein!!! Du willst doch nicht sagen, dass du die alle gekauft hast!"
„Dohoch!" Sie griente. „Ich sagte gerade bereits, es war Schnäppchentaaaag!"
Dann führte sie Vincent jedes einzelne Kleid vor - und er genoss die Vorstellung ausgiebig.
Was war Julie doch für eine schöne Frau! Jede der unterschiedlichen Farben stand ihr gut, auch die Schnitte umschmeichelten ihre schlanke Figur. Und der volle Busen füllte die Kleider anregend aus.
Julie kam wieder angehüpft.
„Das ist jetzt das letzte Kleid", seufzte sie geschafft, aber freudig.
„Endlich! Länger hätte ich das auch nicht mehr ausgehalten! Komm mal her", winkte Vincent sie mit dem Zeigefinger heran, „ich helfe dir beim Ausziehen ...!"

♥ 15 ♥

Sophia war ziemlich kaputt, als sie das Flugzeug verließ. Der Unterschied zwischen Economy und Business war doch schon erheblich, das hätte sie niemals gedacht. Ihr tat der Rücken weh!
Sie stand am Gepäckband und trat von einem Bein auf das andere. Viele Koffer fuhren an ihr vorbei - nur ihrer nicht. Die Menschen um das Band wurden weniger, die Koffer auch. Zum Schluss kreiste ein einsames kleines graugemustertes Köfferchen schon zum zweiten Mal und wurde dann doch noch glücklich von einem jungen Mädchen genommen.
Das Band stoppte. Sie stand allein und ohne Gepäck. So ein Ärger! Sie machte sich auf zum Baggage Claim, um den Verlust zu melden.
Danach bekam sie Herzklopfen. War Erik wirklich gekommen?
War er! In Arbeitsklamotten!
Vollig egal! Erik war da! Erik war daaaaa!
Sie lief glücklich auf ihn zu, auf Gepäck brauchte sie schließlich keinerlei Rücksicht nehmen.
Er breitete seine Arme aus und sie flog hinein.
Genauso hatte er sich das gewünscht, aber bezweifelt, ob sie das tun würde, wenn sie ihn im Blaumann sah. Er konnte nicht anders, es war ein letzter Test.
In enger Umarmung gingen sie zum Parkhaus und Sophia erzählte von dem fehlenden Gepäck.
„Da werde ich wohl bis morgen drauf warten müssen. Aber macht nichts, es ist ja keine Dusche drin!" Sie kicherte.
„Wichtig ist, dass ich jetzt ein paar heiße Wasserstrahlen

erwische."
„Dann komm doch mit zu mir. Und stell dir vor, ich habe ein Bad mit Dusche UND Wanne!"
„Oh!"
Erik grinste. „Und heißes Wasser tatsächlich auch! Sauber ist es ebenfalls. Meine Mutter sagt immer: Arm darf man sein, aber nicht dreckig!"
„Ach Mensch, sei nicht so", sagte sie kleinlaut.
Irgendwann muss es ja sein, dachte Sophia. Warum nicht der Schock heute! Man muss es eben positiv sehen - er könnte schließlich bald zu ihr ziehen, in ihre schöne, moderne Wohnung mit der außergewöhnlichen Raumaufteilung! Die war elegant und repräsentativ, hatte einen ansprechend großen Balkon und das Bad - obwohl es nicht so sonderlich großzügig geschnitten war - sogar einen Whirlpool!
Und tatsächlich, er war mit dem Abschleppwagen da! Gelb leuchtete er ihr entgegen. Das würde nun ihr zweiter Trip in diesem besonderen Auto.
Während der Fahrt berichtete Sophia ihrem Erik von den letzten beiden Tagen, die sie mit Julie verbracht hatte, schwärmte von dem Meer, den trotz fortgeschrittener Jahreszeit noch angenehmen Temperaturen und meinte dann zum Schluss, sie sei nicht das letzte Mal in Kalifornien gewesen.
„Ich sicherlich auch nicht", erwiderte Erik im Brustton der Überzeugung.
Da wirst du wohl länger sparen müssen, dachte Sophia, wurde sich aber sofort ihrer diskriminierenden Gedanken bewusst und schämte sich innerlich.
Hier saß der Mann neben ihr, den sie wollte. Was er war,

spielte eigentlich keine Rolle. In einem Anzug würde er sicherlich überwältigend aussehen! Außerdem hatte er schließlich einen Beruf und mit dem, was ihr Institut abwarf, würden sie fürstlich leben können.
Auf den Weg hatte Sophia nicht so geachtet und ihr wurde die Richtung erst klar, als sie an größeren alten Jugendstilvillen vorbeifuhren.
„Wo geht es eigentlich hin?"
„Zu mir! Dort kannst du duschen und dann essen wir eine Kleinigkeit. Wenn du willst, kannst du die Nacht bei mir verbringen und morgen früh fahre ich dich nach Hause. Aber nur, wenn du möchtest. Fühl dich nicht gedrängt, entscheide ganz frei."
Dabei strich er ihr liebevoll über die Wange und lächelte sie an.
Oh, dieses Lächeln! Darin hatte sie sich damals gleich verliebt! Und wenn er seine Rede noch mit so unfairen Mitteln wie Streicheln untermalte, hatte sie wohl keine Wahl.
„Ja, ich bleibe gerne!" In Gedanken setzte sie hinzu: und morgen fährst du mit zu mir! Du kannst dort ein paar deiner Klamotten parken. Wir werden sowieso grundsätzlich bei mir sein.
Kurz danach hielten sie vor dem riesigen Tor einer imposanten Jugendstilvilla.
Die kannte sie! Da hatte sie seinerzeit doch vorgestanden und war wieder gefahren!
Ein Teil der Pflanzen war schon für den ersten Frost abgedeckt, aber man konnte sich trotzdem die Schönheit des riesigen Vorgartens vorstellen. Im Sommer würden die mächtigen, alten Bäume, die das Grundstück seitlich des

Zaunes entlang beschützten, das Entree mit der riesigen Haustür angenehm überschatten.
„Ich bin sehr selten mit dem Schlepper hier", unterbrach Erik ihre Gedanken. „Deshalb lass ich ihn jetzt auch auf der Straße stehen und fahre ihn gar nicht erst aufs Grundstück. Nachher hole ich meinen Privatwagen."
Die Nachbarn würden so ein Auto wohl kaum schätzen, dachte sich Sophia noch, als Erik schon weitersprach.
„Komm schon! Raus hier! Du sitzt wie angenagelt!"
„Hier? Hier wohnst du? Wie hast du denn hier eine Wohnung bekommen?"
„Beziehungen!" Er lächelte verschmitzt.
Sie gingen seitlich am Haus vorbei, wo es einen kleineren, aber nicht minder schön gestalteten Eingang gab.
Das erinnerte Sophia an Filme mit Dienstboteneingang. Hoffentlich hatte er keine Kellerwohnung, in der sich unweigerlich kleine Asseln und Spinnchen im Bad tummelten! Gerade die alten Häuser besaßen oft Gewölbekeller. Feucht und muffig rochen die und boten ausreichend Wohnmöglichkeiten für allerlei Getier.
Aber sie folgte ihm in einen großzügigen, recht kühlen Raum. Verschiedene Lebensmittel waren hier in Regalen als Vorrat untergebracht. Ihr Blick fiel auf einige Kisten Wein und - Champagner!
Erik sah es. „Da muss ich mich entschuldigen, die hab ich noch nicht in den Weinkeller geräumt."
Sophia schmunzelte. Weinkeller! Er meinte wohl seinen Kühlschrank. Sicherlich so ein kleines Teil mit winzigem Tiefkühlfach.
Er nahm ihre Hand.
„Komm, du wolltest doch unbedingt duschen."

Erik öffnete die nächste Tür - und Sophia blieb vor Erstaunen den Mund offen stehen.
Sie standen in einer großen Empfangshalle, in der eine breite, geschwungene Marmortreppe nach oben führte.
„Oben die zweite Tür links, dort ist das Bad. Handtücher findest du in dem Regal. Aber das siehst du direkt. An der Wand hängen übrigens Bademäntel. Einen davon kannst du nachher überziehen."
Sophia bewegte sich nicht.
„Ist was?", fragte Erik und amüsierte sich innerlich bestens.
„Äh ... also ... nein!"
„Na dann: Oben die zweite links! Und keine Sorge - es ist niemand anders zurzeit im Haus. Wir sind allein."
Sophia hatte tausend Fragen, war aber völlig sprachlos. Langsam und mechanisch setzte sie sich in Bewegung, ging die Treppe hinauf. Ihre Hand glitt über das stilvolle Geländer und sie sah Erik unten in einem der Räume verschwinden.
Oben öffnete sie die genannte Tür. Sie starrte in den Raum. Es war tatsächlich das Badezimmer - auf das Modernste ausgestattet! Die elegante Badewanne war in den Boden eingelassen, eine ultramoderne, ebenerdige, sehr breite Dusche und zwei lange Waschtische waren geschmackvoll in den Raum integriert. Und sie erkannte noch etwas mit Schrecken: Dieses Bad hatte die Größe ihres Wohnzimmers! Noch einmal verließ sie den Raum, schaute verunsichert über das Geländer hinunter, konnte Erik aber nicht sehen, sondern nur hören. Sie ging zurück ins Bad, zog sich aus - fast wie in Trance, trat fast ehrfurchtsvoll in die Dusche,

um kurz danach, immer noch trocken, wieder herauszukommen. Sie zog sich einen Bademantel über und lief auf Zehenspitzen ins Erdgeschoss.
Erik stand in einer riesigen Küche und stellte gerade eine Flasche Champagner in einen Kübel, der gestoßenes Eis enthielt. Auf einem Tablett warteten bereits zwei Gläser.
„Schon fertig?"
„Äh nein ...!" Sie biss sich auf die Lippen und stieß dann hervor: „Ich krieg die Dusche nicht an! Welchen der vielen Knöpfe auf dem imposanten Bedienteil muss ich denn da drücken?"
Nun hatte sie so gar nichts mehr von dieser Art „Dame von Welt". Sie stand vor ihm wie ein kleines staunendes, unsicheres Mädchen, eingehüllt in einen schützenden Bademantel.
Zu süß, fand Erik. Er lachte schallend, genoss die Situation und schnappte sich das Tablett. „Folge mir!"
Erneut stand Sophia im Bad, nur halt jetzt nicht mehr allein. Erik erklärte ihr die Bedienung der Luxusdusche.
„Hüpf drunter!"
Sophia zögerte noch.
„Wie du nackt aussiehst, hab ich noch in Erinnerung - von damals - so gealtert bist du in der Zwischenzeit nicht, dass du dich jetzt schämen müsstest!"
Sophia straffte sich, ließ dann den Bademantel fallen und stellte sich unter die Dusche. Und mit viel Glück fand sie nach dem Genuss der angenehmen Wasserstrahlen auch direkt den Knopf zum Abstellen.
„Wahrscheinlich hast du mich im wahrsten Sinne des Wortes nun abgeduscht. Du wirst mir einiges erklären müssen!"

„Bei einem Schlückchen Champagner tue ich das auch gleich."
Erik umhüllte Sophia mit einem großen, flauschigen Handtuch. Er küsste sie zärtlich und reichte ihr dann ein Glas. Sie stießen an.
„Und jetzt spiel mal den Erklärbär", meinte sie, um Coolness bemüht, aber das leichte Zittern ihrer Stimme konnte sie nicht gänzlich verstecken.
Erik bemerkte es mit satter Genugtuung.
„Dafür gehen wir in den Wintergarten."
Sophia folgte ihm auf nackten Füßen ergeben erneut in das Erdgeschoss, durch ein riesiges, modern und hell eingerichtetes, lichtdurchflutetes Wohnzimmer hindurch in einen großen, tropenähnlich eingerichteten Wintergarten.
Sie wurde in einem bequemen Liegestuhl platziert und Erik legte eine Decke über ihre Beine.
So verwöhne ich sonst meine Kunden immer, dachte sie.
Und was sie dann hörte, hätte sie von den Beinen gerissen, wenn sie nicht schon gelegen hätte.

♥

Am Abend vor ihrem Abflug saß Julie mit Vincent angekuschelt auf dem Sofa. Zum Abschied gab es ein Gläschen Prosecco und Vincent hatte ihr noch ein Schälchen dieser schokolierten Erdbeeren geholt.
„Hat dir Kalifornien gefallen?" Vincent strich ihr über das Haar.
„Und wie! Aber am besten hat mir halt Vincent Deemer gefallen!"
„Das wollte ich hören!"

Julie schmuste sich seufzend noch ein wenig mehr heran.
„Jetzt ist die schöne Zeit zu Ende!"
Als sie an diesem Morgen aufwachte, war ihr schmerzhaft bewusst geworden, dass sie am kommenden Abend nicht mehr in Vincents Bett liegen, sondern unbequem im Flugzeug sitzen würde. Und gleichzeitig hatte sie die Sorge gepackt, was nun die Zukunft bringen würde.
So viele tausende Kilometer entfernt voneinander würden sie leben! Hoffentlich war das alles nicht nur ein Rausch, der vergänglich war. Aber eine Lösung sah sie nicht.
Vincent tröstete sie.
„Über Weihnachten komme ich doch nach Deutschland. Das ist nicht mehr so lange hin."
Eigentlich hatte er sich fest vorgenommen, Julie zu fragen, ob sie sich ein Leben hier in Kalifornien mit ihm vorstellen könne, wenigstens die nächsten beiden Jahre, die er hier noch vertraglich gebunden war.
Aber letztendlich hatte er beschlossen, diese Frage bis zu seinem Weihnachtsurlaub aufzuschieben. Es war einfach noch zu früh.
„Hmmmh, bis Weihnachten..." Mehr sagt Julie nicht.
Und dann wurde es still zwischen ihnen und jeder hing noch ein wenig seinen Gedanken nach, um kurz danach die letzte gemeinsame Nacht ausgiebig zu genießen.

♥

Der Tag des Abschieds war gekommen. Julie zerriss es fast das Herz, Vincent allein lassen zu müssen.
„Vergiss mich nicht", hauchte sie ihm besorgt ins Ohr und den Tränen nahe, als er sie am Gate verabschiedete.

„Wie sollte ich? Mit dir hatte ich den besten Sex meines Lebens!"
„Wenn du noch mehr willst, musst du schnell zu mir nach Deutschland kommen!"
„Bald bin ich da, Julie, und bis dahin gibt es das Internet und das Telefon!"
„Aber darüber geht eben kein Sex", flüsterte sie.
„Jetzt sei mal nicht so gierig! Wir üben Telefonsex und danach setzen wir das gesprochene Wort in die Tat um!"
Er küsste sie noch einmal innig und Julie lehnte sich an seine breite Brust. Eigentlich wollte sie es gar nicht, aber sie begann zu weinen.
„Hey, was ist das denn?" Vincent wischte ihr zärtlich die Tränen weg, die ihr die Wangen hinab kollerten.
„Ach", schniefte sie, „nur Freudentränen, dass du bald kommst."
Was sie zu diesem Zeitpunkt noch nicht wusste und erst beim Einchecken von der Stewardess erfuhr: Sie würde sehr bequem reisen. Vincent hatte ihr einen Business-Flug spendiert.

♥

Was für eine Flughafen-Abholerei, dachte Sophia, als sie auf das Parkdeck fuhr. Aber sie freute sich auch riesig auf ihre Schwester, sie hatte ihr jetzt so unendlich viel zu erzählen!
Julie kam als eine der Ersten aus der Zollabfertigung. Das Glück stand ihr ins Gesicht geschrieben, fand Sophia. Ihre Schwester suchte noch die Menge ab. Sophia winkte ihr und Julie strahlte noch mehr.

Die beiden flogen aufeinander zu und umarmten sich innig. Fast zeitgleich sagten sie aufgeregt: „Ich hab dir so viel zu erzählen!"
Dann lachten beide.
Im Auto sprudelte Julie sofort los und erzählte Sophia von der noch verbliebenen Zeit.
„Wir sind ein echtes Paar! Kannst du dir das vorstellen? Vincent und ich! Hätte mir das damals jemand prophezeit, ich hätte denjenigen ausgelacht! Aber Vincent ist so liebevoll, so energisch auch oft, so klar und offen. Er sagt immer, was er denkt, ohne dabei laut zu werden oder verletzend zu sein."
„Das war doch aber auch in der Schule schon so, sonst wäre er ja nicht über Jahre Schülersprecher gewesen."
„Schon, aber irgendwie ..." Julies Wangen glühten. „Das ist ja sowas von sexy, das ist so männlich! Er ist so stark und kraftvoll ...!"
„Hör auf, Julie! Sag doch gleich: Er ist mein Held!"
„Ja, genau! Das ist die präzise Kurzform - MEIN HELD!" Sie seufzte glücklich. „Kannst du noch ein bisschen bei mir bleiben? Du hast doch auch was zu berichten! Außerdem hab ich Hunger! Wie wäre es mit Pizza? Wir bestellen uns eine!"
Sophia lachte. „Typisch! Gleich wieder die Gedanken am Futter!"
„Ach was, ich gleiche das mit ein bisschen joggen wieder aus. Aber ich muss schließlich bei Kräften bleiben! Vincent kommt vor Weihnachten und bleibt bis Anfang Januar. Dann muss er allerdings zurück. Aber wir werden romantische Tage zusammen haben."
„Ja, mit Family!" Sophia grinste. „Aber bei uns ist das genauso. Und nächste Woche lerne ich Eriks Familie kennen.

Er hat noch einen Bruder. Das ist so aufregend! Ach Julie, ich bin auch sowas von glücklich!"
Später saßen sie bei Pizza in Julies Wohnzimmer - und die staunte nicht schlecht, als Sophia ihr von Erik berichtete. Vincent hatte ihr nämlich nichts erzählt!
„Und du Schnarchnase hast erst da gemerkt, dass er jemand anders ist, als du dachtest?", fragte Julie ungläubig. „So blöd kannst du doch eigentlich gar nicht sein! Und schon gar nicht über Wochen!"
„Doch! Du hättest das auch nicht vermutet!"
„Wie denn? Ich hab ihn schließlich nur ganz kurz kennengelernt", protestierte Julie. „Aber davon abgesehen, ich hätte gleich wissen wollen, wo und wie mein Freund lebt."
„Naja", Sophia fühlte sich unangenehm belehrt, „jedenfalls gehört die große Jugendstilvilla seit fünf Jahren ihm. Er hat sie total geschmackvoll restauriert, Julie, du müsstest das sehen! Ich bin sowas von beeindruckt!"
„Und woher hat er das Geld? Lotto?"
„Genau das ist ja der Hammer! Er und sein Bruder sind die Inhaber des Autohauses an der Allee!"
„Nein!!! Der Luxus-Schuppen? Aber da hast du doch dein Auto her!"
„Genau! Er hatte seinen Auftritt natürlich vorher mit dem Verkäufer abgesprochen. Deshalb auch der satte Rabatt!"
„Aber warum hat er denn nicht gleich die Wahrheit gesagt?"
Nun schämte sich Sophia und schaute verlegen auf das angebissene Pizzadreieck in ihrer Hand.
„Weil er ganz genau gemerkt hatte, wie wichtig mir Geld ist. Er wollte sehen, ob er mir auch als Normalo reichen würde, hatte sich allerdings für das Wochenende vorgenommen,

mit mir zu sprechen. Aber da hatte ich ihm ja abgesagt - und dann hat er Jean und mich im Museum getroffen."
Es herrschte kurze Stille.
Julie meinte dann: „Aber eine Frage habe ich immer noch. Wieso hat er den Abschleppwagen gefahren?"
„Sein Unternehmen rotiert beim Abschleppdienst mit anderen Unternehmen im Umkreis. An dem Wochenende war sein Autohaus an der Reihe. Sein Mitarbeiter hatte auf der Fahrt zur Arbeit einen Unfall, musste im Krankenhaus behandelt werden und auf die Schnelle dann noch jemand anderen finden ... jedenfalls hat er sich gedacht, dann macht er eben den Dienst. So war's!"
„Das Leben und die Zufälle sind schon manchmal eigenartig", orakelte Julie.
„Das sagst du wohl." Sophia lachte laut auf. „Stell dir mal vor, ich habe auf der Fahrt vom Flughafen zu seiner Wohnung noch überlegt, dass ER bei MIR einziehen könne, weil ICH doch so eine tolle Wohnung habe! Ich könnte mich totlachen!"

♥

Die nächsten Wochen bis Weihnachten vergingen wie im Flug.
Julie hatte natürlich jedem, der nach ihrem Kalifornien-Urlaub gefragt hatte, nur zu gerne erzählt, dass ihr neuer Freund dort ein großes Werk leiten würde.
Und oh ja, sie würden sich schließlich schon seit ihrer Kindheit kennen und ganz schrecklich, das würde jetzt schon etwas kompliziert, die tausende Kilometer und so. Natürlich, er würde über Weihnachten nach Deutschland

kommen und klar doch, sie würde verständlicherweise vor Vorfreude platzen!

♥

Ihre Großeltern hatten sich riesig für das Liebesglück ihrer beiden Enkeltöchter gefreut. Über die Mitbringsel natürlich auch.

„Vor Kurzem wart ihr beiden noch allein und nun hat sich das Leben so positiv geändert, sozusagen zwei auf einen Streich", lachte Opa und seine dunklen, von vielen Falten umrahmten Augen strahlten.

Den Großeltern gefiel es, den netten sympathischen jungen Mann aus den USA zum Weihnachtsfest wiederzusehen.

Da waren sie Julies Eltern natürlich einiges voraus, denn die hatten Vincent das letzte Mal auf dem Abiball gesehen und dort auch nicht wirklich genauer betrachtet, denn er hatte, wie viele Jungs aus der Klasse, einmal mit Julie getanzt. Mehr nicht.

♥

Sophia konnte sich vor Arbeit kaum retten. Alle Termine waren bis Weihnachten ausgebucht.

In naher Zukunft wollte sie auch Permanent Make-up anbieten. Sie ließ sich gerade in dieser Technik schulen, hatte aber wohlweislich Permanent Make-up schon als Knaller vor Weihnachten mit im Programm.

Deshalb hatte sie noch eine erfahrene Halbtagskraft eingestellt, die ausschließlich diesen Bereich übernahm, bis sie selbst mit Können glänzen würde.

Und Frau Cremer entpuppte sich als echter Gewinn! Sie war

schon Mitte 40, aber sie strahlte so auch Kompetenz und Wissen aus. Ihr freundliches, sympathisches Wesen kam sehr gut an.
Sie konnte nicht nur wunderbar erklären, sondern mit ihren Geschichten und Erzählungen auch gut ablenken, denn die Prozedur des Permanent Make-ups war durchaus schmerzhaft - jedenfalls fühlten sich die Kundinnen verstanden und somit wohl.
Außerdem verfolgte Sophia einen neuen Geschäftsplan. Sie wollte expandieren!
Es war nicht zu fassen - aber diese Idee kam ausgerechnet von Oma: Eine Nebenstelle des Kosmetik-Instituts in Neuss! So etwas würde doch im schönen Neuss noch fehlen! Sicherlich käme sie selbst auch, wenn Sophia dort persönlich wäre, meinte Omi wichtig.
Diese Aussage hatte Julie und Sophia zu Lachsalven hingerissen, zumal ihre Großmutter nur eine einfache, günstige Pflegecreme aus einer der großen Drogerieketten verwendete, die sie sich schon jahrzehntelang jeweils zum Geburtstag und zu Weihnachten wünschte und vehement die Ansicht vertrat, dass genau diese Creme für ihre geschmeidige Haut sorge.
Irgendwas musste da dran sein, wunderte sich Sophia, denn ihre Großmutter hatte tatsächlich eine seidenweiche Haut und keine wirklich tiefen Falten.
Ganz im Gegensatz zum Schlachtschiff Ermelmann. Zwar hatte Sophia ihre raue Sandpapierhaut schon etwas weicher machen können, aber die tiefen Plisseefalten um den Mund konnte man leider ohne Unterspritzungen nicht mehr verringern, obwohl Frau Ermelmann immer wieder danach fragte.

Insgeheim hatte sich Sophia jedes Mal amüsiert gedacht: Liebste Frau Ermelmann, wenn du eine Hauswand wärst, könnte man das wegspachteln, aber so ...
Über Omis zündende Neuss-Idee dachte Sophia nicht nur nach, sondern war auch schon mit Hilfe von Julie und Erik auf der Suche nach geeigneten, später noch erweiterbaren Räumlichkeiten.

♥

Die Weihnachtstage waren für beide Paare sehr schön. Sie verbrachten ein bisschen Zeit mit der Familie und ganz viel Zeit für sich.
Silvester wollten sie natürlich zu viert feiern.
Diesmal hatte sich Erik vorgedrängt und sein Haus angeboten, was Sophia vor Stolz fast platzen ließ. Natürlich bot er Julie und Vincent an, bei ihm zu übernachten, so dass sie gemeinsam ausgiebig feiern konnten. Eine einzige Unstimmigkeit hatte es bei der Vorbereitung allerdings gegeben. Sophia hatte sich nämlich erdreistet zu fragen, ob Verena und ihr Neuer auch dabei sein sollten.
Da fuhr Julie zu Hochform auf.
„Du enttäuscht mich jetzt aber sehr, meine Liebe! Wie kannst du sowas vorschlagen? Wir kennen ihren neuen Kerl doch gar nicht! Wenn das so ein Anti-Typ ist, dann ist Silvester doch gelaufen! Außerdem könnte ich sowieso kotzen! Die postet jetzt auf Facebook ständig ach so glückliche Paarfotos von sich und ihrem neuen Typ! So nach dem Motto: Ich bin sooo glücklich, sooo verliebt, bald heiraten wir und Kinder kriegen wir auch. Weiß man die nackte Wahrheit, dass sie den an der Supermarktkasse

aufgeschnappt hat, ihn erst kurz und unseren Erfahrungen nach sicherlich auch nicht mehr lange kennt, steht es mir bis hier oben! Bis hier!"
Sie machte eine entsprechende Geste, sah Sophia böse an und verschränkte die Arme demonstrativ vor der Brust.
„ICH jedenfalls kann mich nicht über Stunden verstellen. DAS kann keiner von mir verlangen!"
„Huch!" Sophia merkte, dass sie da einen ganz empfindlichen Punkt angepickt hatte, von dem sie dachte, Julie hätte ihn schon längst ad acta gelegt.
„Es war auch nur ein vager Vorschlag! Ich hatte nur gedacht, weil ..."
„Das lass man auch einen Vorschlag bleiben!" Julie war immer noch erbost. „Die lebt doch auf einem ganz anderen Wölkchen!"
Vincent grinste. „Julie hat mir verraten, dass sie beim Freundinnen-TÜV durchgefallen ist."
Erik machte es dann ganz kurz.
„Damit ist die Sache vom Tisch. Nächste Frage. Was wollen wir Silvester essen?"
Vincent brachte dann noch einen Lacher. „Da hat doch ein Koch so ein Sex-Gewürz auf den Markt gebracht. Das werden wir Silvester ausprobieren! Mal sehen, ob man damit in Fahrt kommt!"
„Hey, spinnst du?" Julie sah ihn mit großen Augen verwundert an. „Da tun sich ja plötzlich Abgründe auf! Gibt es etwas, was ich noch nicht weiß?"
Vincent grinste anzüglich, Sophia kommentierte: „Sowas kann nur von einem Mann kommen!"
Natürlich bekam Vincent Zustimmung von Erik.
„Also, ich finde die Idee gut! Weißt du was, Vincent, ich

sehe schon, dieser Einkauf ist Männersache! Wollen wir dafür zusammen los?"

„Stopp mal", warf Sophia ein, „mich habt ihr doch gar nicht gefragt!"

„Du hast aber auch nichts gesagt, Schnuckel! Jetzt ist es zu spät! Das erledigen Vincent und ich. Fertig!"

Sophia zog eine Schnute, wagte es aber auch nicht, Erik zu widersprechen.

♥

Und als ob Julie es heraufbeschworen hätte, traf sie tatsächlich am anderen Tag während ihrer letzten Besorgungen in der Fußgängerzone auf Verena.

„Huhuuu, Julie, haaallooo!", rief Verena laut aus einiger Entfernung und humpelte auf sie zu.

„Was hast DU denn?", fragte Julie, aber eher aus Höflichkeit als aus wirklichem Interesse.

„Eine Schleimbeutelentzündung in der Hüfte!"

„Ach nee, wie kommt man denn an sowas? Aber du, wir reden ein andermal. Ich hab's furchtbar eilig!"

Schon war Julie auf dem Sprung.

„Ach, schade ... sag mal, was machst du oder ihr denn Silvester?"

„Familie!"

„Ah so ... ja dann ... wir telefonieren!"

„Tun wir!"

♥

„Stell dir vor, eine Schleimbeutelentzündung in der Hüfte, hat sie gesagt", kicherte Julie ausgelassen ins Telefon.

„Ob das wohl wehtut?", fragte Sophia. „Und wovon kommt das?"
„Wahrscheinlich vom Arsch platt sitzen vorm Fernseher! Das belastet neben der Taille natürlich auch die Hüften, da kommt ja auch jedes Mal noch Frittierfett in Form von Chips mit drauf. Viele der zartbesaiteten Hüftknöchelchen mögen das gaaar nicht!" Julies Stimme triefte vor Spott.
„Was macht Verena denn zu Silvester?"
„Ich hab sie nicht gefragt!"
„Ihr habt nicht darüber gesprochen?"
„Doch."
„Mensch, Julie, lass dir doch nicht alles aus der Nase ziehen!"
„Okay, sie hat gefragt. Ich hab gesagt, wir feiern mit Familie. Fertig und aus! Ich will sie nicht mehr dabeihaben! Das neue Jahr soll im Zeichen unserer Liebe stehen, Sophia! Da brauche ich in der längsten Nacht des Jahres keinesfalls Verena mit unbekanntem Anhang oder - was noch viel schlimmer wäre - ohne Anhang. Dann dürfen wir sie noch pampern! Oder sie jault uns Mitternacht was vor, weil sie so allein und unglücklich ist. Glaub man bloß nicht, dass die ein Fitzelchen von Rücksicht auf uns nimmt! Nee nee nee, wirklich, das muss ich nicht haben! Tut mir leid, aber ist so."
Insgeheim musste Sophia ihr Recht geben.
Sie zog den Abend zu viert auch vor, denn sie erinnerte sich noch gut an Verenas rücksichtslose Heulattacke in ihrem Studio. Toleranz, Rücksichtnahme und Verständnis gehörten nicht wirklich zu ihrem Wesen.

♥

Sie kochten, lachten, tranken, tanzten und schauten gemeinsam von einem der Balkone im Obergeschoss das Silvesterfeuerwerk über den Dächern der Stadt - es wurde ein rundum wunderschöner Jahresabschluss.
Am frühen Morgen lagen Julie und Vincent aneinander gekuschelt im Gästebett.
„Willst du zu mir nach Kalifornien ziehen?"
Julie wusste gar nicht, was sie hörte. Hatte sie zu viel Champagner gehabt?
„Bitte?"
„Magst du zu mir nach Kalifornien ziehen, hab ich gefragt. Über Monate getrennt sein ist Mist und ich will das auch gar nicht, aber ich bin noch mehr als zwei Jahre gebunden. Dort zu leben ist nicht das Schlechteste!"
Nun setzte sich Julie auf, drehte sich zu ihm und sah ihm fest in die Augen. „Meinst du das ernst?"
„Glaubst du, ich scherze mit sowas?"
Julie sagte nichts.
Vincent verschränkte die Arme hinter dem Kopf und grinste.
„Nun, Fräulein Carisi, was halten Sie davon? Ein Leben für die nächsten Jahre in Kaliforniens schönstem Stückchen. Allerdings musst du auch eins wissen. Arbeiten kannst du dort nicht. Du kriegst auch erst einmal ein befristetes Touristenvisum. Da gibt es schon immense Hürden - aber dafür finden wir dann auch eine Lösung."
„Gib mir ein bisschen Zeit, darüber nachzudenken! Ich habe einen tollen Job hier", sagte Julie leise. Aber mit aufgeregter Stimme und lauter fügte sie dann noch hinzu: „Ganz toll, Vincent, ganz toll. Jetzt ist mein Adrenalin so hoch, dass ich sowieso nicht mehr schlafen kann!"

Sie nahm ihr Kopfkissen und schlug auf Vincent ein.

♥

Schon war die gemeinsame Zeit vorbei und wieder standen sie am Flughafen Düsseldorf, um sich zu verabschieden. Diesmal auf unbestimmte Zeit.
„Hast du noch einmal über meinen Vorschlag nachgedacht?", fragte Vincent, als er Julie in den Arm nahm.
Seit seinem Vorstoß am Neujahrsmorgen hatten sie nicht mehr über das Thema Kalifornien gesprochen.
„Dauernd. Ich hab hin und her überlegt. Aber ich verdiene meinen Lebensunterhalt hier in Deutschland, Vincent. Und das mehr als gut ... aber ich lieb dich auch. Lass mir noch ein bisschen Bedenkzeit, bitte!"
Vincent strich ihr über das Haar. „Natürlich."

♥

Vincent hatte die USA noch nicht erreicht, da vermisste Julie ihn schon so sehr, dass ihr Herz schmerzte.
Es half nichts, sie musste in den nächsten Tagen eine Entscheidung treffen!
Deshalb lud sie ihre Schwester, Eltern und Großeltern zum Essen ein und konfrontierte ihre Familie mit ihren Gedanken und Wünschen zu einem Umzug in die USA.
Ihre Mutter war geschockt, dass ihre Tochter an das andere Ende der Welt wollte. Ihr Vater sagte ganz unüblich erst einmal gar nichts, ihre Großeltern lächelten. So entspann sich eine lange Diskussion mit typisch italienischen Einschlägen, denn Großeltern und Vater argumentierten mit Händen und Füßen.

Julies Mutter drückte auf die Tränendrüse.
„Du bist mein Kind! Und so weit weg! Das hätte ich mir nicht träumen lassen! Und ihr Geschwister werdet auseinandergerissen!"
„Mamaaa, hör auf! Dass wir beide hier in der Nähe einen Job haben, ist sowieso neben Zufall mehr als Glück", mischte sich nun Sophia ein, die den Zwiespalt ihrer Schwester gut nachvollziehen konnte. „Aber einen Menschen zu finden, den man liebt, ist doch wichtiger als jeder Job!"
Hört, hört! Julie grinste bei dieser im Brustton der Überzeugung vorgetragenen Aussage ihrer Schwester.
„Und ich bin doch noch gar nicht weg", rechtfertigte sie sich. „Ich wollte doch nur eure Meinung hören und euch um Rat fragen!"
Julies Großeltern indes bemerkten deutlich das Gefühlswirrwarr, in welchem sich ihre Enkeltochter verheddert hatte.
Da nahm der Großvater die alte, faltige Hand seiner Frau, tätschelte sie und meinte: „Weißt du, Julie, deine Großmutter wäre uberall mit mir hingegangen, nur damit wir zusammen sein können, nicht wahr, Valentina?"
Nach all den Jahren errötete ihre Großmutter noch, aber sie lächelte auch.
„Sì sì, Federico, ja! Ich habe Italien für dich verlassen und bin dir nach Deutschland gefolgt."
Omi wandte sich nun ganz zu Julie.
„Zuerst war dein Großvater allein in Deutschland, das war eine schwere Zeit. Und ganz am Anfang war es für mich hier auch nicht einfach. Ich konnte die Sprache nicht, dein Opa war den ganzen Tag arbeiten und ich habe meine Eltern, meine Geschwister, meine Heimat Italien und natürlich das

italienische Leben sehr vermisst! Aber durch die Schwangerschaft habe ich einige nette Frauen kennengelernt und damit auch langsam die Sprache. Und ich habe mich eingelebt! Nun ist hier schon so viele Jahrzehnte meine Heimat."
Großvater strich ihr liebevoll über die faltige Wange und sah dann seine Enkeltochter an. „Gemeinsam kann man es schaffen, Julchen!"
Julie sprang auf und umarmte ihre Großeltern. Ihre Entscheidung war gefallen.

♥

„Das ist jetzt aber ein heftiger Schock!"
Julies Chef, Herr Weingart, saß ihr hinter seinem großen Schreibtisch gegenüber. „Ich verliere meine beste Mitarbeiterin und das in aller Kürze!"
„Es tut mir leid, aber ich musste diese Entscheidung treffen."
Julie war ganz schlecht geworden. Sie sah noch einmal auf den Umschlag mit der Kündigung, den sie ihrem Chef überreicht hatte.
„Aber Sie können dort doch nicht arbeiten", versuchte es Herr Weingart noch einmal.
„Ich weiß", meinte Julie leise, „wir müssen halt sehen, wie alles wird. Wissen Sie, Herr Weingart, das ist auch für mich nicht einfach. Ich fühle mich so wohl hier, aber es gibt Momente im Leben, da muss man Entscheidungen treffen, die schmerzen."
Herr Weingart nickte. „Ich verstehe. Aber schade ist es für uns trotzdem."

Den Rest des Tages hatte Julie ganz unüblich keinen Appetit mehr.

♥

Julie und Sophia hingen ab diesem Zeitpunkt jede freie Minute, die sie erübrigen konnten, zusammen.
Sie waren sich bewusst, dass sie nur noch wenige Wochen hatten, um intensiv die schwesterliche Nähe zu genießen, die sie gewohnt waren.
Das Leben bereitete einen neuen, aufregenden Abschnitt für beide vor.

♥

Julie war damit beschäftigt, einen Nachmieter für ihre Wohnung zu suchen. Der war schnell gefunden. Probleme machten ihre persönlichen Sachen.
Mitnehmen würde sie nur wenige Dinge wie Kleidung und einige Stücke, von denen sie sich gar nicht trennen konnte.
Aber die Auswahl fiel so schwer!
Das hatte naturgemäß zwischen Vincent und ihr schon zu kleineren Auseinandersetzungen geführt.
„Julie, du wirst doch hier nicht mit einem Übersee-Container eintreffen", hatte Vincent energisch gemeint.
„Das Haus ist komplett eingerichtet, wir können keine zusätzlichen Möbel stellen! Und wenn dein Herz irgendetwas begehrt, dann kaufen wir es eben!
„Aber ..." und Julie brachte dann Argumente, die Vincent als kindisch abtat.
Zum Schluss des Gespräches waren beide sauer und heimlich fragten sie sich, ob ihre schnelle Entscheidung,

zusammenzuleben, wohl so richtig war - aber keine Stunde später versöhnten sie sich wortreich und freuten sich überglücklich auf ihre gemeinsame Zukunft.
In der Agentur hatte Julie begonnen, Kollegen in ihre Projekte einzuarbeiten, um sie dann in Kürze einigermaßen komplikationslos zu übergeben.

♥

Sophia war mit der neuen Immobilie in Neuss beschäftigt. Sie hatte nach relativ kurzer Suche ein geeignetes Haus gefunden, in dem man ohne große Umbauten ein Kosmetik-Institut etablieren konnte. Die Renovierungs- und Umbauarbeiten waren in vollem Gange, aber trotzdem würde das Institut wohl erst seine Pforten öffnen, wenn Julie bereits in die USA abgereist war.
Und diese Arbeiten zehrten heftig an ihren Nerven.
Entweder war ein Handwerker unpünktlich, so dass der nächste nicht zu vereinbarten Zeitpunkt beginnen konnte oder Material fehlte, was das gleiche Ergebnis zeitigte.
Ein einziges Mal war ein Handwerker überpünktlich.
Der Maler hatte zwei Räume bereits gestrichen, als Sophia in der Mittagspause nach Neuss kam. Sie traf der heilige Schlag, als sie sah, dass er ein kreischendes Pink auf die Wände auftrug.
„Sofort stopp!", schrie sie völlig aufgebracht. „Was ist denn in Sie gefahren? Diesen Farbton hatte ich doch nicht ausgesucht!"
„Wieso?", fragte der Maler und pinselte eifrig weiter.
„STOPP! Mensch! Sie können doch unmöglich glauben, dass mein Kosmetikinstitut einen Barbie-Anstrich benötigt!"

„Ach, ist doch egal! Das wird den Kosmetik-Weibern schon gefallen! Frauen stehen doch auf Pink", kam die lapidare Antwort. Er sah sie gar nicht an, sondern strich einfach ohne Unterbrechung weiter!
Wütend schoss Sophia auf ihn zu und entriss ihm die Farbrolle. Ein paar pinkfarbene Spritzer landeten so auf ihrer weißen Bluse.
„Hauen Sie ab! Raus! RAUS HIER!", schrie sie erbost, krebsrot vor Wut. Der Maler schaute sie an, schüttelte den Kopf und trottete raus. Sophia knallte die Tür hinter ihm zu, dass die Glasscheiben in der Tür erzitterten.
Sie meinte noch „blödes hysterisches Weib" von dem dreisten Pinsler vernommen zu haben.
Einige Sekunden später beschwerte sie sich bitter beim Chef des Malerunternehmens.
„Wie können Sie mir nur einen derart unqualifizierten und zudem noch frechen Mitarbeiter schicken? Jedem einigermaßen intelligenten Menschen wäre aufgefallen, dass diese Kindergarten-Farbe unmöglich in ein elegantes Kosmetik-Institut passen kann!"
Wortreich entschuldigte sich der Malermeister bei ihr, er habe heute Morgen einen Arzttermin wahrnehmen müssen, sonst wäre er selbst vor Ort gewesen. Er könne sich das gar nicht vorstellen, die Farben seien doch notiert gewesen!
„Frau Carisi, schauen Sie doch einmal nach, was auf dem Eimer steht. Dort muss eine Nummer aufgeklebt sein!"
Sophia sah auf den Eimer. „17 lese ich."
„Da haben wir es schon! Die Zahlen wurden verwechselt. Sie haben den Cremeton gewählt und der hat die Nummer 71. Ich sende Ihnen sofort einen Mitarbeiter vorbei, der den Fehler schnellstens korrigiert!"

„Ich bitte darum!", knurrte Sophia gereizt ins Telefon.
Und sie berichtete ihm auch, wie dieser Nasenbär die Farbe und die Frauen kommentierte hatte.
„Selbstverständlich zahle ich die zusätzlich anfallenden Stunden nicht – und den Preis für die Reinigung meiner Bluse ziehe ich ebenfalls von der Abschlussrechnung ab! Und noch etwas: Halten Sie diesen King Kong von mir fern! Auf Wiederhören!"
Der Inhaber der Firma war derart entsetzt von der Dummheit seines Angestellten, dass er sich unverzüglich selbst auf den Weg nach Neuss machte, um den Schaden zu begutachten und schnellstens zu beheben. Eine so gute Kundin wie Frau Carisi wollte er für die Zukunft keinesfalls verlieren!
Und sein Mitarbeiter würde nun eine Abmahnung erhalten. Es war zwar das erste Mal, dass er die Farben vertauscht hatte, aber schon mehrfach hatte es Kundenbeschwerden aufgrund seines flapsigen Tones gegeben.

♥

„Hast du eigentlich in der letzten Zeit mal mit Verena telefoniert?", fragte Sophia, als sie mit Julie abends Spaghetti mit frischer Tomatensauce nach einem Rezept ihrer Omi kochte.
„Den Teufel werde ich tun!", schimpfte Julie.
„Sei doch nicht so, vielleicht bekrabbelt sie sich!"
„Haha! Haha!"
Sophia sagte nichts mehr, sondern lenkte gleich ab.
„Basilikum hab ich schon gezupft. Wo ist denn dieser göttliche Parmesan?"

„Schau mal in den Kühlschrank, unten im Bio-Fresh, drittes Fach!"
„Oh ja, hab ihn!" Und dann stöhnte sie genüsslich auf: „Hach, dieser wunderbare Duft!"

♥ 16 ♥

Am nächsten Abend, natürlich nach 20 Uhr, rief Sophia bei Verena an.
„Mensch, ich hab lange nichts mehr von dir gehört! Was machst du denn so? Wie geht es dir?"
„Wunderbar, ganz wunderbar geht es mir", schwärmte Verena ins Telefon.
„Das hört sich gut an. Du hast also deinen neuen Freund noch?"
„Iwo! Der war ja sowas von bescheuert! Anstatt dass er sich freut, weil ich so engagiert bin und er bald Promis kennenlernen kann, war er nur dauernd am rummaulen! Der hat mich eher behindert. Sowas brauche ich nicht!"
„Du, klär mich mal auf, ich verstehe nicht, wovon du überhaupt redest!"
„Ich bin" und ihre Stimme überschlug sich fast, „Fanclub-Leiterin geworden!"
„Wie bitte?"
„Mensch Sophia! Stell dich doch nicht so dumm!"
Für diese Zurechtweisung hätte Sophia ihr schon eine semmeln können! Warum nur hatte sie angerufen?
Aber Verena plapperte ohne Unterlass weiter.
„Fanclub-Leiterin für den Sende-Knaller >Lisa, Stern meines Herzens<! Weißt du, es wurde über die Internet-Seite eine engagierte Person gesucht. Man musste auch ein Quiz mitmachen, viele Fragen beantworten. Das konnte ich natürlich prächtig, ich wusste wirklich alles - ALLES!"
„Aha", brachte Sophia nur heraus.
„Jaaa! Ich erfahre nun sofort das Wichtigste aus erster

Quelle. Die Fans können sich untereinander kennenlernen, weil ich ab sofort Fan-Treffen organisiere. Da kann man neue Freundschaften schließen!"
„Wenn man's mag ..."
„Das ist supertoll, Sophia! Total abgefahren! Stell dir vor, nächste Woche gleich kann ich bei einem Drehtag dabei sein, alle meine Stars kennenlernen ... hach ...! Ich und Promis! Das ist doch wohl abgefahren!"
Verena war fast außer Atem, quatschte aber weiter.
„Na, was sagst du? Nun bist du platt, ne? Das hättest du nie gedacht, wie? Ich hab bald mit Schauspielern zu tun! Wenn du willst, werde doch auch Mitglied! Ich werbe dich sozusagen! Dann kann ich dir frische Star-Autogramme besorgen, ich ...!"
„Nein danke!"
„Aber warum denn nicht, Sophia? Schau doch mal auf die neue Homepage, die hab ich mitgestaltet! Ich! Toll, nicht? Komm schon, werde Mitglied!"
„N-E-I-N", buchstabierte Sophia ungehalten.
„Stell dich mal nicht so an! Spiel doch nicht gleich Frosch! Ich helfe dir dabei, die Schauspieler alle kennenzulernen. Vielleicht kommt ja mal einer von denen in deinen Farb-Laden!"
Eine böse Wut stieg in Sophia hoch. Das Wort Farbe kam bei ihr gerade gar nicht gut an - und erst recht nicht die laxe Betitelung ihres mit so viel Herzblut und Fachwissen aufgebauten Institutes!
„Verena", sie bemühte sich, die Ruhe zu behalten, „das ist kein Farb-Laden, das ist MEIN Institut, das fachgerecht hochwertige Kosmetikbehandlungen und Pflegeprodukte sowie fundierte Hautanalysen anbietet! Ich bin schließlich

auch Hautärztin!"
„Was bist du denn so piefig?"
Aber Verena wartete die Antwort von Sophia erst gar nicht ab. „Stell dir vor, ich werde auch den Serienheld Bernd kennenlernen, ich meine natürlich, in Wirklichkeit heißt der Julius! Ist das nicht klasse? Wer weiß, was dann noch alles passiert ...", gurrte sie verzückt.
Sophia hatte nunmehr völlig genug. In welcher Welt lebte Verena denn? Dieser Schauspieler hatte täglich die schönsten, attraktivsten Frauen um sich, da würde er sich gerade an Rettungsring-Verena heranmachen! Lachhaft.
Verena schwafelte ohne Punkt und Komma weiter.
„Und dann sorge ich auch noch hauptverantwortlich für den Fan-Shop. So Tassen mit den Gesichtern drauf und Puzzle und Handtücher und so, weißt du? Das kommt sicherlich bombenmäßig an. Ich verdiene sogar noch ein wenig daran - nicht viel - aber immerhin ein bisschen, das ist ein wohlklingender Nebeneffekt, was? Vielleicht komme ich ja selber noch groß raus!"
Sie seufzte völlig hingerissen. „Ich frage einfach mal, ob für mich eine klitzekleine Rolle abfallen würde, dann könnte ich ...!"
„Entschuldige, Verena, da klingelt doch glatt mein Handy. Ich muss Schluss machen. Wir hören uns ein andermal. Tschüss dann!"
Schwupps, hatte Sophia das Gespräch weggedrückt. Himmel hilf! Was war das denn jetzt gewesen?
Hätte Verena ihr erzählt, sie sitze zwar in der Psychiatrie, aber sie dürfe telefonieren - sie hätte es ihr sofort geglaubt!

Aber das sollte noch nicht das Ende von Sophias und Verenas Freundschaft sein. Das kam kurz danach.
Verena leistete sich einen so schweren Klopper, dass Sophia von da an die Einstellung ihrer Schwester teilte.
Nur drei Tage später rauschte Verena, eingezwängt in einen viel zu engen Jeans-Mini-Rock, der ihre Taillenpolster unvorteilhaft über den Rockbund drängte und durch das enge T-Shirt auch noch betonte, in Sophias Kosmetikinstitut.
„Ich habe großartige Neuigkeiten - auch für dihiich!", brüllte sie gleich quer durch das Geschäft.
Sophia, die gerade das neue Nagellack-Sortiment einordnete, erstarrte.
„Verena, brüll doch nicht so - ich habe Kundinnen, die in den Räumen behandelt werden!"
„Ach, sei doch nicht immer so aufgesetzt etepetete!"
Sie wollte weiterreden, als Sophia sie prüfend ansah und entsetzt meinte: „Sag mal, was hast du denn mit deinem Gesicht gemacht?"
„Wieso?"
„Deine Augenbrauen! Du hattest doch noch nie derart dicke, dunkle Balken! Und warum hast du deine Mundkonturen so überschminkt?"
An Verena prallte die Kritik völlig ab.
„Das ist Permanent-Make-up! Gerade DU müsstest das doch wissen!"
Sophia war aufrichtig erschrocken. „Aber wann warst du denn bei uns?"
In ihren Gedanken kreiselte es. So eine schlechte Arbeit

hatte Frau Cremer noch nie abgeliefert!
„Sei mir nicht böse", bettelte Verena nun zuckersüß, „ich war nicht bei euch. Ihr seid mir einfach zu teuer! Ich bin in Düsseldorf in einem Studio gewesen, dort war es erheblich billiger und einen satten Erstkunden-Rabatt habe ich auch noch ergattert! Das verstehst du doch?"
In Sophia stieg die Wut hoch, aber sie beherrschte sich gerade noch.
„Nun ja, du musst schließlich wissen, wem du dein Gesicht anvertraust."
„Sieht doch gut aus! Ich wirke so strahlend!"
„Wirkst du nicht und sieht auch nicht gut aus, Verena! Die Augenbrauen sind wie Balken, die Farbe viel zu dunkel! Du bist doch mittelblond! Und deine knallroten Lippen, der auf großen Schmollmund à la Marilyn für Arme gestylt ist, passt gar nicht zu deinem hellen Teint. Außerdem sind die Lippenkonturen völlig überzeichnet und du hast..."
Aber Verena ließ sie gar nicht ausreden und schnappte sofort: „Du bist ja bloß neidisch! Dann solltest du mit deinen Preisen ein wenig moderater sein, dann komme ich auch das nächste Mal zu dir!"
Sophia lächelte amüsiert.
„Da Permanent Make-up bis zu fünf Jahre hält, jedenfalls, wenn es Qualitätsarbeit und entsprechende Farben sind, kannst du dir einen Termin aussuchen. Zu dem Zeitpunkt ist noch alles frei!"
Verena lachte auf, aber nun eher verlegen und versuchte, schnell vom Thema abzulenken.
„Aber deswegen bin ich gar nicht da."
Sie wühlte in ihrer Handtasche und holte doch tatsächlich Zigarillos mitsamt Feuerzeug heraus.

„Und was ist das jetzt?", fragte Sophia perplex.
„Du wirst es nicht glauben - ich rauche jetzt Zigarillos! Da steht der Bernd, also ich meine natürlich Julius, total drauf. Er findet das sexy! Ich hab ihn letzte Woche kennengelernt, da ich sozusagen jetzt zum Filmgeschäft dazugehöre, als Leiterin des Fanclubs."
„Aha!"
Nun schickte sich Verena an, ein Zigarillo anzuzünden.
„Verena! Denk nicht mal ansatzweise daran, hier dieses Stinkteil in Betrieb zu nehmen!" Sophia sah sie böse an.
„Äh ... na gut! Aber wenn ich dir jetzt erzähle, was ich für dich arrangiert habe ...", den Rest des Satzes ließ sie unausgesprochen, denn er sollte ja seine Wirkung nicht verfehlen.
„Was hast du arrangiert?" Sophia ahnte Schlimmes.
„Also, erst einmal zu mir, der lieben Verena! Mach mir doch einen Vitamin-Shake, ich muss jetzt viel für meine Schönheit tun! Am besten den mit der frisch gepressten Orange, wegen dem Vitamin C."
Sophia begann, tief einatmend, den Drink vorzubereiten. Bitte hätte Verena ja wenigstens sagen können!
Verena quatschte weiter.
„Ich hab schon überlegt, ob ich meinen Job hinschmeiße oder vielleicht doch erst einmal nur noch halbtags arbeiten gehe. Ich denke, ich kann mich auf Sinnvolleres konzentrieren und der Fanclub braucht mich nun mit all meiner Kraft. So kann ich die Fans, und vor allem die Stars", hier giggelte sie wie ein Teenager, indem sie sich die Hand geziert vor die unnatürlich dicken, knallroten Lippen hielt, „besser betreuen. Das wird dem Julius imponieren. Der findet mich sowieso klasse! Wegen meiner tollen Ideen!"

Sophia war nun gänzlich fassungslos.
„Verena! Hat man bei dir eine Gehirnwäsche vorgenommen oder bist du tatsächlich so blöde? Du willst doch nicht wirklich allen Ernstes deinen Job aufgeben und arbeitslos werden?"
„Aber wer nicht wagt, der nicht gewinnt! Ich gebe meinem Leben nur eine neue Richtung, ich wende mich sozusagen den wichtigen Dingen des Lebens zu. Ich hab auch schon überlegt, ob ich Schauspielunterricht nehmen soll!"
Ehe Sophia dazu ihren Kommentar abgeben konnte, lehnte sich Verena über den Verkaufstresen und flüsterte verschwörerisch: „Und nun kommst du ins Spiel!"
„Bitte?" Sophia hielt mit ihrer Arbeit inne, sie verständnislos ansehend.
„Tja, ich hab da was für dich!"
Sophia verlor die Geduld.
„Verena! Was willst du? Rede Klartext!"
„Ein echter Deal! Hör zu! Ich hab am Set gesagt, dass meine Freundin ein ganz tolles Kosmetik-Institut hat. Die sind alle total darauf abgefahren! Ich hab arrangiert, dass du das Filmteam mal mit einer Gesichtsmaske verwöhnen darfst - und hinterher die Damen schminkst!"
Sophia war geplättet. Verena hatte tatsächlich einen Auftrag für sie geholt?
„Vielleicht gibt es dann Folgeaufträge für dich! Na, was sagst du? Hab ich das nicht fein gemacht?", freute Verena sich.
„Ich bin überrascht! Aber du hast doch auch dem Fernsehteam gesagt, dass eine hochwertige Gesichtsmaske plus Make-up ab 30 Euro und aufwärts kommt?"
„Äh ... nein ... nicht so wirklich. Also wenn ich ehrlich bin, hab

ich gesagt, dass du sie das erste Mal kostenlos verwöhnst." Allerdings schluckte sie, als sie in Sophias erstarrtes Gesicht sah. Jedoch fand sie gleich die passende Rechtfertigung.
„Aber das ist doch Werbung für dich! Überleg mal!"
Sophia zögerte. „Nun ja ... ich kann einen guten Rabatt einräumen, aber kostenlos geht wirklich nicht, Verena. Meine Produkte sind sehr hochwertig, schon vom Einkauf her und meine Arbeitszeit ist auch noch nicht mit eingerechnet!"
„Ach komm, du bist dann beim Fernsehen und außerdem hab ich das schon zugesichert!"
Sophia konnte es nicht fassen.
„Du kannst doch nicht einfach etwas zusichern, ohne vorher überhaupt ansatzweise mit mir gesprochen zu haben!"
„Aber ich dachte, du ... stell dich doch nicht so an!"
„Verena! Ich LEBE davon!" Und nach einer kurzen Denkpause meinte sie, in etwas ruhigerem Tonfall: „Sag mir doch erst einmal, wie viele Personen das überhaupt sind, bevor wir uns hier weiter unterhalten."
Verena schaute sehnsüchtig auf den halbfertigen Vitamindrink und murmelte: „220 Leute sind es."
Sophias Augen weiteten sich. „Bitte? Was hast du jetzt gerade gesagt? Wiederhole das!"
„Na, 220! Komm, Sophilinchen, keep cool! Das ist DIE Chance deines Lebens!"
„Um Gottes Willen, Verena! Das sind ja einige tausend Euro, die ich da investieren müsste! Meine hochwertigen Cremes und ...!"
„Hör doch auf!", ereiferte sich Verena nun, weil sie ihre Felle schwimmen sah. „Als wenn die Cremchen und Gels,

Packungen oder Pads im Einkauf teuer wären! Das ist genau das gleiche Zeug, na ja fast, was man auch beim Discounter kriegt! Du machst doch einen Riesenreibach und verdienst dir damit eine goldene Nase! Die Kunden, die darauf reinfallen, haben dir schließlich deine Luxuskarosse finanziert, die so protzig auf dem Parkplatz steht."
Sophias Stimme schwoll an. „Was erlaubst du dir?"
Ihr schönes Auto! So lange hatte sie darauf gespart! Und sie arbeitete schließlich nur mit besonders kostbaren Naturprodukten ausgewählter, zertifizierter und kontrollierter Anbaugebiete. Auf die Bio-Qualität und auch die Transparenz dieser Lieferkette legte sie den größten Wert und konnte sie einer Kundin auf Wunsch auch offenlegen.
Verena machte ihre Arbeit und vor allen Dingen ihre Lebensphilosophie mit einigen Sätzen einfach zunichte! Und das hier in ihrem Institut! Hoffentlich hatten das die beiden Kundinnen, die noch behandelt wurden, nicht gehört!
Sie kniff die Lippen zusammen.
Verena aber ärgerte munter weiter.
„Ach übrigens, Luxusautochen! Da hat ein Vogel mitten auf deine Windschutzscheibe geschissen! Ich hab mich schon gut amüsiert. Mittendrauf, sag ich dir und dann ist der Rest des Riesenschisses auch noch schön die Scheibe runtergeflossen! Nun müssen deine lackierten Fingerchen putzen! Na sowas! Ich hoffe, du bekommst keinen Heul- oder Schwächeanfall!" Sie lachte gehässig auf.
Sophias Toleranzschwelle hatte sich soeben auf Null gefahren. Sie bemerkte, wie ihr Körper begann, vor Wut zu zittern.
„Raus, Verena!"
Verena sah sie erstaunt an. „Kannst du keinen Witz mehr

vertragen?"
„Mensch, es reicht jetzt einfach, Verena! Zieh Leine! Verschwinde!"
Sophia wurde immer größer, die Arme hatte sie in die Hüften gestemmt. „Und um dir das deutlich in deiner Art, dich auszudrücken, zu vermitteln: VERPISS DICH!"
Verena griff ihre Handtasche, rutschte vom Barhocker und giftete: „Du bist eine undankbare, eingebildete, neureiche Ober-Zicke! Ja, das bist du! Wie stehe ich denn jetzt da? Ich hab das doch schon versprochen!"
„Halt deinen Mund! Halt einfach deinen Mund!"
Sophia schoss hinter ihrer Theke hervor, legte einen Spurt zur Tür hin und riss sie weit auf. „Mach die Fliege!"
Verena schritt, den Kopf hoch erhoben, Sophia noch mit einem bösen Blick belegend, aus dem Institut. „Glaub mir, das wird dir noch sehr, sehr leid tun! Du hast deine große Berufs-Chance vertan", zischte sie ihr boshaft zu.
„Und du deine Freundschafts-Chance! Nebenbei bemerkt, du bist genauso bescheuert, wie du derzeit aussiehst! Und noch was. Mit deinen Rettungsringen um die Taille und deiner Boshaftigkeit gerade erinnerst du mich an eine toxische Teigware."
„Hä?", gab Verena ganz undamenhaft von sich.
„Dann übersetze ich es gerne für dich: du bist eine FETTE GIFTNUDEL!"
Sophia warf einen letzten geringschätzigen Blick auf das misslungene Permanent Make-up sowie den Taillenbereich ihrer Pseudo-Freundin und Verena musste noch einen Sprung machen, damit ihr die Tür nicht in den Rücken knallte.
Okay, dachte Sophia. Julie hat sowas von Recht! Verena

passte nicht mehr in unser Leben. Aus die Maus!
Sophia hatte echte Schwierigkeiten, sich zu beruhigen. Verenas kindlich-albernes Verhalten könnte man glatt verfilmen! Slapstick vom Feinsten!
DAS musste sie Julie erzählen! Und sobald die letzte Kundin gegangen war, warf sie sich ans Telefon.
Ihre Schwester lachte sich schlapp.
„Auf was für Ideen du kommst, wenn du stocksauer bist! Toxische Teigware - eine Giftnudel! Ich lach mich weg! Das könnte glatt ein Spruch von Vincent sein!"

♥

Eine Woche nach Einreichung der Kündigung wurde Julie zu ihrem Chef gerufen. Herr Weingart hatte bereits von seiner Sekretärin ein Tablett mit Kaffee bringen lassen und bat sie zur Sitzgruppe. Das war immer etwas Besonderes! Es gab Gebäck dazu, nochmals die Unterstreichung einer ganz speziellen Situation!
Nachdem beide Platz genommen hatten, meinte Herr Weingart: „Und Sie wollen uns immer noch verlassen, Frau Carisi?"
Julie nickte. „Wollen ist hier nicht der richtige Ausdruck, ich habe doch ..."
Herr Weingart unterbrach sie lächelnd. „Ich war nicht untätig die letzten Tage."
Julie wusste mit diesem Satz nichts anzufangen und so trat eine kleine Stille ein.
„Sicherlich möchten Sie wissen, was ich mit diesem Satz meine. Ich hatte in den vergangenen Tagen intensiven Kontakt zum dem amerikanischen Unternehmen, das für die

Werbekampagne der Kosmetiklinie in Deutschland, die Sie betreut haben, auch auf dem nord- und südamerikanischen Markt verantwortlich zeichnet. Dieses Unternehmen hat seinen Hauptsitz in Sacramento, also auch in Kalifornien, allerdings einige Stunden Autofahrt oder einen kurzen Flug von Ihrem zukünftigen Wohnort entfernt."

Julies Gedanken ratterten. Sollte etwa ...?

Aber schon sprach Herr Weingart weiter. „Ich will Sie, liebe Frau Carisi, gar nicht länger auf die Folter spannen. Kurzum: Wenn Sie möchten, wäre für Sie ein Berater-Job bei dieser Agentur als Marketing-Strategin frei. Sie könnten von Long Beach aus arbeiten, müssten sich aber verpflichten, einmal pro Woche in Sacramento anwesend zu sein."

„Oohhh ...", mehr brachte Julie gar nicht raus. Tausend verwirrende Gedanken rauschten gleichzeitig durch ihren Kopf.

„Aber so einfach werden Sie uns nicht los", lächelte Herr Weingart nun schelmisch. „Sie bleiben bei uns angestellt. Wir entleihen sozusagen eine Expertin ins Ausland. Sie werden delegiert. Und wenn Sie nach den beiden Jahren wieder zurück nach Deutschland kommen, erwarten wir Sie hier in diesem Büro."

Julie sprang auf, stürzte auf ihren Chef zu und umarmte ihn kurz, aber enthusiastisch.

„Danke! Das ist wirklich etwas, von dem ich niemals zu träumen gewagt hätte, Herr Weingart! Oh danke, danke, danke!"

„Das amerikanische Unternehmen möchte Sie allerdings in der nächsten Woche schon kennenlernen, die Dinge einleiten und Formalitäten anschieben, die gemäß dem amerikanischen Gesetz schwierig sind und somit etwas Zeit in Anspruch nehmen. Sie sollen auch direkt im Juni oder Juli dort beginnen. Wir haben uns deshalb erlaubt, einen Flug für kommenden Dienstag zu buchen. Business, versteht sich."

„Ach ... aber sicher, natürlich ...!"

Julie schwindelte, als sie ihren Chef verließ.

In ihrem Büro angekommen, setzte sie sich erst einmal geschafft auf ihren Stuhl und schaute fassungslos aus dem Fenster.

Vor wenigen Monaten noch Single mit gutem Job, dann verliebt mit Umzug in ein neues Leben ohne Job - und nun verliebt mit Umzug und Job obendrauf! Das Leben bot doch immer wieder unvorstellbare Überraschungen!

Sie griff zum Telefon, legte es aber sofort wieder weg. Noch war Nacht in Kalifornien. Sie wollte Vincent deshalb nicht aus dem Schlaf reißen.

Julie zog ihre warme Jacke über und verließ das Büro in Richtung der kleinen Bäckerei um die Ecke. Etwas Süßes musste es jetzt sein, für die Nerven.

Und dort kaufte sie sich - sie fand es witzig, weil es so ungemein passend war - einen Amerikaner.

♥

Jedoch nicht nur Julie konnte Neuigkeiten präsentieren, auch ihre Schwester bot ihr eine Überraschung, als sie sich in Sophias Wohnung anlässlich ihres Mädelabends trafen.

„Ich werde zu Erik ziehen. Wenn du in die USA abreist,

ziehe ich um. Ich weiß, ich weiß", wollte sie einem eventuellen Einwurf von Julie zuvorkommen und hob schon abwehrend die Hände, „es ist alles noch recht frisch, aber wir haben uns eben dazu entschlossen."
„Ach Sophia, du brauchst dich doch mir gegenüber nicht zu rechtfertigen! Manchmal muss man auch ein Wagnis eingehen. Und das hier ist doch ein kalkulierbares. Irgendwann im Leben weiß man eben, dass eine Entscheidung richtig ist und dann muss man es tun! Da spielt der Zeitpunkt nur eine zweitrangige Rolle."
„Sein Haus ist so groß und er ist dort allein und wir können dann abends entspannen, ohne immer hin und her fahren zu müssen."
„Sooophiiiiiaa, Mausili! Hast du überhaupt gehört, was ich gesagt habe? Das ist dein Leben! Was soll ICH denn sagen! Ich gebe für die Liebe alles auf!"
„Quatsch! Du bist doch schon wieder gut auf die Füße gefallen! Du bekommst dort mit nahezu hundertprozentiger Sicherheit einen Job!"
Julie stutzte. „Stimmt!"
Dann lachten beide und umarmten sich glücklich. Und zur Feier des Tages gab es ein Gläschen Prosecco mit Julies geliebtem Erdbeerlimes.

♥

Die außerplanmäßigen Tage in den USA genoss Julie in vollen Zügen, denn Vincent hatte sich Urlaub genommen und begleitete sie nach Sacramento.
Die Chemie zwischen der Agentur und Julie konnte nicht besser sein, so dass sie mit einer festen Zusage wieder nach

Deutschland flog.
Bald schon würde sie wieder im Flugzeug sitzen - der Start in ihr neues, aufregendes Leben!

♥ 17 ♥

Die kommenden Wochen vergingen so schnell!
Der Abschied von den Kollegen war letztendlich sehr bewegend.
Julie hatte gar nicht realisiert, wie beliebt sie war. Sie wurde nicht nur mit Blumen überschüttet, sondern auch mit vielen kleinen persönlichen Geschenken. Sie war so gerührt, dass zum Schluss ihre Tränen kullerten.
In der letzten Woche schlief sie bei ihren Eltern, da ihre Wohnung ausgeräumt und übergeben worden war. Ihr geliebter Schreibtisch, ein Großteil ihrer Bücher und auch ihr Sammelsurium an Schachteln lagerten nun im Keller ihres Elternhauses. Sie käme ja über kurz oder lang wieder nach Deutschland ...
Ihr Vater und auch Erik standen ihr hilfreich bei allen organisatorischen Dingen zur Seite.
Erik sorgte für einen guten Verkauf ihres Autos. Aber erst als sie es nicht mehr hatte, bemerkte sie, wie selbstver ständlich doch ein eigener Wagen war. Plötzlich musste Julie fragen, ob sie das elterliche Auto ausleihen durfte. Das war für ihre Eltern zwar keinerlei Problem, aber doch für sie.
Sie fuhr noch bei Vincents Eltern vorbei, die ihr einen Brief und ein Päckchen für ihn mitgaben. Die Deemers waren sehr glücklich, dass ihr Sohn nun endlich die Partnerin fürs Leben gefunden hatte und drückten Julie herzlich.
Auch hatten sich beide Elternpaare schon kennengelernt und sie harmonierten.

♥

Am ihrem vorletzten Abend in der Heimat ging Julie mit Sophia und Erik essen. Sie war aufgeregt und nun begriff sie deutlich, dass sie für eine lange Zeit nicht mehr mit ihnen zusammen sein würde. Obwohl sich Sophia und Erik sehr für sie freuten, beteuerten, dass sie natürlich zu Besuch kämen und auch mit einem Lachen drohten, länger zu bleiben, als ihr lieb wäre, konnte das Julies Nervosität nicht verringern.
Sophia würde sie zum Flughafen bringen, von Erik verabschiedete sie sich erst einmal mit einer dicken Umarmung.
Und am Tag vor der Abreise waren auch ihre Großeltern gekommen, denn man wollte Julies letzte Stunden in Deutschland gemeinsam verbringen.
„Ach Oma, Opa, ihr kommt einfach mit Mama und Papa zu Besuch. Es wird euch dort so gut gefallen! Das Haus ist für alle groß genug und ich zeige euch dann alles! Und es ist schön warm dort - wie in Italien!" Julie schwärmte euphorisch.
Ihre Oma legte bedächtig ihre faltige Hand auf Julies.
„Julchen, mi dispiace, es tut mir wirklich leid, aber ich komme nicht mehr. Ich bin für einen Flug zu alt!"
Julie erschrak. „Aber Omi! Fliegen ist ganz easy! Und ich hole euch vom Flughafen ab. Ihr braucht doch nur ein- und aussteigen!"
Ihr Opa lächelte wehmütig.
„Deine Großmutter hat schon Recht. Wir sind in unserem ganzen Leben noch nie geflogen. Und jetzt im Alter - nein, damit fangen wir auch nicht mehr an. Julchen, das ist zu viel Aufregung für uns. Wir sind alte Menschen!"

Julie schluckte. Dies hatte sie zu keinem Zeitpunkt in Betracht gezogen.
„Aber du kommst uns doch besuchen“, meinte ihre Oma tapfer, jedoch in ihren Augen schwammen Tränen.
Und so fiel Julie der Abschied von den Großeltern schwerer, als sie es sich vorgestellt hatte und sie weinte bitterlich.
„Was wirst du denn weinen?“, waren Omis Worte. „Du gehst doch nicht fort, weil du musst. Du fliegst in ein neues, schönes Leben, zu einem Menschen, den du liebst. So ist es richtig!“

♥

Für Sophia und Julie verging die Zeit am Düsseldorfer Flughafen viel zu schnell.
Schon wurde der Flug nach Los Angeles aufgerufen und die Zeit des Abschieds von der geliebten Schwester war gekommen. Beide umarmten sich innig und waren bemüht, zu lächeln.
„Wir kommen euch besuchen!“
„So schnell wie möglich, bitte!“
„Wir werden ab morgen schon planen“, grinste Sophia, schluckte dabei allerdings einen dicken Kloß herunter. „Aber diesmal, das ist ein großes Versprechen, werdet ihr psychologisch nicht so gefordert. Wir werden uns benehmen.“
Julie nickte, aber eher gedankenverloren. Und dann kullerten wieder Tränen und sie wollte ihre Schwester gar nicht mehr aus der Umarmung entlassen.

♥

Als der Flieger abhob und die Kraft des Starts Julie in den Sitz drückte, die Häuser immer kleiner wurden und sich die Straßen in dünne Striche verwandelten, dachte sie noch einmal an ihre Eltern. Der Abschied war so schwer gewesen! Ihr Vater hatte geschäftig die Koffer in Sophias Wagen verstaut, ihre Mutter hatte ganz ruhig daneben gestanden. Alle hatten sich vorgenommen, tapfer zu sein, letztendlich weinten doch alle drei, sie drückten sich fest und innig. Ihre Eltern hatten ihr alles Glück der Erde gewünscht und versichert, dass sie zu Besuch kommen würden.
Aber als das Flugzeug die Reisehöhe erreichte, waren Julies Gedanken nur noch mit Liebe und Vorfreude bei Vincent.
Außerdem hatte sie diesmal keine neurotische Dame neben sich, die sich Sorgen um ihre Pflanzen machte, sondern einen netten älteren Herren, der seinen Sohn mit Familie besuchen wollte und sich besonders auf seine beiden kleinen Enkelkinder freute.
Es wurde ein angenehmer Flug.

♥

Ihr Herz hüpfte, als sie Vincent sah und während der Fahrt sprudelte sie nur so los - es gab schließlich so viel zu berichten!
In ihrem neuen Zuhause erwartete sie Candy schon mit heftigem Flattern der unbrauchbaren Flügel.
Julie holte ihr schnell einen Happen Thunfisch aus dem Kühlschrank als kleinen Willkommensgruß. Candy war begeistert und bettelte gleich um Nachschub, indem sie ihr Köpfchen schief legte und Julie anblinzelte. Natürlich hatte

sie damit Erfolg - das wusste die schlaue Vogeldame auch ganz genau.
Vincent hievte in der Zwischenzeit ihre schweren Koffer die Treppe hoch ins Schlafzimmer.
„Hast du da eigentlich Wackersteine drin, oder was?", stöhnte er.
Julie antwortete wohlweislich nichts, grinste in sich hinein und blieb noch bei Candy sitzen, bis der Schwertransport abgeschlossen war.
Doch bevor Vincent sie nun ins Steakhouse entführte, telefonierte sie erst ausgiebig mit ihren Eltern, Großeltern und ihrer Schwester. Vincent bekam wegen der langen Warterei schon „Halluzinationen aufgrund akuter Mangelernährung", so jedenfalls beschwerte er sich.

♥

In den nächsten Wochen gewöhnte sich Julie schnell ein. Vielleicht lag es auch daran, dass sie schon begonnen hatte zu arbeiten. Einmal pro Woche flog sie nach Sacramento, übernachtete dort und flog am anderen Abend wieder zurück. Den Rest der Arbeit erledigte sie von ihrem neuen Zuhause aus.
Sie war rundum glücklich und bereute ihre Entscheidung keine Sekunde, obwohl sie ihre Familie sehr vermisste. Ihre Eltern hatten sich für November angesagt. Sophia und Erik wollten schon eher ihren Urlaub bei ihnen verbringen.
Sophia und Julie hatten unter Zuhilfenahme der Technikkenntnisse ihrer Männer Skype installiert, so dass sie Videotelefonate führen konnten.
Sophia hatte schon mehrfach ihre Eltern und Großeltern

eingeladen, so dass sie Julie ebenfalls live sahen.
Für die Großeltern waren das die schönsten Momente der vergangenen Monate, denn sie litten sehr darunter, Julie nicht mehr in ihrer Nähe zu haben - aber das behielten sie für sich.

♥

Anfang September war der Besuch von Erik und Sophia geplant. Julie fieberte darauf hin. Einige Monate war sie nun schon hier - nun kam das erste Stückchen geliebte Heimat angeflogen.
Zwei Tage vorher schlief Julie schon nicht mehr richtig. Am Tag der Ankunft ging sie Vincent enorm auf die Nerven.
„Komm Vincent, mach schon, wir müssen uns beeilen!"
„Julie, es ist noch viel Zeit! Wir müssen nicht Stunden vorher am Flughafen sein."
„Aber ..."
„Sag jetzt nicht, wenn der Flieger eher kommt!"
„Äh ... ich meine, wir könnten doch Stau auf dem Highway haben!"
„Ich lebe schon länger hier und hatte noch nie Stau auf dem Weg zum Flughafen um diese Zeit!"
„Aber ..."
„Schau du lieber noch einmal nach, ob die Torte, die du nach der Verzierung nicht im Kühlschrank geparkt hast, noch heile ist oder ob Candy sie auf der Suche nach einem lecker Bissen Thunfisch im Inneren vielleicht schon malträtiert hat."
Julie riss vor Schreck die Augen auf und stürmte sofort in die Küche. Es war keine Torte da - Vincent hatte sie

natürlich in den Kühlschrank gestellt.
„Du bist ja so gemein! Warum machst du das mit mir, wo du genau weißt, wie aufgeregt ich bin?"
„So bist du wenigstens für einen Augenblick beschäftigt und nervst nicht rum!"

♥

Das Wiedersehen war sehr emotional. Julie und Sophia kollerten die Freudentränen und Erik fragte Vincent: „Hat dich Julie auch bewusstlos gequatscht wegen dieser Reise?"
„Und ob!" Vincent seufzte. „Gott sei Dank hat sie ja jetzt Sophia als Opfer beziehungsweise umgekehrt."
Die gesamte Fahrt erzählten die beiden Mädels ohne Pause von den vergangenen Monaten.
„Ich fürchte, da kommt Schlimmes auf uns zu", grinste Erik.
„Lass mal", winkte Vincent ab. „Morgen schicken wir sie shoppen und wir beide gehen an den Strand. Männertag - und gnädige Ruhe! Und dann abbiegen ins Steakhouse. Yeah!"

♥

Aber es sollte etwas anders kommen. Und dazu trugen die Neuigkeiten bei, die Sophia und Erik mitbrachten.
Als die vier gemütlich auf der Terrasse saßen und Julies Torte verspeisten, meinte Erik: „Wir haben euch etwas zu sagen. Das heißt, wir möchten euch einladen, mit uns für zwei Tage nach Las Vegas zu reisen!"
„Oh super", warf Julie sofort ein, „da waren Vincent und ich noch nicht!"
„Wir hoffen", sprach Erik weiter, „ihr werdet unsere Trauzeugen."

Nun herrschte absolute Stille, bis Julie plötzlich losschrie: „Ihr wollt dort heiraten! Mensch, das ist ja abgefahren! In Las Vegas! Nee!" Jedoch nach einem kurzen Moment des Nachdenkens setzte sie überzeugt hinzu: „Aber das ist doch gar nicht romantisch!"
Erik lachte. „Es ist auch nur die erste Hochzeit!"
Sophia erklärte: „Wir möchten hier heiraten, so ganz im amerikanischen Stil, aber allein mit euch. Natürlich holen wir eine große deutsche Hochzeit nach, alles andere würden uns unsere Familie, liebe Julie, und auch die von Erik nicht verzeihen. Hat auch einen klasse Vorteil", sie lächelte verschmitzt, „ich kann gleich zwei Brautkleider kaufen!"
„Oh ja, DAS ist natürlich DAS ARGUMENT schlechthin", kommentierte Vincent nun. „Dann hol ich jetzt mal einen Sekt!"
Er stand auf und Julie rannte nach Gläsern.
„Für mich aber bitte nur einen winzigen Schluck", merkte Sophia an.
„Warum denn? Wir trinken auf eure Hochzeit! Das muss doch heftigst begossen werden! Du bist doch sonst nie so prüde, was Allohoool betrifft, Schwesterlein", lachte Julie aufgekratzt und tanzte mit den Gläsern heran. „Wir haben doch immer gut gebechert, fahren brauchst du auch nicht mehr und scheiß auf die Kaloriechen, du passt schon noch in ein sexy Brautkleid", neckte Julie.
„Mir geht es auch gar nicht um die Kalorien. Ich muss ein wenig zurückstecken. Ich bin schwanger!"
Nun war es das zweite Mal völlig still, nur Julie fischte hektisch nach einem der Gläser, das ihr zu entgleiten drohte.
„Ach ...", brachte sie nur heraus. Aber nach erfolgreicher

Rettungsaktion des Glases sprang sie auf ihre Schwester zu und umarmte sie mit all ihrer Liebe.
„Glückwunsch! Ich freue mich so für dich - äh ... euch natürlich!“ Aber dann kam die geballte Neugier. „Also nee, jetzt bin ich doch erst einmal platt! Ich hätte niemals gedacht, dass du so schnell ...“
Sophia unterbrach sie gleich. „Ich sag's mal so, wie es ist. Wir hätten das auch nicht gedacht. Aber ich hatte eine Grippe, so richtig volles Programm - mit Erbrechen und eben auch mit Durchfall. Wir wussten beide, dass dies die Pillenwirkung beeinträchtigen kann.“
Erik grinste Vincent an. „Das hat uns aber nicht davon abgehalten, es trotzdem zu tun - ja ja, völlig disziplin- und verantwortungslos, wir wissen das! Wir haben sozusagen billigend in Kauf genommen, das etwas passieren kann, aber es nicht wirklich in Betracht gezogen.“
„Und es hat sofort geklappt?“, fragte Julie mit großen Augen, während Vincent seine verdrehte: „Hast du doch gerade gehört, Julie!“
„Aber dein Institut ...“
„Du meinst Institute! Darum mache ich mir Gedanken, wenn wir wieder zurück sind.“
Später dann, die Männer waren auf Budweiser zur Feier des Tages umgestiegen, fragte Sophia: „Du, Julie, hast du noch etwas von der köstlichen Vanillecreme, die du zum Nachtisch serviert hast?“
„Oh, du hast schon Schwangerschaftsgelüste? Na klar, ich hole sie dir!“
Julie kam mit einem bis zum Rand gefüllten Schälchen zurück und Sophia stöhnte vor Freude auf, als sie den ersten Löffel in den Mund schob.

„Sag mal, hast du nach dem letzten fulminanten Auftritt eigentlich noch mal was von Verena gehört?", fragte Julie neugierig.
„Nö. Aber ich bin bedient und jetzt ganz deiner Meinung! Außerdem hat sie sowieso in den letzten Jahren nicht mehr so wirklich zu uns gepasst. Sie hat sich gegenläufig entwickelt - aber warum, hab ich mich oft gefragt!"
„Weil sie schon immer anders war als wir. Faul und bequem, nur als Kind sieht man das nicht. Außerdem", erklärte Julie, „hatte sie nie Spaß am Essen. Für sie ist Essen nötig, damit die lebenswichtigen Funktionen erhalten bleiben. Sie stopft hat alles anspruchs- und gedankenlos in sich hinein. Niemals hat sie die Freude und das Glück beim Essen so empfunden wie wir."
Und Vincent meinte trocken: „Stimmt. Den Eindruck hatte ich auch. Ich wette mit euch, sie weiß nicht, ob eine Vaginalcreme ein Medikament oder ein Nachtisch ist!"

♥

Nach einem ausgiebigen Frühstück zogen die Mädels am anderen Morgen los, um etwas ausgefallen Schickes für die geplante Hochzeit zu kaufen.
Aus dem ruhigen Männer-Strandtag wurde erst einmal nichts, weil Erik Vincent bat, doch mit ihm noch nach einem schönen Überraschungsring für Sophia zu suchen. Aber das mit dem Abbiegen ins Steakhaus klappte nach dem erfolgreichen Kauf des Ringes bestens - und riesige T-Bone-Steaks erfreuten ihr Männerherz.
Die anschließende Hochzeit in Las Vegas wurde ein besonderes Erlebnis.

So etwas muss man einfach mal mitgemacht haben, meinte Julie später in der Nacht, als sie mit Vincent in ihrer Suite im Mandarine Oriental allein war.
Sie hatten die Zeremonie und das anschließende hervorragende Essen sowie das Nachtleben mit dem überglücklichen Brautpaar sehr genossen.
Aber sie waren sich auch einig, dass so eine Hochzeit für sie beide nicht in Frage kam.

♥

Der Abschied von ihrer Schwester wurde wieder von einer Tränensymphonie begleitet.
Vincent stöhnte: „Ewig dieses Geflenne! Und bald kommen eure Eltern, dann geht das auch wieder los! Ich glaube, ich entwerfe mal ein großes Tränenauffangbecken. Somit bekommt Candy dann ihren eigenen Salzwasser-Pool."

♥ 18 ♥

Die weiteren Monate vergingen, ihre Eltern waren zu Besuch gekommen und Julie hatte voller Stolz ein richtiges Touristenprogramm für sie zusammengestellt. Sie war fast ausnahmslos glücklich.
Ihre Träume hatten sich erfüllt, der Mann ihres Lebens war gefunden.
Aber im Gegensatz zu ihrer Schwester Sophia bekam sie von Vincent keinen Heiratsantrag. Auch nicht am kommenden Weihnachts- oder Silvesterfest. Sie war enttäuscht, behielt aber ihre Gefühle ganz für sich, selbst zu Sophia sagte sie diesmal kein Wort.
Dafür erlebte sie die Schwangerschaft ihrer Schwester ganz nah mit.
Sophia hielt sie über jede Kleinigkeit auf dem Laufenden, hing, sooft es irgend möglich war, über Skype mit ihr zusammen, maß ihren Bauch und Julie schaute zu. Sie berichtete von ihren Schwangerschaftserfahrungen, ihren Fressattacken und zeigte mit der Kamera sogar das bereits eingerichtete Kinderzimmer. Mittlerweise wussten sie auch, dass es ein Mädchen werden würde.
Erik hatte ein Prinzessinnenzimmer für seine Tochter geschaffen, Rosa- und Pinktöne dominierten, die Einrichtung war liebevoll ausgewählt.
Julie sollte Patentante werden!
Es stand bereits fest, dass Vincent und sie zur Taufe nach Deutschland fliegen würden.
Oft lenkte Julie bei Vincent das Gespräch ganz subtil auf Hochzeit, Baby und Familie. Aber er schien das nicht zu

merken oder wollte es nicht. Auf diesem Ohr gab er sich taub.
Und so freute sich Julie aufrichtig für ihre Schwester, beneidete sie aber auch glühend.

♥

Sophia hatte bereits die Weichen für die Zukunft ihrer Institute gestellt.
Halbtagskraft Frau Cremer, die sie für das Permanent Make-up seinerzeit eingestellt hatte, würde zukünftig die Leitung in Neuss übernehmen. Das Stamminstitut führte Sophia wie gewohnt weiter, aber ihre beiden zuverlässigen Mitarbeiterinnen erhielten deutlich mehr Kompetenzen bei gleichzeitiger Ausdehnung der bisherigen Arbeitszeiten.
Somit würde Sophia genügend Zeit bleiben, für ihr Baby zu sorgen, dessen Geburt kurz bevorstand.
Außerdem freuten sich zwei Omis riesig auf die stundenweise Betreuung des ersten Enkelkindes.

♥

Endlich kam der erlösende Anruf.
Erik berichtete stolz von der Geburt seiner kleinen Tochter. Er war bei dem Ereignis dabei gewesen und stand immer noch ganz unter dem Eindruck dieses so aufregenden Wunders.
Am Abend kam Vincent mit einer Flasche Champagner um die Ecke.
„Komm, du hübsche Patentante, lass uns mal einen Schluck auf die kleine Dana-Marie trinken."
Beide stießen an – und dann kam ganz unvermittelt und völlig

unromantisch in Vincent-Art der Heiratsantrag. Julie war so überrascht, dass sie erst einmal gar nichts sagen konnte. „Ich habe mir gedacht, die Geburt deines Patenkindes wäre der perfekte Tag dafür, aber du scheinst nicht so begeistert", kommentierte Vincent Julies Sprachlosigkeit. Aber die hatte sich schnell verflüchtigt und Julie schmolz vor Glück dahin.
Endlich, endlich, endlich!

♥

Sie wollten in Deutschland heiraten und zwar in der Zeit, in der sie anlässlich der Taufe sowieso dort sein würden, denn die Familien sollten komplett mit dabei sein.
Julie liebte ihren Vincent dafür, denn die Anwesenheit ihrer Familie, speziell natürlich ihrer Großeltern, war für Julie von ganz besonderer Bedeutung.
Von Kalifornien aus wollten sie nun mit Unterstützung von Erik und Sophia ihre Hochzeit planen.
Bei einem längeren Vierer-Telefonat klang Erik etwas schüchtern: „Wisst ihr, wir haben uns gedacht, also, wir meinten, es wäre doch eine Idee, wir fänden es ganz prima, aber es ist wirklich nur so eine Idee ..."
„Erik", warf Vincent in seiner nüchternen Art ein, „was willst du? Sag's doch einfach!"
Da übernahm Sophia das Wort.
„Wir hatten phantasiert, dass wir Taufe, eure und unsere Hochzeit doch gemeinsam an einem Tag feiern könnten. Es sind ja sowieso dieselben Leute dabei! Wir könnten die Mega-Feier hier bei uns starten, unser Riesengarten eignet sich doch wundervoll dafür!"

Julie war sofort Feuer und Flamme. „Oh jajajaaa! Eine Riesen-Mega-Gartenparty! Mit Außenbüfett! Und einer Kuchentafel, so mit Doppel- und Dreifachtorten mit viel Sahne, reichhaltigen, frischen Obstblechkuchen, weichen Savarins und üppigen Schokoladentörtchen, niedlichen, bunten Cupcakes und saftigen Muffins!"
„Julie, du kannst ja so wortreich sein, wenn es ums Essen geht, du alter Gierschlund! Aber bei mir immer rummeckern", schimpfte Vincent gespielt, aber setzte sofort hinzu:
„Prima Idee! Dann brauchen wir uns nicht um Räumlichkeiten kümmern, ich war schon in Sorge, ob wir überhaupt in der Kürze der Zeit noch etwas Schönes finden würden."
Julie sah ihn erstaunt an. Ihr taffer Vincent zeigte ein wenig Sorge? Das hatte er ihr weder gesagt noch hatte sie eine Unsicherheit bei ihm bemerkt!
Als sie einmal leichte Bedenken diesbezüglich äußerte, hatte er ganz positiv gemeint, dass es wohl keine Frage wäre, es gäbe da genügend Möglichkeiten.
„Dann lauft ab jetzt der Countdown!"
Zum Abschluss des Gespräches holte Sophia noch die kleine Dana-Marie vor die Kamera, die verschlafen in die Linse blinzelte, die winzigen Händchen zu kleinen Fäustchen geballt.

♥

In den folgenden Wochen wanderten Menüvorschläge von Deutschland nach Kalifornien und zurück, Bilder von appetitlichen Torten, kompletten Büfetts und verschiedenen Dekorationen sausten über den Atlantik und retour.

Aber dann war alles komplikationslos festgelegt, auch schon deshalb, weil der Geschmack beider Paare sehr ähnlich war. Es wurde eine riesige, gelungene Feier bei schönstem Sonnenwetter in einem traumhaften Sommergarten. Die Bräute waren überglücklich und wunderschön - aber der Star des Tages war Baby Dana-Marie!

♥

Auch im Kosmetik-Institut war die Kleine der Mittelpunkt, wenn sie ausnahmsweise einmal mit dabei war.
Eines Morgens wollte Sophia den Kinderwagen durch die Institutstür schieben, als sie stampfende, eilige Schritte hinter sich hörte. Sophia drehte sich herum und sah in das vor Anstrengung gerötete Gesicht von Frau Ermelmann!
„Hach", keuchte sie außer Atem, „da komme ich gerade zum richtigen Zeitpunkt! Nein sowas! Ich sagte heute Morgen noch zu meinem Erwin, Erwin, sagte ich, ich muss nun unbedingt ins *Pjuti*-Institut. Die liebe Frau Carisi", und hier bemerkte sie ihren Irrtum, „ach herrje, Verzeihung, Frau Soland, ich kann mich immer noch nicht an den neuen Namen gewöhnen, hahaha ... also ich sage, Erwin, ich muss unbedingt noch zum Nachwuchs gratulieren! Das gehört sich so. Wissen Sie, wir sind ja noch ganz anders erzogen worden als die Jugend heute - ganz anders!" Sie stutzte, holte tief Luft. „Äh ... was wollte ich denn gerade ...?"
„Frau Ermelmann, kommen Sie doch herein!"
Sophia schob den Babywagen ganz ins Institut und die dralle Frau Ermelmann folgte ihr auf dem Fuße.
„Oh ja doch, gerne! Ich muss schließlich gleich mal das

kleine Prinzesschen sehen! Ich bin so neugierig, so gespannt!"
Sie beugte sich über und gleich in den Kinderwagen. Hoffentlich fängt Dana-Marie nicht an zu brüllen, dachte Sophia erschreckt, als sie Frau Ermelmann verzückt säuseln hörte:
„Oh, was bist du doch für ein süßes, süßes kleines Prinzessilein! Gutschigutschiguuuuu!"
Ihre dicken Finger tanzten vor dem Gesicht der Kleinen. Sophia erstarrte, aber zu ihrem ungläubigen Erstaunen fing Dana-Marie an zu lächeln.
„Jahaa, das gefällt dir, nicht wahr, puddelpuddelpuuu ... wen haben wir denn da? Ja wo ist es denn, das süße Babylein? Warst du denn mit Mami Teita? Ich hab dir auch was ganz Schönes mitgebracht, dudeldudeldei ... von Onkel und Tante Ermelmann!"
Sophia stand wie vom Donner gerührt, denn Dana-Marie fing an, vor Freude zu glucksen und mit ihren winzigen Händchen nach den dicken Wurstfingern von Frau Ermelmann zu greifen.
Aus der großen Designer-Tasche zog Frau Ermelmann nun einen kleinen, wunderschön und sehr edel verpackten Karton heraus.
„Frau Soland, eine winzige Aufmerksamkeit von meinem Erwin und mir zur Geburt Ihres ersten Kindes."
Sophia bedankte sich überrascht, bot Frau Ermelmann schnell einen Vitamindrink an, aber die lehnte ab.
„Es tut mir sehr leid, Frau Ca ... Soland, aber ich habe leider gar keine Zeit mitgebracht, obwohl ich so gerne einen ***Fittamin-Koktääl*** zu mir nehmen würde. Aber wissen Sie, ich bin ja noch mit meiner Freundin Traudl verabredet, der

Gattin des Teekesselunternehmers, ich glaub, ich hab sie schon erwähnt, hab ich das?"
Aber ohne eine Antwort abzuwarten, sprudelte sie gleich weiter.
„Traudl, hab ich zu ihr gesagt, Traudl, ich komme ein paar Minütchen später in die Sauna. Wissen Sie, wir saunieren schon seit Jahren zusammen, seit Jahren! Das ist sehr gesund für die Haut, ich bin ja ein sehr empfindlicher, zarter Hauttyp und da kann eine Sauna wahre Wunder wirken, wahre Wunder!"
Kann, dachte Sophia, muss aber nicht.
„Ja also, äh ... wo war ich noch gerade? Ah ja, also ich bin schon auf dem Weg. Auf Wiedersehen, Frau Soland, bis zur nächsten Behandlung in zwei Wochen, einen Gruß auch an Ihren Gatten!"
Noch einmal beugte sie sich in den Kinderwagen und flötete, während Dana-Marie gleich erneut nach ihren Fingern griff: „Dann wachsen wir jetzt mal schön, Kleine, nicht wahr, gutschigutschigutschi, mach deinen Eltern Freude! Jajaa, lachen ist richtig, du süßes, süßes Babylein, du wirst so hübsch wie deine schöne Mama, kleines Prinzesschen, guddelguddelgudiii!"
Mit einem breiten Lächeln und erstaunlich schnellen Schritten, begleitet von den Abschiedsworten „Winke, winke, bis zum nächsten Mal! Hoffentlich trifft unser kleines Präsentchen ihren erlesenen Geschmack, Frau Soland! ***Arriffidertschiii***", rauschte sie aus dem Institut.
Ganz im Affekt hatte Sophia auch ihre Hand gehoben und Frau Ermelmann zum Abschied gewinkt.
Ach du grüne Neune, wenn ich das erzähle, glaubt es mir kein Mensch, dachte sie, nahm den Geschenkkarton und

öffnete ihn neugierig und skeptisch.
Zum Vorschein kam ein winziges Paar samtweiche, schimmernde, zart rosafarbene Babyschühchen, denen ein Zertifikat einer Nobelmarke beigefügt war, worauf stand, dass dieses Produkt auf Wunsch handgefertigt sei. Und dann erst sah sie den eingestickten Namen Dana-Marie auf der Außenseite jedes Schühchens.
Jetzt war sie gänzlich geplättet. So ein Geschenk ausgerechnet von Sparhamster Ermelmann, die immer alles günstiger oder umsonst haben wollte!
Sie betrachtete noch einmal völlig erstaunt die Babyschühchen. Sie waren tatsächlich sehr geschmackvoll und außerdem wirklich wunderschön.

♥ Ein paar Jahre später ♥

„Tante Julie, Tante Julieee!" Dana-Marie kam aufgeregt angelaufen.
Julie kniete gerade in einem Gartenbeet, um die Erde um die Rosen herum noch ein bisschen zu lockern.
„Schau mal, was ich habe, einen Marini!" Ihr Gesicht war vor Aufregung gerötet, als sie vorsichtig ihre kleine Hand öffnete und ein winziger Marienkäfer zum Vorschein kam.
„Oh, der ist ja niedlich. So klein! Er hat zwei Punkte. Eins, zwei!", zählte Julie.
„Und es kitzelt, wenn er über meine Hand läuft!"
„Setz ihn da vorne an dem alten Birnenbaum ab, Dana. Der hilft uns nämlich gärtnern. Er mag gerne Läuse futtern. Marienkäfer sind sehr nützlich."
„Ich weiß, Papa hat mir das mit den Marinis schon erklärt", meinte sie mit wichtiger Miene.
Schon ging das Mädchen an den alten Baum und ließ den Marienkäfer auf den Stamm krabbeln.
Ihr hellbrauner Pferdeschwanz wippte leicht. Dieses Jahr war sie schon eingeschult worden. Ihre Schultüte war beinahe genauso groß wie sie selbst gewesen. Dana-Marie hatte die Zartheit ihrer Mutter geerbt.
Was ist das für eine süße Maus, dachte Julie, als sie ihre kleine Nichte beobachtete. Wie schnell doch die Zeit verging!
Ein bisschen Wehmut kam hoch, wurde aber sofort weggeküsst, weil Dana-Marie zurückgelaufen kam und sich ihre kleinen, dünnen Ärmchen fest und liebevoll um Julies Hals schlangen.

♥

Seit mehr als drei Jahren schon wohnten sie hier in der Villa neben Sophia, Erik und Dana-Marie. Das Haus war ein echter Glücksfall gewesen!
Die alte Frau Tarburg, Bankierswitwe, der dieses Haus vorher gehörte, hatte sich mit Mitte 80 entschlossen, in eine Seniorenresidenz zu ziehen. Erik hatte immer einen guten Kontakt zu der alten, freundlichen Dame gehabt und so als erster von ihren Plänen erfahren und direkt reagiert. Er führte ein längeres Gespräch mit Vincent und danach mit der alten Dame, die überaus glücklich war, ihr großes Haus ohne Makler und Komplikationen in so gute Hände übergeben zu können, denn sie selbst war kinderlos geblieben.
Zeitlich passte es auch perfekt, denn Vincents Vertrag in den USA näherte sich dem Ende und er und Julie hatten gemeinsam beschlossen, nach Deutschland zurückzukehren. Beide vermissten ihre Familien.

♥

Erik half mit einem Teil seiner Belegschaft, den Umzug von Frau Tarburg so schnell und problemlos wie möglich zu organisieren. Dies sollte der alten Dame ein Umzugsunternehmen und somit jede Menge Aufregung ersparen. Im Vorfeld besprach er mit ihr, welche Möbel sie behalten wollte, welche verkauft oder verschenkt wurden.
Man kam überein, dass sie in den verbleibenden Wochen all das packen würde, was ihr wichtig war und Einzug in ihr neues Reich haben sollte. Der Rest dann sollte von einer Wohltätigkeitsorganisation abgeholt werden.
Sophia lud Frau Tarburg für den Umzugstag zu einem

kleinen Ausflug auf ein Rheinschiff ein. Sie sollte von dem Stress an diesem Tag nichts merken.
Zuerst war die alte Dame sehr zittrig und nervös, aber die Ablenkung funktionierte, sie genoss die Schifffahrt und als die beiden am Spätnachmittag wieder eintrafen, war der Umzug und die Räumung des Hauses aufgrund der guten Vorplanung Geschichte und eine glückliche Frau Tarburg konnte direkt in die komplett fertige, neue exklusive Wohneinheit der Seniorenresidenz einziehen.
Die alte Villa allerdings musste vollständig renoviert werden. Die Organisation übernahm Sophia, denn sie hatte noch Erfahrung von der Renovierung und Sanierung der neuen Institutsräume.
Besonders der Malermeister, der schon das Neusser Kosmetikinstitut hergerichtet hatte, tat sein Bestes, war er doch froh, dass Sophia ihm den Barbie-Anstrich seines Mitarbeiters nicht mehr übel nahm - und außerdem war es ein wirklich lukrativer Auftrag.
Zweimal pro Jahr luden Vincent und Julie Frau Tarburg in ihr altes Heim zu Kaffee und Kuchen ein - die elegante, betagte Dame kam mit Freude.

♥

„Darf ich für Candy ein paar Blumen pflücken?"
Dana-Marie zeigte auf die Gänseblümchen, die in ihrer Vielzahl die Wiese weiß schimmern ließen.
„Natürlich! Ich geb dir eine Mini-Vase, dann halten sie länger. Gießt du Wasser rein?"
Julie entnahm ihrem Fundus auf der Terrasse eine ganz kleine Vase. Dana-Marie lief zu dem Wasserhahn an der

Seite des Hauses und füllte sie, allerdings ging mehr daneben als hinein. Dabei quietschte sie vor Freude.
Dann pflückte sie Gänseblümchen und stellte sie auf das kleine Grab am Rand der Beete unter dem großen Birnenbaum.
Dort hatte Candy ihre letzte Ruhestätte gefunden, weil es noch zu Lebzeiten ihr Lieblingsplatz gewesen war.

♥

Candy war natürlich mit nach Deutschland gekommen. Die kleine Möwe hatte den Flug besser überstanden als Julie, weil sie es nicht ertrug, dass ihre so besondere Fracht Candy die Zeit über in ihrer Box bleiben musste. Die hingegen sah es ganz locker. Versorgt mit einer leichten Beruhigungstablette döste sie fast den ganzen Flug bequem auf ihrem besonders weichen, gut gepolsterten Samtkissen, das Julie ihr extra für die Reise gekauft hatte, vor sich hin. Auch in Deutschland nahm die Möwendame wie selbstverständlich ihr neues Heim in Beschlag.
Sie fand es ganz spannend, wackelnd halb laufend, halb mit den Flügeln schlagend die vielen Treppen in den drei Geschossen hoch und wieder hinunter zu sausen. Zudem gab es so viele tolle Ecken, in denen man sich unsichtbar machen konnte, was Julie manchmal zur Verzweiflung trieb, weil sie Candy nicht fand.
Aber sobald die Möwe ihr Köpfchen schief hielt und sie mit ihren runden Augen ansah, war Julie wieder ganz hin und weg, hörte auf zu schimpfen und verwöhnte sie gleich mit einem leckeren Happen Fisch.

Vor einem Vierteljahr dann war sie ganz plötzlich lethargisch gewesen. Ein erster Tierarztbesuch brachte kein schlüssiges Ergebnis und man dachte noch weitere Untersuchungen an. Am anderen Morgen jedoch war Candy tot, friedlich in der Nacht eingeschlafen.
Das war für Julie ein ganz schwerer Verlust, ihre Möwe war auch irgendwie so etwas wie ein Kinder-Ersatz geworden. Sie beerdigten ihren geliebten Vogel an ihrem Lieblingsplatz im Garten und das winzige Grab wurde immer liebevoll geschmückt.
Der Tod von Candy war aber nicht ihr einziger Kummer. Sie betrachtete Dana-Marie, die auf dem Rasen kniete und liebevoll mit einer aussortierten Gabel das Möwengrab jätete.
Wie gerne hätte Julie auch ein Kind gehabt!

♥

Gleich nach der Hochzeit, als sie wieder zurück in den USA waren, hatten sie mit der Familienplanung begonnen.
„Vielleicht schaffst du es ja ganz quickie", scherzte Julie zu dieser Zeit noch, „dann können Dana-Marie und unser Schatz später beste Freunde werden, weil sie altersmäßig gar nicht so weit auseinanderliegen."
Aber so sehr sie sich auch bemühten, Julie wurde nicht schwanger.
Zuerst wollten sie es beide nicht wahrhaben, schoben es auf beruflichen Stress, „Übungen zum falschen Zeitpunkt" nannten sie es danach und lachten sich die gegenseitigen Sorgen weg. Keiner traute sich, ganz offen dem anderen die schlimmen eigenen Ängste mitzuteilen.

Der in diesen Fällen obligatorische Sex nach Plan wurde eingeführt - und richtete mehr Schaden an, als das er nützte, weil die Anspannung und die Gedanken an eine Schwangerschaft jeden Genuss nahmen.
All das bot Konfliktpotential.
Die Zeit verging und ihre Ehe bekam Risse.
Irgendwann hatten sie sich, sie wussten selbst nicht, wie dies zustande kam, gegenseitig Vorwürfe gemacht. Das führte zu bösen Streitigkeiten, sie gingen sich immer öfter aus dem Weg. Es wurde still zwischen ihnen.
Es war für Julie die schlimmste Zeit ihres Lebens, weil sie glaubte, Vincent würde sie nicht mehr lieben.
Und Vincent zweifelte daran, dass Julie bei ihm bleiben würde.
Aber ihre Liebe und ihr gemeinsamer Kummer waren letztendlich stärker. Und so schafften sie auch diese schwere Hürde nach vielen problembeladenen Monaten der Krise, Verzweiflung und Traurigkeit.
Danach setzte bei Julie die Depressionsphase ein.
Überall sah sie plötzlich Kinderwagen, lachende junge Mütter, Autos mit Babysitzen, runde Bäuche bei hochschwangeren Frauen.
Vincent hatte große Mühe, seine eigentlich lebensfrohe Frau aus diesem Loch herauszuholen. Wenn er abends nach Hause kam, sah er gleich, dass sie wieder geweint hatte.
Und dann wurde ausgerechnet noch ihre gleichaltrige amerikanische Nachbarin Wendy schwanger, die ihre Freude voller Enthusiasmus und Glück gleich mitteilen musste, indem sie Julies Küche stürmte und sie zum Tanzen an die Hände nahm.
Sie konnte nicht wissen, wie sehr sich das deutsche Ehepaar

Kinder wünschte.
Julie beherrschte sich, bis Wendy voller Freude wieder Richtung ihres eigenen Hauses hüpfte, dann brach sie im Wohnzimmer weinend zusammen.

♥

Letztendlich hatten, neben der Sehnsucht nach der eigenen Familie, alle diese Komponenten Vincent bewogen, den Vertrag in den USA nicht zu verlängern.
Vincents deutscher Arbeitgeber sorgte naturgemäß für eine sehr gute Position in der Heimat, wie auch vor Entsendung in die USA vertraglich festgelegt. Julie zog wieder in ihr altes Büro in der Düsseldorfer Werbeagentur ein, das man extra renoviert hatte.
Und dann kam auch noch das große Glück mit dem Haus direkt neben Erik und Sophia.
Der Kauf und die Renovierung der alten, vornehmen und riesigen Jugendstil-Villa fraßen zwar alle Ersparnisse, aber sie schafften es ohne Aufnahme einer Hypothek, so dass alle finanziellen Sorgen für die Zukunft erst einmal ausgeräumt waren, denn nun hatten sie beide Gehälter ausschließlich für sich.
Sicherlich konnten sie auch in Deutschland zukünftig schwangeren Frauen nicht aus dem Wege gehen, aber dort würde Julie von ihrer Familie aufgefangen, hoffte Vincent und er glaubte so an positive Impulse für seine Frau - und für ihre Ehe.
Vincent hatte richtig entschieden, denn Julie blühte durch die Nähe ihrer Familie auf. Oft waren auch die Eltern und

Großeltern zu Gast, die Feiertage verbrachte man grundsätzlich als Großfamilie zusammen. Eriks und Vincents Eltern hatten sich gerne dem italienischen Teil der Familie angepasst, zumal alle verrückt nach dem einzigen Enkel- und Urenkelkind Dana-Marie waren.

Aber auch das war zu Beginn sehr schwierig gewesen. Julie wollte partout nicht mit ihrer Familie darüber reden, dass es bei ihnen nicht klappte, sie kam sich wertlos vor und schämte sich.

So musste sie sich natürlich alle Scherze, die man so machte, anhören, bis sie eines Tages gegenüber ihrer Schwester ihre Haltung nicht mehr wahren konnte. Sophia verstand zuerst gar nichts, weil Julie so heulte, aber als sie die Tragweite von Julies Kummer erfuhr, war sie zutiefst geschockt.

„Mensch Julie, warum hast du denn nie was gesagt? Oder Vincent!"

„Ich hab mich nicht getraut und immer noch gehofft", schluchzte sie, „dass es doch noch was wird mit einem eigenen Baby. Und Vincent kann gar nichts dafür, ich hab ihm verboten, mit euch darüber zu sprechen!"

„Oh Süße, das tut mir so leid! Ich rede mit allen, wir werden dieses Thema nie wieder anschneiden."

Sie nahm ihre Schwester in die Arme und weinte mit ihr.

♥

Gedankenverloren legte Julie ihre kleine Schaufel beiseite, stand auf und holte sich eine Tasse Kaffee in den herbstlichen, aber sonnendurchfluteten Garten sowie für Dana-Marie ein Eis in Raketenform. Das schleckte sie so

gern.
Julie musste schmunzeln, gerade Raketen und Flugzeuge liebte Sophias und Eriks Tochter. Genau das, was die berufliche wie auch private Leidenschaft Vincents war.
Vincent hatte begonnen, den Pilotenschein zu machen und sich eines der vier freien Zimmer im Dachgeschoss als Arbeitsraum eingerichtet.
Aus zwei Zimmern hatte man mit einem Durchbruch eins gemacht. Dort stand eine riesige Eisenbahnanlage, die sich Erik und Vincent gemeinsam angelegt hatten und dort ihre ‚verfügbare Männerzeit' verbrachten.
„Jetzt haben unsere angetrauten Männer ein Vermögen ins Baby-Eisenbahnen gesteckt", maulte Sophia, „und was bitteschön bekommen wir als Ausgleich?"
Obwohl Sophia das gar nicht so ernst gemeint hatte, bekam Vincent Gewissensbisse und sponserte für beide einen Flug.
„So, das dürfte als Ausgleich wohl reichen", hatte er lächelnd gemeint, als er gemeinsam mit Erik generös den beiden Damen die Tickets und Dollar-Noten auf den Tisch blätterte. „Kauft euch Schuhe in New York!"
An diesem Abend wurden beide Ehemänner besonders geliebt.
Das letzte freie Zimmer war ein Lesezimmer für Julie geworden. Hier zog sie sich zurück, wenn sie ganz allein sein wollte oder mit Sophia ihren Mädelsabend, den sie wieder hatten aufleben lassen, zuhause verbrachte.
Die Hoffnung, dass einer der Räume noch ein Kinderzimmer wurde, hatte sie aufgegeben.

♥

Kaum waren sie seinerzeit wieder in Deutschland, hatten sich beide untersuchen und beraten lassen. Das Ergebnis war niederschmetternd. Auf natürlichem Wege würde sie niemals schwanger werden.
So entschlossen sie sich zu einer künstlichen Befruchtung. Julie legte all ihre Gedanken, Hoffnungen, all ihre Liebe und Freude hinein - und wurde erneut herb enttäuscht. Es kam keine Schwangerschaft zustande. Sie war am Boden zerstört, saß zitternd im Büro des Arztes, der ihnen die Nachricht schonend überbrachte.
Vincent war ebenfalls betroffen, aber er ließ es sich nicht anmerken, er brauchte seine ganze Kraft, um Julie aufzufangen.
„Wir starten einen neuen Versuch, mein Schatz!" Er legte seine Hand auf ihre.
„Das macht doch gar keinen Sinn mehr", hatte Julie geschrien, seine Hand weggeschlagen und war schluchzend aus dem Raum gerannt.
„Geben Sie Ihrer Frau einige Minuten", hatte der Arzt gemeint, „und dann gehen Sie hinterher. Es ist doch für sie eine Katastrophe. Aber überreden Sie sie bitte zu einem letzten Versuch."
Vincent nickte, stand auf und ging seiner Julie hinterher.
Nach mehr als einstündigem Gespräch war Julie dann bereit für ein endgültig letztes Mal.
Aber auch erst dann, als ihr Mann sie nicht mehr tröstete, sondern es aus ihm herausbrach: „Mensch, Julie, was glaubst du denn? Das Ganze ist nur schwer für dich und ein Spaziergang für mich? Ich weiß nicht, was ich noch sagen soll! Ich habe in den letzten Jahren viel mit mir allein ausgemacht, nur um dich nicht noch zusätzlich zu belasten.

Auch ICH hab mit dieser ganzen Sache Probleme. Nicht nur DU! Und der Oberhit ist jetzt auch noch Samenerguss in einer Klinik auf Befehl! Weißt du eigentlich, was für ein Scheiß das ist?"
Er knetete seine Hände, drehte ihr den Rücken zu und wanderte zu dem großen Fenster, aus dem er gedankenvoll in den angrenzenden Wald blickte.
Das brachte bei ihr eine Gedankenwende. Nie hatte sie aus Sicht ihres Mannes die jahrelangen Bemühungen betrachtet. Die Angst, kinderlos zu bleiben, hatte alles überdeckt. Sie schämte sich plötzlich maßlos, Vincents Gefühle so lange ignoriert zu haben, ging zu ihm und umarmte ihn liebevoll.
„Okay, mein Herz, aber nur noch ein einziges Mal. Ich kann nicht mehr! Ich will auch nicht mehr! Ich möchte einfach nicht mehr enttäuscht werden. Hören wir dann auf. Wir haben schließlich immer noch Dana-Marie!"
Jedoch dann fügte sie trotzig hinzu, sich energisch die Tränen aus den Augen wischend: „Und übrigens, ich will eine Katze!"
Aber danach waren erneut bittere Tränen geflossen.

♥

Julie hatte sich neben Dana-Marie auf die Bank gesetzt, die den altehrwürdigen Walnussbaum umrundete und beobachtete, wie die Kleine glücklich und ganz konzentriert an ihrem Eis schleckte.
Wie unterschiedlich Geschwister doch sein können, dachte sie. Sophia und ich sind Zwillinge - gut, zweieiig. Trotz der äußerlichen Unterscheide musste doch irgendwo etwas genetisch gleich sein! Bei ihnen war das anscheinend nicht

so. Sophia war sofort schwanger geworden. Sie selbst hatte es nicht geschafft.
Ihr Körper lehnte eine Schwangerschaft ab, während ihr Herz es sich so sehr gewünscht hatte.
Dann sah sie auf die alte Villa, deren Terrassentüren einladend geöffnet waren. Die goldenen, herbstlichen Sonnenstrahlen tanzten förmlich ins Haus. Alter, schon in sattem burgunderrot leuchtender wilder Wein kletterte verlangend an der Fassade hinauf.
Plötzlich überkam sie eine lang vermisste Fröhlichkeit. Was habe ich doch für ein großes Glück, dachte sie.
Ich habe einen wundervollen Mann, wir besitzen eine richtige verwunschene, alte Traumvilla. Ich kann neben meiner Schwester und in der Nähe meiner Eltern und Großeltern leben. Wir haben keinerlei finanzielle Sorgen und ich liebe meinen Job. Der würde sie in nächster Zeit rund um die Welt bringen. Ein Bonus ihres Unternehmens. Sie sollte ausländischen Agenturen beratend zur Seite stehen. Vincent davon zu erzählen, hatte sie sich kaum getraut, denn mit diesem Job wäre sie oft und länger von Zuhause fort.
Aber Vincent riet ihr zu, als sie aufgeregt abends mit zitternder Stimme von diesem Angebot berichtete. Das wäre doch mal eine wunderbare Abwechslung, hatte er gemeint und augenzwinkernd hinzugefügt: „Du verdienst ja fast mehr als ich! Hm ... da muss ich jetzt erst mal drüber nachdenken, wie ich das finde!"
Und dann hatte er laut gelacht und sie geküsst.
Und ich besitze auch noch ein Lesezimmer, dachte sie. Darüber freute sie sich besonders, nun konnte sie ihrer

Leidenschaft ganz frönen und brauchte nicht mehr überlegen, wohin mit ihren vielen Büchern, ihrem geliebten Schreibtisch und den gesammelten Schachteln und Verpackungen.
Zudem hatte sie sich eine wunderbar kuschelige, weiße Riesen-Couch für dieses Zimmer ausgesucht, die in den nächsten Tagen geliefert wurde.
Vincent hatte sie noch auf die Empfindlichkeit einer so hellen Couch, die auch genutzt wird, hingewiesen und ebenfalls auf zukünftige Katzenhaare, aber Julie hatte alle Bedenken beiseite gewischt. Wenn sie schon keine Kinder hatte, konnte sie sich wenigstens nach eigenem Gusto einrichten. Ein weißes Zimmer! Wer hatte das schon! Nur wenige Accessoires sollten farbig sein - und außerdem würden so die bunten Buchrücken in der hellen Atmosphäre richtig wirken!
So hatte letztendlich doch jedes Zimmer in ihrem Haus seine Bestimmung bekommen. Außerdem würde sie bald gemeinsam mit ihrer Schwester eine große Party anlässlich ihres 40. Geburtstages feiern. Mit allem Zipp und Zapp! Und sie durfte sich dann ein Kätzchen aus dem Tierheim holen.
Schwager Erik hatte schon kostbaren Champagner eingelagert, den sie an diesem besonderen Geburtstag fassweise genießen würde! Und natürlich Erdbeerlimes, den liebte sie immer noch. Überhaupt würde sich der Geburtstag rund um das Thema Erdbeeren ranken. Das wäre keine große Organisation, denn glücklicherweise fielen ihre Geburtstage in die Erdbeerernte. Vor ihren Augen tanzten Erdbeerbowle, Erdbeertorte, Erdbeeren mit weißer und dunkler Schokolade sowie lange Tische mit Erdbeerdekorationen. Kleine Lampions in Erdbeerform hatte sie bereits

gekauft.
Wenn ich das so recht betrachte, überlegte sie, bin ich ein sehr glücklicher Mensch!
Sie nahm Dana-Marie in die Arme, die fröhlich lachte und sich glücklich an ihre Tante schmiegte.
Keinen noch so winzigen Gedanken verlor sie daran, dass der allerletzte Versuch, doch noch ein Baby zu bekommen, geklappt haben könnte.
Zu groß waren die Jahre der vergeblichen Hoffnungen und bitteren Enttäuschungen gewesen. Sie wollte ihrem verletzten Herzen und ihrer geschundenen Seele keinerlei Leid mehr zufügen.

♥

Was sie noch nicht spüren konnte: Ihr Bauch bereitete sich auf ein Großprojekt vor - er war voller Leben.
Sie würden ein dickes Problem bekommen, denn die gerade hergerichteten vier Zimmer im Dachgeschoss, die aufgrund des Durchbruchs ja nur noch drei waren, würden sie in Zukunft alle benötigen.
Diesmal hatte die künstliche Befruchtung geklappt und ihre große, akribisch geplante Feier würde nachgeholt werden müssen, denn genau an ihrem 40. Geburtstag würden ihre gesunden Vierlinge geboren werden.

In memoriam, die kleine Möwendame Candy

Dem öden Alltag entfliehen, wer möchte es nicht? Als Nick und seine besten Freunde Anton und Carlos endlich die Chance bekommen, die Flucht anzutreten, haben sie keine Ahnung, was vor ihnen liegt. Sie haben nur ein Ziel, raus aus Hamburg, sich eine Auszeit nehmen und für vier Monate mit einem Wohnmobil durch die Weltgeschichte reisen. Wenn nicht jetzt, wann dann? Alle drei sind bereits über vierzig Jahre alt und eine Beziehung führt, schon längere Zeit, keiner von ihnen mehr. Ganz im Gegenteil, alle drei sind, allem Anschein nach, nicht beziehungstauglich und wollen während ihrer Tour absolut nichts mit Frauen zu tun haben. Zumindest nicht mit dieser Art von Frauen, bei denen die Gefahr bestehen könnte, sich in sie zu verlieben. Kurze Abenteuer sind natürlich erlaubt. Mehr aber nicht! Mit Surfequipment, dem Drang nach Freiheit und jeder Menge Flausen im Kopf geht es los. Alle drei haben nur ein Problem: Wie wird ihr Leben nach der Tour aussehen? Sie wissen nur zu genau, was sie nicht wollen. Aber der Plan dafür, was sie nach der Männertour machen wollen, der fehlt den drei Freunden komplett. Keiner von ihnen hat Interesse daran, zu wissen, was in vier Monaten sein wird. Aber ist es überhaupt heute schon notwendig, etwas darüber zu wissen? Ist es nicht viel spannender, eine Tour unter dem Motto Der Tag, die Sorge zu starten? Außerdem, wer sagt denn, dass es während einer Männertour nicht auch die Möglichkeit geben würde, sein Leben neu zu gestalten? So starten die Drei ins Ungewisse ohne eine Ahnung davon zu haben, dass manchmal sogar Träume wahr werden, die man noch gar nicht geträumt hat! Viel Spaß bei der etwas anderen Männertour. Oder auch, bei der Männertour, aber anders ... !

Ben Bertram – Männertour
ISBN 978-3-942514-23-1
Preis: 12,90 Euro

Ein Mann mit Schichtdienst, ein neues Haus, zwei Kinder, ein Geschäft, ein kranker Vater und der Rest der Familie. Das ist ganz schön viel auf einmal.
Doch Mona packt das. Eine drohende Wirtschaftskrise ist jedoch im Begriff das Glück der jungen Familie zu zerstören. Alles wird teurer. Der Schuldenberg wächst und wächst und es fehlt sogar das Geld für die Hypothek.
Mona versucht mit einem Plan die unglückliche Lage zu retten. Sie wendet sich an den reichen Haus-und Grundstücksbesitzer Mark, der ihr auch helfen möchte.
Roland, ihr Ehemann, misstraut ihr leider und die Situation eskaliert. Als ihre Ehe zerbricht und sie mit den Kindern die Biege macht, fängt eine neue Liebe sie auf. Mona hofft, dass ihr Leben wieder Normalität annimmt, doch sie irrt, denn die aufregendste Zeit ihres Lebens steht ihr noch bevor und plötzlich ist alles ganz anders.

Lisa-Doreen Roth – Plötzlich ist alles ganz anders
ISBN - 978-3-942514-51-4
Preis: 12,90 Euro